THE LAST TYCOON

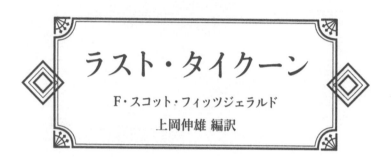

ラスト・タイクーン

F・スコット・フィッツジェラルド
上岡伸雄 編訳

F. Scott Fitzgerald

作品社

ラスト・タイクーン

ラスト・タイクーン

第一章

映画に出たことはないけれども、私は映画の世界で育った。五歳の誕生日には、ルドルフ・ヴァレンティノ〔一九二〇年代のサイレント映画で活躍した二枚目俳優〕が来てくれている――というか、そう聞かされた。物心つく前から、私はこの世界が回るのを見られる立場にいたのだ。それを知ってもらうために、こういうことを書いている。

かつて「プロデューサーの娘」という回想録を書こうとしたが、十八歳でそんなことに取り組めるものではない。だから諦めてよかったのだ――書いていたら、ロリー・パーソンズ〔映画にまつわるゴシップを新聞に書いていたライター、ルーエラ・パーソンズのこと〕の古いコラムのように平板なものになっていただろう。私の父は映画の仕事に携わっていたが、それはほかの人が綿や鉄鋼の仕事に携わるのと同じであり、私はそれを冷静に受け止めていた。最悪でも、幽霊がお化け屋敷に割り当てられるのと同じような諦念をもってハリウッドを受け入れた。普通の人がハリウッドについてどう考えるかはわかっていたが、私は頑として怖気（おじけ）づくことはなかった。

こういうふうに言うのは容易（たやす）いのだが、ほかの人にわかってもらうのは難しい。ベニントン〔ヴァーモント州の大学で、当時は女子大）にいたとき、英文学の先生の何人かはハリウッドやその製品に関心のないふりをし、心の底から嫌っていた。自分たちの存在に対する脅威として、骨の髄まで憎んだ。それ以前、修道会の学校にいたときでさえ、私にはこんなことが起きた。小さくて可愛い尼さんに、映画の脚本を入手してくれないかと頼まれた。授業でエッセイや短編小説を教えてきたのと同じように、「映画の書き方を教えられるから」と言うのだ。そこで脚本を渡してあげると、彼女は何度も何度も解読を試みたのだと思う。しかし、授業で触れることはついぞなかったし、憤りの混じった驚きの表情を浮かべつつ、無言で私に脚本を返した。この物語に関しても、同じようなことが起こるのではないかと私は半ば諦めている。

結局のところ、どちらかなのだ。ハリウッドを私のように当たり前のものと捉えるか、理解できないものに対して抱く軽蔑心をもって拒絶するか。ハリウッドも理解はできるのだが、ぼんやりと明滅する光を通して見えてくるだけ。映画界の等式をすべて頭に入れることができた男は五、六人にも満たない。そして、おそらく女がその仕組みに最も近づくには、こうした男の一人を理解しようとするしかないのである。

飛行機から見た世界なら私は知っていた。父はいつでも私たちが高校や大学に行ったり帰ったりするとき、飛行機で旅をさせたのだ。高校二年生のときに姉が亡くなってからは、私は一人で旅をするようになった。そのため、飛行機に乗るたびに姉のことを思い出し、どことなく厳粛で沈んだ気分になった。ときには同じ機内に映画業界の知り合いがいたし、素敵な大学生の男の子が乗っていることもあった――大恐慌の頃はそれほどでもなかったけれど。旅のあいだ眠り込むことはめったになく、それはエリナーのことを考えてしまうのと、東海岸と西海岸とのあいだに鋭い裂け目を感じてしまうからでもあった――少なくとも、テネシー州の小さくて寂しげな空港を飛び立つまでは眠れないのだ〔ケンブリッジ版の註によれば、当時東海岸から西海岸へのフライトはテネシー州メンフィス、テキサス州ダラス、アリゾナ州ツーソンを経由してロサンゼルスに至った〕。

今回は特に荒れた飛行になったので、乗客はすぐに眠り込んだ者たちと、眠ろうとしない者たちとの二つに早い段階で分かれた。第二グループのうちの二人が通路を隔てたところにいて、小耳にはさんだ彼らの会話から、間違いなくハリウッドの人たちだと確信した。一人はまさにそういう風貌だった――中年のユダヤ人で、ピリピリと興奮した様子でしゃべっているかと思えば、それ以外のときは苦しそうに黙り込み、いまにも跳ね上がるかのようにうずくまっている。もう一人は青白くてずんぐりとした、平凡な顔の三十がらみの男で、間違いなく一度会ったことがあった。この男が私の家に来たことがあるとか、そんな感じだ。しかし、私が子供の頃のことだったのだろう。だから、彼が私に気づかなくても、不愉快には感じなかった。

客室乗務員は背が高く、つやつやとした黒髪の美人だった――客室乗務員というのは、たいていこういうタイプの女になるようだ。その彼女が、座席で寝られるようにしましょうかと私に訊ねた。

「――それから、アスピリンをお飲みになりますか？」彼女は座席のひじ掛けに尻を載せ、六月のハリケーンで前後に大きく揺さぶられていた。「――それとも、ネンブタール〔鎮静・催眠薬〕でも？」

「大丈夫です」

「ほかのお客様のことで忙しくて、お訊ねする時間がなかったんです」。彼女は私の隣りに体を押し込み、二人一緒にシートベルトを締めた。「ガムはいかがですか？」

そう言われて、私は何時間も嚙んで味のなくなったガムを捨てることにした。雑誌のページを破り、それでガムを包んでから電動式灰皿に入れた。

「きちんとしているお客様って、わかるものですわ――」と客室乗務員が頷きながら言った。「――ガムを捨てる前に紙に包むかどうかで」

私たちは揺れる機内の薄暗いライトの下、しばらく寄り添って座っていた。なんとなく、昼食と夕食のあいだの薄暮の時間、気取ったレストランに座っているときのようだった。ぐずぐず居残っているのだが、特に目的はないという感じ。客室乗務員でさえ、自分がなぜそこにいるのかを努めて思い出そうとしているように見えた。

彼女は私の知り合いでもある若い女優の話をした。二年ほど前、西海岸へのフライトで乗り合わせたのだと言う。大恐慌のどん底の時期だ。その女優が窓の外をただじっと見つめているので、客室乗務員は彼女が飛び降り自殺を考えているのではないかと心配した。実際には、彼女が恐れているのは貧困ではなく、社会主義革命であることがわかった。

「私と母はこうしようって計画しているの」と女優は客室乗務員に打ち明けた。「イエローストーン〔アメリカ北西部にある国立公園で、間欠泉や大渓谷で有名〕に逃げて、そこで静かに暮らすのよ。それですべてが収まったら、また戻ってくる。彼らも芸術家は殺さないの――ご存じ?」

この計画を聞いて私は嬉しくなった。女優と母親が優しい熊や鹿にかしずかれている美しい映像が浮かんできたからだ。保守派の熊たちが蜂蜜を運び、親切な子鹿たちが雌鹿の余ったミルクを運んで二人に与え、鹿たちはそのまま近くにとどまって、夜は枕になってやる。私はそのお返しに、ある弁護士と演出家の話を客室乗務員にしてやった。彼らはあの勇ましい時期、父にこんな計画を語ったのだ。ボーナス軍〔一九三二年夏、帰還兵特別支給金の支払いを求めてデモを行なった、失業した退役軍人たちのこと〕がワシントンを占領したら、弁護士はサクラメント川に船を隠しておき、それで川をのぼって数カ月過ごしてから、また戻ってくる。「だって、革命のあとは必ず、法律的な問題を解決するための弁護士が必要になるんだ」

演出家はもっと悲観的だった。古い背広、シャツ、靴を用意しておき――自分の持ち物なのか、小道具係から調達するのかは言わなかったが――それらを身につけて「大衆に紛れ込む」というのだ。私の父はこう言い返した。「でも、大衆は君の手を見るよ！　君が何年も力仕事をしていないってことがわかる。それに、労働組合の組合員証を見せろって言うだろうな」。演出家の顔が一気に沈み込んだのを覚えている。デザートを食べているあいだ、彼はなんとも陰気な表情をしていた。そして私には、彼らの話していることが実に滑稽で、どうでもいいことのように思えたものだ。

「お父様は俳優ですか、ミス・ブレイディ？」と客室乗務員が訊ねてきた。「お名前をお聞きしたことがありますけど」

ブレイディという名前を聞いて、通路の向こうの二人が顔を上げた。斜めに目を向ける、あのハリウッドらしい目つき。いつでも視線を片方の肩越しに投げかけるのだ。それから青白くてずんぐりした若者がシートベルトを外し、私たちの脇の通路に立った。

「セシリア・ブレイディさんですか？」と彼は非難するように訊ねた。まるで私が彼に隠し事をしていたかのように。「そうじゃないかと思ってたんだ。僕はワイリー・ホワイトです」

これは言わなくてもよかった――というのも、同時に新しい声がこう言ったのだ。「気をつけろ、ワイリー！」声の主は彼をかすめるように通路を歩いていき、操縦室の方向へと向かった。ワイリーはビクッとしてから、やや遅すぎる抗議の言葉を男に投げかけた。

「僕は操縦士の命令しか聞きませんから」

ハリウッドの大物たちとその取り巻きが交わす、からかうような口調を私はそこに認めた。

客室乗務員が彼に注意をした。

「そんなに大きな声を出さないでください——眠っているお客様もいらっしゃいます」

通路の向こうにいるもう一人の男の姿が見えた。例の中年のユダヤ人だ。彼も立ち上がり、恥ずかしげもなく金銭的な欲求を露わにして、いま通り過ぎた男のほうを見つめている——というか、その男の背中を見つめている。男はバイバイとでも言うように、前を向いたまま手を振り、私の視界から消えた。

私は客室乗務員に訊ねた。「副操縦士さんですか?」

彼女は私たちのシートベルトを外し、私をワイリー・ホワイトに委ねようとしていた。

「いいえ。あれはミスター・スミスです。個室をお使いなんですよ、〝新婚用スイートルーム〟——といっても、ミスター・スミスはお一人ですけど。副操縦士はいつでも制服を着ています」。彼女は立ち上がった。「ナッシュビルに着陸するのかどうか確かめてきます」

ワイリー・ホワイトがギョッとした表情を浮かべた。

「どうして?」

「ミシシッピ川流域に嵐が近づいているようなんです」

「それって、ここにひと晩泊まらないといけないってこと?」

「嵐がこのまま来れば!」

突然機体がガクンと降下し、嵐が来ていることを示した。ワイリー・ホワイトは私の正面の席に倒れ込み、客室乗務員は操縦室の方向に投げ出されるように走っていき、ユダヤ人は座席に尻をついた。

私たちは不快げに叫び声をあげたが、それは飛行機旅行に慣れた者たちが発する、わざとらしく冷静な声だった。それから落ち着きを取り戻し、紹介し合った。

「ミス・ブレイディ、こちらはミスター・シュウォーツ」とワイリー・ホワイトが言った。「こちらもお父様の大事な友達です」

ミスター・シュウォーツがとても熱心に頷くので、私には彼のこう言う声が聞こえてきそうな気がした――「真実です。神を私の裁き手として、真実です！」

彼はこの言葉を人生のある時点で実際に口にしたかもしれない――が、明らかにいまの彼は何かが身の上に起きた男だった。彼に会うのは、殴り合いの喧嘩か交通事故でノックアウトされた友人と遭遇するようなものだ。その友人を見てあなたはこう訊ねる。「何が起きたの？」それに対して彼は、折れた歯と腫れた唇のあいだから意味不明の言葉を発する。自分に何が起きたのかも説明できない。

ミスター・シュウォーツは外見的に目立つところのない男だった。鼻が大げさなほどペルシア人的で、目の隈（くま）が斜めに暗くなっているのは先天的なものだ――私の父の鼻孔周辺から少し上を向いた鼻の先端までが、アイルランド人らしい赤みを帯びているのと同じように。

「ナッシュビル！」とワイリー・ホワイトが叫んだ。「それって、ホテルに泊まるってことだよな。明日の夜まで西海岸に着けない――着くにしても。なんてこった！　僕はナッシュビル生まれなんだよ」

「また故郷を見たいんじゃないの」

「とんでもない――十五年間、寄りつかないようにしてたんだ。二度と見たくない」

しかし、彼は見ることになる――というのも、飛行機が間違いなく高度を下げていたからだ。下に、下に、ウサギの穴に落ちたアリスのように。片手を丸くして窓に当て、そこから覗くと、左側にぼんやりと都市が見えてきた。嵐のなかに入って以来、シートベルト着用と禁煙の緑色のサインが灯ったままだ。

「客室乗務員が言ったことを聞いたかい？」通路の向こうで苦しそうに黙り込んでいたミスター・シュウォーツが言った。

「言ったことって？」とワイリー。

「彼が何て名乗ったかだよ」とシュウォーツ。「ミスター・スミスだって！」

「何が悪い？」とワイリーが訊ねた。

「いや、別に」とシュウォーツは急いで言った。「面白いと思っただけさ。スミスなんて」。私はこれほど喜びの感じられない笑い声は聞いたことがなかった。「スミス！」

空港のようなものは、駅馬車の停留所がなくなって以来、ほかにないのではないかと思う——こんなに寂しくて、陰気に静まり返っているところは。駅馬車の赤い煉瓦の停留所は、人々が町と定めた場所に建てられていて、そんな孤立した場所で降りるのは、そこに住んでいる人たちだけだった。しかし、空港はオアシスとか、長大な交易路の中継点があった時代へと歴史をさかのぼる。飛行機の旅人たちが一人で、または二人づれで、深夜の空港をとぼとぼと歩いている姿は、午前二時まで人々の小さな群れを惹きつける見ものだろう。若者たちは飛行機を見て、年長者たちは乗客を見る——疑いと警戒の眼差しで。私たちは東西どちらかの海岸に住み、大陸を横断する大きな飛行機で、雲から中部アメリカに気楽に降り立つ金持ちたちだ。映画スターという姿を取った、胸躍る冒険がそこにあるかもしれない。でも、たいていそんなことはない。だから私はいつでも、自分たちが実際より興味深い風貌だったらいいのにと切に願った。映画の完成試写会のときと同じだ。映画スターではない者に、ファンたちは非難するような軽蔑の眼差しを向けるのである。

地上に降り立つと、ワイリーと私はにわかに友達になった。飛行機から降りるとき、彼が腕を差し出し、支えてくれたからだ。それ以来、彼は私に言い寄るようになり、私は気にしなかった。空港に足を踏み入れた瞬間から、ここで取り残されるとすれば、私たちは一緒に取り残されるのだということが明らかになった。（私が恋する男の子を失ったときとは違った——ベニントンに近いニューイングランドの小さな農家で、彼がレイナという女の子とピアノを弾いていて、自分は邪魔なのだとついに悟ったときとは。ガイ・ロンバード〔ロイヤル・カナディアンズというバンドを率いたバンドリーダー〕がラジオで「トップ・ハット」や「チーク・トゥ・チーク」〔どちらもミュージカル映画『トップ・ハット』のためにアーヴィング・バーリンが作曲した歌〕を演奏し、彼女がメロディを教えてあげていた。ピアノの音が落ち葉のようにこぼれ、黒鍵の和音を教えるその手が彼の手にかぶさった。そのとき私は一年生だった。）

空港ビルに入ったとき、ミスター・シュウォーツも一緒にいたが、彼は夢を見ているような表情だった。私たちがデスクで正確な情報を得ようとしていても、滑走路に通じるドアをじっと眺めているだけなのだ。まるで、飛行機が彼抜きで飛び立ってしまうのを恐れているかのように。それから私は数分間その場を離れたが、そのあいだに何かが起きたようだった。私が戻ると、シュウォーツとホワイトが並んで立っていて、ホワイトがしゃべっている。シュウォーツはバックしてきた巨大なトラックに二度轢（ひ）かれたような顔をしており、滑走路に通じるドアはもう見つめていなかった。しゃべっているワイリー・ホワイトの最後の言葉が聞こえてきた……

「——黙れと言ったんだ。自業自得だよ」

「僕はただ――」

私が近づいて、何かニュースはないかと訊ねると、彼は口を閉ざした。そのときの時間は午前二時半だった。

「ちょっとだけね」とワイリー・ホワイトが言った。「どちらにしても、あと三時間は飛び立てないようなんだ。だから、意気地なしどもはホテルに行く。でも、僕は君たちをハーミテージに連れていきたいんだ。アンドルー・ジャクソン〔第七代アメリカ大統領〕の邸宅だよ」

「この暗闇でどうやって見るんだい？」とシュウォーツが訊ねた。

「まあ、二時間もすれば夜が明けるよ」

「君たち二人で行きなよ」とシュウォーツ。

「わかった――君はホテルに行くバスに乗るといい。まだ待っているよ――彼も乗っているし」。ワイリーの声にはなじるような感じがあった。「まあ、それがいいんじゃないかな」

「いや、僕も君たちと一緒に行く」とシュウォーツが慌てて言った。

タクシーでいきなり真っ暗な田舎道に出ると、シュウォーツは元気が出てきた様子で、励ますように私の膝を叩いた。

「一緒に行かなきゃ」と彼は言った。「お目付け役にならないとね。かつて、大儲けしていた頃、僕には娘がいた――美しい娘だった」

娘が有形資産として債権者に売られてしまったかのような話し方だった。

「また娘はできるよ」とワイリーが請け合った。「みんな取り戻せるさ。運が向けば、セシリアのパパがいるところにたどり着ける。そうだよね、セシリア？」

「ハーミテージってどこだ?」とシュウォーツが少ししてから言った。「何もない荒野の果ての果てか? 飛行機を逃すんじゃないかな?」

「やめろよ」とワイリーが言った。「君のために客室乗務員も連れてくればよかったな。あの客室乗務員、気に入ったろ? なかなか可愛い子だったよね」

私たちはヘッドライトで光る平坦な田園地帯を長いこと走った。道がずっと続き、一本の木があり、一軒の小屋があり、一本の木があり、そうしたら突然、森林地帯の端をくねくねと走っていた。森は闇に包まれていたが、それでも木々が緑色であるのが感じられた——カリフォルニアの埃(ほこり)っぽいオリーブ色の木々とはまったく違う。やがて三頭の牛を追い立てている黒人が見えてきた。シッシッと言って黒人が牛を道路脇にどかすと、牛たちはモーッと鳴いた。横腹が温かくて生気に満ち、つやつやしている本物の牛だ。車が近づくと、黒人も暗闇から徐々にはっきり現われてきて、茶色い大きな目で私たちを見つめていた。ワイリーが二十五セント貨を渡すと、彼は「ありがとうございます——ありがとうございます」と言い、そのまま私たちの車を見送った。牛がまた闇に向かってモーッと鳴いた。

私は初めて本物の羊を見たときのことを思い出した——何百頭も。私たちの乗った車がレムリ・スタジオ〔カール・レムリはユダヤ人の映画製作者でユニバーサル映画の創始者〕の野外撮影場(バックロット)で羊たちに出くわしたのだ。羊たちは映画に出演することに不満そうだったが、一緒に車に乗っていた男たちはこう話し続けていた。

「すごいだろ?」

「こういうのを撮りたかったのか、ディック?」

「すごくないか?」ディックという名の男はコルテスかバルボア〔どちらも十六世紀のスペイン人で、コルテスはメキシコの征服者、バルボアは太平洋の発見者。ジョン・キーツ

〔が詩のなかでこの二人を間違えたことから、ここで二人一緒に言及されている〕よろしく、車の中で立ち上がり、灰色の毛の波動を見つめていた。羊たちがどんな映画に出たのか、かつて知っていたのだとしても、私はもう忘れてしまった。

私たちは一時間ほど走り続けた。途中、古い鉄橋で小川を渡った。下は板張りで、ガタガタと揺れる橋だった。雄鶏が鳴き始め、農家を通るたびに、青緑色の影がうごめいた。

「すぐに夜が明けるって言っただろ」とワイリーは言った。「僕はこの近くで生まれたんだ——南部の貧しい物乞いの息子さ。実家の邸宅はいま屋外便所として使われている。家には召使いが四人いた——父親と母親と、二人の姉さ。僕はこの職業組合（ギルド）には入らず、メンフィスに行って、人生を切り開こうとした。それがいまどん詰まりってわけ」。彼は私の体に腕を回した。「セシリア、結婚してくれない？　ブレイディ家の財産の分け前がもらえるように」

彼の口調には心を和（なご）ませるものがあったので、私は彼の肩に頭をのせた。

「君は何をしてるの、セシリア？　学校に通ってる？」

「ベニントンにね。三年生よ」

「そうか、申し訳ない。わかってしかるべきだったけど、僕は大学教育の恩恵にあずからなかったんでね。でも、三年生か——『エスクァイア』で読んだけど、三年生は何も学ぶものがないって話だよ、セシリア」

「どうしてみんなこう思うのかしら、大学に行く女の子は——」

「謝らないで——知識は力だから」

「あなたの話し方から、私たちがハリウッドに帰る途中だってことはみんなわかるでしょうね」と私は言った。「ハリウッドはいつでも数年分、時代に遅れているのよ」

彼はショックを受けたようなふりをした。

「東部の女の子には秘密の生活がないってこと？」

「そこよ、ハリウッドの遅れているところは。秘密の生活なんて、東部の娘にはたっぷりとあるの。ねえ、迷惑なんだけど、手を離して」

「無理だね。動いたら、シュウォーツが目を覚ましてしまうかもしれない。彼が眠ったのは数週間ぶりじゃないかと思うんだ。聞いて、セシリア、僕はプロデューサーの奥さんと関係を持ったことがある。とても短い期間だったけど。それが終わったとき、彼女は歯に衣着せずにこう言ったんだ。〝このことを口外したら、ハリウッドから追放するわよ。夫はあなたよりもずっと重要な男ですからね〟」

私はこれでまた彼が好きになった。ほどなくタクシーはスイカズラとスイセンの香る道に入り、大きな灰色の家の前で停まった。アンドルー・ジャクソン邸である。運転手がこちらを振り返り、何か言おうとしたが、ワイリーがシュウォーツを指さして黙らせた。私たちは忍び足でタクシーから降りた。

「いまは邸内に入れませんよ」とタクシーの運転手が丁寧に言った。

ワイリーと私は玄関前の踏み段に座り、柱にもたれかかった。

「ミスター・シュウォーツはどうなの？」と私は訊ねた。「何をしている人？」

「シュウォーツなんてクソくらえだ。かつて大企業のトップだったんだけどね――ファースト・ナショナルだったかな？　パラマウント？　ユナイテッド・アーティスツ？　それがいまは落ちぶれてしまった。でも、巻き返すさ。マヌケかアル中でない限り、映画界から脱落することはない」

「あなた、ハリウッドが嫌いなのね」と私は挑発してみた。

「好きだよ。もちろん好きさ。ねえ！　アンドルー・ジャクソン邸の踏み段で話すようなことじゃないよ――それも夜明けに」

「私はハリウッドが好きよ」と私はしつこく言った。

「それでいいって。桃源郷にある炭鉱の町ってところだよね。誰が言ったか知ってる？　僕さ。タフな連中にはいい町なんだよ。でも、僕はジョージア州サヴァナ〔南北戦争前に栄えた港町〕から引っ越してきたんでね。初日にガーデンパーティに行ったんだ。ホストは僕と握手して、さっさと立ち去った。そこにはすべてがあったよ――スイミングプール、一インチ二ドルもする緑色の苔、酒を飲んで楽しんでいる美しい雌猫たち――

――で、誰も僕に話しかけないんだ。一人として。五、六人に話しかけたけど、返事もしてくれない。それが一時間、二時間と続いて――僕は座っていたところから立ち上がり、気がふれたみたいに小走りで退散した。自分に正当なアイデンティティがないみたいに感じたよ――ホテルに戻って、自分宛ての手紙をフロント係に渡されるまではね」

もちろん、私にはこんな経験はないが、いままでに出席したパーティを振り返ってみれば、そんなこともあり得ると思った。ハリウッドでは、知らない人に話しかけることはない――その人が別のところで斧を研いできた〔「研ぐべき斧がある」というのは「ひそかなたくらみがある」という意味の熟語〕ことを示す看板を身につけていて、なおかつその斧が自分の首には振り下ろされないとわかっている場合を除いて。言い換えれば、セレブでない限り、誰からも話しかけられない。そして、セレブであっても、気をつけたほうがいい。

「そんなこと、気にしなければよかったのよ」と私は偉そうに言った。「無礼な人がいても、その人があなたを攻撃しているわけではない――以前に出会った人を攻撃しているの」

「こんなに可愛い子が――こんなに賢いことを言うんだね」

東の空から昇ろうとする陽の光が射し込み、ワイリーの目に私の姿がはっきり見えるようになったはずだ――痩せていて、顔立ちもセンスもよく、活発な胎児のような精神の若い娘。五年前のあの日、夜明けの光の下、自分がどう見えたのだろうと考える。少し服がよれよれで、顔色も悪かったであろう。しかし、あの年齢のとき――ほとんどすべての冒険がいいことだという若い幻想を誰もが抱いている時期――私は風呂に入り、服を着替えるだけで、また何時間でも冒険を続けられたのだ。

ワイリーは私を見つめたが、その視線には本当に嬉しくなるような嘆賞の気持ちが込められていた――それから突然、私たちは二人きりではなくなった。ミスター・シュウォーツが申し訳なさそうに、この美しいシーンに入り込んできたのだ。

「転んで、大きな金属製のハンドルに顔をぶつけたよ」と彼は目の隅を触れながら言った。

ワイリーは飛び上がった。

「ちょうどよかった、ミスター・シュウォーツ」と彼は言った。「ツアーが始まるところだ。こちらがオールド・ヒッコリーの家――アメリカの第十代大統領だ〔オールド・ヒッコリーはアンドルー・ジャクソンのあだ名だが、彼は第七代大統領〕。ニューオーリンズの戦いの勝利者にして、中央銀行の敵、そして猟官制度を作り出した者〔ジャクソンは軍人時代、ニューオーリンズでイギリス軍を破り、大統領のときに中央銀行を廃止、自分の支持者に公職を与える慣習を始めた〕」

シュウォーツは陪審員を見るかのように私のほうを見た。

「君向けの脚本家だね」と彼は言った。「すべてを知っていると同時に、何も知らない」

「何だ、それは？」とワイリーは怒ったように言った。

彼が脚本家だというのは、私も最初からうすうす感づいていた。ただ、私は脚本家が好きではあったが——というのも、脚本家に何か訊けば、たいてい答えてもらえるから——それでも私の目に彼は小物に見えるようになった。脚本家というのは正確に言うと人間ではない。というか、いい脚本家だったら、それはたくさんの人間たちが集まって、必死に一人の人間になろうとしているということなのだ。鏡に映る自分の姿を見まいとしている、憐れな俳優と同じである。のけぞって目を逸らそうとするが、シャンデリアに反射する自分の顔を見るだけ。

「脚本家って、そんな感じじゃないか、セシリア?」とシュウォーツが訊ねた。「僕には彼らを言い表わす言葉がないけどね、ただ、それが真実だっていうのはわかってる」

ワイリーは怒りがゆっくりと募(つの)っている様子で彼を見つめた。「それは前にも聞いたよ」と彼は言った。「いいか、マニー、僕はいつだって君よりは現実的だ！ 僕はあるオフィスでどこかの神秘主義者の話を聞いたことがある。そいつは歩き回っては、くだらない話をまくし立てていた。カリフォルニア以外だったら、精神科病院に連れていかれそうな話さ。でも、僕は何時間も座って、それを聞いていた——そうしたら、そいつは自分が現実的で僕が夢想家だなんて言う。どうぞお引き取りになって、自分の言ったことをちゃんと咀嚼するといい、とまで抜かしたよ」

ミスター・シュウォーツの顔の均衡が崩れたように感じられた。片方の目で背の高い楡(にれ)の木の向こうの空を見つめ、片手を上げて、中指の甘皮をつまらなそうに噛んでいる。一羽の鳥が家の煙突のあたりを飛び回り、彼の視線はそれを追っていた。やがて鳥はカラスのように煙突に止まり、ミスター・シュウォーツは鳥から目を離さずに言った。「この家には入れないし、君たち二人は空港に戻る時間だ」

まだ夜が明けたとは言い切れなかった。ハーミテージは大きくて立派な白い箱のように見え、少し寂しげな印象を与えた。誰も住まぬまま、百年ここに建ち続けているのだ。私たちは車に戻った。そして私たちが乗り込み、ミスター・シュウォーツが意外にも外からタクシーのドアを閉めたとき、ようやく私たちは彼が一緒に戻るつもりのないことに気づいた。

「西海岸には戻らない――目を覚ましたときに決心したんだ。ここにとどまって、あとで運転手に迎えにきてもらうよ」

「東部に戻るのかい？」とワイリーは驚いて言った。「あんなことのために――」

「決めたんだよ」とシュウォーツは弱々しく微笑(ほほえ)んで言った。「かつて僕はまさに決断力の男だった――君が見たら驚くよ」。タクシー運転手がエンジンを温めているとき、彼はポケットを探っていた。

「この手紙をミスター・スミスに渡してくれないか？」

「二時間後に迎えにきましょうか？」と運転手がシュウォーツに訊ねた。

「そうだな……そうしてくれ。見物を楽しませていただくことにするよ」

空港に戻るまでのあいだ、私は彼のことをずっと考えていた。あの早朝の時間と風景に彼を当てはめようとした。彼はどこかのユダヤ人街で生まれ、長い時間をかけて、あの生々しい聖堂(ハーミテージ)にたどり着いたのだ。マニー・シュウォーツとアンドルー・ジャクソン――彼らを同じ文章のなかで口にするのは難しい。あそこを歩き回っているとき、アンドルー・ジャクソンが何者かを彼が知っていたかどうかも疑わしい。しかし、おそらく彼はこう考えていただろう。人々がアンドルー・ジャクソンの家を保存したのなら、それはきっと彼が大物で慈悲深く、わかってくれる人だからに違いない、と。人生の最初と最後には滋養が必要だ――乳房が――聖堂が。誰からも必要とされなくなって、頭に銃弾をぶち込むとき、身を寄せることのできる何かが。

もちろん、私たちは二十時間後までそれを知らなかった。空港に着いたとき、パーサーにミスター・シュウォーツは旅を続けないとだけ告げ、彼のことは忘れてしまった。嵐はすでにテネシー州の東に進んで山地に激突しており、私たちは一時間以内に出発する予定だった。眠そうな目をした乗客たちがホテルから現われ、私はソファ代わりに使われている拷問具のような椅子で数分まどろんだ。これから危険な旅が始まるのだという考えが、中断された旅の残骸からゆっくりと甦ってくる。新しい客室乗務員がスーツケースとともにきびきびと私たちの横を通り抜けた。背が高く、つやつやとした黒髪の美人。フランス国旗のような赤と青ではなく、シアサッカーを着ているが、それ以外は、まさに最初の客室乗務員とそっくりだ。待っているあいだ、ワイリーは私の隣りに座った。

「あの手紙をミスター・スミスに渡したの？」と私は半分眠りながら言った。

「うん」

「ミスター・スミスって、誰？　彼がミスター・シュウォーツの旅を台無しにしたみたいだけど」

「それはシュウォーツが悪いんだ」

「私、ああいう強引な人って苦手なのよ」と私は言った。「私の父も家で強引に自分の意見を押し通そうとするわ。だから、そういうのはスタジオだけにしてって言うの」

私は父に対してフェアではなかったのだろうかと考えた――朝のあの時間なら、きつい言葉はあまり強く響かないものだ。「でも、父は強引に私をベニントンに入れたんだけど、私はそのことにずっと感謝してるわ」

「すごいぶつかり合いだろうな――」とワイリーが言った。「――強引なブレイディと強引なスミスが衝突したら」

「ミスター・スミスって、父の競争相手なの？」

「いや、そういうわけではない。違うと言うべきだな。でも、二人が競争するとしたら、僕はどちらに金を賭けるかで迷うことはない」

「私の父に？」

「残念ながら違う」

朝が早すぎて、家族の名誉のために立ち上がる気にはなれなかった。操縦士はパーサーと一緒にデスクに向かっていて、これから乗る予定の客の一人を見て首を振った。この客は五セント貨を二つ電気蓄音機に入れてから、ぐでんぐでんに酔った状態でベンチに横たわり、眠るまいと頑張っていた。彼が選んだ最初の曲、「ロースト」が部屋じゅうに響きわたり、少し間があいてから、二番目に選んだ「ゴーン」が始まった〔どちらも一九三六年の流行歌〕。どちらも同じくらい大げさで独りよがりの曲だ。操縦士は力強く首を振り、この乗客のほうへと歩いていった。

「お客様、申し訳ありませんが、あなたを飛行機にお乗せするわけにはまいりません」

「なんら？」

酔っ払いは起き上がった。かなりひどい見た目だったが、もともとは魅力的な人だというのもわかった。彼が熱心に選んだ曲の趣味の悪さはともかくとして、私は彼のことが気の毒になった。

「ホテルに戻って、少し寝てください。今晩、ほかのフライトがありますから」

「空を飛ぶだけじゃねえか」

「今回は駄目です、お客様」

酔っ払いはがっかりしてベンチから滑り落ちた。そのとき蓄音機よりも大きな音で、スピーカーが私たちのようなきちんとした客を外へと導いた。飛行機の通路で私はモンロー・スターに出くわし、彼の気を引こうとした——というか、そうしたかった。相手が自分に関心を示していようがいまいが、どんな女でも物にしたいと思う男がいるものだ。私の場合は明らかに関心を示されていなかった。でも、彼は私を気に入ってくれ、飛行機が離陸するまで正面の席に座った。

「みんなで料金の払い戻しを要求しよう」と彼は提案した。その茶色い目が私をじっと見つめ、彼が恋に落ちたらどんな目をするのだろうと私は考えた。優しげだがよそよそしく、しばしば相手を懐柔しようとするものの、どことなく偉そうな目。その目で多くを見抜いたとしても、目を責めるべきではない。彼は「男同士の仲間」という役柄を巧みに演じたり、そこから逸脱したりしていた——が、全体的にはそんな仲間意識などなかったと言わねばなるまい。それでもいかに口をつぐみ、いかに背景に退き、いかに耳を傾けるかを心得ていた。自分の立っているところから（背の高い男ではなかったが、いつでも相手を見下ろしているように感じられた）、自分の世界が持つ無数の実際的可能性を見つめていた。夜か昼かはまったく気にしない、誇り高き羊飼いの若者のように。彼は生まれてこのかた眠りを知らず、休息を取る能力も欲求もないのだった。

私たちは黙り込んでいたが、気づまりな沈黙ではなかった——十数年前に彼が父のパートナーになって以来、私は彼のことを知っていた。私が七歳、彼が二十二歳のときだ。ワイリーは通路の向こうの席に座っており、私は二人を紹介すべきなのかどうかわからなかった。ただ、モンローはぼんやりと指輪を回しているばかりなので、自分が若すぎて彼の目に入らないのだと感じさせられ、だから二人を紹介しないでいた。彼から目を逸らすわけではないが、重要なことを言うとき以外は、見つめるわけでもない――多くの人々が彼から同じ影響を受けるのだと私にはわかっていた。

「この指輪、あげるよ、セシリア」

「あら、失礼。別にその指輪を見ていたわけでは――」

「こんなのはいくつも持っているから」

彼は指輪を私に手渡した。Sの文字がくっきりと浮き彫りにされた金の塊（かたまり）。その大きさが彼の指と奇妙に好対照だと私は考えていたのだった――彼の指は体のほかの部分と同じように細くて繊細だ。顔も細く、眉毛がアーチ形で、黒い髪は縮れている。ときどき知的な男にも見えるが、実際にはファイターだ――彼の過去を知る人によれば、ブロンクスで育った不良軍団の一員であったという。その人は、体は華奢（きゃしゃ）な彼がいつも軍団の先頭を歩いていたという話をしてくれた。ときどき後ろに向かって、口の端から命令を飛ばすのだ。

モンローは私の手に指輪を握らせると、立ち上がり、ワイリーに向かって言った。

「〝新婚用スイート〟に来てくれ。じゃあ、セシリア、またあとで」

遠ざかっていく彼らの声が聞こえなくなる直前に、ワイリーの質問が聞こえてきた。「シュウォーツの手紙、開けてみました？」それに対するモンローの答え。

「まだだ」

私はなんて鈍いのだろう。この瞬間まで、モンローがミスター・スミスであることに気づいていなかったのだから。

あとになって、ワイリーが手紙の中身について話してくれた。タクシーのヘッドライトしか灯りがなかったところで書いたので、非常に読みにくかったという。

モンローさま、あなたはみんなのなかで最高だ、いつでもあなたの精神はすごいと思っていた、だからあなたに見捨てられたとき、これで終わりだとわかった！　ぼくは役立たずだし、この旅は続けない、ただもう一度だけ言っておく。気をつけろ！　ぼくにはわかる。

あなたの友人、マニー

モンローはこれを二度読み、朝のひげ剃り前の顎鬚（あごひげ）に手を当てた。

「あいつは神経症の廃人だ」と彼は言った。「手の施しようがない。何一つ。あいつに素っ気なくしたのは申し訳ないが――しかし、あなたのためなんですなどと言って近づいてくる連中は我慢ならん」

「本当にためになったかもしれません」とワイリーが言った。

「憐れなテクニックさ」

「僕なら信じますね」とワイリーは言った。「僕は女性みたいに虚栄心が強いんです。見せかけでも僕に興味を示す人がいたら、それをもっと求めてしまう。アドバイスをもらうのは好きですから」

モンローは不快そうに首を振った。ワイリーは彼をからかい続けた――この特権が許されている数人のうちの一人なのだ。

「あなたもある種のお世辞には弱いはずですよ」と彼は言った。「〝ナポレオンの再来〟みたいなやつ」

「反吐（へど）が出る」とモンローは言った。「でも、助けてやるという連中はもっと嫌だ」

「アドバイスが嫌いなら、どうして僕に給料を払うんです?」

「それは商品の問題だな」とモンローは言った。「俺は商人だからさ。おまえの頭のなかにあるものを買うんだ」

「あなたは商人とは違いますよ」とワイリーは言った。「僕は広報係のときにたくさんの商人を知ってましたからね。チャールズ・フランシス・アダムズ〔第二代大統領ジョン・アダムズの曾孫、第六代大統領ジョン・クインジー・アダムズの孫にあたる実業家〕の言うことに賛成です」

「何て言ったんだ?」

「彼はみんなを知ってたんですよ――グールド、ヴァンダービルト、カーネギー、アスター〔十九世紀に鉄道業、金融業、鉄鋼業などで大儲けした実業家たち〕――で、来世でまた会いたい人は一人もいないって言ったんです。まあ――商人はその頃から進歩していません。だから僕は言うんです、あなたは商人ではないって」

「アダムズはひねくれ者だったんだろうな」とモンローは言った。「自分もトップに立ちたかったんだが、判断力だか人格だかが欠けてたんだ」

「脳みそはありましたよ」とワイリーは鋭く言った。

「脳みそ以上のものが必要なんだ。おまえたち脚本家や芸術家は途中で投げ出したり、ごちゃごちゃにしたりする。だから誰かが整理しないといけない」。彼は肩をすくめた。「おまえは物事を個人的に捉えすぎるようだ。人を嫌ったり、崇拝したり――いつでも人がすごく重要だと考えている――特に自分のことが。それで、いろいろ試されたいって思うんだ。俺は人が好きだし、人に好かれたいと思うけど、心は神が与えてくれた場所にとどめておく――外には出さない」

話がしばし途切れた。

「俺は空港でシュウォーツに何て言ったっけ？　覚えてるか――正確に？」

「こう言いました。〝おまえが何を求めているにしろ、答えはノーだ〟」

モンローは黙り込んだ。

「あいつは沈み込んでました」とワイリーが言った。「でも、僕が笑わせて、励ましましたよ。パット・ブレイディの娘とドライブをしてね」

モンローは客室乗務員を呼ぶベルを鳴らした。

「少しのあいだでいいんだけど」と彼は言った。「操縦室でしばらく操縦士さんと一緒に座るわけにはいかないかな？」

「それは禁止されています、ミスター・スミス」

「じゃあ、手が空いたときにここに来るように言ってくれ」

モンローはその午後じゅう最前列に座り続けた。私たちは果てしない砂漠の上を滑るように進み、やがて高原の上に出た。下の景色はたくさんの色に染まっている――子供のとき、さまざまな色に染めて遊んだ白い砂のように。それから午後遅くになって、山の頂上が見えてきた――凍ったノコギリ歯(ソートゥース)山脈〔アイダホ州中央部の山々〕だ。その頂上がプロペラの下を滑っていき、私たちは目的地に近づいていった。

うたた寝をしていないときは、モンローと結婚したいと考えていた。彼が私を愛するように仕向けたい。なんという自惚(うぬぼ)れ！　私が彼に何を与えられるというのだろう？　しかし、当時の私はそのように考えなかった。若い娘のプライドがあり、「私だって彼女に負けていない」と尊大にも考えることによって勢いづいていた。素晴らしい美女たちが当然ながら彼に媚びを売ってきたであろうが、私は自分の目的を果たすためなら、彼女らと同じくらい美しくなれる。知的な関心を少し披露すれば、どんなサロンにも相応しい、輝かしい装飾品になるであろう。

いまでは馬鹿げた考えだったとわかる。モンローの受けた教育は夜学で学んだ速記術だけだが、長いこと先頭に立って、人跡未踏の知覚の荒野を走ってきた。その結果、ほんの少数の人しかついていけない領域にまで達していたのだ。しかし、向こう見ずな自惚れを抱いていた私は、狡猾さで負けまいと自分の灰色の目で彼の茶色い目に対抗し、ゴルフとテニスで鍛えた若き心臓の鼓動で彼の心臓に対抗しようとした——彼の心臓の鼓動は長年の過労の結果、遅くなっていたに違いないのだが。私は計画を立て、たくらみ、策を弄した——女なら誰でもわかるはずだ——が、これから見ていくように、それはどうにもならなかった。もし彼が貧乏な青年で、私と歳が近ければ、うまくいったかもしれない——私はいまでもそのように考えるのが好きだ。しかし、もちろん本当の真実は、彼が持っていないもので私に与えられるものなど何もなかった。私のロマンチックな考えのいくつかは実のところ映画に由来している——たとえば、『四十二番街』〔一九三三年のミュージカル映画〕は私に大きな影響を与えた。モンロー自身の製作による数作の映画が私をこのような女にしたというのは、非常に可能性の高い話である。

というわけで、かなり望み薄だった。モンローの映画で引き出された感情をモンローに訴えたとしても、彼の心に響くはずがないのだ。

しかし、そのときは違った。父が助けてくれるかもしれなかったし、客室乗務員が助けてくれるかもしれなかった。客室乗務員が操縦室のほうに歩いていき、モンローにこう言うのだ。「〝愛〟を見たければ、あの女の子の目を見るといいわ」

操縦士も助けてくれるかもしれなかった。「君は目が見えないのかい？　どうしてあっちに戻らないんだ？」

ワイリー・ホワイトも助けてくれるかもしれなかった――通路に突っ立って、私が眠っているのか起きているのかと考えつつ、疑わしげに見下ろしているだけではなく。

「座りなさいよ」と私は言った。「ニュースはある？　いまはどのへん？」

「空中」

「あら、そうなのね。座ってよ」。私は明るく関心を示そうとした。「いまは何を書いているの？」

「憐れなもんさ。ボーイスカウトのことを書いてるんだ――あのボーイスカウトだぜ」

「モンローの考えなの？」

「わからない――彼にざっと見てくれとは言われたけど。僕より先に十人、あるいはあとに十人、この仕事をやらせているかもしれない。これは、彼が抜け目なく作り出したシステムだよ。それで、彼に恋をしているの？」

「そういうわけじゃないわ」と私は憤然として言った。「生まれた頃から知ってるんだから」

「思い焦がれても報われずって？　まあ、君がその影響力を使って、僕を出世させてくれるなら、取り持ってあげてもいいよ。僕は自分のユニットが欲しいんだ」

私はまた目を閉じてまどろんだ。目を覚ますと、客室乗務員が毛布を掛けてくれているところだった。

「もうすぐ着陸です」と彼女は言った。

窓から夕陽に映える景色を見ると、いままでより緑色の土地にいることがわかった。

「さっき、可笑しな話を聞いたんです」と客室乗務員が話しかけてきた。「操縦室で、ですけど――あのミスター・スミスが――というか、ミスター・スターが――私、あの人の名前を見た覚えがないんですけど」

「映画には名前を出さないのよ」と私は言った。

「まあ。それでね、あの方が飛行法について操縦士たちにいろんなことを訊くんです——つまり、すごく興味を持っているの。ご存じでした?」

「知ってるわ」

「そうしたら、操縦士の一人が私にこう言うんです。自分が教えたら、ミスター・スターは十分で単独飛行できるようになるだろうって。それくらいすごい精神の持ち主だって言うんですよ」

私は苛々(いらいら)してきた。

「それで、どこが可笑しいの?」

「ええ、それで最後に操縦士の一人が、ミスター・スミスにお仕事はお好きですかって訊ねたんです。ミスター・スミスの答えはこうでした。〝ああ、まあ、好きだよ。まわりは割れた木の実(クラックト・ナッツ)ばかりのなかで、一人だけ無傷の木の実だっていうのはね〟〔crackedには「気のふれた」という意味、nutにも「気がふれた人」の意味がある〕」

客室乗務員は腹を抱えて笑った——私は唾をかけてやりたくなった。

「まわりの人たちのことを木の実(ナッツ)って呼んだところが——割れた木の実(クラックト・ナッツ)ですって」。笑い声は意外なほど唐突にやみ、彼女は真顔になって立ち上がった。「では、仕事が残っていますので」

「さようなら」

どうやらモンローは操縦士たちを同じ玉座につかせ、しばらく王の気分を味わわせたのだろう。数年後、私はこのときの操縦士の一人と飛行機に乗り合わせ、モンローが何を話したのかを彼から聞いた。

モンローはそのとき山を見下ろしていたという。

「君が鉄道会社の人間だとしよう」と彼は言った。「どこかに鉄道を通さないといけないとする。測量士の報告を聞き、そこには三つか四つ、あるいは六つも谷があることがわかる。どの谷も同じくらいの難物だ。どこにするか決めないといけないのだが、何を根拠にする？　どれが一番か試すわけにはいかない――やってみるしかない。だから、ともかくやってみる」

操縦士は何か聞き逃したのではないかと思った。

「どういうことですか？」

「一つのルートをろくな理由もなく選ばないといけないんだ――あの山がピンクだからとか、この青写真がいい色だからとか。わかる？」

操縦士はとても価値のあるアドバイスだと思ったが、これが応用できる地位に就くことがあるとは思えなかった。

「私が知りたかったのは」と彼は悲しげに私に言った。「あの人がどのようにしてミスター・スターになったか、です」

残念ながら、モンローはその問いに答えられなかったであろう――胎児には記憶力が与えられていないから。私は少しだけ答えられる。彼は若いときに強い翼を羽ばたいて、とても高く飛んだのだ。そして太陽をもまともに見つめられる目で、あらゆる王国を見下ろした〔新約聖書ルカ伝四章五～六節、悪魔がキリストに世界じゅうの国々を見せ、「この国々の権力と栄光をあげよう」と言った話より〕。粘り強く――最後は死に物狂いに――翼を羽ばたき続け、私たちの誰よりも長く空にとどまった。そして、その高所から物事の仕組みについて見たことすべてを記憶し、ゆっくりと地上に降りてきたのである。

エンジンが切られ、私たちの五感は着陸に備えて微調整され始めた。前方左にはロングビーチ海軍基地を照らす一列のライトが、右にはぼんやりと明滅するサンタモニカが見えた。太平洋の上に、大きくてオレンジ色のカリフォルニアの月が出ている。私がこうしたことにどういった感慨を――結局のところ、これが故郷なのだから――抱いたとしても、モンローはもっと深い感慨を抱いていたはずだ。私の場合、レムリ・スタジオの裏で羊たちを見たときのように、最初に目を開けたときにこうしたものを見たのだが、モンローの場合はしばらく飛行したあとでここに降り立ったのだから。あの並外れて啓発的な飛行で、私たちがどこに向かっているか、そのとき私たちが人の目にどのように映るか、そのどれくらいが重要なのかなどを彼は見て取ったのである。たまたま風が彼をここに運んだだけだとも言えるだろうが、私はそうは思わない。むしろ彼が、感情の新しい測り方を「遠映し（ロングショット）」で見たのだと思う――私たちの発作的な希望、優雅な悪事や不器用な悲しみを測る新しい尺度を。そして彼は私たちと最後まで一緒にいることを選んでここに来たのだ。グレンデール空港へ、その暖かい闇のなかへと着陸するこの飛行機のように。

エピソード4&5

七月の夜九時のことだった。まだ数人のエキストラたちがスタジオの向かいのドラッグストアにいた――私が車を停めたとき、彼らがピンボールマシンに向かって屈みこんでいるのが見えた。〝オールド〟・ジョニー・スワンソン〔ケンブリッジ版の註によれば、サイレント映画時代のカウボーイ・スター、ハリー・ケアリーがモデルである〕がいつものカウボーイっぽい服を着て曲がり角に立ち、寂しげに月のほうを見つめている。かつてはトム・ミックスやビル・ハートと並ぶ映画界の大スターだった――いまは彼に話しかけるのも悲しく感じられ、私は急いで道を渡り、正面玄関から入った。

スタジオが完全に静まり返る時間はない。いつでも夜勤の技術者たちが実験室やダビング室にいるし、メンテナンス部門の人たちが食堂に現われる。しかし、音はすべてまったく違う――タイヤが道をこするくぐもった音、アイドリングのエンジンが静かにカチカチと鳴る音――ソプラノの生（なま）の歌声も、夜専用マイクでも通しているかのように響く。角を曲がると、ゴム長靴をはいて車を洗っている男の人に出くわした――彼を照らす白くて輝かしいライトは、眠っている影のような機材から噴き出した泉だ。私はミスター・マーカスが管理部のビルの前で車に乗せられるのを見て、歩を緩めた。彼は何を言うにしろ――「おやすみ」でさえ――とても時間がかかるのだ。彼が話し終えるのを待っているあいだ、私はソプラノが「来て！　来て！　あなたしか愛してないの」〔オスカー・シュトラウスのオペレッタ、『チョコレートの兵隊』のなかの曲〕を繰り返し歌っていることに気づいた。そのことを覚えているのは、彼女が地震のあいだも同じ一節を歌い続けていたからだ。地震が来たのはこの五分後である。

父のオフィスが入っているのは細長いバルコニーのついている古いビルで、バルコニーの鉄の手すりは永遠に続く綱渡りを連想させた。父のオフィスは二階にあり、片側にはモンロー、もう片方の側にはミスター・マーカスのオフィスがあった――その夜は、一列に並ぶオフィスのすべてに灯りがともっていた。モンローのすぐ近くにいると腹が落ち込むような気分になったが、いまではかなり抑えられるようになった――帰省してからの一カ月で、彼とは一度しか会っていなかった。

父のオフィスにはいろいろと奇妙なものがあったが、それについては簡単に済ませよう。すぐ外の受付には無表情な秘書が三人いて、私が覚えている限りの昔から、魔女のようにそこに座っていた――バーディ・ピーターズ、モード・なんとか、そしてローズマリー・シュミール。三人目の秘書の名前が本名なのかどうかはわからないが、彼女がこのトリオのいわゆる長老で、デスクの下に足で蹴る錠が備えつけられ、それで父の謁見の間が開くようになっていた。秘書の三人はみな熱烈な資本主義者であり、バーディはタイピストたちが連れ立って食事しているという目撃情報を週に二度以上耳にしたら、彼女らを呼び出すというルールを作っていた。当時、スタジオは暴徒による革命を恐れていたのである。

私はオフィスのなかに入った。最近はすべての最高幹部が巨大な応接室を持つようになったが、父はその先駆けだ。大きなフランス窓にマジックミラーをつけたのも父が最初で、床には落とし穴もあるという噂があった。気に食わない客が来たら、その下の地下牢に落とすというのだが、これはでっち上げだろうと思う。ウィル・ロジャーズ〔一九三五年に死去した俳優で、自然を愛する善人というイメージがあり、ゆえに聖フランチェスコとなぞらえられている〕の大きな肖像画が目立つように掛けられており、これは——私の推測では——ハリウッドの聖フランチェスコと父が非常に親しかったことを示す狙いがある。モンローの亡くなった妻であるミナ・デイヴィスのサイン入り写真もあり、ほかの有名人たちの写真や、チョークで描いた母と私の大きな絵もあった。この日、フランス窓のマジックミラーは開いていて、そこからピンクがかった金色の大きな月が見えていた。月は周辺が霞んでおり、窓枠のなかに閉じ込められて抜け出せないでいるかのように見える。父とジャック・ラ・ボーウィッツとローズマリー・シュミールは、隅に置かれた丸い大テーブルに向かって座っている。

父はどんな容貌なのか？　私は次のようなエピソードを紹介する以外、その姿を言い表わすことができない。一度、ニューヨークで思いがけず父と出くわしたことがある。自分自身を恥じているような、大柄な中年男がいることに気づいて、立ち去ってくれないものかと思っていた——そうしたら、それが父だとわかった。あとになって、私は自分の印象にショックを受けた。父はとても魅力的にもなれるのだ——顎ががっしりとしていて、アイルランド人っぽい微笑みを浮かべる男。

しかし、ジャック・ラ・ボーウィッツについては、説明を省かせていただく。ただ、彼はプロデューサー補佐で、それは人民委員的なものだとだけ言っておこう。この精神的死者のような男をモンローがどこで拾い上げたのか、あるいは押しつけられたのか——特に、こういう男のどこに使い道を見出したのか——考えるだけで愕然とする。東部から出てきたばかりの人がこういう男と出くわして愕然とするように。ジャック・ラ・ボーウィッツにも間違いなくいいところはあるのだろうが、それを言ったら極微小の原生動物にだって、雌犬と骨を求めてうろつく犬にだって、いいところはある。ジャック・ラ——ああ、やめて！

三人の表情から、私には彼らがモンローについて話していたのだとわかった。モンローが何かを命令したか何かを禁じたか、父に歯向かったかラ・ボーウィッツの企画をつぶしたか、あるいは何か壊滅的なことをして、彼らがそれに立ち向かおうとしている——反抗心と無力感を分かち合いつつ、夜まで膝を突き合わせていたのである。メモ用紙を手にしたローズマリー・シュミールの姿は、彼らの落胆の言葉を書き取ろうとしているかのようだった。

「今日はパパが生きてても死んでても、車に乗せて連れ帰るわよ」と私は父に言った。「誕生日プレゼントが包みに入ったまま腐りかけているんだから！」

「誕生日！」ジャックが狼狽し、申し訳なさそうに言った。「何歳になったんですか？　知りませんでしたよ」

「四十三だ」と父ははっきりと言った。

父はもっと年上だし——四歳上だ——ジャックもそのことは知っている。私は彼がこれをいつか使おうと頭のなかのメモ帳に書きとめるのを感じ取った。ここでは、みんなが頭のなかでメモ帳を広げたまま持ち歩いているようなものだ。読唇術に頼らなくても、頭に刻まれたメモを見ることができる。ローズマリー・シュミールも負けじとメモ帳に書き込んでいたが、彼女がそれを消しているとき、足下の地面が揺れ始めた。

このときロングビーチでは、店舗の上階が道路に崩れ落ちたり、小さなホテルが海に流されたりしたのだが、ここではそこまでの衝撃はなかった。それでも、丸々一分間、私たちの五臓六腑は地球の五臓六腑と一体化した――へその緒が創造の子宮に再びつながれ、引っ張り戻されそうになる悪夢のようだった。

母の絵が壁から落ち、そこに小さな金庫が現われた――ローズマリーと私は無我夢中で互いにしがみつこうとし、叫び、奇妙なワルツを踊るように部屋の隅から隅へと走った。ジャックは気絶したか姿を消したかし、父はデスクにしがみついて「大丈夫か？」と叫んでいた。窓の外では、例の歌手が「あなたしか愛してないの」のクライマックスに達したところで、一瞬だけ間が入り――誓って言うが――また歌い始めた。あるいは、録音機で録っておいたものを彼女が聞けるように再生したのだろう。

部屋は静まり、少し揺れているだけになった。私たちはドアまでたどり着き、突然また現われたジャックと一緒になって、よろよろと外に出た。頭がくらくらしている状態で待合室を通り過ぎ、鉄のバルコニーに出る。ほとんどすべてのライトが消えていて、あちこちから叫び声や呼び声が聞こえてきた。しばらく第二の揺れがくるのではないかと待ちかまえ、それから共通の衝動に駆られたかのように、私たちはモンローのオフィスの入り口からなかに入った。

オフィスは広かったが、父のオフィスほどではなかった。モンローはソファの片側に座って目をこすっていた。地震が起きたとき眠っていたので、自分が夢を見ているのかどうか定かではなかったのだ。私たちが夢ではないと伝えると、彼はそれをかなり可笑しいと感じたようだった――が、そのうち電話が鳴り始めた。私はできるだけ目立たないように彼のことを見つめていた。疲労のため灰色がかった顔をして、電話やインターコムから入ってくるニュースに聞き入っている。そのうち彼の目に輝きが戻ってきた。

「水道の本管が数カ所破れたようです」と彼は父に言った。「――作業員が野外撮影場に向かっています」

「グレイがフランスの村のセットで撮影しているよ」と父が言った。

「駅のセットも浸水したし、ジャングルも街角もだ。まいったな――怪我人はいないようですが」。通りがかりに彼は真面目な顔で私と握手をした。「どこにいたんだい、セシリア?」

「モンロー、あっちに行くのかい?」と父が訊ねた。

「知らせがすべて入ってからにします。送電線も一本切れたようです――ロビンソンに知らせるよう指示しました」

彼は私を同じソファに座らせ、地震についてもう一度話してくれと言った。

「疲れた顔をしてるわよ」と私は可愛らしく、母親のように言った。

「ああ」と彼は頷いた。「夜、どこにも行くところがないんでね、仕事をしてしまうんだ」

「夜の計画を立ててあげるわ」

「以前は仲間たちとポーカーをしたよ」と彼は物思いに耽るように言った。「結婚する前だ。でも、やつらはみんな酒で身を滅ぼした」

彼の秘書であるミス・ドゥーランが、新たに悪い知らせを持ってやってきた。

「ロビーが来たらすべて処理してもらいますよ」とモンローは父に請け合った。それから私のほうを向いた。「こいつはいい男なんだ――ロビンソンってやつは。修理屋でね――ミネソタの大吹雪のなか、電話線の修復工事をしていた――どんなことにもひるまない。もうすぐ来るはずだ――きっとロビーが気に入るよ」

彼は、私たちを引き合わせることが一生涯の懸案であったかのようにこう言った――そして、まるでこのことを念頭に地震を引き起こしたかのように。

「ああ、ロビーが気に入るよ」と彼は繰り返した。「いつ大学に戻るんだい?」

「帰省したばかりよ」

「じゃあ、夏じゅうこちらにいるの?」

「ごめんなさいね」と私は言った。「できるだけ早く戻るわ」

私はまごついていた。これまで、彼が私に対して何か思惑があるのではないかと考えたことがないわけではない。しかしそうだとしても、腹立たしいくらい初期の段階だ――私は「有望な新人」にすぎないのだ。しかも、その考えはあの当時、あまり魅力的に思えなかった――医者と結婚するようなものではないか。何しろ十一時前にスタジオを出ることなどめったにない人なのだから。

「どのくらいかかりますかね――」と彼は私の父に訊ねた。「――お嬢さんが大学を卒業するまでに。それを訊きたかったんですよ」

大学に戻る必要などまったくないのだと、私は勇んで言おうとしたのだと思う。もう充分に教育は受けたのだから、と。そのとき、あの誰もが褒めるロビンソンが入ってきた。がに股で赤毛の若者――仕事をしようとうずうずしている。

「こちらがロビーだよ、セシリア」とモンローは言った。「さあ、ロビー」

ということで、私はロビーに会った。運命のように思えたとは言えない――しかし、それは運命だった。その夜、モンローが愛する人を見つけたという話は、あとでロビーから聞いたのだから。

エピソード6

月光の下、野外撮影場(バックロット)は三十エーカーのおとぎの国だった——この場所が本当にアフリカのジャングルのように見えるとか、フランスのお城や錨(いかり)を下ろしたスクーナー船、夜のブロードウェイのように見えるからというわけではない。むしろ子供時代の絵本が破れて散らばり、野外の炎のなかでたくさんの物語の断片が踊っているように見えるからだ。私は屋根裏部屋のある家に住んだことはないが、住んだことがあるとしたら、野外撮影場(バックロット)はそのようなものに違いない。もちろん、夜になれば魔法によって歪(ゆが)みが生じ、そのすべてが本物になる。

モンローとロビーが到着したとき、すでにいくつもの照明が洪水のなかの危険な場所を照らし出していた。

「これをポンプで汲み出し、三十六丁目の沼に送りましょう」とロビーがしばらくしてから言った。「市の所有物ですが、これは天災じゃないですか?　あれ——見てください!」

巨大なシヴァ神の頭に二人の女がつかまり、できたばかりの川の流れを下ってきた。この像はビルマのセットから流されてきたもので、真面目な顔をしてくねくねと進んでおり、ほかの漂流物とともにときどき浅瀬にはまったり、何かにぶつかって止まったりしている。二人の避難民は禿げた額の上の湾曲した巻き毛を避難場所としており、一見したところ、面白い洪水のシーンをバスでめぐる観光客のように見える。

「あれを見てください、モンロー！」とロビーが言った。「あのご婦人方を！」

モンローとロビーは突然できた沼地に入り、足を引きずるようにして川岸まで歩き着いた。女たちの少し怯えた顔、しかし救出の見込みに輝いている顔がよく見えるようになった。

「排水口からみんな流しちまってもいいんですがね」とロビーが勇ましく言った。「でも、デミル〔二十世紀前半の名監督、セシル・デミルのこと〕が来週あの頭を使うんですよ」

実のところ彼は蝿も殺せなかったであろう。いまは腰まで水に浸かり、彼女らに竿を差し出していたが、その結果は眩暈を起こしそうなほど竿をくるくる回しているだけだった。救助の男たちが到着し、二人のうちの一人がかなり美人であるということと、二人とも重要人物らしいという噂がすぐに広まった。しかし、たまたまそこにいた見物客にすぎないので、ロビーは二人を叱りつけようと、うんざりした顔で待っていた。そのあいだに男たちはシヴァ神の頭を捕まえ、岸辺に引き上げた。

「あの頭を元に戻せ！」とロビーが男たちに声をかけた。「土産物だとでも思ってるのか？」

女の一人が像の頬をスーッと滑り降り、ロビーが彼女を受け止めて、乾いた地面に下ろした。もう一人もためらっていたが、続いた。ロビーは判断を求めてモンローのほうを向いた。

「この人たちをどうしましょう、チーフ？」

モンローは答えなかった。ほんの一メートルほど離れたところでかすかに微笑んでいるのは、亡くなった妻の顔だったのだ。その表情まで同じである。月の光の下、一メートルほどのところから、彼の知る目が彼を見つめ返している。懐かしい額にかかる巻き毛が少しだけ風に揺れる。顔にとどまっている微笑がいつものように変化する。唇が開く――同じだ。激しい恐怖に捉えられ、彼は声を出して泣きたくなった。あの饐えた匂いのする静かな部屋から、ゆっくりと進むリムジンの霊柩車のくぐもった音から、みなが投じて遺体を隠した花から、あの暗闇のなかから――いまのこの温もりと輝きへ。川は急流となって彼の足下を流れていき、大きな照明が舞い降りるように下を照らして明滅する――それから、ミナのものではない別の声が彼の耳に聞こえてきた。

「ごめんなさい」とその声は言った。「トラックのあとについて、ゲートを入ってしまったんです」

ちょっとした群衆が集まっていた――電気工、道具係、トラック運転手――そしてロビーは牧羊犬のように彼らに噛みつき始めた。

「……大きなポンプをステージ4のタンクに……この頭にケーブルを巻きつけろ……ツーバイフォー二本の上に載せて引き上げるんだ……ジャングルから水をさっさと掻き出せ……あのでかいAパイプを下ろせ、あれはみんなプラスチックだ……」

モンローは立ちつくしたまま、二人の女の行方をじっと追っていた。彼女らは警官のあとについて、出口のゲートへと縫うように歩いていく。それから彼はおそるおそる一歩踏み出し、膝がまだガクガクしているかどうか試した。騒々しいトラクターが泥をバシャバシャと撥ね散らしながら現われ、男たちが彼の脇を次々にすり抜けていく――二人に一人は彼に視線を投げかけ、微笑んで話しかける。やあ、モンロー……こんばんは、ミスター・スター……水浸しですね、ミスター・スター……モンロー……モンロー……スター……スター……スター。

彼は闇のなか脇をすり抜けていく人々に話しかけ、手を振り返した。そのさまはあたかも、皇帝と古くからの衛兵のようであったのではないかと思う。ヒーローのいない世界はなく、モンローはそのヒーローであった。こうした者たちのほとんどはここに長くいる——映画の創成期を過ごし、音が入るようになった衝撃を経験した。大恐慌の三年間においては、彼らに害が及ばないようにモンローが取り計らった。古くからの忠誠心はいま揺らいでいる——そこらじゅうで足下が怪しくなっている——が、それでもモンローは彼らのボスであり、最後の皇太子なのだ。通り過ぎるときに彼らが発する挨拶の言葉は、控えめな万歳の声なのである。

エピソード7

帰省した日の夜から地震の日までのあいだに私はたくさんの観察をした。たとえば、父について。私は父を愛していた——ギザギザの折れ線グラフのような急降下は何度もあったものの。しかし、父には強い意志があったが、それだけでは一人前の男になれなかったということも私にはわかってきた。彼の成し遂げたことのほとんどは、つまるところ抜け目のなさによるものなのだ。急成長中のサーカスのような業界に身を置き、父は幸運と抜け目のなさによってその利権の四分の一を手にした——若きモンローとともに。このことに生涯の努力を費やし、あとは本能でしがみついてきた。もちろん、ウォール街に対しては難しそうな言葉を使い、映画作りがいかに神秘的なものかといった話をする。しかし、父はダビングや編集に関してさえ、初歩的な知識もないのだ。アイルランドでの少年時代、バリヒーガンのパブで働くことでアメリカの感触を摑んだわけではないし、物語に関しては地方巡回のセールスマンほどのセンスもない。その一方で、某氏が隠し持つような軽度の麻痺を持つわけでもない。スタジオに現われるのはいつも正午前。筋肉のように発達した疑い深さの持ち主なので、父のことを出し抜くのはかなり難しい。

父の幸運はモンローであった——と同時に、モンローはそれ以外のものでもあった。エジソン、リュミエール、グリフィス、チャップリンなどと同様に、映画産業の里程標となる存在だったのだ。劇場の限界と力をはるかに超えたところへと映画を導き、一九三三年の検閲が始まる以前、一種の黄金時代をもたらした。彼の周囲で行なわれているスパイ行為がその指導力を証明している——単に内部情報や彼独自の製作の秘密を探るだけではない。嗜好の流行を摑む彼の嗅覚、時代の変化を彼がどう推測しているかを知ろうとするのである。こうした試みをかわすためだけに、彼はエネルギーのかなりの部分を費やしている。こうして彼の仕事は部分的に秘密になり、しばしば回りくどく、時間のかかるものとなる。そして、将軍の計画のように言い表わすことが難しくなるのだ——心理的要因があまりに希薄になり、単に成功と失敗を足し算するだけで終わってしまう。しかし、私は彼の仕事ぶりを読者に一瞥してもらおうと決心したのであり、それが次に語ることを語る口実である。その内容の一部は私が大学で書いた「プロデューサーの一日」というレポートから取っており、部分的には私が想像で作り出したものだ。多くの場合、平凡な出来事が想像の産物で、より奇妙な出来事が真実である。

洪水の次の日の早朝、一人の男が管理部ビルの外側のバルコニーにのぼった。目撃者によれば、そこでしばらく逡巡していたが、それから鉄製の手すりによじのぼると、真っ逆さまに下の舗装道路へと飛び降りた。怪我は——片腕の骨折。

モンローは九時に秘書のミス・ドゥーランを呼ぼうとブザーを鳴らし、彼女から話を聞かされた。オフィスで寝ていたのだが、この小さな騒ぎにはまったく気づいていなかったのである。

「ピート・ザヴラス！」とモンローは叫んだ。「――カメラマンの？」

「診療所に連れていきました。新聞に出ることはありません」

「ひどい話だ」と彼は言った。「あいつがおかしくなったのは聞いていた――だが、理由は知らない。二年前に使ったときはまともだった――どうしてあいつがここに来なきゃいけないんだ？　どうやってなかに入った？」

「古いスタジオの通行証を見せて押し切ったそうです」とキャサリン・ドゥーランが言った。干からびた鷹のような女で、アシスタント・ディレクターの妻である。「地震と何か関係があるのかもしれません」

「ここで最高のカメラマンだったよ」とモンローは言った。ロングビーチで何千人もの死者が出たという話を聞いても、この夜明けの自殺未遂に取り憑かれていた。彼はキャサリン・ドゥーランにこの件について調べるように言い渡した。

最初のメッセージがインターコムから暖かい朝のオフィスに入り始めた。モンローは髭を剃ったりコーヒーを飲んだりしながら話し、聞き入った。ロビーはメッセージを残した。「ミスター・スターが僕に用があると言ったら、僕は睡眠中だから勘弁してくれと伝えてくれ」。ある俳優が病気だった――あるいは、自分でそう思い込んでいた。カリフォルニア州知事がパーティを開く。製作責任者の一人が妻を殴ったと新聞に書かれそうなので、彼を「脚本家の一人に降格」しなければならない。この三つは父が担当する仕事だ――その俳優がモンローと個人的に契約を結んでいるのなら話は別だが。ロケ班がカナダのロケ地にすでに入ったのに、季節外れの雪が降ってしまった――モンローは映画のストーリーを検討し、解決の可能性を探った。何もなかった。モンローはキャサリン・ドゥーランを呼んだ。

「昨晩、二人の女性を野外撮影場(バックロット)から退去させた警察官と話がしたい。マローンという名前だったと思う」

「はい、ミスター・スター。ジョー・ワイマンと連絡がつきました――ズボンの件で」

「やあ、ジョー」とモンローは言った。「聞いてくれ――内密の試写会で二人の人が苦情を申し立てたんだ。モーガンのジッパーが映画の半分で開いていたって言うんだな……もちろん大げさに言ってるんだが、フィルムが十フィート分程度であっても……いや、その人たちは見つけられない。ともかくあの映画を何度も何度も流して、問題の箇所を見つけてほしい。映写室にたくさん人を集めるんだ――誰かが見つけるだろう」

「すべては滅び、強き芸術のみ残る〔テオフィル・ゴーチエの詩「芸術」より〕」

「それからデンマークの皇太子がいらしています」とキャサリン・ドゥーランが言った。「とてもハンサムな方です」。そのあと彼女は意味もなく付け足さずにいられなかった。「背の高い方にしては」

「ありがとう」とモンローは言った。「感謝するよ、キャサリン、僕はここで一番ハンサムなチビということだね。皇太子をセットに案内し、一時にランチをご一緒しましょうと伝えてくれ」

「それからミスター・ジョージ・ボクスリーが――お怒りの様子でした、イギリス人なりに」

「十分だけ会おう」

彼女が出ていこうとしたとき、彼は訊ねた。

「ロビーは電話してきた？」

「いいえ」

「音響に電話して、ロビーから連絡があったと言ったら、彼に電話するように言ってくれ。こう訊いてほしい――昨晩の女の名前を聞いたかどうか。どちらのほうでもいい。あるいは、彼女らを追跡できる手がかりがあるか」

「ほかにはありますか？」

「いや、でも重要なことだと彼に伝えてくれ、まだ思い出せるうちに。どんな人たちだった？　つまり、どんなタイプの人たちだったか――それも彼に訊いてくれ。つまり、あの人たちは――」

彼女は目を上げずにメモに彼の言葉を書きとめつつ待った。

「――そうだな、あの人たちは――いかがわしかったか？　芝居がかっていたか？　忘れてくれ――これは飛ばそう。ただ、追跡の手段がわかるかどうか訊ねてくれ」

警察官のマローンは何も知らなかった。わしが追い払いましたよ、あの二人のご婦人は。片方は怒ってました。どちらかって？　どちらか一方です。車を持ってました、シボレーです、免許証を見せてもらおうかとも思いましたがね。どちらかって――怒っていたのは美人のほうだったか？　どちらか一方です。

どちらかはわからない――警官は何も気づかなかった。このスタジオにおいてさえ、ミナは忘れられたのだ。三年間で。まあ、そんなものだ。

エピソード8

モンローはミスター・ジョージ・ボクスリーに向かって微笑みかけた。父親のような情け深い微笑み。モンローは若くして高い地位に押し上げられたとき、かえってこういう微笑みを身につけたのだ。最初は年長者たちへの尊敬の微笑みだったのだが、彼の決定が急速に彼らの決定に取って代わるようになると、年長者たちにそれを感じさせないための微笑みとなった。そして最後に、あの情け深い微笑みは——ときどきせっかちでくたびれてはいるものの——いつでも顔に浮かんでいるようになった。一時間、彼のことを怒らせずにいた者は、必ずこの笑みに浴するのだ——あるいは、彼が積極的かつあからさまに侮辱しようとする者以外の、すべての人は。

ミスター・ボクスリーは微笑み返さなかった。誰も彼に手を触れていないのだが、荒っぽく引きずり込まれるように入ってきた。椅子の前に立つと、ここでも二人の見えない付き添いに腕を摑まれ、引っ張られたかのように腰を下ろした。そしてむっつりと座っている。モンローに勧められ、煙草に火を点けたときでさえ、外部の力でマッチが煙草に近づけられ、彼自身はそれを制御する気もないと言わんばかりの態度だった。

モンローは彼を丁重に見つめた。

「何かがうまくいってないのですか、ミスター・ボクスリー？」

小説家は黙って彼を見つめ返した――雷鳴が轟（とどろ）きそうな沈黙。

「あなたの手紙は読みました」とモンローは言った。陽気な若き校長といったふうな口調は消えている。対等な者に話しかける口調だが、よくも悪くも取れる敬意が含まれている。

「私が書いたものが脚本にならないんですよ」とボクスリーは話し出した。「みなさん、とても丁寧ですがね、これは陰謀のようなものだ。あなたが私とチームを組ませた売文家の二人は、私の言うことを聞くだけ聞いて、すべて台無しにしてしまう――あいつらのボキャブラリーはせいぜい百語です」

「自分で書いたらどうですか？」とモンローが訊ねた。

「書きましたよ。あなたにも送りました」

「でも、あれは会話だけでしょう、人々のやり取り」とモンローは穏やかに言った。「面白い会話ですが、それ以上のものではない」

いま幽霊のような二人の付き添いにできることは、ボクスリーを椅子に深々と押しつけておくことだけだった。彼は立ち上がろうともがき、静かな吠え声を一つだけ発した。笑い声にも少し似ていたが、愉快そうではまったくなかった。それから彼は話し始めた。

「あなた方は本を読まないようだ。二人の男が会話をしていて決闘になる。最後に一人が井戸に落ちて、つるべで引き上げなければならなくなる」

彼はまた吠え声を出し、それから静かになった。

「あなたはそれを自分の本でも書きますか、ミスター・ボクスリー？」

「何だって？　もちろん書かない」

「安っぽすぎると思うのですね」

「映画の基準は違いますから」とボクスリーは言って、言葉を濁した。

「映画に行ってみたことは？」

「いや――ほとんどない」

「それは、登場人物がいつでも決闘していて、井戸に落ちるからですか？」

「ええ――それに、大げさに張り詰めた表情をして、信じられないほど不自然なことをしゃべるんだ」

「会話のことはしばらく置いておきましょう」とモンローは言った。「あの売文家たちが書くものより、あなたの会話に品があるのは認めます――だからあなたに来てもらったのですから。でも、下手な会話とか、井戸に落ちるとか、そういうのとは違うものを想像してみましょう。あなたのオフィスにはマッチで火を点けるストーブがありますか？」

「あると思います」とボクスリーはぎこちなく言った。「――でも、使ったことはない」

「では、あなたがオフィスにいるとする。決闘をしていたか、一日じゅう執筆していたかで、すごく疲れていて、これ以上戦ったり書いたりはできない。ただ、じっと座って見つめている――物憂げに。誰だってそうなることがありますよね。そのとき、あなたが見たことのある美人のタイピストが部屋に入ってくる。あなたはそれをぼんやり見つめている。とても近くにいるのに、彼女のほうはあなたに気づかない。彼女は手袋を外し、財布を開き、その中身をテーブルの上にあける――」

モンローは立ち上がり、キーリングをテーブルの上に放り投げる。

「彼女は十セント硬貨二つと五セント硬貨一つを持っている――それに厚紙のマッチ箱だ。五セント貨を机に置き、十セント貨を財布に戻して、黒い手袋をストーブに持っていく。ストーブを開け、手袋をなかに入れる。マッチ箱にはマッチが一本だけあって、彼女はストーブの前にひざまずき、マッチに火を点けようとする。あなたは窓の外で激しい風が吹いていることに気づく――ところが、ちょうどそのときに電話が鳴る。女が受話器を取って、もしもしと言う――耳を傾ける――それからゆっくりと言う。〝私、黒い手袋など持っていません、生まれてこのかた、一度も〟。彼女は受話器を置き、ストーブの前にまたひざまずく。そしてマッチに火を点けようとしたとき、あなたは突然あたりを見回して、オフィスにもう一人の男がいることに気づく。男は女の一挙手一投足を見つめている――」

モンローは中断した。キーリングを手に取り、ポケットに戻す。

「続けてください」とボクスリーは微笑んで言った。「何が起こるんです?」

「わかりませんよ」とモンロー。「映画を作っていただけです」

ボクスリーは自分が責められているように感じた。

「メロドラマじゃないですか」と彼は言った。

「必ずしもそうではない」とモンローは言った。「どちらにせよ、誰も荒っぽいことはしないし、安っぽいことをしゃべったり、大げさな表情をしたりしない。下手な話の流れがあって、それをあなたのような脚本家が発展させられるのです。でも、興味を抱きましたよね」

「五セントは何のためですか?」とボクスリーは自信なげに言った。

「わかりません」とモンローは言い、それから唐突に笑い始めた。「ああ、そうだ――映画の入場料ですよ」

二人の見えない付き添いはボクスリーを解放したようだった。彼はリラックスし、椅子の背もたれに寄りかかって笑った。

「いったい何のために私に給料を払っているんですか？」と彼は訊ねた。「そこがわからない」

「いずれわかりますよ」とモンローはニヤニヤ笑いながら言った。「そうでなければ、五セント貨のことを訊ねもしないはずだ」

二人が外に出ると、丸い目をした黒髪の男が外のオフィスで待っていた。

「ミスター・ボクスリー、こちらはミスター・マイク・ヴァン・ダイク」とモンローは言った。「どうしたんだい、マイク？」

「何でもありません」とマイクは言った。「ただ、あなたが本物かどうか確かめようと思って」

「どうして仕事に行かないんだ？」とモンローは言った。「ラッシュ〔編集前の下見用フィルム〕でもう何日も笑ってないぞ」

「ノイローゼになるのが心配なんです」

「いいペースを保たないとな」とモンローは言った。「君の売り物を見せてもらおうか」。彼はボクスリーのほうを向いた。「マイクはギャグを書くんです――僕が揺りかごに入っていた頃からここにいました。マイク、ミスター・ボクスリーにダブルウィング、クラッチ、キック、そしてスクラムをお見せしろ」

「ここでですか？」とマイクが訊ねた。

「ここでだ」

「スペースが足りませんよ。あなたにお訊きしたいことがあって――」

「スペースは充分にあるさ」

「では」と言ってボクスリーはおずおずとあたりを見回す。「銃を撃ってください」

ミス・ドゥーランの助手のケイティが紙袋を取り出し、息を吹き込んで膨らませた。

「これがルーティーンだったんです」とマイクはボクスリーに言った――「キーストーン〔サイレント期にどたばた喜劇を作っていたスタジオ〕の時代にね」。彼はモンローのほうを向いた。「この人、ルーティーンが何か知ってますかね?」

「コントのことですよ」とモンローが説明した。「ジョージ・ジェセル〔コメディアンや歌手、映画プロデューサーとして幅広く活躍したエンターテイナー〕が〝リンカーンのゲティスバーグ演説〟ルーティーンをやる、みたいな」

ケイティが膨らませた紙袋の首の部分を口に持っていった。マイクは彼女に背を向けて立った。

「いいですか?」とケイティが訊ね、それから紙袋を太腿に打ち下ろして破裂させた。マイクはすぐに両手で尻を摑み、空中に飛び上がった。次に床の上で足を交互に滑らせて前に出しながら同じ場所にとどまり、鳥のように二度ほど腕をバタバタさせ――

「ダブルウィング」とモンローは言った。

――それから走り出した――使い走りの少年が網扉を押さえているあいだにそこから出て、バルコニーの窓を通って消えた。

「ミスター・スター」とミス・ドゥーランが言った。「ニューヨークのミスター・ハンソンからお電話です」

十分後、彼がインターコムを鳴らすと、ミス・ドゥーランが入ってきた。外のオフィスで男優さんが会いたいと言ってお待ちです、とミス・ドゥーランは言った。

「僕はバルコニーから外に出たと伝えてくれ」とモンローは彼女に言った。

「わかりました。今週、これが四回目です。すごく不安そうなんですけど」

「どんな用なのか君に漏らしたりはしなかった？　ミスター・ブレイディでは対処できないのかな？」

「何も言いません。もうすぐ会議がありますけど。ミス・メローニーとミスター・ホワイトは外でお待ちです。ミスター・ブローカは隣りにいます、ミスター・リーンマンドのオフィスに」

「じゃあ、なかに通してくれ」とモンローは言った。「ちょっとしか会えないと言ってほしい」

ハンサムな男優が入ってきたとき、モンローは立ったままだった。

「待てない用事とは何なのかな？」と彼は愛想よく訊ねた。

男優はミス・ドゥーランが出ていくまで用心深く待っていた。

「モンロー、僕はもう終わりです」と彼は言った。「どうしても会いたかった」

「終わり！」とモンローは言った。「『ヴァラエティ』誌を見たかい？　君の映画はロキシー座での続映が決まったよ。先週、シカゴでは三万七千ドル稼ぎだした」

「そこが最悪なんですよ。悲劇です。僕は欲しいものをすべて手にしているのに、何の意味もなくなってしまった」

「まあ、説明してくれ」

「僕とエスターのあいだにはもう何もありません。これからもあり得ないんです」

「夫婦喧嘩か」

「いえ、違う――もっとひどい――口にするのも耐えられないことです。頭がくらくらしてるんですよ。気がふれたみたいに歩き回っている。眠りながら役を演じているようなものなんです」

「それは気づかなかった」とモンローは言った。「昨日のラッシュでは、君は素晴らしかったよ」

「そうでしたか？　それでわかるのは、誰も勘繰らないってことだけです」

「君とエスターが離婚すると言いたいのか？」

「そういうことになるでしょうね。ええ――やむを得ない――でしょう」

「何があったんだ？」とモンローはじれったそうに訊ねた。「エスターがノックせずに入ってきたとか？」

「いえ、別の女がいるわけではないんです。ただ――僕の問題です。もう終わりなんです」

モンローは突然合点がいった。

「それがどうしてわかる？」

「もう六週間前から明らかでした」

「君がそう思い込んでいるだけさ」とモンローは言った。「医者には行ってみた？」

男優は頷いた。

「すべてを試しましたよ。一度など――もう自棄（やけ）になって、クラリスの娼館にも行きました。でも、望みはない。僕はもう駄目なんです」

モンローは、ブレイディに相談したらどうかという、天邪鬼（あまのじゃく）なアドバイスをする誘惑に駆られた。ブレイディは広報活動全般（パブリック・リレーションズ）を取り扱っている。いや、これはプライベートな関係（リレーションズ）か。彼は少しそっぽを向き、表情を元に戻してから、また男優のほうを向いた。

「パット・ブレイディのところには行きました」と映画スターはモンローの考えを読んだかのように言った。「いろいろと役に立たないアドバイスをくれましてね、すべて試してみましたけど、まったく駄目でした。僕は食事のときにエスターと向かい合って座りますが、恥ずかしくて彼女に目を向けられない。意地悪なことを言う女じゃないけど、僕は恥ずかしいんです。一日じゅう恥ずかしい。『雨の日』はデモインで二万五千ドルの収益をあげたし、セントルイスではあらゆる記録を破り、カンザスシティでも二万七千ドル儲かった。ファンレターの数はうなぎのぼりなのに、僕は家に帰るのが怖いし、ベッドに入るのが怖いんです」

モンローは少しだけ気が滅入り始めた。男優が最初に入ってきたときは、彼をカクテルパーティに招こうかと考えていたが、それはやめておいたほうがよさそうだ。こんなことが頭に引っかかっている男がカクテルパーティに来てどうなるだろう。モンローは心のなかの目で、カクテルパーティに現われた男優の姿を思い浮かべた。カクテルと二万八千ドルの総収入を手にして、取り憑かれたように客から客へと歩き回る男。

「だからあなたのところに来たんですよ、モンロー。あなたが打開策を見つけられなかった状況は見たことがない。たとえ自殺しろと言われるにしても、僕はモンローのところへ行こう。そう僕は自分に言い聞かせたんです」

モンローの机のブザーが鳴った——インターコムのスイッチを入れると、ミス・ドゥーランの声が聞こえてきた。

「五分です、ミスター・スター」

「すまない」とモンローは言った。「あと数分かかる」

「五百人もの女の子が高校から僕の家に押し寄せたんです」と男優は憂鬱そうに言った。「僕はカーテンの陰に隠れて、それを見ていた。外に出られないんですよ」

「座りなさい」とモンローは言った。「たっぷりと時間をかけて話し合おう」

外のオフィスでは会議の二人のメンバーがすでに十分前から待っていた――ワイリー・ホワイトとローズ・メローニーである。メローニーは五十歳の小柄で干からびた金髪女。彼女については、ハリウッドの雑多な意見が五十通りも聞こえてくるはずだ――「センチメンタルなまぬけ」、「構成に関してはハリウッドで最高の脚本家」、「ベテラン」、「老いぼれ売文家」、「スタジオで最も賢い女性」、「業界で最も巧妙な剽窃者」。もちろん、それに加えて色情狂だの、処女だの、すぐに寝る女だの、レズビアンだの貞節な妻だのと言われている。オールドミスではないのに、ほとんどの自立した女性たちと同様、かなりオールドミスっぽい。胃に潰瘍があり、年俸は十万ドル以上。彼女がそれに「値する」かどうか――もっと払うべきか、まったく払わなくてよいか――は、複雑な論文の主題になり得るだろう。彼女の価値はごく普通の長所にこそある――女で、融通が利き、仕事が速くて信頼でき、「コツを知って」いて、我儘でないといった、ありのままの事実。彼女がミナの大親友だったために、モンローはこの数年間、激しい生理的嫌悪感にも相当する感情を何とか押し殺してきた。

彼女とワイリーは黙って――ときどきミス・ドゥーランに声はかけたものの――待っていた。数分おきに製作責任者のリーンマンドが自分のオフィスから電話してきた――監督のブローカと一緒にそこで待っていたのだ。十分後、モンローのインターコムのボタンが点灯し、ミス・ドゥーランがリーンマンドとブローカに電話をした。同時に、モンローが男優の腕をしっかり摑んでオフィスから出てきた。男優はとてもピリピリしている様子で、ワイリー・ホワイトに調子はどうかと訊ねられると、口を開いてその場で話し始めた。

「ええ、大変でしたよ」と彼は言ったが、モンローがそれを鋭く遮った。

「いや、そんなことはない。この調子で、僕が言ったように役を演じるんだ」

「ありがとうございます、モンロー」

ローズ・メローニーが何も言わずに彼の後ろ姿を見送った。

「彼に止まった蝿を誰かが捕っちゃったの？」と彼女は訊ねた——これは観客の注意をさらうという意味である。

「待たせて申し訳なかった」とモンローは言った。「入ってくれ」

エピソード9

すでに正午になっており、モンローが会議に費やす時間はきっかり一時間と決まっていた。それより短くはならない――こういう会議を中断できるのは、撮影の途中で来ている監督だけだからである。それより長くなることもめったにない――というのも、八日ごとに会社はラインハルトの『奇蹟』〔マックス・ラインハルトは二十世紀前半のドイツの演出家で、『奇蹟』は彼が演出した宗教的な黙劇〕のように複雑で金のかかる映画を発表しなければいけないのだから。

ときどき――といっても、五年前と比べると減ったが――モンローは一つの映画に徹夜で取り組むことがあった。しかし、このように集中したあとは、数日間気分が悪くなった。問題から問題へと渡り歩けるなら、変化をつけるごとに活力が甦る。そのため、望むときにいつでも目を覚ますことのできる睡眠者のように、彼は自分の心理的な時間を一時間にセットしていたのである。

脚本家たちのほかには、最も好かれている製作責任者の一人であるリーンマンドや、この映画の監督であるジョン・ブローカなどが会議のために集まっていた。

ブローカは、表面上は技師であった――大柄で無神経、口数は少ないながら、断固たる態度を取る人気者。ただし、教育はあまり受けていない。モンローは彼が同じシーンを繰り返し作ることにしばしば気づいた――金持ちの若い娘をめぐる一つのシーンが、まったく同じ流れと動作で、彼のあらゆる映画に登場するのだ。大型犬の群れが部屋に入ってきて、娘のまわりで飛び跳ねる。そのあとで娘は馬小屋に行き、馬の尻を叩く。これはおそらくフロイト的に説明されるものではないだろう。それよりも、冴えない少年時代、彼は犬や馬とともにいる美しい娘をフェンス越しに見たのだ。女性の魅力の象徴として、このイメージが彼の脳に永遠に刻まれたのである。

リーンマンドは若くてハンサムな日和見主義者。とてもいい教育を受け、もともとはそれなりの人格の持ち主だった。それが特異な立ち位置のために、否が応でもいかがわしい行動や考え方をするようになり、いまや男として不埒な人物となっていた。三十歳にして、生粋のアメリカ人やユダヤ人たちが尊ぶように教わる美徳は何一つ持っていない。しかし、映画をスケジュールどおりに製作するし、モンローにほとんど同性愛的とも言える愛着を示すために、モンローのいつもの鋭さが彼に対しては鈍ってしまっているようだった。モンローは彼を気に入っていた――多才なやり手というふうに彼のことを考えていたのである。

ワイリー・ホワイトはもちろん、どこの国でも第二級のインテリとして見られたであろう。礼儀正しく、舌がよくまわり、単純であると同時に鋭く、半ばぼんやりしていて、半ば陰気。モンローに対する嫉妬は警戒を解いたときにだけ垣間見られたが、称賛と愛情さえ含まれていた。

「この映画の製作日程は土曜日から二週間だ」とモンローが言った。「基本的にこれで大丈夫だろう――かなり改善されている」

リーンマンドと脚本家の二人は祝福の目配せをし合った。

「ただし、一つ問題がある」とモンローが考え込むように言った。「そもそもどうして製作されなければならないのかがわからない。だからこれは没にすることにした」

みなショックを受けて黙り込んだ――それから抗議する呟き、落胆して質問する声が続いた。

「君たちの責任ではない」とモンローは言った。「この映画にあると思っていたものが、実はなかった――それだけのことだ」。彼は口ごもり、悲しそうにリーンマンドのことを見つめた。「実に残念だ――いい芝居だったのに。五万ドル払ったしな」

「何が問題なんです、モンロー?」とブローカが無愛想に訊ねた。

「まあ、詳しく論じる価値もないように思うんだが」とモンロー。

リーンマンドとワイリー・ホワイトは、これが自分に及ぼす職業上の影響について考えていた。リーンマンドは今年、二つの映画で名前がクレジットされているが、ワイリー・ホワイトは第一線にカムバックするためにクレジットがどうしても欲しい。ローズ・メローニーはその小さな髑髏のような目でモンローをじっと見つめていた。

「何か手がかりをくれませんか?」とリーンマンドが訊ねた。「こいつはすごい打撃ですよ、モンロー」

「これにマーガレット・サラヴァン〔一九三〇~四〇年代に活躍した女優〕は出せないってことだな」とモンロー。「それに、コールマン〔イギリス生まれの映画俳優で、「コールマン髭」でも知られるロナルド・コールマンのこと〕も。彼らにこの映画に出てくれとは言えない――」

「具体的に言ってください、モンロー」とワイリー・ホワイトが懇願した。「どこが気に入らなかったんです? 場面ですか? 会話? ユーモア? 構成?」

モンローは机から脚本を取り上げ、それが物理的に重すぎて取り扱えないかのように落とした。

「登場人物が気に入らない」と彼は言った。「こいつらに会いたいと思わない。こいつらがどこかに行くと知ったら、僕は別のところに行く」

リーンマンドは微笑んだが、その目には不安が宿っていた。

「まあ、それは致命的な批判ですね」と彼は言った。「僕は登場人物たちがけっこう面白いと思いましたけど」

「僕もです」とブローカが言った。「エムはとても思いやりがあると思いました」

「そうか?」とモンローが鋭く言った。「僕は彼女が生きているとは思えなかった。結末に達したときはこう思ったよ。〝だから何だ?〟」

「何かできることがあるはずです」とリーンマンドが言った。「当然ながら、我々はこれについて残念に感じている。この構成に同意したわけだし――」

「だが、物語に同意したわけではない」とモンロー。「何度も言ったはずだが、僕が最初に決めるのは、どんな物語が欲しいかだ。それ以外は何でも変えられるが、いちど物語を設定したら、すべての台詞（せりふ）とアクションでその方向へと向かっていかなければならない。これは僕が求める物語ではない。我々が買った物語には光と輝きがあった――幸福な物語だった。これは疑惑とためらいでいっぱいだ。ヒーローとヒロインは些細なことから愛し合わなくなる――そして、些細なことからやり直そうとする。最初のシークエンス〔互いに関連するシーンやカットの一つながりで、劇映画の一挿話を構成する〕が終わったところで、彼女が彼と――あるいは彼が彼女と――二度と会わなくても、どうでもよくなってしまうんだ」

「これは僕の責任です」とワイリーは突然言った。「いいですか、モンロー。タイピストたちが一九二九年までボスに対して抱いていたような愚かしい称賛の気持ちは、もはや誰も抱いていない。彼女らは解雇されてきたし、ボスたちが苛々しているのを見てきた。世界が変わった、それだけなんです」

モンローはじれったそうに彼を見つめ、少しだけ頷いた。

「そのことは議論の対象にしていない」と彼は言った。「物語の前提はこうだ。娘はボスに対して愚かしい称賛の気持ちを抱いていた――君がそう呼びたければね。そして、彼が一度でも苛々したという証拠はない。どんな形であれ、娘が彼を疑うようにしてしまったら、違う物語になってしまう。あるいは、物語がまったくなくなってしまう。この人たちは外向的な人だ――その点ははっきりさせておこう――だから、外にどんどん出ていってほしい。内向的な人たちの話を映画にしたかったら、ユージン・オニール〔二十世紀前半のアメリカの劇作家〕の芝居を買うよ」

ローズ・メローニーはモンローからまったく目を逸らしていなかったが、これで大丈夫だとわかった。彼が本当に映画を没にするつもりなら、このように話し合うことはしなかったろう。彼女はこの業界にほかの誰よりも長く身を置いているのだ――ブローカを除いて。彼女は二十年前、彼と三日間だけ関係を持ったことがあった。

モンローはリーンマンドのほうを向いた。

「君はキャスティングから気づくべきだったんだよ、リーニー、どのような映画を僕が求めているか。僕はキャロルとマクマレイ〔イギリスの女優、マデリン・キャロルと、アメリカの男優、フレッド・マクマレイのこと〕には言えない台詞にしるしをつけ始め、くたびれてしまった。将来のためにこのことは覚えておいてほしい――僕がリムジンを注文したとしたら、そういう車が欲しいんだ。最速の小型レーシングカーは欲しくない。さて――」。彼はあたりを見回した。「先に進もうか？　これは僕の好きなタイプの映画ではないとはっきりさせたわけだが？　それでも続ける？　我々には二週間ある。二週間後に、僕はキャロルとマクマレイをこの映画か、あるいはほかの映画に出すことになる——話を続ける価値があるか?」

「まあ、もちろんあると思います」とリーンマンドが言った。「これについては忸怩(じくじ)たる思いがありますね。ワイリーに警告すべきでした。彼にはいいアイデアがあると思ったのですが」

「モンローの言うとおりだ」とブローカはぶっきらぼうに言った。「最初からこれはいかんと思っていたんだが、どこがどうと指摘できなかったんだな」

ワイリーとローズは彼に軽蔑の視線を投げかけ、それから目配せし合った。

「君たち脚本家は、これにもう一度熱く取り組めると思うかい?」と言うモンローの声は冷淡とは言えなかった。「それとも、誰か新しい人を試そうか?」

「もう一度挑戦したいです」とワイリーが言った。

「君はどう、ローズ?」

彼女は簡単に頷いた。

「ヒロインについてはどう思う?」とモンローが訊ねた。

「そうね——当然ながら、私は彼女をひいき目で見てしまうけど」

「それは忘れたほうがいい」とモンローは警告するように言った。「一千万人のアメリカ人は、あの手の女がスクリーンに登場したらブーイングするだろう。上映は一時間二十五分——その三分の一の時間、女が男に不貞を働くのを見せたら、娼婦の部分を三分の一持つ女だという印象を与えてしまう」

「それって、大きな比率かしら?」とローズがいたずらっぽく訊ね、みんなが笑った。

「僕にとってはそうだな」とモンローは考え込むように言った。「たとえヘイズ・オフィス〔独自に倫理規定を定め、映画の検閲をした映画製作倫理規定委員会のこと〕に対してはそうでなくてもね。彼女の背中に姦淫（アダルタリー）のAの緋文字を塗りたいのなら、それでいいが、そうすると別の話になる。この物語ではない。これは未来の妻であり、母となる女の話だ。しかし——しかし——しかし——」

　彼は鉛筆でワイリー・ホワイトを指した。

「——ここに込められた情熱は、僕の机の上にあるオスカー像程度しかない」

「何ですって！」とワイリー。「彼女は情熱に溢れていますよ。だって彼女は——」

「確かに奔放だ」とモンロー。「——でも、それだけなんだよ。芝居のほうには、君たちが作り出したどのシーンよりも素晴らしいものがあり、そこを君たちは省いている。彼女が腕時計を替えることで、時間をつぶそうとするところだ」

「あれは場違いなように思ったんです」とワイリーは謝った。

「さて」とモンローは言った。「僕には五十くらいアイデアがある。ミス・ドゥーランを呼ぼう」。ボタンを押す。「——よくわからないことがあったら、遠慮なく発言してくれ」

　ミス・ドゥーランが音もなく滑るように部屋に入ってきた。モンローは部屋をせっかちに歩き回りながら話し始めた。最初は、彼女がどのような娘なのかを語ろうとした——どのような娘なら、彼がこの映画のヒロインとして認めるか。それは、芝居のバージョンと同様に、多少の小さな欠点はあるものの完璧な娘。しかし、完璧なのは大衆がそうあってほしいと望むからではなく、この手の映画で自分が——モンローが——見たいと望むタイプの女だからだ。わかるかな？　これは脇役ではない。彼女は健康、活力、野心、愛などを象徴している。あの芝居が重要性を得るのは全面的に彼女の陥った状況のせいだ。彼女はたくさんの人々の人生に影響を与える秘密を知ってしまう。何をすべきか

――正しいことと誤ったことことがある。最初はどっちがどっちかはっきりしないが、はっきりした途端、彼女はすぐに正しいことをする。この物語はそういう話だ――締まりがあり、清潔で、輝いている。疑いなく。

「彼女は労働争議といった言葉など聞いたこともない」と彼は溜め息交じりに言った。「一九二九年に生きているかもしれないけどね。どういうタイプの女を僕が求めているか明らかになったかな？」

「とても明らかです、モンロー」

「では、彼女がすることについてだ」とモンローは言った。「どんなときでも、スクリーン上に登場しているあらゆる場面で、彼女はケン・ウィラードと寝たがっている。明らかかな、ワイリー？」

「熱烈に明らかです」

「彼女がすることはすべて、ケン・ウィラードと寝る代わりにしているのだ。街を歩いているとしたら、ケン・ウィラードと寝るために歩いている。食べ物を食べているとすれば、ケン・ウィラードと寝る精力を蓄えるためだ。しかし、一瞬たりとも、彼女がケン・ウィラードと寝ることを考えているような印象を与えてはならない――正式に認められるまではな。こうした幼稚園児並みの事実を君たちに言わなきゃいけないのは恥ずかしいのだが、これがなぜか物語から消えてしまった」

彼は脚本を広げ、一ページごとにめくり始めた。ミス・ドゥーランのメモは五枚複写され、みなに配られるが、ローズ・メローニーは自分でメモを取っていた。ブローカは半ば閉じた目に片手を当てた――「監督がひとかどの者だった時代」のことを思い出しつつ。当時、脚本家たちはギャグを書く者か、熱心ながらも恥じ入っている若き記者たちで、ウィスキーばかり飲んでいた。その頃は監督しかいなかった――製作責任者などはいなかったし、モンローもいなかった。

自分の名前が聞こえてきて彼はビクッとし、我に返った。

「これはどうだろう、ジョン。あの青年を三角屋根のてっぺんにのぼらせ、歩き回らせて、カメラで撮り続けるんだ。いい感情を引き出せるかもしれない――危機感でも不安でもなく、何かを志向するものでもない――朝、屋根の上にのぼる青年にすぎない」

ブローカは意識をこの部屋に戻した。

「わかりました」と彼は言った。「――危険の一つの要素ですね」

「そうとも限らない」とモンロー。「男は屋根から落ちそうになるわけではないんだ。そのまま次のシーンへと移る」

「窓から入るのはどう?」とローズ・メローニーが提案した。「男が姉の部屋の窓からなかに入る」

「それはいい場面転換だ」とモンローは言った。「そして日記のシーンになる」

ブローカはすっかり目を覚ましていた。

「彼を下から撮りましょう」とブローカは言った。「撮っているうちにカメラの外に移動させる。かなり離れた固定のカメラから撮って、彼はカメラに写らないところに移動するんです。カメラは彼を追わない。それから大写しで彼を撮って、またカメラの外に出る。屋根全体と空を背景にするとき以外、彼には注意を向けない」。ブローカはこの撮り方が気に入った――これは監督好みのショットだが、こういうものはもはや脚本に現われないのだ。クレーンを使ってもいい――地面に屋根を作り、別に撮った空を重ねるよりも、最終的には安く済むだろう。これがモンローについて一つ言えることだ――費用の限界はまさに青天井。ユダヤ人と長く仕事してきたので、ブローカは彼らが金に細かいという伝説を信じなくなっていた。

「三番目のシークエンスで彼に司祭を殴らせよう」とモンローが言った。
「何ですって！」とワイリーが叫んだ。「――カトリック教徒につきまとわれますよ」
「ジョー・ブリーン〔映画製作倫理規定委員会の委員長でカトリック教徒〕とはもう話した。司祭はこれまでにも殴られてきたし、それで彼らの不名誉になるわけではない」

彼の静かな声はその後も続いた――が、ミス・ドゥーランが時計を見たときに、唐突に止まった。
「月曜日までにやるのは無理かな？」と彼はワイリーに訊ねた。

ワイリーはローズを見つめ、彼女は頷こうともせずに見つめ返した。週末が消えていくのはわかったが、ワイリーは部屋に入ったときとは別の人間になっていた。週に千五百ドルもらっていたら、緊急の仕事を渋るわけにはいかない。自分の映画が危ないとなったらなおさらだ。「フリーランス」の脚本家としてワイリーは配慮不足のために失敗したが、ここではモンローがみんなに代わって配慮してくれる。この効果は彼がオフィスを出ても消えないだろう――スタジオ内にいるときは、どこにいるにせよ消えない。彼は大きな目的意識を抱いていた。常識と賢い分別、芝居に関する工夫の才などが混じった感情――それに、モンローがたったいま口にした全員の幸せについての半ばナイーブな思い――こうしたものが彼を奮い立たせ、自分の役割を果たそうという気持ちになっていた。自分が担当する巨石を置くべき場所に置く――その努力が失敗の運命にあるとしても――その結果がピラミッドのように退屈なものだとしても。

ローズ・メローニーが窓の外を見ると、まばらな人の群れが食堂に向かって歩いていた。自分はオフィスで昼食を摂(と)ることにし、それが来るまで少し編み物をしよう。一時十五分には男がメキシコ経由で密輸したフランスの香水を持ってやって来る。これは罪ではない――禁酒法のときのようなものだ。

　ブローカはリーンマンドがモンローに媚びへつらうのを見ていた。リーンマンドはこれから出世するだろう――だが、まだそれほどではない。リーンマンドの週給は七百五十ドル。もっと稼いでいる監督、脚本家、スターたちから一目置かれていることに対する報酬だ。ビバリー・ウィルシャー〔ビバリーヒルズにある高級ホテル〕で買ったイギリス製の安物の靴を履いていて、それで足を痛めてしまえばいいのにとブローカは思っていた。しかし、リーンマンドはじきにピールズ〔オーダーメイドで靴を作るイギリスの高級店〕で靴を注文し、羽飾りつきの小さな緑のアルプス帽は処分することになるだろう。ブローカは彼より数年先んじていた。戦争で華々しい活躍をしたが、アイク・フランクリンに顔を平手で叩かれて以来、以前と同じような気持ちは抱けなくなっていた。

　部屋には煙が充満し、その奥で――大きな机の向こう側で――モンローはどんどん影を薄くしていった。それでも礼儀正しく、リーンマンドの言うことにもミス・ドゥーランの言うことにも耳を貸している。会議は終わった。

「何かメッセージは?」

「ミスター・ロビンソンから電話がありました」とミス・ドゥーランが言った。モンローは食堂に向かおうとしているところだった。「例の女性の一人が彼に名前を言ったのに、忘れてしまったそうです――確かスミスかブラウンかジョーンズだと言ってました」

「そいつはすごく助かるな」

「それから、ロサンゼルスに引っ越してきたばかりだと言ったそうです」

「僕の記憶では、彼女は銀色のベルトをつけていた」とモンローは言った。「星型の打ち抜きがあるやつだ」

「ピート・ザヴラスについては情報を集めているところです。奥さんと話しました」

「彼女は何だって?」

「ええ、夫婦ともひどい状況だったそうです——家から立ち退いたし——奥さんはずっと病気で——」

「目の問題は絶望的なのか?」

「彼の目の状態に関して何も知らないようでした。視力が落ちてきたことも知らなかったそうです」

「そいつは可笑しいな」

昼食に向かいながら考えたが、この件は今朝の男優の問題と同じくらいわかりにくかった。人の健康に関するトラブルに自分が関わるべきだとは思えない——自分の健康のこともまったく考えていないのだから。食堂の前まで来たとき、野外撮影場(バックロット)から大きな電動トラックが走ってきて、彼は一歩下がった。幌のない荷台に、摂政時代の明るいコスチュームを着た女たちがぎゅう詰めになって乗っていた。ドレスが風にはためいている。メーキャップした若い顔の数々が彼を物珍しそうに見つめ、彼は通り過ぎる顔たちに向かって微笑みかけた。

エピソード10

十一人の男とそのゲストのオーエ皇太子〔原文のスペルは違うが、デンマークの王族で、国王の同意なしに結婚をしたため王族の身分を失った実在の人物、オーエ・ア・ローセンボーを指す〕がスタジオの食堂の個室でランチの席についていた。彼らは金を操る男たち――ここを支配する者たちで、ゲストがいるとき以外は、ほとんどしゃべらずに食事をする。沈黙が破られるのは、互いの妻や子供たちについて質問するときや、意識の最前線に現われた唯一の関心事を吐露するときくらい。十人のうちの八人はユダヤ人で、十人のうちの五人は外国生まれ――そして、ギリシャ人一人とイギリス人一人が含まれる。彼らはみな長年の知り合いだ。グループには序列があり、最上位は老マーカスで、最下位は老リーンボーム――この男は業界で最高にラッキーな株のまとめ買いをしてここにたどり着いたのだが、映画製作に年間百万ドル以上を使うことは許されていない。

老マーカスは恐ろしいほどの回復力をそなえた男だった。決して衰えることのない本能が危険を、自分に対する集団蜂起を知らせるのだ――彼を包囲したとほかの人々が考えるときほど、彼が獰猛になるときはない。その灰色の顔はほぼ完全に動かなくなっており、目の内側がピクピク動くのを見慣れた者たちでさえ、もはやそれに気づかなくなっていた――自然がそこにうっすらと髯(ひげ)を生やして、隠してしまったのである。こうして彼の鎧は完璧になった。

彼がグループで最年長なのに対して、モンローは最年少——もはやずば抜けて若いわけではないが、こうした男たちの大半と初めて一緒に座ったときは二十二歳の神童だった。金を操る者たちに囲まれながら、当時はいま以上に、自在に金を操っていた。素早く、そして正確にコストを頭のなかで割り出すことができ、ほかの者たちを魅了した——一般的にユダヤ人は金銭の取り扱いに長けていると思われがちだが、彼らはその部門の天才ではなく、専門家ですらなかった。それぞれまったく異なる、そして両立しがたい能力によって、ほとんど全員の成功はもたらされたのである。しかし、グループとしては、さほど有能でない者たちも伝統によってそこに居残り、モンローの神格化された会計監査をあてにすることに満足していた。そして、フットボールの試合のサポーターたちと同じように、自分たちが成し遂げたかのような輝きを味わうのだ。

モンローはこれから示すように、この部門の天才という枠をすでに超越していたが、その才能をなくしてはいなかった。

オーエ皇太子はモンローと会社の弁護士であるモート・フリーシャッカーのあいだに座っていた。向かいには映画館のオーナーであるジョー・ポポラスがいた。皇太子はユダヤ人に漠然とした敵意を抱いていたが、それを克服しようとしていた。荒っぽい男で、外人部隊で戦った経験もあり、ユダヤ人は自分の身を大事にしすぎると感じていたのだ。しかし、アメリカでは状況がまったく違うので、ユダヤ人たちも違うのだろうと容認するつもりはあった。そして、モンローのことはあらゆる点で男だと認めていた。それ以外については——彼はビジネスマンのほとんどが退屈なやつらだと考えており、最後の判断基準としては、いつでも自分の血管に流れるベルナドット〔スウェーデンの王家の名。ケンブリッジ版は、二十世紀前半に活躍したスウェーデンの外交官、ベルナドットと、デンマークの皇太子とを合体させてこのキャラクターを作ったのではないかと推測している〕の血に戻るのだった。

私の父は――この昼食会のことを私に話してくれたオーエ皇太子にならい、父のことはミスター・ブレイディと呼ぼう――ある映画のことを心配しており、リーンボームが早めに退席したあと、モンローの向かいの席に座った。

「南米の映画のアイデアはどうなった、モンロー？」と彼は訊ねた。

オーエ皇太子は、二人に一瞬の注目が集まったことに気づいた――十数組の睫毛（まつげ）が翼の羽ばたく音を立てたかのように。それからまた沈黙が降りた。

「進めてますよ」とモンローが言った。

「同じ予算で？」とブレイディが訊ねた。

モンローは頷いた。

「そいつは桁外れだ」とブレイディ。「こんな不景気なときに奇跡なんか起こらない――『ヘルズ・エンジェルズ』とか『ベン・ハー』〔前者は一九三〇年のハワード・ヒューズ監督作、後者は一九二五年にアーヴィング・サルバーグが製作した作品、どちらも予算を超過したが、大ヒットした〕みたいに、金を注ぎ込んでも戻ってくるなんてことはないんだよ」

おそらくこの攻撃は計画されていたのだろう。というのも、ギリシャ人のポポラスもこの問題をわざと曖昧な言葉で取り上げたのだ――オーエ皇太子はマイク・ヴァン・ダイクのギャグを思い出したが、ただしポポラスの言葉は相手を混乱させるというより論点をはっきりさせようとしており、それに成功していた。

「これは使えんよ、モンロー。この時代に合わない。時代は変わりつつあるんだ。景気の浮き沈み全体を見ると、いまできることはほとんど何もないね」

「どうお考えです、ミスター・マーカス？」とモンローが訊ねた。

すべての目が彼の目を追い、テーブルの端へと向かった。しかし、まるで警告を受けていたかのように、ミスター・マーカスはすでに背後にいる彼専属のウェイターに合図し、立ち上がりたいという意志を伝えていた。そのためこの時点ではまだ籠(かご)に載っているかのような姿勢で、ウェイターの腕に抱きかかえられていた。ほかの者たちを見つめる表情は無力さに満ちており、彼が夜になるとときどきカナダ人の若い女とダンスに行くとは信じがたかった。

「モンローは映画製作の天才だ」と彼は言った。「モンローを信頼しているし、すごく頼りにしている。わしはあの洪水を見なかったしな」

彼が部屋から出ていくときはみなが押し黙った。

「いま、この国全体であげられる利益は二百万ドルもない」とブレイディが言った。

「そうだな」とポポラスが同意した。「たとえ観客の頭を摑んで、引っ張っていくことができるとしても、金はない」

「そうでしょうね」とモンローは同意した。そして、みんなが聞いているかどうか確かめるように間を置いた。「封切りで百二十五万ドルはあてにできる。おそらく、その後も含めて百五十万ドルといったところでしょう。それから海外で二十五万ドル」

再びみな黙り込んだ——今回は当惑し、少し混乱した様子だ。モンローは肩越しにウェイターに指示を出し、オフィスと電話でつながせた。

「でも、予算は？」とフリーシャッカーが言った。「あなたの予算は百七十五万ドルですよ。その見込みだと利益を出さないことになる」

「僕の見込みではありません」とモンローは言った。「百五十万以上については確かなことが言えないんです」

部屋の動きはまったくなくなり、オーエ皇太子には中空の葉巻から灰のかたまりが落ちる音が聞こえるくらいだった。フリーシャッカーは驚きが顔にはりついたまま話し始めたが、そのときモンローの肩越しに電話が差し出された。

「オフィスからです、ミスター・スター」

「ああ、わかった――もしもし、ミス・ドゥーラン。ザヴラスのことを考えたんだ。よくあるくだらん噂だよ――有り金すべて賭けてもいい……ああ、やってくれたか。ありがとう……ありがとう。では、こうしよう――僕のかかりつけの眼科医に彼を行かせるんだ。ジョン・ケネディ先生。そして、診察を受けさせ、結果を複写して送ってもらう――わかったかな」

彼は電話を切った――そして、ほのかな情熱が感じられる顔をテーブル全体に向けた。

「どなたか、ピート・ザヴラスが視力を失いつつあるという話を聞いてませんか？」

数人が頷いた。しかし、出席者のほとんどは、モンローが一分前に正確な金額を口にしたのかどうかと息を呑んで考えていた。

「あれは正真正銘のでたらめです。やつは眼科医に行ったこともないと言っている――スタジオが自分を非難する理由もわからない、と」とモンローは言った。「やつを嫌っている人がいるか、余計なことを言った人がいて、やつは一年も仕事を干されたんです」

思いやりを示すありきたりの囁き声が聞こえた。モンローは小切手にサインし、立ち上がるかのような動作をした。

「申し訳ない、モンロー」とフリーシャッカーがしつこく言った。ブレイディとポポラスはじっと見つめている。「僕はここに来てまだ間もないから、理解できていないのかもしれません、暗黙にも明確にも」。彼は早口でしゃべっていたが、ニューヨーク大学で大げさな言葉を学んだというプライドで額の血管が膨らんでいた。「僕の理解では、あなたは予算よりも二十五万ドル少ない利益を出すつもりだということですか？」

「これは良質な映画なんです」と彼は無垢を装って言った。

一同もだんだんとわかってきたが、それでも何か裏があるのではないかと感じていた。モンローはまだ利益が出せると考えているのではないか。まともな神経の持ち主だったら――

「この二年間、我々は安全な映画作りをしてきました」とモンローは言った。「そろそろ損をする映画を作るべきときです。善意の表われだと考える――それが新しい客を呼び込むことになる」

それでもまだ、こう考えている者たちもいた。モンローの意図は、思い切った投資をしておいて、長い目で利益を得ることだろう、と。しかし、彼の次の言葉が疑いを一掃した。

「これは赤字を出します」と彼は立ち上がりながら言った。顎を少し突き出し、微笑を浮かべた目は輝いていた。「損得なしで終わったとしても、『ヘルズ・エンジェルズ』以上の奇跡でしょう。でも、パット・ブレイディがアカデミー賞の晩餐会で言ったように、我々には大衆に対する義務がある。製作のスケジュールから言って、赤字を出す映画を滑り込ますのはいいことです」

彼はオーエ皇太子に向かって頷き、皇太子は急いでお辞儀を返した。そしてモンローの言葉が全体にどのような影響を及ぼしたか、最後の一瞥で摑もうとしたが、まったくわからなかった。みなの目はうつむいているというより、視線をテーブル上の何もない空間に固定し、慌ただしく瞬きをしていた。しかし、部屋には囁き声一つ聞こえなかった。

　モンローと一緒に個室から出て、食堂の隅を通り過ぎるとき、オーエ皇太子はそこの光景を目に焼きつけようとした——貪欲に。ロマの衣装を着た者たちでそこは華やいでいる。フランス第一帝政の組み紐つき軍服を着て揉み上げを伸ばした兵士たちや市民たちもいる。少し離れたところから見ると、彼らは百年前に生き、歩いていた者たちだ。オーエ皇太子は、自分や同時代の者たちが未来の歴史映画にエキストラとして登場するとしたら、観客の目にどのように映るのだろうかと考えた。

　そのときエイブラハム・リンカーンを見て、彼の気分は突如として変わった。彼はスカンジナビアにおける社会主義の黎明期に育ち、その頃ニコレイ〔リンカーンと個人的にも付き合いがあり、十巻に及ぶ彼の伝記を書いた人物〕の伝記はかなり読まれていた。リンカーンは偉大な人であり、称賛されるべきだと言われた。しかし、押しつけられたのが気に入らず、彼のことを嫌っていた。それがいま、脚を組んで座るリンカーンを目にしている——優しそうな顔で四十セントのデザートつき定食をじっと見つめ、むらのある冷房から身を守るかのようにショールを巻きつけているリンカーンを。そして、アメリカをついに訪れたオーエ皇太子は、クレムリンに置かれたレーニンのミイラを見つめる観光客のように、じっとこの男を見つめた。それではこれがリンカーンなのだ。ずっと前を歩いていたモンローが振り返り、皇太子を待っていた——が、それでも見つめ続けた。

　——それではこれこそ、このすべてが目指していることなのだ。

　リンカーンは三角形のパイを突然持ち上げ、口に詰め込んだ。オーエ皇太子は少しゾッとして、急いでモンローに追いついた。

「お目当てのものをご覧になれているといいのですが」とモンローは皇太子のことをかまっていなかったと感じて言った。「三十分後にラッシュを見る予定ですが、そのあと、ご覧になりたいセットにはみんな行きましょう」

「僕はあなたと一緒にいるほうがいいです」とオーエ皇太子は言った。

「では、僕の予定を確認します」とモンロー。「それから一緒に見て回りましょう」

日本の領事がスパイ映画の公開についてクレームをつけてきた。日本の国民感情を逆なでするかもしれないとのこと。ほかにも電話や電報があり、ロビーからも追加情報があった。

「例の女性の名前がスミスだったとロビーが思い出しました」とミス・ドゥーランが言った。「スタジオで乾いた靴を差し上げますと言ったのですが、彼女は断ったそうです——だから訴訟沙汰にはなりません」

「思い出したのがそれだけというのは残念だがな——〝スミス〟か。ほんとに、大助かりだ」。彼はしばらく考え込んだ。「電話会社に問い合わせて、先月中にこの町で電話を設置したスミスさんのリストをもらえ。そして全員に電話をしろ」

「わかりました」

エピソード11に備えて

「お元気ですか、モンロー」とレッド・ライディングウッドが言った。「来ていただき、嬉しいです」

モンローは彼の前を素通りし、大きな舞台を横切って、翌日使われるセットのほうへと向かった。ライディングウッド監督はあとを追ったが、突然モンローが一、二歩前を歩き続けていることに気づいた。面白くないという気持ちが表われている——このように動作で感情を「伝える」のは、ライディングウッドの得意とする表現方法だ。彼は何が問題なのかわからなかったが、最上位にいる監督なので恐れはしなかった。かつてゴールドウィン〔映画プロデューサーで、MGMの生みの親の一人〕に口出しされたことがあったが、ライディングウッドはゴールドウィンを追い込んで、五十人の俳優の前で役柄を演じるように仕向けた——そして、期待したとおりの結果が得られた。彼自身の権威が回復されたのだ。

モンローはセットに着くと、それをじっと見つめた。

「これじゃ駄目なんです」とライディングウッドが言った。「どのように照明を当てたとしても——」

「どうしてこんなことで電話したんだ？」とモンローは相手のそばに立って訊ねた。「どうして美術部門に問い合わせない？」

「あなたに来てくれとは言いませんでしたよ、モンロー」

「君は自分ですべてを仕切ろうというのか？」

「申し訳ありません」とライディングウッドは辛抱強く言った。「でも、あなたに来てくれとは言いませんでした」

モンローは突然振り返ると、設置されたカメラのほうへ歩いて戻った。観光客の集団の目と開いた口が一瞬だけ映画のヒロインから離れ、モンローに見入ってから、またぼんやりとヒロインに戻った。集団はコロンブス騎士会〔アメリカのカトリック教徒の国際的友愛組織〕の者たち。聖餐式で聖体のパンが運ばれるのを見たことはあるが、こちらは夢が人となったものなのである〔新約聖書ヨハネの福音書一章十四節、「ことばは人となって」を意識しているように思われる〕。

モンローは彼女の椅子の脇で立ち止まった。彼女の着ているガウンは襟あきが大きく、胸と背中の赤い湿疹（しっしん）を晒（さら）していた。それぞれのテークの前に、染みのある皮膚には軟化剤が塗りたくられ、テークが終わるとすぐに落とされた。彼女の髪は乾いた血のような色と粘り気を持つが、目には星の光が実際に映し出されているように見える。

モンローが話し出す前に、背後から励ますような声が聞こえてきた。

「彼女は輝いている。まさに輝いている」

助監督の声だった。目立たぬように称賛するのが目的だ。称賛の声が耳に届くので、女優は耳を傾けようとしてか弱い肌を緊張させ、体を曲げる必要はない。モンローは彼女と契約を結んでいることで称賛され、ライディングウッドも間接的に称賛されている。

「すべて順調かな？」とモンローは彼女に愛想よく訪ねた。

「ええ、素晴らしいです」と彼女は同意した。「——あの＊＊みたいな広報係たちを除けばね」

モンローは彼女に向かって上品にウィンクした。

「あいつらが寄りつかないようにするよ」と彼は言った。

彼女の名前はこのとき「雌犬（ビッチ）」という表現と同義語になっていた。ターザンの漫画に出てくる、黒人の国を神秘的な手段で統治する女王の一人をモデルにして、自分のイメージを作り出したらしい。彼女はよその世界をすべて黒人の国だと見なし、自分はたった一つの映画のために貸し出された必要悪だと考えていた。

ライディングウッドはモンローとともにステージのドアに向かって歩いた。

「すべてうまくいっています」と監督が言った。「彼女は最高の演技をしていますよ」

誰からも聞こえないところまで来ると、モンローは突然立ち止まり、燃えるような激しい目でレッドを見つめた。

「君はクソみたいなものを撮ってきた」と彼は言った。「ラッシュで彼女を見たとき、僕が何を思い出したかわかるか——ミス・ダイコンってところだ」

「最高の演技を引き出そうとしてるんで——」

「一緒に来てくれ」とモンローは唐突に言った。

「あなたと？　では、休憩にしましょうか？」

「このままでいい」とモンローは言い、パッドの入った出口の扉を押した。

外で彼の車と運転手が待っていた。ほとんど毎日、一分一分が貴重なのだ。

「乗りなさい」とモンローは言った。

これでレッドにもことの深刻さがわかった。そして同時に何が問題かもわかった。あの女優が初日、冷たく辛辣な言葉で、彼より優位に立ったのだ。彼は平穏を重んじる男だったので、騒ぎ立てるよりも、彼女の好きにやらせてきた。彼女は冷めた態度で役を演じ続けた。

彼の物思いをモンローが遮った。

「君には彼女を扱えない」と彼は言った。「僕が何を求めているかは言ったはずだ。妖しい女が欲しい――なのにあれは退屈している女だ。残念ながら、これは打ち切らないといけない、レッド」

「映画を？」

「いや、ハーレーにこれを担当させる」

「わかりました、モンロー」

「すまんな、レッド。いずれまた別のものをやってもらうよ」

車はモンローのオフィスの前で停まった。

「いまのテークは僕が終えましょうか？」とレッドが言った。

「もう撮影中だ」とモンローは容赦なく言った。「ハーレーがスタジオに入っている」

「何だって――」

「我々が出たときに彼が入ったんだ。昨晩、彼には脚本を読ませておいた」

「聞いてください、モンロー――」

「今日は忙しいんでね、レッド」とモンローは素っ気なく言った。「君は三日くらい前に興味を失っていただろう」

情けないことになった、とライディングウッドは思った。次の作品のオファーがあったときは、気に入ろうが気に入るまいが、やらなければならないだろう。とすれば、少し――ほんの少し地位を失ったことになる――そしておそらく、計画していた三度目の結婚ができないだろう。この件について騒ぎを起こしたところで満足のいく結果は得られないはずだ――モンローと意見が一致しなくなったとすれば、それを広めるのはまずい。モンローは彼の世界の最大の顧客であり、常に――ほとんど常に――正しいのだ。

「僕の上着はどうしましょう？」と彼は突然訊ねた。「セットの椅子の上に置いてきちゃいました」

「わかってる」とモンローは言った。「ここにあるよ」

モンローはライディングウッドの失敗に対して寛大であろうとするあまり、自分がそれを手に持っていたことを忘れていたのである。

エピソード11

「ミスター・スターの映写室」は小型の映画館で、詰め物をたっぷり詰めた椅子が四列に並んでいた。最前列の前に細長いテーブルがあり、薄暗いランプとブザー、電話などが置かれていた。壁際には、アップライトピアノがトーキーの初期の時代に置かれたまま残っている。部屋はほんの一年前に装飾し直され、布や革も張り直されたばかりだったが、長い時間使用されているためにすでにボロボロになっていた。

ここにモンローは二時半と六時半に座り、日中に撮影されたフィルムを見ることになっていた。こうした機会には、しばしば激しい緊張が付きまとった——彼は既成事実（フエタ・コンプリ）を扱っているのだ——作品を買い、計画し、書いては書き直し、配役し、構成し、照明を決め、リハーサルをして撮影するといった数カ月の、最終的な結果を見る。鋭い直感や必死の意見交換、無気力、陰謀、汗といったものの結実を。この時点で、回りくどい策略が展開されたり、一時停止状態になったりする——これらは前線からのレポートだ。

モンローと同席するのは、あらゆる技術部門の代表たち。それに製作責任者たちや、映画に関わったユニットの主任などがいた。監督はこうした試写には現われない――公式には、彼らの仕事は終わったと見なされているからだが、実際には銀のスプールに現金がさんざん注ぎ込まれているので、監督に対してここで遠慮するわけにはいかないからである。そのため監督は出席を控えるという習慣ができ上がった。

スタッフはすでに集まっていた。モンローが入ってきて、せかせかと自分の席に座ると、会話のざわめきは静まった。彼が背もたれに寄りかかり、細い片膝を胸に引き寄せたところで、部屋のライトが消えた。最後列でマッチの火が揺れた――それから静まり返った。

スクリーンでは、フランス系カナダ人の兵士たちがカヌーで急流をさかのぼっていた。スタジオのタンクで撮影されたシーンで、一つのテークが終わり、監督の「カット」という声が聞こえるごとに、スクリーン上の俳優たちはリラックスし、額を拭いたり、ときには派手に笑ったりした――そしてタンクの水の流れが止まり、幻想は終わった。モンローはそれぞれのシーンでどのテークを選ぶかを告げ、「これはいいプロセス〔背景を合成する映画手法〕だ」と言う以外には、何もコメントしなかった。

次も急流のシーンが続いていたが、ここにはカナダ娘（クローデット・コルベール〔一九三〇年代から四〇年代に人気だったコメディエンヌ〕）と、フランスの毛皮商人（クール・デュ・ボワ）（ロナルド・コールマン）との会話が含まれる。女がカヌーから男を見下ろす形の会話だ。いくつかのテークが終わると、モンローが突然声をあげた。

「タンクはもう壊したのか？」

「はい」

「モンロー――あれは別の映画で――」

モンローは問答無用とばかりに遮った。

「すぐにもう一度設置しろ。あの第二のシーンをまた撮るんだ」

ライトがすぐに点いた。ユニットの主任の一人が椅子から立ち上がり、モンローの前に立った。

「素晴らしい演技のシーンが台無しになった」。モンローは静かな声で怒りを露わにした。「カメラの位置が違うんだ。クローデットの美しい頭のてっぺんを撮るように設置されている。彼女が話しているあいだ、ずっとだ。我々が見たいと思っているのはこれか？　観客が見にいくのはこれなのか――美しい娘の頭のてっぺん。ティムにこう伝えろ。これなら彼女の吹き替えを使えば、労力が節約できたってな」

ライトがまた消えた。ユニットの主任は邪魔にならないように、モンローの椅子の脇にうずくまった。テークがもう一度映し出された。

「見えるか？」とモンローが訊ねた。「画面に毛が見える――右側だ、わかるか？　プロジェクターの問題かフィルムなのか調べろ」

テークの最後でクローデット・コルベールがゆっくりと顔を上げ、その名高い潤（うる）んだ瞳を見せた。

「最初からこれが欲しかったんだ」とモンローは言った。「彼女は演技も素晴らしかった。今日の夕方か明日、撮り直しを入れられるかどうか見てくれ」

――ピート・ザヴラスなら、こんなへまはしなかっただろう。全面的に信頼できるカメラマンは業界で六人もいない。

ライトが点いた。この映画の製作責任者とユニットの主任が出ていった。

「モンロー、これは昨日撮影されたシーンです――昨晩遅くにでき上がってきました」

部屋が暗くなった。スクリーンにシヴァ神の頭が現われた――巨大で泰然自若としており、数時間後に洪水で流されるという事実など知るよしもない。そのまわりを信者たちの集団がぐるぐる回っている。

「このシーンをもう一度撮るとき」とモンローは突然言った。「小さな子供を二、三人、上にのぼらせてくれ。冒瀆にあたらないかどうかチェックしたほうがいいが、大丈夫だろう。子供はどんなことでもするからな」

「わかりました、モンロー」

星型を打ち抜いた銀色のベルト……スミスかジョーンズかブラウン……尋ね人の欄に——銀色のベルトをしていた女の人は——

別の映画でシーンがニューヨークに移った。ギャングの物語だ。モンローは急に苛立ち始めた。

「こいつはゴミだ」と彼は闇のなかでまくし立てた。「本も悪いし、ミスキャストだし、何も成し遂げていない。ああいうタイプの連中はタフガイに見えない。服を着たペロペロキャンディみたいだ——何があったんだ、モート〔モート・フリーシャッカーは七七頁で弁護士として登場。この場面で登場するのは不自然と考えたウィルソン版はリー・カッパーに替えている〕？」

「このシーンは今朝、セットで書かれたんです」とモート・フリーシャッカーが言った。「バートンがすべてをステージ6でやりたがったので」

「まあ——ゴミだな。こいつもゴミだ。こんなのはプリントする意味もない。彼女は心にもないことをしゃべっているよ——ケーリー〔当時の人気俳優ケーリー・グラントのこと〕も同じだ。クローズアップで〝愛してる〟——観客の舌打ちで映画館が吹き飛ぶぞ！　それに女は着飾りすぎている」

闇のなかで合図が出され、プロジェクターが止まってライトが点いた。部屋は完全に静まり返り、みなが息をひそめていた。モンローの顔は無表情のままだ。

「誰がこのシーンを書いたんだ？」しばらくしてから彼は訊ねた。

「ワイリー・ホワイトです」

「あいつ、しらふか？」

「もちろんですよ」

モンローは考え込んだ。

「今夜のうちに、四人の脚本家をこのシーンに充てろ」と彼は言った。「誰がやれるか調べてくれ。シドニー・ハワード〔『風と共に去りぬ』も担当した、当時の売れっ子脚本家〕はいるかな？」

「今朝、スタジオに入りました」

「彼に話してくれ。僕が何を求めているか説明するんだ。あの女優は死にそうなほど恐怖を感じている——行き詰まっている。それくらい単純なことだ。人は三つの感情を同時に持つことはない。それからカッパー——」

美術監督が二列目から身を乗り出した。

「はい」

「あのセットにはどこかまずい点がある」

部屋じゅうでみなが目立たぬように目配せし合う。

「どこですか、モンロー？」

「君が見つけろ」とモンローは言った。「混雑している感じなんだ。目を惹きつけるものがない。安っぽく見える」

「お金はかかってますよ」

「それはわかってる。それほどの問題ではないのだが、何かあるんだよ。セットに今夜行って見てみろ。家具が多すぎるのかもしれない——あるいは、物語に合っていないのかも。窓があると違うかもしれないな。玄関ホールの見通しがもうちょっとよくならないか？」

「どうしたらいいか考えてみます」。カッパーは腕時計を見ながら、横向きに列から出ていった。

「すぐに取りかからないといけないでしょう」と彼は言った。「今晩働いて、明朝に設置します」

「いいだろう。モート、ほかのシーンと合わせられるよな？」

「できると思います、モンロー」

「責任は僕が取る。喧嘩（けんか）のシーンはあるか？」

「これから映写します」

モンローは頷いた。カッパーは急いで出ていき、部屋はまた暗くなった。スクリーンでは、四人の男が地下室で派手な殴り合いを繰り広げている。モンローは笑った。

「トレーシー〔一九三〇年代から四〇年代の名優、スペンサー・トレーシーのこと〕を見ろよ」と彼は言った。「あの男に続いて倒れるさまを見ろ。こういう経験があるに違いない」

男たちは何度も何度も戦った。いつでも同じ喧嘩だ。いつでも最後に微笑んで向き合い、ときには親しみを込めて、相手の肩に手をかけることもある。危険に晒されているのはスタントマンだけ——ほかの三人を殺すことだってできるボクサー。ほかの三人がスタントマンの指導した殴り方をせず、派手に腕を振り回した場合のみ、彼は危険に晒される。それでも、いちばん若い俳優は顔が傷つくのではないかと怖がっていて、監督はその臆病さがばれないように巧妙な角度から撮影させたり、視線を遮るものを置いたりしていた。

続いて二人の男が繰り返しドアのところで出会い、互いに相手が誰かわかり、それから歩き続ける。出会い、びくっとし、歩き続ける。うまくいかない。また出会い、びくっとし、歩き続ける。

次に少女が木の下で本を読んでいて、その頭上の枝に少年が座り、本を読んでいる。少女は退屈し、少年に話しかけたい。彼のほうは彼女に関心を向けない。彼が食べていたリンゴの芯が少女の頭に落ちる。

闇のなかから声が聞こえてきた。

「長すぎませんかね、モンロー？」

「全然」とモンローが言った。「よくできてる。いい感じだ」

「長いかと思ったもので」

「ときには十フィートのフィルムだって長すぎる――二百フィートでも短すぎるときもある。編集担当がこのフィルムに触れる前に話しておきたい――このシーンは映画のなかで記憶に残るものなんだ」

神託が下されたのである。疑問や審議に付するものは何もない。モンローは常に正しくなければならない――ほとんどの場合において、ではなく、常に。そうでないと、構成がバターのように徐々に溶けて消えてしまうのだ。

さらに一時間経った。夢の断片が部屋の端に映し出され、分析を受け、通過する――大衆の見る夢となるか、捨てられるかだ。最後は二つのテストで締めくくられた――脇役の男優と女優。ラッシュにはそれなりの張り詰めたリズムがあるのだが、そのあとのテストはスムーズに進み、終わった――参加者はみな椅子にゆったりと座り、モンローは片足を床に着けた。好きなように意見を言える時間だ。技術者の一人はあの女優とぜひ一緒に暮らしたいと言い、ほかの者たちは無関心だった。

「誰かがあの女優のテストを二年前に送ってきた。それ以来、いろいろ出演したはずだが、あまりよくなってないな。でも、男のほうはいい。あいつを『大草原(ステップ)』のロシア貴族の御曹司役で使えないか？」

「あれは本当にロシア貴族です」とキャスティング担当者が言った。「でも、それを恥じてるんですよ。共産主義者なんで。だから、貴族の役だけはやらないと言ってます」

「あいつにできる役はそれだけだ」とモンローは言った。

ライトが点いた。モンローはガムを包み紙で包み、灰皿に捨てた。それから問いかけるように秘書のほうを向いた。

「ステージ2のスクリーンプロセスです」と彼女は言った。


彼は少しだけプロセスに見入った——巧妙な仕掛けによって、ほかの映像を背景にして撮られた映画のことである。続いてマーカスのオフィスでミーティングがあり、『マノン・レスコー』について話し合った。これをハッピーエンドにするという案についてだが、以前と同様、モンローには言い分があった——この物語はハッピーエンドなしで百五十年間利益を出してきたのだ。彼は自説を曲げようとしなかった——午後のこの時間は最も雄弁になり、彼への反論は勢いを失って、そのうち別の話題へと移っていった——ロングビーチの地震で家を失った人々のために開かれる慈善公演に、一ダースほどのスターを貸すという案である。突然気前がよくなって、彼らのうち五人は総計二万五千ドルを寄付することにした。額は大きいが、貧乏人の寄付とは性質が異なる。これは慈善とは言えない。

オフィスには、ピート・ザヴラスを診察させた眼科医から結果が届いていた。カメラマンの視力は一・〇五で、ほぼ完璧だという。眼科医の報告をザヴラスは複写し、各方面に流していた。ミス・ドゥーランはモンローを褒めちぎり、彼は気取ってオフィスを歩き回った。オーエ皇太子がオフィスに立ち寄り、セットを案内してくれてありがとうと言った。二人で話しているあいだに、製作責任者から謎の伝言が届いた。マークワンドという名の脚本家が「事情を知って」しまい、辞めると言っているのだという。

「彼らはいい脚本家たちなんです」とモンローはオーエ皇太子に言った。「そして、ここにはいい脚本家がいない」

「でも、誰だって雇えるでしょう!」と訪問客は驚いて叫んだ。

「いや、雇うんですがね、そういう人たちもここに来ると、いい脚本家じゃなくなるんですよ——だから、手持ちの人材を使うしかない」

「どのような?」

「ここのシステムを受け入れ、ちゃんとしらふでいられる人なら誰でも——ここにはあらゆる種類の人間がいます——失望した詩人、一発屋の劇作家、大学の女子学生——一つのアイデアに彼らを二人ずつ割り当て、仕事が進まなくなったら、もう二人の脚本家に陰で仕事をさせます。最高で三組の脚本家が別々に同じアイデアに取り組んだこともありましたね」

「脚本家たちはそれでよいのですか?」

「知ってしまったら、気に入らないでしょう。彼らは天才ではない——ほかのやり方では、あの生産性は望めないのです。でも、マークワンドというのは東部から来た夫婦のチームで、とてもいい劇作家です。それが、同じ物語に別のチームも取り組んでいると知ってしまい、衝撃を受けたのですよ――統一感を揺るがした――彼らはそういう言葉を使うでしょうね」

「でも、その――統一を作り出すのは何ですか？」

モンローはためらった――目は輝いているものの、厳格な表情だった。

「僕が統一です」と彼は言った。「またぜひいらしてください」


彼はマークワンド夫妻と会い、あなたたちの仕事ぶりは素晴らしいと褒めた。まるでタイプ原稿からミセス・マークワンドの筆跡が読み取れるかのように、彼女をじっと見つめていた。そして優しい声色で、いまの映画から彼らを外し、プレッシャーが少なくて時間の余裕はある別の映画に割り当てましょう、と言った。半ば期待していたとおり、彼らは最初の映画にとどまりたがった――そちらのほうが、たとえ他人の名前と一緒でも、すぐに名前がクレジットされるからだ。これは恥ずかしいシステムです、と彼は認めた――下品で、商業的で、嘆かわしい。彼が作り出したシステムだったが、その事実は告げなかった。

二人が立ち去ったあと、ミス・ドゥーランが意気揚々と入ってきた。

「ミスター・スター、ベルトの女性が電話に出ています」

モンローは一人でオフィスに入り、机に向かって座った。そして、腹が落ち込むような感覚を覚えつつ、受話器を取り上げた。自分が何を求めているのかわからない。ピート・ザヴラスの件を考えたようには、この件について考えていなかった。最初は、彼女らが「プロ」なのか、ミナに似るように扮装した女優なのか知りたいだけだった――彼自身がかつて若い女優にクローデット・コルベールのようなメーキャップをさせ、同じアングルから撮影したように。

「もしもし」と彼は言った。

「もしもし」

この短いひと言、驚いたような言葉のなかに、彼は昨晩の振動を探し求めた。恐怖の感覚が全身に広がり始め、それを意志の力で押し殺した。

「いや――あなたを見つけるのに苦労しました」と彼は言った。「スミスという名と、最近こちらに引っ越してきた。それしかわかりませんでしたから。あと、銀色のベルト」

「ええ、そうです」と声が言った――まだ落ち着かず、揺れている。「昨晩は銀のベルトを締めてました」

さあ、これからどうする？

「あなたはどなたですか？」と声は言った。ブルジョワっぽいが、その威厳がかすかに揺さぶられている様子。

「私の名前はモンロー・スターです」と彼は言った。

沈黙。スクリーン上に出たことのない名前なので、彼女はなかなか思い出せずにいるようだった。

「ああ、はい――はい。ミナ・デイヴィスと結婚していた方ですね」

「そうです」

これはトリックなのか？　昨晩の光景が――まるで燐光体が触れたかのように特異な輝きを発したあの肌が――甦ってくるにつれ、これはどこかから彼に働きかけるトリックではないかと彼は考えた。ミナではないが、それでもミナ。突然カーテンが部屋のなかのほうにはためき、机の上の紙がさらさらと音を立てた。窓の外には日中の張り詰めた現実があることに気づき、彼の心はかすかに畏縮した。このまま外に出ていけるとして、彼女をもう一度見たら、何が起こるだろう？　あの星のようにきらびやかながらベールのかかった表情、憐れにも勇ましく笑おうとしている、きりっとした口の形を見たら？

「お会いしたいのですよ。スタジオにいらっしゃいませんか？」

再びためらい――それから、決定的な拒絶。

「いえ、それはできません。申し訳ありませんが」

最後の言葉は純粋に形式的なもので、肘鉄であり、最後の一撃だった。普通の皮相な虚栄心がモンローに加勢し、彼の切迫した思いに押しの強さを与えた。

「お会いしたいのです」と彼は言った。「理由があります」

「まあ――残念ですけど――」

「私があなたに会いにいくのでは？」

間があいたが、ためらいからではないと彼は感じた。答えを組み立てるためだ。

「あなたのご存じないことがあるんです」と彼女はしばらくしてから言った。

「ああ、ご結婚されてるんですね」。彼は苛々していた。「そういうこととはまったく関係ありません。堂々とお越しくださいと言ったんです。ご主人がいらっしゃるなら連れてくればいい」

「それは――それは無理なんです」

「なぜ？」

「あなたと話しているだけでも変な感じがするのですが、秘書の方がどうしてもとおっしゃるから

――昨夜の洪水で何かを落とし、あなたが拾ってくださったのかと思いました」

「五分だけでいいからお目にかかりたいんです」

「映画に出演させようということですか」

「それは考えてませんでした」

長い間があいたので、彼女を怒らせてしまったかと彼は思った。

「どこでお目にかかれます？」と彼女は思いがけず訊いてきた。

「ここで？　あなたの家で？」

「いえ――どこか外で」

唐突にモンローはどの場所も思いつかなくなった。彼の家――レストラン。人々はどこで会うのか
――密会の場所か、カクテルバーか？

「どこかで九時に会いましょう」と彼女は言った。

「それは無理です、残念ながら」

「じゃあ、もういいわ」

「わかりました、九時にしましょう。でも、ここに近いところにしませんか？　ウィルシャーにドラッグストアがあって――」


六時十五分前。外で男が二人待っていた。毎日この時間に来ては、用件を先送りにされる男たちだ。とても疲れている時間帯である――男たちの用件はすぐに取りかからなければならないほど重要ではなく、とはいえ無視できるほど些細なことでもなかった。そこでモンローはまた先送りにし、ロシア

のことを考えながら、机に向かってじっと座っていた。ロシアのことというより、ロシアについての映画のこと——それが当面、絶望的な半時間を埋めてくれる。ロシアに関する物語がたくさんあることはわかっていた。言うまでもなく、革命をめぐる物語もある。彼は一年以上前から脚本家や調査員の集団を雇っていたが、彼らが扱う物語はすべてしっくりこなかった。アメリカの独立十三州の物語にして語ることもできると感じたが、でき上がってくるものはどうも違っている——新たな観点からは、不愉快な可能性や問題が現われてしまうのだ。彼は自分がロシアに対して公平であると考えていた——同情的な映画以外のものを作る気持ちはないのだが、どうしても頭痛の種に変わってしまうのである。

「ミスター・スター——ミスター・ドラモンが外にいらっしゃいます。ミスター・カーストフとミセス・コーンヒルも、ロシアの映画のことで」

「わかった——なかに入れてくれ」

そのあと六時半から七時半のあいだ、彼は午後のラッシュを見た。例の女との約束がなければ、夜の早い時間は普通、映写室か編集室で過ごしただろう。しかし、昨晩は地震のせいで夜遅くまで働いたので、今晩は夕食に出ることにした。オフィスの受付を通り抜けようとすると、腕を包帯で吊っているピート・ザヴラスが待っていた。

「あなたは映画界のアイスキュロス〔古代ギリシャの悲劇詩人〕でありディオゲネス〔古代ギリシャのキニコス学派の哲学者〕だ」とザヴラスはいきなり言った。「アスクレピオス〔ギリシャ神話のアポロンの息子で医術の神〕とメナンドロス〔古代ギリシャの喜劇作家〕でもある」

そう言って頭を下げる。

「そいつらは何者だい？」とモンローは微笑んで言った。

「私の同国人です」

「ギリシャで映画を作っているとは知らなかった」

「ご冗談を」とザヴラスは言った。「あなたは誰よりもダンディだと言いたいんです。私を百パーセント救ってくれました」

「気分はいいのかな？」

「腕は何でもありません。誰かがここにキスしたようなものですよ。結果がこれなら、やった価値があるというものです」

「どうしてわざわざここでやったんだ？」とモンローは好奇心を抱いて訊ねた。

「あなたは神託を告げるお方ですから」とザヴラスが言った。「エレウシス〔古代ギリシャ、アッティカのデメテルの秘儀で有名な都市〕の秘儀を解いたお方。この噂話を始めたクソ野郎を捕まえたかったんですよ」

「君の話を聞いていると、教育を受けなかったのが残念に感じられるよ」とモンローが言った。

「何の価値もありませんよ」とピートは言った。「サロニカで学士を取りましたけどね、その結果がどうなったか見てください」

「悪くないじゃないか」とモンロー。

「昼でも夜でもかまいません、誰かの喉を掻き切ってやりたいと思ったら」とザヴラスが言った。

「僕の番号は電話帳に出てますので」

　モンローは目を閉じ、それからまた開けた。ザヴラスのシルエットは夕陽を背に少しぼやけていた。背後の机に寄りかかり、普通の声で言った。

「幸運を祈る、ピート」

部屋はほとんど真っ暗だったが、彼は床の模様に沿って足を動かし、オフィスのなかに入った。そしてドアがカチッと閉まるのを待ってから、手探りで薬の瓶を探した。水を入れたデカンターがテーブルでガタガタと音を立て、グラスがカタッと鳴った。彼は大きな椅子に座り、ベンゼドリン〔覚醒剤アンフェタミンの商品名〕が効いてくるのを待ってから、夕食に出かけた。

エピソード12

食堂から戻るときに、ロードスターのオープンカーから手を振る者がいた。後ろに見える頭から、若い俳優とそのガールフレンドだとわかった。モンローは二人がゲートの向こうへと消えていくのを見送った――ゲートはすでに夏の薄暮の一部となっている。自分は、少しずつこういったことを感じる心を失っているのだ――そう考えているうちに、鋭敏な感覚はミナが一緒に持ち去ったのだと思えてきた。華美なものを味わう心は消えつつあり、永遠に追悼を続ける贅沢もやがて消えるのだろう。空を見て、ミナと天国を子供っぽく結びつけ、彼はオフィスに戻ったとき、今年初めてロードスターを出してくれと命令する気になった。大きなリムジンは会議や疲れ果てた眠りの記憶で重すぎるように思えたのである。

スタジオを出るときはまだ張り詰めていたが、オープンカーが夏の夜を身近に引き寄せたので、彼は外をじっくりと眺めた。大通りの果てに月が見え、これが毎年、毎晩違うという素晴らしい幻影を作り出している。ミナが亡くなって以降、ハリウッドではほかにもいろいろなライトが輝いた――屋外の市場では、斜めに並んだレモンとグレープフルーツと緑色のリンゴが、ぼんやりとした輝きを通りに向けて発している。前方で車のブレーキランプがスミレ色に点滅し、別の交差点でもまた点滅するのを見た。そこらじゅうで投光照明が空をこするように光を投げかけている。誰もいない隅では、二人の謎めいた男たちがドラム缶のようなサーチライトの光を空に向かって放ち、意味もなく弧の形に動かしている。

ドラッグストアでは、一人の女がキャンディ売り場のところに立っていた。背が高く、ほとんどモンローと同じくらいで、戸惑っている様子だ。彼女にとって明らかに厄介な状況なのだ。モンローがあのような外見でなかったら――とても親切そうで礼儀正しくなかったら――彼に応じることはなかったであろう。二人は挨拶し、ほかにはひと言も口をきかず、相手に目をやりもせずに外に出た。しかし、車を停めた道路脇に着く前に、モンローにはわかった。彼女はまさに美しいアメリカ娘だが、それ以上のものではない――ミナのような美女ではない。

「どこに行くのですか?」と彼女は訊ねた。「運転手がいるのかと思ってました。かまわないけど――私、ボクシングが得意なの」

「ボクシング?」

「失礼だったかしら」。彼女は無理に微笑んだ。「でも、あなた方は怖いと思われているので」

自分が邪悪だと思われているとわかり、モンローは面白いと感じた――それから突如として面白くなくなった。

「どうして私に会いたかったのですか?」と彼女は車に乗るときに訊ねた。

彼はいますぐ車から降りろと彼女に言いたくなり、動かずに立っていた。しかし、車内でリラックスした彼女を見て、この不幸な状況は自分が作り出したのだとわかった――歯を食いしばり、運転席側に回って、車に乗る。街灯の光が彼女の顔をはっきりと照らし出し、これが昨晩の女性だとはとうてい信じられなくなった。ミナと似ているところなどどこにもない。

「家にお送りしますよ」と彼は言った。「どちらにお住まいで?」

「家に送る?」と彼女はびっくりして言った。「急ぎませんわ——気を悪くされたのならごめんなさい」

「いいえ、来てくださってありがとうございます。ただ、僕が愚かだったんですよ。昨晩、あなたが僕の知り合いとそっくりに見えたんです。暗かったし、ライトが目に入ったからでしょう」

これで彼女が気を悪くした——誰かに似ていないという理由で責められているのだから。

「それだけのこと!」と彼女は言った。「可笑しいわ」

二人はしばらく黙ってドライブを続けた。

「あなたはミナ・デイヴィスと夫婦だったのですよね?」と彼女は突然ひらめいて言った。「ごめんなさい、こんなことを口にして」

彼は目立たないように用心しながらも、できるだけ速い速度で車を走らせた。

「私はミナ・デイヴィスとタイプが違うわ」と彼女は言った。「——あなたがそう思ったのなら。私と一緒にいた子のことかもしれない。私よりはミナ・デイヴィスに似ているから」

もはや関心を惹かなかった。いますべきは早いところ片づけ、忘れること。

「彼女だってことはないかしら?」と彼女は訊ねた。「私の隣りに住んでいるの」

「無駄ですよ」と彼は言った。「あなたの銀のベルトを覚えているんです」

「確かに私がつけていたわ」

二人はサンセット大通りの北西部に入り、キャニオンの一つをのぼっていた。曲がりくねった道沿いに灯りの点いているバンガローが並び、それらに生気を与えている電流がラジオの音となって、夜の空気中ににじみ出しているようだった。

「いちばん高いところに灯りが見えるでしょう——キャスリーンがあそこに住んでるの。私の家は丘のてっぺんを越えたところ」

しばらくして彼女は言った。「ここで停めて」

「てっぺんを越えたところと言ったじゃないですか」

「キャスリーンのところで停まりたいのよ」

「いや、残念ながら——」

「私がここで降りたいの」と彼女は苛立たしげに言った。

モンローは彼女のあとを追って車を降りた。彼女は新しい小さな家に向かって歩いていく。一本だけ生えている柳の木が屋根のようにその家にかぶさっていた。彼は機械的に彼女の後ろについて玄関前の踏み段のところまで行った。彼女はベルを鳴らし、おやすみを言おうと振り返った。

「ごめんなさい、がっかりさせちゃって」と彼女は言った。

彼は彼女のことが気の毒になった——どちらにとっても気の毒だった。

「僕がいけなかったんです。おやすみなさい」

ドアが開き、楔形(くさびがた)の光が現われた。女性の「だあれ?」という声が聞こえ、モンローは顔を上げた。

彼女がいた——屋内のライトを背景にしたあの顔と姿、そして微笑。それはミナの顔だった——まるで燐光体が触れたかのように特異な輝きを発する肌、費用の計算などしたこともない温かいラインの口元——そして一世代の人々を魅了した、あの取り憑くような陽気さがそこらじゅうに感じられる。

昨晩と同じように、心臓が一飛びで彼の体から飛び出した。ただし、今回は大きな施し物を得てそこにとどまっている。

「あら、エドナ、なかには入れないわ」と女は言った。「掃除していたところで、家じゅうアンモニアの匂いがするのよ」

エドナは豪快に、大声で笑い始めた。「この人が会いたがってるのはあなたじゃないかと思うの、キャスリーン」と彼女は言った。

モンローとキャスリーンの目が合い、絡み合った。一瞬、二人は求愛し合ったのだ——このあと誰もしないような求愛。二人の視線は抱擁よりも密接で、叫び声よりも切実だった。

「この人、私に電話してきたの」とエドナが言った。「どうやら彼は——」。モンローがそこで灯りのなかに足を踏み入れ、口をはさんだ。

「申し訳ありません、昨日の夜、スタジオでご無礼しまして」

しかし、彼が本当に伝えたことには言葉がなかった。彼女は恥ずかしがらずにじっと聞いていた。双方の内部で生命がパッと燃え上がったのだ——エドナは遠ざかり、闇のなかにいるように思われた。

「無礼だなんてこと、ありませんでしたわ」とキャスリーンが言った。彼女の額にかかる茶色い巻き毛を涼しい風が揺らした。「私たちはあそこに用のない人間でしたから」

「あなた方お二人で——」とモンローは話し始めた。「——スタジオのツアーをなさったらどうかと思いまして」

「あなたはどなたなの？　お偉い方？」

「この人はミナ・デイヴィスの夫だった人で、プロデューサーなの」とエドナが極上のジョークを語るように言った。「――彼が私にそう言ったわけじゃないけど。彼、あなたに恋しちゃったんだと思う」

「黙ってよ、エドナ」とキャスリーンが鋭く言った。

彼女の不快感に突然気づき、エドナは「電話してくれる？」と言って道路のほうへと歩き始めた。しかし、彼女は二人の秘密を抱えていくことになった――闇のなか、二人の男女のあいだに火花が行き交うのを見たのである。

「あなたのことは覚えています」とキャスリーンはモンローに言った。「洪水から救い出してくれましたよね」

――さて、どうする？　もう一人の女の不在がいっそう惜しまれた。二人きりになってしまい、互いに交わされたことの根拠が脆弱すぎて、二人は存在できる場を失ったのだ。彼の世界ははるか遠いように感じられた――彼女はシヴァ神の頭と半分開いたドア以外、まったく世界を持っていない。

「あなたはアイルランド人ですね」と彼は言った。彼女の世界を築いてやろうという試みだ。

彼女は頷いた。

「ロンドンに長く住んでいました――おわかりになるとは思いませんでしたわ」

野蛮な緑色の目のようなバスのヘッドライトが闇のなかをのぼってきた。二人はそれが通過するまで黙り込んだ。

「お友達のエドナは僕のことが嫌いなようです」と彼は言った。「プロデューサーっていう言葉が嫌なんでしょうね」

「あの子もこちらに来たばかりなの。おかしな子で、悪気は何もないんです。私にあなたを恐れる理由なんてないわ」

彼女は相手の顔を詮索した。そして、ほかのみなと同じように、彼が疲れている様子だと思った――それから、彼が別の印象を与えたために、すぐにそのことを忘れた。寒い夜、ドアの外に置かれた火鉢という印象。

「女の子たちは、映画に出してもらおうと思って、あなたにつきまとうんでしょうね」

「みんな、もう諦めましたよ」と彼は言った。

これは控えめな言い方だった――女たちはまだ彼の玄関口にたむろしているし、それは彼も承知だ。ただ、ずっと前からそこにいるので、彼女らの騒がしい声は道路を走る車の音と変わらなくなっていた。一方、彼の地位はいまだに王族以上のものだった。王は一人しか女王を作れないが、モンローは――少なくとも人々が信じるところでは――たくさんの女王を作れるのである。

「そういう立場にいると、シニカルになると思うわ」と彼女は言った。「私を映画に出したいわけではないですよね」

「ええ」

「よかったわ。私には女優は無理。一度ロンドンのカールトンホテルで、男が私のところに来て、テストを受けませんかと言ったんです。でも、しばらく考えたけど、結局行かなかったの」

二人はほとんど動かずに立っていた。まるですぐに彼が立ち去り、彼女はなかに入るかのように。

突然、モンローが笑い出した。

「ドアを閉められないように片足をはさんでいるみたいな感じですね——集金人みたいに」

彼女も笑った。

「ごめんなさい、なかへどうぞと言えなくて。リーファー〔ぴったりした厚地のジャケットのイギリス風の言い方〕を持ってきて、外で座りましょうか？」

「いえ」。彼はなぜ立ち去るべき時間だと感じたのかわからなかった。また会えるかもしれない——会えないかもしれない。この場はこれでいいのだ。

「スタジオにいらっしゃいませんか？」と彼は言った。「あなたを案内して回れるかどうか、約束はできませんけど。でも、いらっしゃるなら、必ず僕のオフィスに連絡してください」

渋面——髪の毛一本ほどの細さの影が目と目のあいだに現われた。

「わからないわ」と彼女は言った。「でも、とてもありがたいです」

どういうわけか、彼女は来ないだろうとわかった——一瞬にして彼の手をすり抜けたのだ。二人とも、期限が切れたことを感じ取った。彼は立ち去らなければならない。どこに行くでもないし、何を得たわけでもないのだが。実際問題として、俗っぽく言えば、彼女の電話番号はわかっていない——名前さえ知らない。しかし、いまそれを訊くのはあり得ないことのように思われた。

彼女は車までついてきた。その輝く美しさと未踏査の新奇さが彼に迫ってくる。しかし、影から出たとき、二人のあいだには月が照らす一フィートほどの空間があった。

「これで終わりですか？」と彼は思わず言ってしまった。

彼女の顔に悔いが浮かぶのが見えた——同時に、唇がピクッと動き、微笑もうとしていながら、わざとごまかすような表情になるのも見えた。禁じられた進路に対して一瞬だけ幕を上げ、それから下げたのだ。

「またぜひお会いしたいわ」と彼女はかなり形式的に言った。

「会えなかったら残念です」

少しのあいだ距離ができた。しかし彼が隣りの家の前でUターンし、戻ると、彼女はまだそこで待っていた。手を振り、運転を続ける彼の心は高揚し、幸せだった。この世には、キャスティング部門の秤(はかり)では測られない美があるのだということが嬉しかった。

しかし家に帰り、執事がサモワールでお茶を淹(い)れてくれたとき、彼は奇妙な寂しさを感じた。古い心の傷が戻ってきた──重々しく、楽しくもある。夜に読まなければならない二本の脚本の一つを取り上げたとき──その一行一行をスクリーン上に思い浮かべることになるのだが──彼は一瞬だけ待って、ミナのことを思った。彼女に向かって、これは実のところ何でもないと説明した。彼女のような人はほかにあり得ないし、申し訳ない、と。


これがだいたいにおいてモンロー・スターの一日だった。彼は秘密主義なので、私には病気のことはわからない──いつ始まったのか、などは。ただ、父が話してくれたので、その月に二、三度意識を失ったのは知っている。食堂での昼食会のことはオーエ皇太子が情報源だ。金を損する映画を作ると言ったわけだが、彼が対処せねばならない人々を考慮すれば、これはすごいことだった。しかも、彼は会社の株を大量に持っていて、利益分配制の契約を結んでいるのである。

ワイリー・ホワイトも私にたくさん話してくれたし、それを私は信用した。彼が嫉妬と称賛の入り混じった激しい気持ちをモンローに対して抱いていたからだ。私自身はどうかと言うと、モンローにどうしようもないほど恋をしていたので、私が言うことは額面どおりに受け取ってもらって大丈夫である。

エピソード13

一週間後、私は彼に会いに行った。朝のように爽やかな姿で――というか、そう思っていた。早朝から朝露のなかに出ていたという印象を与えるため、ワイリーが迎えに来たとき、すでに乗馬服を身につけていた。

「モンローの車の下に身を投げ出すの、これから」と私は言った。

「この車にしたら？」と彼は提案した。「モート・フリーシャッカーがこれまでに中古で売った車のなかで、最高にいいものの一つだよ」

「嘘をつく人はお断わり」と私は映画の台詞のように答えた。「あなた、東部に奥さんがいるじゃない」

「あれは過去の話さ」と彼は言った。「君はすごい切り札を持ってるじゃないか、セシリア――自分に対する評価だよ。君がパット・ブレイディの娘じゃなかったら、男から見向きされると思うかい？」

母親たちの世代が受け取ったようには、私たちは悪口を受け取らない。何事も――どんな言葉も、同世代の者からなら、大した意味はないのだ。利口になりなさいよ、あの人はお金目当てであなたと結婚するのよ、なんてことを言う者がいるし、自分も相手に対して言う。すべてがずっと単純だ。あら、そうかしら？——って、あの頃、よく言ったものだけど。

ラジオのスイッチを入れると、「雷鳴のような私の心臓の鼓動」〔一九三四年の流行歌〕が流れ始め、車はローレル・キャニオンをのぼっていった。私は彼の言うことが正しいとは思わなかった。顔は丸すぎるけど、目鼻立ちはなかなかいいし、「人が触れたがるような」〔当時の石鹼の宣伝文句より〕肌の持ち主だ。脚もきれいだし、ブラジャーをつける必要がない。優しい性格ではないけど、ワイリーにそのことを責められるだろうか？

「朝に訪ねるのって、賢いと思わない？」

「ああ。カリフォルニアでいちばん忙しい男のところだからね。感謝するだろう。四時に起こせばよかったんじゃない？」

「そこなのよ。夜だと彼は疲れている。一日じゅう、人を見てきたんだし、なかには素敵な人たちもいた。だから私は朝に訪ねて、いろいろと考えるきっかけを作ってあげるのよ」

「気に入らないな。厚かましいよ」

「あなたは何を与えられるの？　荒っぽいことは言わないでね」

「愛してるよ」と彼は言ったが、あまり力強さはなかった。「僕は君のお金を愛している——たいそう愛しているけど、それ以上に君を愛している。たぶん君のお父さんが僕を製作責任者にしてくれるさ」

「私は今年最後にスカル＆ボーンズ〔イェール大学の名門クラブで、特に最後に選ばれることが最高の栄誉とされている〕に選ばれた人と結婚して、サウサンプトン〔ニューヨーク州ロングアイランドの高級住宅地〕に暮らすこともできるわ」

私はラジオのダイアルを回して、「ゴーン」だったか「ロースト」だったかを見つけた――この年はなかなかいい歌が流行(はや)った。音楽はまたよくなってきている。もっと若かった大恐慌の頃、音楽はそれほどホットではなく、最高の曲は二〇年代のものだった――ベニー・グッドマンの「ブルーヘヴン」とか、ポール・ホワイトマンの「ホエン・デイ・イズ・ダン」とか。聞くに値するのはバンドの音楽だけだった。でも、いま私はほとんどの曲が好きだ。父が私とセンチメンタルな父娘関係を作り出そうとして歌う「リトル・ガール、ユーヴ・ハッド・ア・ビジー・デイ」〔一九三四年の流行歌、「リトル・マン、ユーヴ・ハッド・ア・ビジー・デイ」の替え歌〕を除いて。

「ロースト」と「ゴーン」は気分に合わなかったので、私はまたダイアルを回し、「ラヴリー・トゥ・ルック・アット」〔一九三五年の流行歌〕を見つけた。これは私好みの歌詞だ。丘のてっぺんを横切るとき、私は振り返った――空気がとても澄んでいて、二マイル離れたサンセット・マウンテン〔この名の山はなく、ケンブリッジ版の註釈は、サンセット大通りを見下ろすルックアウト・マウンテンではないかと推測している〕の葉叢(はむら)が見えるほどだった。ときどき驚かされる――空気にすぎないのに、遮るものも入り組んだところもない空気なのに。

「見るだにうるわしー(ラヴリー・トウ・ルック・アット)しー知るだに喜ばしー」と私は歌った。

「モンローのために歌うのかい？」とワイリーは言った。「だとしたら、僕がいい製作責任者になるって詞を加えてよ」

「あら、これはモンローと私だけの話よ」と私は言った。「彼は私を見つめて、こう思うの。〝彼女のことをちゃんと見たことがなかったんだ〟」

「その台詞は、今年は使わないな」と彼は言った。

「――それから彼は〝リトル・セシリア〟と言うの。あの地震の夜に言ったように。君が女になってたってこと、気づいていなかったよって」

「君は何もしなくていいよ」

「私はそこで花開くの。子供にキスするように、彼が私にキスしたあと――」

「それ、みんな僕の脚本にあるよ」とワイリーが不平を言った。「しかも、それを明日彼に見せなきゃいけないんだ」

「――彼は腰を下ろし、両手で顔を覆い、私のことをこんなふうに考えたことはなかったって言うの」

「キスしながら何か細工するってわけか」

「花開くんだってば、言ったでしょ。私は花開くって、何度言わせるの」

「淫らな感じがしてきたな」とワイリーが言った。「このへんでやめておこう――今朝は働かないといけないから」

「それから彼は言うの。ずっとこうなるはずだったように思えるって」

「まさに映画だね。プロデューサーの血だ」。彼は身震いするふりをした。「その血が輸血されるのはごめんだな」

「それから彼は言うの――」

「彼の台詞はすべてわかるよ」とワイリーは言った。「僕が知りたいのは君が何と言うかだ」

「そこに誰かが入ってくる」と私は続けた。

「そして君はソファから急いで飛び上がり、スカートを撫でつける」

「車から降りるわよ。家まで歩かせたいの？」

ビバリーヒルズに入っていた。背の高いハワイ松が生えていて、とても美しくなってきている。ハリウッドは完璧に区画化された都市であり、それぞれの地区に住む人々が経済的にどのくらいの位置にあるのか、すぐにわかる。上は重役や監督たちから、バンガローに住む技師などを経て、エキストラたちまで下る。ここは重役の地区で、菓子のような素敵な家々が並んでいる。ヴァージニアやニューハンプシャーのくすんだ町ほどロマンチックではないが、今朝の眺めは素敵だった。

「どうしてわかるのと訊ねられた」とラジオの歌声が響いた。「――私の愛が真実かって」

私の心は燃え上がり、目には煙が立ち込めていたけど、チャンスはフィフティフィフティだと思っていた。彼に向かってまっすぐ歩いていく――彼を通り抜けていくか、唇にキスするかのように――そして一フィート手前で止まり、警戒を解くように、控え目な言い方で「こんにちは」と言う。

そして私はそうした――もちろん、期待していたようには運ばなかったけれど。モンローの美しく黒い目は私の目を見つめ返し、私が考えていることすべてを見通している――と、私は確信している――そして、彼はまったくどぎまぎしていない。私は身じろぎもせずに一時間――だと思うのだが――立っていて、彼がしたことといえば、口の端をピクッと動かし、両手をポケットに入れただけ。

「今夜、私とダンスパーティに行かない？」と私は訊ねた。

「どのダンスパーティ？」

「アンバサダーホテルで催される脚本家のパーティよ」

「ああ、そうだった」。彼は少し考えた。「君とは行けないよ。遅れて顔を出すかもしれない。グレンデールで非公開の試写会があるんだ」

計画したことと何と違ってしまったことか。彼が机に向かって腰を下ろしたので、私は彼の電話が並んでいるところまで行き、机の飾り物のような顔をして彼をじっと見つめた。彼の黒い目は私を見つめ返したが、優しそうというだけで何もなかった。女の子を難なく手に入れられるとき、男がそれに気づかないことはそうそうない。なのに私が彼の頭に浮かばせた考えといえば——

「どうして結婚しないんだい、セシリア?」

またロビーのことを持ち出し、縁談をまとめようとする気なのかもしれない。

「面白い男に面白いと思ってもらうためには、どうしたらいいの?」と私は彼に訊ねた。

「愛してるって言えばいい」

「彼を追いかけるべき?」

「そうだね」と彼は微笑んで言った。

「わからないわ。関心がそこにないんなら、ないのよ」

「君と結婚してもいいけどね」と彼は思いがけず言った。「すごく寂しいんだ。でも、僕は何かを支えるには歳を取りすぎているし、疲れている」

私は机を迂回して、彼のそばに立った。

「私を支えて」

彼はびっくりして顔を上げた。私が本当に真剣だということに初めて気づいたのだ。

「いや、駄目だよ」と彼は言った。しばらくはほとんど惨めなくらいの表情だった。「映画が僕の恋人なんだ。あまり時間がないし——」。自分の言ったことをすぐに訂正した。「いや、どんな時間もないってことだよ。医者と結婚するようなものさ」

「私を愛せないのね」

「そういうことじゃない」と彼は言った——まさに私の夢想してきた台詞だが、意味は違った。「君のことを、そういうふうに考えたことがなかったんだ、セシリア。ずっと前から知ってるし。それに、君はワイリー・ホワイトと結婚するって話を聞いたよ」

「それで、あなたは——何とも思わなかった」

「思ったよ。それについて話そうと思ってたんだ。あいつが二年間しらふでいるまで待てって」

「彼との結婚なんて考えてもなかったわ、モンロー」

　私たちは本題を離れていた。そして、まさに私の白日夢と同じように、ここで人が入ってきた——ただし、モンローが秘密のボタンを押したに違いないと思っている。

　メモ帳を手にミス・ドゥーランが背後に現われた——それに気づいた瞬間を、私は子供時代の終焉としていつも思い出すことになるだろう。いろいろな写真を切り取っていた時代の終わり。私が見つめていたのはモンローではなく、何度も切り取っていた彼の写真なのだ。微妙な理解を示す目は相手を見つめ、それからすぐに自分の広い額の中身を見つめることになり、そこには一万ものあら筋や計画が詰まっている。顔は内側から老けていくので、不安や苛立ちによる皺はないが、自らに課した静かな闘争——または長い病気——によるかのような禁欲的なやつれ方が見られる。私には、コロナドからデルモンテ〔どちらもカリフォルニアの有名なリゾート地で、前者はサンディエゴ、後者はモンテレー半島にある〕に及ぶ、薔薇色に日焼けした人々の誰よりもハンサムな男だった。彼は私の大切な写真なのだ——学校のロッカーの内側に貼った写真のように。こうしたことを私はワイリー・ホワイトに話した。そして、女が二番目に好きな男に別の男の話をするとき——彼女は恋をしているのである。

13（続き）

私はモンローがダンスパーティに着く前にその女性に気づいた。美しい女ではない。ロサンゼルスに美しい女などいない――単独でなら美しくもなれるのだが、十数人一緒になると、ただのコーラス団だ。まだプロとしての美女にまでは達していない――こういう女性はみんなの分まで呼吸をするので、最後には男たちでさえ、外に出て息を吸わなければならなくなる。彼女はただの女だ。ラファエロが絵の隅に描く天使のような肌と、ある種の気品の持ち主――彼女が身につけているもののせいかと、二度振り返らずにいられなくなるような気品。

私は彼女に気づき、そして忘れた。彼女が座っている柱の背後のテーブルに、飾りと言えるものがあるとすれば、容色衰えた二流スターが座っているだけだった。この女優は注目を集めて役を得たいと望んでいて、定期的に立ち上がっては、冴えない男たちと踊っていた。それを見て私は、初めてのパーティでの恥ずかしい経験を思い出した。スポットライトを独占するようにと、私は同じ青年と何度も踊ることを母に強要されたのだ。例の二流スターは私たちのテーブルの人たちにも話しかけたが、私たちは上流階級（カフエ・ソサエティ）として振る舞うのに忙しく、彼女の思いどおりにはならなかった。

私たちの角度から見ると、出席者たちはみな何かを求めているように見えた。

「君たちが影響力を発揮することを期待してるんだよ」とワイリーは言った。「――昔みたいにね。君たちが出し惜しみするとわかると、彼らはがっかりする。この勇ましい陰気さはそういうわけなんだ――自尊心を保つ方法はヘミングウェイの登場人物みたいになることだけ。でも、心の底で彼らは君たちに物悲しい憎悪を抱き、君たちもそれがわかっている」

彼は正しい――一九三三年以来、金持ちは金持ちと一緒にいるときしか幸せになれないのだ。それは私もわかっている。

幅広い階段のてっぺんにモンローの姿が見えた。薄暗いライトの下に立ち、両手をポケットに突っ込んで、あたりを見回している。夜が更けてきて、照明が少し暗くなったように見えたが、実際は変わっていない。フロアショーが終わり、残っているのは掲示板を身につけて踊る男だけ。それには、ハリウッドボウル〔自然の地形を利用した円形劇場〕でソニア・ヘニー〔一九二八、三二、三六年と、三回のオリンピックで優勝したフィギュアスケート選手〕が熱いスープの上で滑るとある。男が踊っているうちに、背中の掲示板の面白みがどんどん褪せていくのがわかる。数年前なら酔っ払いたちがそこかしこにいただろう。容色衰えた女優は期待を込めて、ダンスのパートナーの肩越しに、酔っ払いたちを捜しているように見える。彼女がテーブルに戻っていくのを私は目で追った――

――そして驚いたことに、モンローがあの女に話しかけていた。これが世界の始まりであるかのように、互いに微笑み合って。

数分前、階段のてっぺんに立ったとき、モンローはこんなことを予期していなかった。非公開の試写会にがっかりし、そのあと劇場の前でジャック・ラ・ボーウィッツと言い争いをしたが、いまはそれを申し訳なく思っていた。そしてブレイディ家の人たちに加わろうとしたとき、白くて細長いテーブルの真ん中にキャスリーンが一人で座っているのに気づいたのである。

一瞬にしてすべてが変わった。彼女に向かって歩いていくうちに、人々は壁へと退き、壁画にすぎなくなった。白いテーブルが長くなり、祭壇となって、女祭司が一人で座っている。彼のなかで活力が湧き上がり、テーブルの向こうから彼女を見つめ、微笑みかけ、いつまででも立っていられそうだった。

テーブルに着いている者たちが後退していった――モンローとキャスリーンは踊った。

彼女が近づいてくると、さまざまに思い描いていたイメージがぼやけてきた――彼女は一瞬、現実ではなくなった。普通、女の頭を見ると相手は現実に戻るのだが、今回は違った――フロアをダンスして回るあいだもモンローは幻惑され続けた――最後の境界に至り、鏡を突き抜けて、新しいダンサーたちのいる別のダンスパーティに入った。まわりの人々の顔には見覚えがあったが、それだけだ。この新しい空間で彼は早口に、せっかちにしゃべった。

「君の名前は？」

「キャスリーン・ムーア」

「キャスリーン・ムーア」と彼は繰り返した。

「電話はないわ、それを聞き出そうと思っているなら」

「いつスタジオに来る？」

「無理なのよ。本当に」

「どうして無理なの？　結婚しているの？」

「いいえ」

「結婚はしていない？」

「してないし、したこともないわ。でも、結婚するかも」

「テーブルにいた人かな」

「いいえ」と言って彼女は笑った。「なんて詮索好きなの！」

しかし、言葉で何と言おうとも、彼女は二人の世界に深くはまり込んでいた。信じられないほどの激しさを持つロマンチックな共感へと、目で彼を誘（いざな）った。そして、そのことに気づいたかのように、彼女は怯えて言った。

「もう戻らないと。ダンスの約束をしたから」

「君を手放したくないんだ。ランチかディナーを一緒にできないかな？」

「無理よ」。しかし、彼女の表情はその言葉を打ち消し、抑えられずに伝わってくる言葉はこうだった――「無理じゃないわ。あなたが押し入るつもりなら、ドアはまだ少しだけ開いている。でも、早くして――時間がない」

「もう戻らないと」と彼女は声に出して繰り返した。それから腕を下ろし、ダンスをやめて、彼を見つめた。いたずらっぽい笑い。

「あなたと一緒にいると、うまく呼吸ができないの」

彼女は背を向け、長いドレスの裾を掴むと、鏡の世界から出た。モンローは彼女がテーブルのそばで立ち止まるまであとを追った。

「ありがとう、踊ってくれて」と彼女は言った。「それから、本当におやすみなさい」

彼女はほとんど駆け足で立ち去った。

モンローは自分の席があるテーブルに行き、上流階級(カフェ・ソサエティ)の人たちと一緒に座った――ウォール街、グランド・ストリート〔ニューヨークのロワー・イーストサイドで、当時はユダヤ人地区〕、ヴァージニア州ラウドン郡、ロシアのオデッサなどから来た人々だ。彼らはみな、見事な走りを見せた馬のことを熱心に話していて、なかでもいちばん熱心なのがミスター・マーカスだった。モンローは、ユダヤ人が馬を最高のシンボルとして崇拝するようになったのではないかと想像した――長年、馬に乗るのはコサックたちで、ユダヤ人は足で歩いていたのだ。いまではユダヤ人が馬を持ち、それによって並外れた富と権力を得た気分になっている。モンローは聞いているふりをし、何か訊かれれば頷くことさえしたが、そのあいだずっと柱の向こうのテーブルを見つめていた。すべてがあのように起こらなかったとすれば――銀色のベルトを違う女性と結びつけたことも含め――これは巧妙に仕組まれた陰謀だと思ったかもしれない。しかし、ここまで摑みにくいとすれば、逆に疑いの余地がない。というのも、その瞬間、彼女がまた逃げようとしているのに気づいたのだ――テーブルでの身振りから、さようならと言っているのがわかる。彼女は去ろうとしている、去ってしまった。

「ほら――」とワイリー・ホワイトが意地悪そうに言った。「――シンデレラが去っていくよ。履物をリーガル靴店に持っていくといい。サウス・ブロードウェイ八一二番地」

モンローは上階の長いロビーで彼女に追いついた。ロープが張られた向こう側の空間で、中年の女たちが舞踏室の入り口をじっと見つめている。

「これって僕のせいなのかい?」と彼は訊ねた。

「どっちにしても帰るところだったの」。しかし、彼女は怒ったようにつけ加えた。「みんな、私がイギリス皇太子と踊ったかのように言ったわ。じろじろ見られたわよ。一人の男なんて私の絵を描きたがったし、もう一人は明日、私に会いたいって言った」

「僕が求めているのもそれさ」とモンローは穏やかに言った。「でも、その男よりもずっと君に会いたがっている」

「そう言い張るけど」と彼女はくたびれたように言った。「私がイギリスを出た一つの理由は、男たちがいつでも我を通すからよ。ここは違うと思ったのに。私があなたに会いたくないってだけで充分じゃない？」

「普通は充分さ」とモンローは同意した。「でも、信じてほしい。もう自分ではどうしようもないところにきているんだ。頭がおかしくなったみたいだけど、君に会わなきゃいけないし、話さなきゃいけない」

彼女はためらった。

「頭がおかしくなったなんて感じる理由はないわ」と彼女は言った。「あなたはちゃんとした人だから、そんなふうに感じなくていい。でも、このことはありのままに見ないといけないのよ」

「ありのままって？」

「あなたは私に夢中になってしまった——文字どおりに。私を自分の夢のなかに入れてしまったの」

「君のことは忘れていたんだ」と彼はきっぱりと言った。「——あのドアを入るまではね」

「頭では忘れてたんでしょうけど。でも、あなたを見た瞬間から、私を好きになる人だってわかった——」

彼女はここで言葉を止めた。二人のそばにパーティを抜けてきた男と女がいて、さようならと言い合っている。「彼女によろしく言ってね――とても大切に思ってるって伝えて」と女が言った。「あなたたちどちらにも――みんなに――子供たちに」。モンローにはこのように話せない――みながいま話しているようには。エレベーターに向かって歩きながら、これ以上話すことが何も思いつかなかった。ただ、これだけ。

「君が完璧に正しいと思うよ」

「あら、認めるの?」

「いや、認めない」と彼は撤回した。「それは、単に君の人となりのせいなんだ。君が言うこと――その歩き方――いまこの瞬間の君の外見――」。彼女が少し軟化したのがわかり、彼の期待は高まった。「明日は日曜で、僕は普通日曜日も働くんだけど、君がハリウッドで興味を持っているものがあれば――会ってみたいとか見てみたい人とかいれば――僕が手はずを整えるよ」

二人はエレベーターの前に立っていた。ドアが開いたが、彼女は乗らなかった。

「あなた、とっても謙虚だわ」と彼女は言った。「いつでもスタジオを見せてくれるとか、いろいろ案内してくれるとか言うのね。一人きりになることはないの?」

「明日はかなり一人ぼっちになるはずだよ」

「あら、可哀想な人――私、この人のために泣くわ。自分のまわりでスターたちが飛んだり跳ねたりしているのに、よりによって私を選んだのよ」

彼は微笑んだ――このジョークを素直に受け入れたのだ。

エレベーターがまた来た。彼女はそれに待つように指示した。

「私は弱い女なの」と彼女は言った。「明日会ったら、私の心を乱さないようにしてくれる？　いいえ、無理よ。あなたはもっとひどくしてしまう。害ばかりで、いいことは何もない。だから私はノーと言うわ。ありがとう」

彼女はエレベーターに乗った。モンローも一緒に乗り、二階分下っているあいだ微笑み合った。着いたのは、小さな店舗に細かく分けられているホールだった。その向こう端に群衆がたまり、警官たちに堰き止められていた。通路を見ようと、頭や肩を乗り出している。キャスリーンは身震いした。「あの人たち、私が入ってくるときすごく変だったわ」と彼女は言った。「――まるで、私が有名人じゃないからって、怒ってるみたい」

「別の出口を知ってるよ」とモンローが言った。

二人はドラッグストアを通り、通路を進んで、駐車場のすぐ脇に出た。カリフォルニアの夜の空気は澄んでいて冷たい。彼はダンスパーティから切り離されたように感じ、それは彼女も同じだった。

「たくさんの映画関係者がこのあたりに住んでたんだ」と彼は言った。「ジョン・バリモアとポーラ・ネグリはこのあたりのバンガローにいた。それからコニー・タルマッジは向こう側の細長い高層アパートに住んでいた」

「いまは誰も住んでいないの？」

「スタジオが郊外に引っ越したんでね」と彼は言った。「かつて郊外だったところに。でも、僕もこのあたりでずいぶん楽しんだよ」

彼は言わなかったが、十年前、ミナとその母親も向こうの別のアパートに住んでいた。

「あなたはおいくつ？」

「忘れたな――三十五歳くらいじゃないかと思う」

「テーブルの人たちは、あなたが神童だったって言ってたわ」

「六十歳でそうなるよ」と彼はニコリともせずに言った。「明日、会ってくれないかな」

「いいわ」と彼女は言った。「どこで？」

突然、会う場所がまったくなくなった。彼女はほかの人のパーティには行きたくないと言う。郊外にも、そして――ためらったものの――水泳にも、有名なレストランにも行きたくない。楽しませるのが難しい人のようで、そこには理由があるのだと彼にはわかった。そのうち理由を突き止めよう。ふと、彼女は有名人の妹か娘なのかもしれないと思った。だから自分は前面に出ないと決心しているのだ。彼は、明日迎えに行くので、どこに行くかはそれから決めればいいと言った。

「それは駄目よ」と彼女は言った。「ここで会うのはどうかしら――同じ場所で」

彼は頷いた――自分たちの頭上にあるアーチを指さして。

彼女の車はどんな親切なディーラーからでも八十ドルしか引き出せないような代物だった。モンローは彼女をその車に乗せ、キーッという音を立てて走り去るのを見送った。エントランスに人気スターが現われたようで、歓声が沸き起こった。モンローはそちらに言って挨拶すべきかどうか考えた。

ここでセシリアが物語を引き継ぐ。モンローはようやく戻ってきた――三時半くらい――そして、私をダンスに誘った。

「元気かい？」と彼は午前中に会ったことを忘れたかのように訊ねた。「ちょっと長い会話に巻き込まれてね、ある男と」

では、あのことも秘密なのだ――それくらい気にかけているのだ。

「ドライブに連れ出したんだよ」と彼は無邪気に続けた。「ハリウッドのこのあたりがどれだけ変わったか気づいていなかった」

「変わったかしら？」

「変わったさ」と彼は言った。「完全に変わったよ。面影もない。正確にどことは言えないけど、みんな変わった――すべてが。新しい都市になったんだ」。しばらくしてから彼はさらにまくし立てた。

「どれだけ変わったかわかっていなかった」

「その男って誰なの？」と私は鎌をかけた。

「古い友人さ」と彼は曖昧に言った。「ずっと前に知っていた男」

私はあの女が誰なのかワイリーに調べさせていた。彼が質問をしに行くと、元スターの女は興奮して彼に座るように言い、話し出した。いいえ――あの女が誰か知らないわ――誰かの友達の友達よ――彼女を連れてきた男も知らなかったわ。

というわけでモンローと私はグレン・ミラーの美しい音楽に合わせて踊った。曲は「アイム・オン・ア・シーソー」。会場が空いてきたので、ダンスは楽しかった。でも、寂しかった――あの女が立ち去る前より寂しかった。私にとって――そしてモンローにとっても――彼女はその日の夜を奪い去ったのだ、突き刺すような痛みを私に残して。大舞踏室は空っぽで、何の感情もない場所となった。もはやダンスパーティに意味はなく、私はうわの空の男と踊っているのだった――ロサンゼルスがどれだけ変わったかと話し続けている男と。

セクション14

次の日の午後、二人は見慣れぬ国の見慣れぬ者同士として会った。昨晩は過ぎ去り、彼がダンスした女も去った。ぼやけた薔薇色と青色の帽子に目立たないベールをした女がテラスを歩いてきて、探るように彼の顔を見た。モンローも茶色いスーツに黒いネクタイという、見慣れぬ姿だった。フォーマルなディナージャケットを着ているときよりも——あるいは、最初に出会った夜、闇のなかの顔と声にすぎなかったときよりも——彼の姿を確実に隠してしまう出で立ち。

相手が前と同じ人だということを、彼のほうが先に確かめた。顔の上半分は輝くミナの顔だ——クリーム色のこめかみに乳白色の額、ココナッツ色の巻き毛。彼は家族のような親しみを込めて、彼女の体に腕を回してもよかった——すでに彼女の首の産毛のことを知っているし、背骨の反り方や目の隅の特徴、呼吸の仕方などもわかっている——彼女が着る衣服の手触りも。

「ここでひと晩じゅう待ってたの？」と彼女は囁きに近い声で言った。

「動かなかったよ——微動だにね」

それでもまだ問題が残っていた。同じ問題だ——特に行くところがない。

「お茶が飲みたいわ」と彼女が提案した。「――あなたが知られていない場所があるなら」

「それって、どちらかの評判が悪いみたいに聞こえるよ」

「そうじゃない?」と彼女は笑った。

「海岸に行こう」とモンローは提案した。「一度行った店で、訓練されたアザラシに追いかけられたことがある」

「アザラシにお茶が淹れられるかしら?」

「うーん――訓練はされている。でも、話ができるとは思わないな――そこまでの訓練はされていない。君はいったい何を隠そうとしているんだい?」

一瞬の間があいてから、彼女は軽い口調で言った。「たぶん未来ね」――どんなことでも意味しそうだが、何も意味していないとも取れる言い方で。

モンローが車を出そうとしたとき、彼女は駐車場に停めた自分のボロ車を指さした。

「あれ、安全かしら?」

「どうかな。黒い顎鬚の外国人が何人かうろついていたよ」

キャスリーンはびっくりして彼を見つめた。

「本当に?」そして彼がニヤニヤしているのに気づいた。「あなたが言うこと、すべて信じちゃうわ」と彼女は言った。「あなたって、とても紳士的な雰囲気があるから、どうしてみんながあなたをあんなに恐れるのかわからない」。彼女は好感を抱きつつ彼をじっくりと見つめた――顔が青白く、それが午後の明るい光で強調されているために、なおさら気になった。「たくさん仕事しているの? 本当にいつも日曜日に働いているわけ?」

彼は彼女の関心に応えた——客観的にだが、おざなりにではなく。

「いつもじゃないよ。僕たちは以前——僕たちはプールとかがある家を持っていて——日曜日には客が来たんだ。テニスと水泳もした。水泳はしなくなったけど」

「どうして？　体にいいわよ。アメリカ人はみんな泳ぐのかと思ってた」

「脚が細くなっちゃってね——数年前に、それで恥ずかしくなったんだ。ほかにも以前やっていたことはある——たくさん。子供の頃はハンドボールをしていたし、こちらに来てもときどき——コートを持っていたんだけど、嵐で流されてしまったよ」

「あなた、いい体格してるわ」。型にはまったお世辞だ——痩せて気品のある体の作りだということしか意味していない。

彼は首を振ってこのお世辞を無視した。

「仕事が一番楽しいんだよ」と彼は言った。「自分の性分にとても合っているから」

「ずっと前から映画業界で働きたかったの？」

「いや。若いときは事務員のトップになりたかった——どこに何があるか、みんな知っている人さ」

彼女は微笑んだ。

「可笑しいわね。いまのあなたはそれよりずっとすごいんだから」

「いや、いまでも事務員のトップだよ」とモンローは言った。「それが僕の才能なんだ、才能があるとすればね。その役を務めないといけなくなって、わかった。ほかの人たちはどこに何があるかわかってない。そして、なぜそれがそこにあるのか、そこに残しておくべきかどうかってことを、知らなければいけない——それもわかったんだ。みんながそういう仕事を僕に丸投げするようになったし、とても複雑な仕事だったし。じきに僕はすべての鍵を持つようになった。そして、僕が鍵を返したとしても、みんなどの錠にそれが当てはまるのかわからなくなったんだ」

赤信号で停まったとき、新聞売りの少年が二人に呼びかけた。「ミッキー・マウスが殺された！ランドルフ・ハースト〔アメリカの新聞王で、売り上げのために米西戦争を煽ったことなどで知られている〕が中国に宣戦布告！」

「この新聞を買わないといけないわね」と彼女は言った。

ドライブを続けるうちに彼女は帽子をまっすぐにし、身づくろいした。そして彼に見つめられているのに気づき、微笑んだ。

彼女は用心深く、かつ落ち着いていた——こうした性質はこのところ大いに尊重されている。倦怠感が蔓延し、カリフォルニアにはくたびれた無法者たちが押し寄せているからだ。気持ちの上ではまだ東部に住んでいるつもりの、張り詰めた若い男女もいたが、彼らは気候に対して負け戦を続けている。しかし、誰もが知っている秘密は、ここでは努力を続けるのが困難だということ——この秘密をモンローが自分に認めることはめったになかったが。それでも彼にはわかっていた。ほかの場所から来た人々は、しばらくのあいだ新たに純粋なエネルギーをほとばしらせるのだ、と。

二人はすっかり打ち解けていた。彼女はその美しさと調和しない身振りや手振りをまったく見せていない——何らかの形で美の枠組みからはみ出してしまうような身振りや手振りを。その美しさはすべてうまく収まっていて、モンローは彼女のことを、映画の一シーンを審査するように吟味した。彼女はクズではない、混乱しておらず明晰だ。彼独自の意味において——バランスが取れ、繊細で均整が取れているといった意味において——「素晴らしい」女性である。

車はサンタモニカに入った。大衆向け遊園地のような地帯が這うように広がり、その真っただ中に十数人の映画スターの豪邸が並んでいる。二人は広大な青い空と海に向かって丘を下り、しばらく海岸線を走った。やがて浜辺は広くなったり狭くなったりする黄色い潟となり、海水浴客たちから再び遠ざかった。

「僕はこの近くに家を建てているんだ」とモンローは言った。「ここからはかなり先。どうして建てているのかもわからないんだけどね」

「私のためだったりして」と彼女は言った。

「そうかもしれないね」

「すごいと思うわ。私がどんな顔なのかも知らないうちに、私のために大きな家を建てていたなんて」

「そんなに大きくないよ。それに、まだ屋根がないんだ。どんな屋根を君が好むかわからなかったんでね」

「屋根はいらないわよ。ここでは雨が降らないって聞いたわ。それに――」

その唐突な口のつぐみ方から、彼女が何かを思い出したのだとわかった。

「ちょっとした過去のことよ」と彼女は言った。

「何なんだい?」と彼は訊ねた。「屋根のない別の家のこと?」

「そう、屋根のない別の家のこと」

「そこで幸せだった?」

「男と暮らしていたの」と彼女は言った。「長い、長いあいだ――長すぎたわ。人がしがちなひどい失敗の一つよ。私が別れたいと思っても、彼のほうが別れられなくて、そのあとも長いこと一緒に暮らしたわ。彼も別れようとしたけど、できなかった。だから、最後に私が逃げたの」

彼は聞き、考えていたが、判断はしなかった。薔薇色と青色の帽子の下は何も変わっていない。二十五歳くらいだろう。彼女が愛したり愛されたりしていなかったら、それこそもったいないというものだ。

「私たち、親密すぎたのよ」と彼女は言った。「たぶん子供を持つべきだったの——あいだに入るものとして。でも、家に屋根がなければ子供は持てないわ」

いいだろう、これで彼女のことを少し知った。昨晩とは違う。昨晩は、物語について議論する会議のときのように、こんな声が聞こえ続けた——「我々はこの娘について何も知らない。たくさん知る必要はないが、何かは知らないといけない」。ぼんやりとした背景が彼女の後ろに広がった——月の光を浴びたシヴァ神の頭よりも実体のあるものが。

二人はレストランに着いた。日曜日とあって、威圧的なほどたくさんの車が停まっている。車から降りると、訓練されたアザラシがモンローに向かって懐かしそうに唸(うな)り声をあげた。飼い主がこんなことを言った。アザラシは車の後部座席には座らず、いつでも後ろから車に乗って、前に乗り越えてくるんです、と。男がアザラシに振り回されているのは明らかだった。といっても、それを絶対自分では認めないのだが。

「あなたが建てている家を見たいわ」とキャスリーンが言った。「お茶はいらない——お茶は昔のものよ」

キャスリーンは代わりにコーラを飲み、二人は太陽に向かってさらに十マイルドライブした。太陽が明るすぎたので、モンローはサングラスを二つコンパートメントから取り出した。さらに五マイルほど行き、小さな岬から下ると、モンローの家の骨組みが見えてきた。

太陽の方向から向かい風が吹きつけ、岩に砕けた波の飛沫(しぶき)を車に撥ねかけた。コンクリートミキサー、剝き出しの黄色い木材、建築業者のコンクリ片など、海の風景を切り裂く傷のようなものが、日曜日の終わりを待っていた。二人は正面玄関のあたりを歩いた。テラスが作られる高さまで大きな石が積み上げられている。

彼女は背後の丘に目をやり、木々の生えていない地面が照り返す光にビクッとした。モンローはそれに気づき――

「ここにないものを探してもしようがないよ」と陽気そうに言った。「地球儀の上に立ってるって考えるといい――子供の頃、すごく地球儀が欲しかったんだ」

「わかるわ」と彼女は少ししてから言った。「そうすれば、地球が回っているのがわかる。そうでしょ?」

彼は頷いた。

「うん。そうでなきゃ、ただ明日(マニャーナ)が来るだけ――朝を待つか、月を待つか」

二人は足場組みの下からなかに入った。大広間になるはずの一室はほぼ完成していて、作りつけの本棚、カーテンレール、映画の映写機をしまう床の収納庫までできている。彼女が驚いたことに、この部屋から外のポーチに出られるようになっていて、クッションのついた椅子や卓球台が置かれていた。その向こうの敷かれたばかりの芝生にも、卓球台が置かれている。

「先週、早まって昼食会を開いたんだ」と彼は認めた。「ちょっとした小道具を用意させて――芝生とかだけど。この場所がどう感じられるか知りたかったんだよ」

彼女は突然笑い出した。

「これ、本当の芝生なの？」

「そうだよ――芝生さ」

芝生の成長を待つ場所の向こうには、スイミングプールのために穴を掘ったところがあった。いまはカモメたちのたまり場になっているが、カモメたちは二人を見て飛び立った。

「ここにたった一人で住むの？」と彼女は訊ねた。「踊り子たちもなしで？」

「たぶんね。前は計画を立てたものだけど、もうそういうことはしないんだ。脚本を読むのにいい場所だと思ったんだよ。スタジオが本当の家だからね」

「アメリカのビジネスマンはそんなふうだって聞いてたわ」

彼は彼女の声に批判の響きを感じ取った。

「生まれついたように生きるしかないんだ」と彼は穏やかに言った。「一カ月に一度くらい、僕を改善しようとする者が現われる。働けなくなったら、不毛な老後を迎えることになるぞって。でも、そんなに単純じゃないんだよ」

風が強くなっていた。そろそろ戻ったほうがいい。彼は車のキーをポケットから取り出し、ぼんやりと手のなかでジャラジャラいわせた。銀鈴のような音が響いてきた。電話の「ヘイッ！」という呼びかけだ――陽光の方角から聞こえてくる。

家から聞こえる音ではない。彼らはウォーマー&コールダーのゲーム〔片方が何かを隠し、片方が捜すゲームで、捜す物に近づいたらウォーマー、遠ざかったらコールダーと言って、ヒントを与えてやる〕をする子供たちのように、庭をあちこち走り回った――最後にテニスコート脇の道具小屋が怪しいと近づいていった。電話は取ってくれないことに苛つくかのように、壁から彼らに向かって疑わしげに吠えたてている。モンローはためらった。

「忌々しいな、このまま鳴らしておこうか？」

「私なら嫌だわ、誰からかわからないうちは」

「ほかの人にかけた電話かもしれないし、思い切って見当をつけたのかもしれない」

彼は受話器を取った。

「もしもし……長距離電話ってどこから？　はい、ミスター・スターです」

彼の態度はガラッと変わった。この十年、ほとんどの人が見たことのなかったものを彼女は見た――感銘を受けているモンローである。彼はしばしば感銘を受けているふりをするので、不似合いなわけではなかったが、今回は一瞬だけ若返ったように見えた。

「プレジデントだ」と彼は彼女に少し堅苦しい口調で言った。

「あなたの会社の社長（プレジデント）？」

「いや、合衆国の大統領（プレジデント）」

彼女に気を遣って気軽そうに振る舞っていたが、声には熱がこもっていた。

「わかりました、お待ちします」と彼は受話器に向かって言い、それからキャスリーンに話しかけた。

「前にも話したことがあるんだ」

彼女は見つめていた。彼は微笑みかけ、ウィンクもして見せた。電話に極力集中しなければいけないが、彼女のことも忘れていないという仕草だ。

「もしもし」と彼はしばらくしてから言った。耳を傾け、それからもう一度「もしもし」と言って顔をしかめる。

「もう少し大きな声で話してくれませんか？」と彼は丁寧に言い、それから「誰？……何だって？」

彼女は不愉快そうな表情が彼の顔に浮かぶのを見た。

「話したくないよ」と彼は言った。「嫌だ！」

キャスリーンのほうを向く。

「信じられないだろうが、オランウータンだ」

相手が何かを丁寧に説明しているらしく、彼はそのあいだ待っていた。それから繰り返した。

「話したくないよ、リュー。オランウータンの興味を惹くことなんて、何も言えない」

彼はキャスリーンに手招きし、彼女が電話に近づくと、彼女にも聞こえる位置に受話器を上げた。

奇妙な呼吸の音と、しわがれた唸り声が聞こえてくる。それから人の声。

「偽物じゃないよ、モンロー。こいつは話せるし、マッキンリー〔二十五代アメリカ大統領〕のそっくりさんなんだ。ホレス・ウィッカーシャム氏が一緒に来ていて、マッキンリーの写真を手に持っている――」

モンローは辛抱強く聞いていた。

「うちにはチンパンジーがいるよ」と彼はしばらくしてから言った。「去年、ジョン・ギルバート〔サイレント映画時代の名優〕を嚙んだけどね……わかった、もう一度出してくれ」

彼は子供に対するように堅苦しく話しかけた。

「もしもし、オランウータン」

彼の表情が変わった。それからキャスリーンのほうを向いた。

「もしもしって言った」

「名前を聞いてみたら」とキャスリーンが提案した。

「もしもし、オランウータン——いや、すごいな！——自分の名前がわかるかな？……名前は知らないみたいだな……いいかい、リュー。我々は『キングコング』みたいなものは作らないし、『毛猿』〔ユージン・オニールの戯曲〕に猿は出てこない……もちろん、確かさ。すまないな、リュー、さようなら」

彼はリューに対して苛立っていた。大統領からだと思い、そのように態度を変えてしまったからだ。馬鹿を晒したように感じていたが、キャスリーンは彼を気の毒に思った。そして、相手がオランウータンだったことで、なおさら彼を好きになった。

セクション14（第二節）

二人は太陽を背に受けて海岸線を戻り始めた。立ち去るとき、家は最初よりも親しみ深く感じられた。まるで彼らの訪問で温められたかのように——ぎらぎらと光ってはいたが、輝く月の表面にいる人々と違ってそこに縛られているのでなければ、激しい光も耐えやすくなるのだ。海岸の湾曲部に車を停めて振り返ると、その形の定まらない建物の背後で空がピンクに染まっていくのが見えた。陸地の突端は温かみのある島のようで、この先に素晴らしい時間があることを約束しているようにも見える。

派手な小屋や漁船があるマリブを通り過ぎると、再び人間の活動領域に入った。車は道沿いにぎっしりと何列も並び、ビーチは模様のない蟻塚のようだった。ただ、溺れる人の頭のようなものが海に散らばっている。

町から持ち込まれた品々が目につくようになった——毛布、マット、傘、料理用コンロ、服がいっぱい入った手提げ袋——囚人たちが足かせを外すように、この砂の上で服を脱いだのだ。ここはモンローが望むなら、彼の海となる——あるいは、彼がそれをどう扱ったらいいかわかっているのなら。

のだ。彼の黙認においてのみ、ほかの者たちはこの浮世の激しく冷たい貯水池に足や指を浸すことができる

モンローは海岸線の道から逸れ、キャニオンをのぼっていった。のぼるにつれ、人が少なくなる。丘は町の境界線となった。ガソリンを入れるために車を停め、その脇に立つ。

「夕食をしてもいいけど」と彼は少し心配そうに言った。

「お仕事があるならどうぞ」

「いや――何も計画してないんだよ。食事できないかな？」

彼女に何も予定がないことは彼もわかっていた――夜の計画も、特に行く場所もない。

彼女は受け入れた。

「道の向こうのドラッグストアで何か食べるっていうのはどう？」

彼はおそるおそるそちらのほうを見た。

「本当にそんなことをしたいの？」

「アメリカのドラッグストアで食べるのって好きなの。すごく変わっていて、可笑しいでしょ」

二人は高いスツールに座り、トマトスープとホットサンドイッチを食べた。これまで二人でしてきたどんなことよりも親密で、二人とも危険を帯びた寂しさを感じ、互いのなかにもそれを感じ取った。ドラッグストアのさまざまな匂いを一緒に味わう――苦かったり、甘かったり、酸っぱかったり。不思議なウェイトレスの髪――外側だけ染めていて、内側は黒い。そして食事が終わったとき、残された皿が形作る静物画――ポテトの薄片、薄切りのピクルス、オリーブの種。

外に出ると薄暗くなっていた。車に乗り込んだとき、彼に微笑みかけるのが何でもないことのよう

に思われた。

「どうもありがとう。素敵な午後だったわ」

彼女の家から遠くなかった。走り始めてすぐ丘が始まるのが感じられ、車がセカンドギアで大きな音を立てるようになると、それは終わりが近づいてきたということだった。斜面に建つバンガローの灯りが点いていた——彼もヘッドライトを点ける。モンローはみぞおちに重いものを感じた。

「また一緒に出かけよう」

「駄目よ」。彼女は予期していたかのように、すぐに言った。「あなたに手紙を書くわ。ごめんなさいね、こんなに謎めかして——あなたのことがとても好きだから、これが精いっぱいの気持ちなの。そんなに根をつめて働かないほうがいいわ。また結婚するべきよ」

「おいおい、それは君が言うべきことじゃないよ」と彼は抗うように叫んだ。「今日は君と僕と二人きりだった。君にとっては何の意味もなかったかもしれないけど——僕にとってはすごく意味があったんだ。そういうことを話す時間が欲しい」

彼女の家の近くまで来ていたので、話す時間があるとすれば、それは彼女の家に入ってということだった。しかし、車がドア口に近づいたとき、彼女は首を振った。

「行かなきゃいけないわ。本当に約束があるの。あなたに言わなかったけど」

「それは嘘だ。でも、かまわないよ」

彼は彼女と一緒にドア口まで行き、先日の晩、自分がいたところに立った。彼女は鍵を出そうとバッグを探っていた。

「鍵、ある？」

「あったわ」と彼女は言った。

なかに入るべきときだったが、彼女はもう一度彼を見たいと思った。それで顔を左に傾け、右にも傾けて、最後の薄暮を背にした彼の顔を捉えようとした。あまりに長く、あまりに身を傾けすぎたので、次に起きたことは自然な流れだった。彼の手が彼女の上腕と肩の裏側を摑み、喉の奥を目がけて彼女を引き寄せたのだ。彼女は固く握った手で鍵の突起を感じつつ目を閉じ、「ああ」と溜め息をつきながら言った。それからもう一度、「ああ」と。彼は彼女をさらに引き寄せ、顎を彼女の頰のあたりに優しく押しつけた。二人ともかすかに笑みを浮かべていたが、そのあいだの距離が闇に溶けて消えていくとき、彼女は顔をしかめてもいた。

二人の体が離れたとき、彼女はまだ首を振っていたが、それは拒絶というよりも驚きの仕草だった。やっぱりこのようになってしまった、これは自分が悪いのだが、どこまでさかのぼるのか、どこがその瞬間だったのか。このようになってしまい、この一つになった体から自分を引き離す重荷は一刻一刻のうちに重く、想像しがたくなっている。彼は喜びに満ち、彼女は怒りながらも彼を責められず、しかし喜びに加わることは負けなので、それを許そうとはしなかった。ここまでは負けだ。そして、こう思った。負けを食い止め、体を引き離して家に入ったとしても、勝利ではない。それは何でもないのだ。

「私が考えたことではないわ」と彼女は言った。「私の考えではまったくないの」

「入ってもいい?」

「いえ、駄目――駄目よ」

「じゃあ、また車に乗って、ドライブをしよう」

彼女はホッとして、この文字どおりの言葉に飛びついた――ここからすぐに脱出する。それは何かをやってのけること、あるいはそのような響きがある。まるで犯罪の現場から逃げるかのように。二人は車に乗り、涼しい風を顔に受けて、丘を下っていった。それから彼女はゆっくりと我に返った。すべてが白黒でくっきりと見えてきたのだ。

「あなたの海岸の家に戻りましょう」と彼女は言った。

「あそこに？」

「そう――あなたの家に戻るの。しゃべらないで。ただドライブしていたい」

セクション14（第三節）

海岸に戻ったとき、空は灰色だった。突然、サンタモニカで豪雨に襲われた。モンローは路肩に車を停め、レインコートをはおり、キャンバス地の幌を上げた。「屋根ができたね」と彼は言った。

フロントガラスのワイパーは大型箱時計（グランドファザークロック）のような家庭的な音を立てた。土砂降りのビーチから車の群れが不機嫌そうに立ち去り、都会へと戻っていく。さらに走ると霧のなかに入った――道はどちら側も境界線が見えなくなり、こちらに向かってくる車のライトはすれ違う寸前まで止まっているように見えた。

二人とも自分の一部を背後に残し、車のなかでは身軽で自由になったように感じた。霧が隙間からシューッという音とともに入ってくる。キャスリーンは薔薇色と青色の帽子を脱ぎ、後部座席のキャンバス地の布の下に置いた。その落ち着いてゆっくりとした動作を、彼は張り詰めた表情で見つめていた。彼女は髪を振りほどき、モンローが見ていることに気づいて微笑んだ。

訓練されたアザラシのレストランは海のほうに見えるライトの輝きにすぎなかった。モンローはクランクを回して窓を開け、目印になるものを探した。数マイル行くと霧が晴れ、目の前に彼の家へと折れる道が見えてきた。雲の背後から月が光を発している。海の上ではまだ揺らぐ光が見える。

モンローの家は少しだけ周囲の自然に戻りかけていた。二人は水が滴る玄関口の梁（はり）を見つけ、腰の高さの謎めいた障害物を手探りで乗り越えると、唯一完成した部屋に入った。おが屑と濡れた木の匂いがする。モンローが彼女を抱きしめたとき、二人は薄暗がりのなかに互いの目だけが見えた。やがて彼のレインコートが床に落ちた。

「待って」と彼女が言った。

彼女には一分ほどの時間が必要だった。こんなことからいい結果が生まれるとは思わなかったし、それで幸福感や欲望を抱く妨げにはならないものの、どうしてこうなったのか考える時間が必要だったのだ。一時間ほどさかのぼり、どのように始まったかを知る必要が。彼女は彼の腕に抱かれ、頭を左右に揺らしながら待った。さっきと同じような動作だが、もっとゆっくり、彼の目から目を離さずに。そして彼が震えているのに気づいた。

彼も同時にそのことに気づき、腕の力を緩めた。すぐに彼女は荒っぽく挑発的に話しかけ、彼の顔を自分の顔に引き寄せた。それから、膝を使って何かを脱ぎ捨て、片腕で彼にしがみついて立ったまま、それを足でコートの横に寄せた。彼はもう震えずに彼女をまた抱きしめ、二人は一緒にひざまずくと、床のレインコートに身を横たえた。

そのあとで二人は話をせずに横たわっていた。それから彼女への優しい愛情で胸がいっぱいになり、彼は彼女をきつく抱きしめた。すると、彼女のドレスの縫い目が裂け、その小さな音が二人を現実に引き戻した。

「起き上がるのに手を貸すよ」と彼は言い、彼女の手を取った。

「まだいいわ。考え事をしていたの」

彼女は闇に横たわったまま、理屈に合わないことを考えていた。輝かしく、疲れを知らない赤ん坊ができるだろう、と。やがて彼女は彼の手を借りて起き上がり……部屋に戻ると、部屋は唯一の電気設備で明るくなっていた。

「電球一つの照明なんだ」と彼は言った。「消そうか？」

「いいえ。とても素敵。あなたを見たいし」

二人は窓下に取りつけた木の枠だけの椅子に座り、互いの靴底が触れ合っていた。

「あなた、遠くにいるみたい」と彼女は言った。

「君もだよ」

「驚いた？」

「何に？」

「私たちがまた二人の人間に戻ったこと。自分たちはいつも一人の人間になるんだって考えたり、望んだりしない？　でも、まだ二人だと気づくのよ」

「僕は君ととても近いって感じるよ」

「私もよ」と彼女は言った。

「ありがとう」

「こちらこそ」

二人は笑った。

「これって、あなたが求めたこと?」と彼女は訊ねた。「昨晩にってことだけど」

「意識はしてなかったけどね」

「いつそれが決まったのかしら」と彼女は考え込んだ。「そんなの必要ないってときがあるのに、別の瞬間には、それが起こることを何も防げなくなるのよ」

　こうした経験をうかがわせる響きがあったが、彼は自分でも驚いたことに、それで彼女をいっそう好きになった。過去を逐一再現するのではなく情熱的に繰り返したいという気分だったので、あのようになるのが正しかったのだ。

「私、けっこう淫らな女だわ」と彼女は彼の思考を追って言った。「たぶん、だからエドナのことを見抜けなかったのね」

「エドナって誰?」

「あなたが私だと思った子よ。あなたが電話した——道の反対側に住んでた子。彼女、サンタバーバラに引っ越したわ」

「彼女は娼婦だってこと?」

「そうみたい。あなた方がコールハウス〔コールガールがいる家〕って呼ぶところに行ったのよ」

「そいつは可笑しいね」

「あの子がイギリス人だったら、すぐにわかったでしょうね。でも、ほかの人とまったく同じように見えたから。引っ越す直前、初めて私に打ち明けたのよ」

　モンローは彼女が震えたのを見て立ち上がり、レインコートを肩に掛けてやった。クロゼットを開けると、クッションとビーチマットレスの山が床に落ちてきた。蠟燭の箱があったので、火を点けて部屋のあちこちに置いた。電球があったところには電気ストーブをつないだ。

「どうしてエドナは僕を怖がったんだい？」と彼は唐突に訊ねた。

「あなたがプロデューサーだからよ。彼女か友達が、何かひどい体験をしたの。それに、彼女はすごく馬鹿だと思うわ」

「どうして知り合ったの？」

「彼女のほうから訪ねてきたの。娼婦仲間だと思ったみたい。とても愛想がよかったわ。〝エドナって呼んで〟ってしょっちゅう言ってた。〝お願いだからエドナって呼んで〟って――だから私もエドナと呼ぶようになって、友達になったのよ」

彼女が窓下の椅子から体を浮かし、彼はそこにクッションを並べ、背もたれにも置いた。

「私、どうしたらいい？　居候だものね」

「いや、違うよ」。彼は彼女を両腕で抱きしめた。「じっとして。温まって」

二人はしばらく静かに座っていた。

「あなたが最初にどうして私を気に入ったか知ってるわ」と彼女は言った。「エドナが話してくれた」

「何て言ったの？」

「私がその――ミナ・デイヴィスに似てるからって。これまでにも何度か言われたことがあるわ」

彼は彼女から体を離し、頷いた。

「ここよ」と彼女は頬骨に手を当てて言い、頬を少し歪めた。「こことここ」

「そうだね」とモンローは言った。「実に奇妙なんだ。君はスクリーン上の彼女よりも、実際の彼女に似ているんだよ」

彼女は立ち上がり、まるでその話題を恐れているかのように、身振りによって話題を変えた。

「温まったわ」と彼女は言った。クロゼットに行ってなかを覗き込み、小さなエプロンを身につけて戻ってきた。降る雪を描いたかのような、結晶の模様のあるエプロン。彼女はあたりを吟味するように見回した。

「もちろん、私たちはいま空き家に引っ越してきたところ」と彼女は言った。「――だから音がよく響くのよね」

彼女はベランダにつながるドアを開け、二脚の籐の椅子をなかに入れて水気を拭き取った。モンローは彼女の動きをじっと見ていたが、その体がどこかでしくじり、魔力が消えてしまうのではないかと半ば恐れていた。スクリーンテストでたくさんの女たちを見てきたが、その美しさが一秒ごとに失われていく場合がある。まるで美しい彫像が歩き始めたものの、紙人形なみのひ弱な関節しか持っていなかったかのように。しかし、キャスリーンは踵をしっかり床に着けて歩いている――ひ弱さは幻想にすぎない。

「雨が止んだわ」と彼女は言った。「私が来た日も降ってたの。ひどい雨が――音を立てて――馬のいななきみたいに」

彼は笑った。

「きっと気に入るよ。特に、ここにとどまるのならね。とどまるのかい？　もう話してくれないかな？　秘密は何？」

彼女は首を振った。

「いまは駄目――話す価値がないわ」

「じゃあ、ここに来て」

彼女が近寄ってきて、そばに立つと、彼はエプロンの冷たい布地に頰を押しつけた。

「あなた、くたびれてるでしょう」と言ってキャスリーンは彼の髪のなかに手を突っ込んだ。

「そこまでではないよ」

「そういう意味で言ったのではないわ」と彼女は急いで言った。「働きすぎで体を壊すわよってこと」

「お袋みたいにならないで」

「わかったわ、何になったらいい？」

淫らな女になって、と彼は思った。自分の人生のパターンを崩してもらいたかった。二人の医者が言うように早く死ぬのであれば、モンロー・スターであることをしばし止めて愛を探し求めたい。人に与えられるものが何もない男たちのように——暗闇の街路を見て回る無名の若者たちのように——探し求めるのだ。

「私のエプロンを外したのね」と彼女は穏やかに言った。

「ああ」

「ビーチを通る人がいるかしら？　蠟燭の火を消したほうがいい？」

「いや、蠟燭は消さないで」

そのあとで彼女は体の半分を白いクッションに載せ、彼を見上げて微笑みかけた。

「私、貝殻の上のビーナスみたいだわ」と彼女は言った。

「どうしてそう思うの？」

「私を見てよ。ボッティチェリの絵みたいでしょう？」

「わからないな」と彼は微笑んで言った。「君がそう言うならそうなんだろうね」

彼女は欠伸（あくび）をした。

「とても楽しかったわ。あなたのこと、とても好きよ」

「君はいろんなことを知ってるんだね？」

「どういう意味？」

「ああ、君が言うちょっとしたことだよ。じゃなきゃ、それを言う君の言い方かな」

彼女は考え込んだ。

「そうでもないわ」と彼女は言った。「大学には行かなかったしね、あなたが言ってるのがそういうことなら。でも、あなたに話した男が何でも知っていて、私を教育することに情熱を傾けていたの。スケジュールを作ってね、ソルボンヌの講座を取らせたり、博物館に行かせたり。だから少しは知識を蓄えたわけ」

「彼は何をしてる人だったの？」

「画家みたいなもので、やかまし屋だったわ。ほかにもいろいろかな。私にシュペングラー〔『西欧の没落』で有名なドイツの哲学者・歴史家〕を読ませようとして——すべてはそのためだった。歴史やら哲学やら調和やらは、私がシュペングラーを読むための準備だったの。でも、シュペングラーに到達する前に彼とは別れたわ。いま思うと、彼が私を手放そうとしなかった主な理由はそれね」

「シュペングラーって誰？」

「そこまで到達しなかったんだってば」と言って彼女は笑った。「それに、いまは習ったことをすべて忘れるようにしてるの。だって、彼みたいな人には二度と会わないだろうから」

「そんな、忘れるべきじゃないよ」とモンローはショックを受けて言った。学問に対しては深い尊敬の念を抱いていたのだ——古いユダヤ人学校に対する民族の記憶。「忘れるべきじゃない」

「それって、単に赤ん坊を持つ代わりだわ」

「赤ん坊を教えることもできるよ」と彼は言った。

「そうかしら?」

「もちろんさ。子供が幼いうちに知識を授けられる。僕なんか、何か知りたくなったら、酔っ払いの脚本家に訊かなきゃいけない。知識を投げ捨てちゃだめだよ」

「わかったわ」と彼女は起き上がりながら言った。「自分の子供たちに知識を授けるわよ。でも、きりがないのよね——知れば知るほど、その先にもっと知るべきことがあって、どんどん押し寄せるの。臆病で愚かでなかったら、あの男は何にでもなれたでしょうに」

「でも、彼を愛していた」

「ええ、そうね——心の底から」。彼女は目の上に手をかざして窓の向こうを見つめた。「あっちが明るいわ。ビーチに出てみましょう」

彼は飛び上がって叫び声をあげた。

「そうだ、グルニオン〔カリフォルニア南部沿岸にいる食用小魚〕だと思う!」

「何ですって?」

「今夜なんだ。新聞に出てた」。彼は急いでドアから外に出た。彼女には、彼が車のドアを開ける音が聞こえてきた。やがて彼は新聞を持って戻ってきた。

「十時十六分。あと五分だ」

「月蝕か何か？」

「時間を厳守する魚なんだ」と彼は言った。「靴とストッキングは置いて、僕と一緒においで」

きれいな青い夜だった。ちょうど潮目が変わるところで、小さな銀色の魚たちが十時十六分を待って沖合で揺れている。その時間を数秒過ぎたとき、魚たちは潮の流れとともに岸に押し寄せ、モンローとキャスリーンは砂浜でパタパタと跳ねる魚たちを裸足（はだし）でまたいで歩くことになった。黒人の男が小枝を集めるように素早くグルニオンを二つのバケツに入れながら、二人のほうに向かって浜を歩いてきた。魚たちは二匹ごと、三匹ごと、あるいは小隊になったり中隊になったりして押し寄せてくる。侵入者たちの裸足を軽蔑するように、意気揚々と執拗に飛び跳ねる――フランシス・ドレイク卿〔十六世紀のイギリスの提督で、マゼランに次いで世界周航を達成、カリフォルニアに到着したときに真鍮のプレートを釘で留めたと言われている〕が海岸の石に飾り板を釘づけする前、押し寄せてきた魚たちのように。

「バケツがもう一個欲しいよ」と黒人の男が小休止して言った。

「ここまで来るのは大変でしょう」とモンローが言った。

「前はマリブに行ってたんです。でも、あの人たちはこれが嫌いでね、映画の人たちは」

波が押し寄せたので、彼らは少し下がった。波はすぐに引き、砂がまた生き生きとした。

「遠出をする価値がある？」とモンローは訊ねた。

「そういうふうには考えませんね。本当はエマソンを読みに来たんですよ。読んだことあります？」

「あるわ」とキャスリーンが言った。「少しね」

「シャツの下に彼の本を入れてるんです。薔薇十字会〔十七世紀頃のヨーロッパを起源とする神秘主義的秘密結社〕の本も持ってるんだけど、もううんざりしてきました」

　風が少し変わった――沖合の波は激しくなり、彼らは泡を立てる水際を歩いた。

「何のお仕事を？」と黒人がモンローに訊ねた。

「映画の仕事です」

「そうですか」。しばらくしてから彼はつけ足した。「映画には行かないんです」

「どうして？」とモンローは鋭く訊ねた。

「一利なしってやつです。子供たちにも行かせません」

　モンローは彼を見つめ、キャスリーンはモンローを擁護するように見つめた。

「いい映画もありますよ」と彼女は波の飛沫の音に抗して言ったが、彼には聞こえなかった。彼女は反論できると感じ、もう一度同じことを言ったが、今回の彼は関心なさそうに見つめ返すだけだった。

「薔薇十字会の同胞たちは映画に反対なの？」とモンローは訊ねた。

「映画が何のためのものかわかっていないのでしょうね。ある週、何かを目指していたとしても、次の週には変わっている」

　小さな魚だけが確かなものだ。三十分ほど経っても、魚はまだやって来る。黒人の二つのバケツはいっぱいになり、ついに彼は道のほうへと浜辺を戻っていった。自分が映画産業を揺さぶったことには気づいていなかった。

　モンローとキャスリーンは家まで歩いて戻った。彼の落ち込んだ気分をどう晴らそうかと彼女は考えていた。

「可哀想なサンボ〔黒人に対する蔑称なので、現在は使われない〕」と彼女は言った。

「何だって？」

「彼らのことをサンボって呼ばないの？」

「こちらでは特に何とも呼ばないな」。しばらくしてから彼は言った。

「彼らには彼らの映画があるんだよ」

家に入り、彼女は電気ストーブの前で靴とストッキングを履いた。

「私、カリフォルニアのほうが好きだわ」と彼女は考えながら言った。「私って、ちょっとセックスに飢えてたと思う」

「それだけってことではないよね？」

「そうじゃないのはわかってるでしょ」

「君のそばにいられて嬉しいよ」


彼女は立ち上がりながら溜め息をついた――小さな溜め息だったので、彼は気づかなかった。

「もう君を失いたくない」と彼は言った。「君が僕をどう思っているかは知らないし、僕のことを考えているのかどうかもわからない。僕の心が墓のなかにあると思っただろうけど――」。彼は、それが本当だろうかと考えてためらった。「――でも、君はすごく魅力的な女性なんだ。いつ以来かわからないけど、僕が出会ったなかで最高に。君から目を逸らすことができない。君の目の色を正確には言い表わせないけど、それを見ると僕は世界じゅうの人々が気の毒に――」

「やめて、やめて！」と彼女は笑いながら叫んだ。「あなたのせいで、何週間も鏡を見続けそうだわ。私の目はどんな色でもない――ただ、ものを見るための目だし、私はものすごく普通の女よ。イギリスの娘にしては、いい歯をしてるけど」

「君の歯はきれいだよ」

「――でも、ここで会う女の子たちとは比較にならない――」

「やめてくれ」と彼は言った。「僕が言ったことは本当だし、僕は軽率な男じゃないよ」

彼女は一瞬動きを止めた――考えていた。彼を見つめ、自分の内面を見つめ、また彼を見た――それから考えるのを諦めた。

「行かなきゃ」と彼女は言った。


帰途についた二人は違う人間だった。この日、海岸線の道を走るのは四回目だが、そのたびごとに違うカップルになっていた。好奇心、悲しみ、欲望はあとに残した。これは真の帰還だ――自分たち自身へ、あらゆる過去と未来へ、そして迫りくる明日への帰還。そばに座ってほしいと彼は頼み、彼女も従ったが、もはや親密には感じられなかった。そのためには、親密さが増していくような感覚が必要なのだ。まったく変わらないものなどない。自分が借りている家に来て、一緒に眠ってくれと彼女に頼む言葉が口から出かかった――が、それを言ったら寂しそうに聞こえてしまうだろうと感じた。彼女の家の丘を車がのぼり始めると、キャスリーンは座席のクッションの後ろを捜し始めた。

「何をなくしたの？」

「落ちたのかもしれないわ」と彼女は闇のなかでハンドバッグを探りながら言った。

「何が？」

「封筒よ」

「大切なもの？」

「ううん」

しかし、彼女の家に着き、モンローがダッシュボードのライトを点けると、彼女はクッションを取り外すのに手を貸し、もう一度捜した。

「どうでもいいわ」と二人でドアまで歩いていくとき彼女は言った。「あなたが本当に住んでいるところの住所は？」

「ベルエアーってだけさ。番地はない」

「ベルエアーってどこ？」

「サンタモニカの近くの新興住宅地だよ。でも、僕に連絡を取るならスタジオのほうがいい」

「わかったわ……おやすみなさい、ミスター・スター」

「ミスター・スター」とモンローは驚いて繰り返した。

彼女は穏やかに訂正した。

「じゃあ、おやすみなさい、スター。こちらのほうがいい？」

彼は少し押しのけられたように感じた。

「お好きなように」と彼は言い、このよそよそしさが意味を持たないようにした。彼女を見つめ続け、彼女の動作にならって頭を左右に動かした。そして、言葉にはせずに「僕に何が起きたかわかってるよね」と訴えた。彼女は溜め息をついた。それから彼の腕のなかに入り、一瞬、また完全に彼のものとなった。そこに何らかの変化が起きないうちに、モンローはおやすみと囁き、背を向けて、車へと向かった。

くねくねした道で丘を下りつつ、彼は自身の胸の内に耳を澄ませた。未知の作曲家による曲、力強くてユニークで心に響く曲が、初めて演奏されようとしているかのようだった。その主題がいまにも明らかにされそうなのに、作曲家がいつも新しくなるので、これが主題だとすぐに認識できない。下のテクニカラーの大通りで響く車のクラクションを装っていることもあるし、ほとんど聞き取れないこともある――月の太鼓を叩くくぐもった音のように。彼は聞き取ろうと気を引き締めるが、音楽が始まろうとしていることしかわからない――彼の好む音楽だが、理解はできない。完全に摑めるものに反応するのは難しい。これは新しく、人を惑わせるもの――途中で止め、古い楽譜で残りを補うことはできないのである。

ほかに、それと結びついてしつこくまとわりついたのが、砂浜の黒人であった。彼は銀色の魚を入れたバケツを持ってモンローの家で待っていたし、翌朝はスタジオでも待つことになる。自分の子供たちには、モンローの物語を聞かせないと言った男。それは偏見だし、間違っているのだから、何らかの形でそのことを示さねばならない。映画が、たくさんの映画が、十年分もの映画が、彼の間違いを立証するために作られなければならない。彼と話して以来、モンローは四つの映画を没にしていた――一つなどはその週に製作に入る予定のものだった。興味の点で当落線上の映画だったが、それを黒人の前に提示してみて、みんなクズだとわかった。そして難しい映画を一つリストに戻した。狼どもに餌として投げつけた映画――ブレイディやマーカスや、ほかの者たちに。別の映画を自分の思いどおりに作るために、この映画を犠牲にしたのだが、彼は黒人の男のためにこれを救った。

家の玄関に車をつけると、ポーチのライトが点いた。フィリピン人の召使いが階段を下りてきて、車を車庫に入れた。書斎でモンローは留守中にあった電話のリストを見つけた。

ラ・ボーウィッツ
マーカス
ハーロー〔セクシーさで売った女優、ジーン・ハーロー〕
リーンマンド
フェアバンクス〔当時の人気の俳優、ダグラス・フェアバンクス〕
ブレイディ
コールマン
スクラス〔二十世紀フォックスの経営者〕
フリーシャッカー

フィリピン人が手紙を持って部屋に入ってきた。

「こちらが車から落ちました」と彼は言った。

「ありがとう」とモンローは言った。「捜していたんだ」

「今夜は映画をご覧になりますか、ミスター・スター？」

「いや、やめておく——もう寝なさい」

驚いたことに、手紙はモンロー・スター殿（エスクアイア）〔イギリスでよく使われる尊称〕宛てであった。彼は開けようとした——それから、彼女がこれを取り戻そうとしていたのを思い出した。もしかしたら撤回するつもりだったのかもしれない。彼女の家に電話があるなら、開ける前に電話して許可を求めただろう。彼は手紙をしばらく握りしめていた。これは彼らが今朝会う前に書かれたものだ。ここに何が書かれているにせよ、もはや無効になっている――こう考えるのは奇妙な話だったが――表現されているのは過ぎ去った気分なのだから、この手紙が持つ面白さは記念品としてのものだ。

それでも、彼女に訊ねずに読むのは嫌だった。彼は脚本の山の横に手紙を置き、一番上の脚本を膝に載せて腰かけた。手紙を開けようという最初の衝動に逆らったことで、自分を誇らしく思った。自分が「正気を失っていない」ことの証拠だと思われたのだ。ミナとのことが始まったときでさえ、正気は失わなかった――あれは想像し得る限り最も相応しく、最も豪華なカップルだった。彼女はいつも彼を愛したし、生きたいと願いながら予期せぬ死を迎える直前、彼の思いやりの心は溢れ出して彼女を覆いつくし、深く彼女を愛したのだった。ミナと死を一緒に愛した――その世界にいる彼女があまりに寂しそうだったので、自分も一緒に行きたいと思った。

しかし、「女に惚れる」ことに取り憑かれた経験はなかった――彼の兄は女で身を持ち崩した。というか、次々に違う女のことで身を持ち崩していった。しかしモンローは若い頃、一度だけ女に夢中になったが、それを繰り返しはしなかった――酒を一杯でとどめるようなものだ。彼はまったく別種の冒険のために精神を待機させていたのである――恋にうつつを抜かすよりもいいもののために。多くの賢い男たちと同様、彼はものすごく冷淡になった。始まりは十二歳くらいのとき。並外れた精力を持つ人たちに共通する、全面的な拒絶が起きた。「いいかい――これはみんな間違っている――無茶苦茶だ――嘘だ――偽物だ――」と、すべてを払いのけた――彼のようなタイプの男にありがちな徹底ぶり。それから、ほとんどの者たちがなるような卑劣漢にはならず、残された不毛の地を見渡し、「このままでは駄目だ」と自分に向かって言った。こうして寛容さを、親切心を、忍耐を、愛情でさえも、授業のように学んでいったのである。

フィリピン人の召使いが水差し(カラフ)の水と、ナッツやフルーツを入れたボウルを運んできて、おやすみなさいと言った。モンローは最初の脚本を広げ、読み始めた。

三時間読んだ――たまに中断し、鉛筆を使わずに編集した。ときどき、脚本とは関係ない幸せな考えに浸り、ほんのり熱くなって顔を上げた。そのたびに、それが何なのか思い出すのに一分ほどかかった。それから、キャスリーンのことだとわかり、手紙に目をやった――手紙があるというのは素敵なことだ。

三時だった。手の甲の血管がピクピクし始め、そろそろやめるべき時間だと知らせてきた。夜が終わりに近づくにつれ、キャスリーンは本当に遠い存在となった――彼女のさまざまな異なる面が、一人の他人(ストレンジャー)の記憶に圧縮された――わずか数時間だけで彼と結ばれている、スリリングな他人。手紙を開いてもまったくかまわないように思われた。

親愛なるミスター・スター

あと半時間で私はあなたとデートすることになります。そして、さようならを言うときに、この手紙をお渡しします。私はもうすぐ結婚するので、今日以降はあなたに会えないということを伝えるためです。

昨晩、あなたに話すべきだったのですが、あなたには関係のないことのような気がしました。この美しい午後の過ごし方として馬鹿らしいような気がして――そんな話をして、あなたの関心が消えていくのを見るなんて。消えていくならいっぺんに消えればいい――いま。私は誰かの〝最優秀賞ジャガイモ〟〔品評会で最優秀賞を受賞するような自慢の品という意味〕ではないということをあなたに納得してもらうつもりです（さっき覚えたばかりの表現なんですけど――昨晩もてなしてくれた女性から聞きました。彼女が訪ねてきて、一時間ほど一緒に話したんです。彼女の信念は、人は誰かの〝最優秀賞ジャガイモ〟ではないということみたい――あなただけはまさに最優秀品ですけど。彼女はこの考えを私があなたに伝えると期待しているようだから、できたら彼女に仕事をあげてください）。

私はとても嬉しかったのです。あなたのようにたくさんの美しい女性を見てきた人が……この文章を終えることができないのですが、私が言いたいことはわかりますよね。では、これくらいで。すぐにあなたに会いに行かないと遅刻してしまうから。

心からの好意をもって

キャスリーン・ムーア

モンローが最初に感じたのは恐怖だった。次に考えたのは、手紙がもう無効だということ――彼女だってこれを撤回しようとしたのだから。しかし、彼女が最後に「ミスター・スター」と言ったこと、彼の住所を訊いたことを思い出した――彼女はすでに別の手紙を書いているかもしれない、やはり別れを告げるための手紙を。理屈に合っていないのだが、手紙がこのあと起きたことにまったく無関心だというのが彼には衝撃だった。もう一度手紙を読み、それが何も予見していないことに気づく。しかし、家の前で彼女はその日に起きたことすべてを退け、手紙に書いたことを実行しようとしたのだ。その午後、彼女の意識にほかの男はまったくのぼらなかったはずなのに、その事実から自分の心を背けて。それでも彼はこれを信じることさえできずにいて、昨日の冒険を探索するかのように自分に要約していきながらも、そのすべてが剝がれ落ちていった。車も、丘も、帽子も、音楽も、手紙自体も、彼の家のコンクリ片から出たタール紙の切れ端のように吹き飛んだ。こうしてキャスリーンは去った。記憶に残る身振り、頭の穏やかな動き、激しく求める活発な体、波が渦巻く砂浜に浸した裸足などを荷物に詰めて。空の色は薄くなり、消えていった——風と雨が激しくなり、銀色の魚たちを海へと洗い流した。一日経っただけなのに、テーブルの上に山積みとなった脚本しか残っていない。

彼は二階への階段をのぼった。ミナは最初の踊り場で再び死に、彼はまた惨めな気持ちで、未練を残しつつ彼女を忘れた——一歩一歩、階段をのぼりきるまで。彼のまわりには何もない床が広がっていた——その向こうに誰も眠っていないドア。部屋でモンローはネクタイを外し、靴の紐をほどき、ベッドの片側に座った。何か思い出せないことがあったが、それ以外はすべて終わっていた。それから思い出した。彼女の車はまだホテルの駐車場に置かれているはずだ。彼は六時間眠れるように時計をセットした。

セクション15（第一節）

　ここからはセシリアが語りを引き継ぐ。この時点で私の動きを追うのが一番面白いのではないかと思うのだ。私の人生において恥ずかしく思うのがこのときのこと。人が恥ずかしく思うことは、たいてい面白い物語になる。

　ダンスパーティのときワイリー・ホワイトをマーサ・ドッドのテーブルに送ったものの、あの女が誰かについてはわからずじまいだった。ところが突然、それは私の人生の主要な関心事となった。しかも私の推測では――正しい推測だったのだが――マーサ・ドッドの関心事にもなった。自分のテーブルに座っていた女が王の寵愛を受け、この小さな封建社会において宝冠を与えられるかもしれない――それなのに、彼女の名前さえ知らないなんて。

　マーサとは挨拶を交わす程度の仲なので、直接話を持ちかけるのはあからさますぎるだろうから、私は月曜日にスタジオに行き、ローズ・メローニーのオフィスを訪れた。

　ローズ・メローニーは私の親友だ。私は、子供が家族の召使いに対するのと同じように、彼女のことを考えていた。脚本家であることは知っていたが、私は脚本家と秘書は同じようなものだと思って育った。違いは、脚本家がたいていカクテルの匂いをさせ、秘書より頻繁に食事をしに来るということだけだ。秘書も脚本家も、本人たちがいないところでは同じような言葉で扱われていた――東部から来た劇作家という人種は別だが。彼らは、長くとどまらないのなら敬意をもって遇せられる――長くとどまるなら、ほかの者たちとともにホワイトカラーの階級へと落ちていくのである。

ローズのオフィスは〝老脚本家棟〟にあった。どのスタジオにも必ず一棟あり、サイレント映画時代からの拷問室のようなオフィスが並んでいる。そして、隔離された売文家や飲んだくれたちの低い唸り声がまだ鳴り響いている。こんな話がある。新しいプロデューサーがある日、そのオフィスの列を訪ね、それから興奮して本部にこういう報告をしたというのだ。

「あの人たちは何者だ？」

「脚本家ということになっています」

「そうだと思った。でも、彼らを十分間見ていたが、一行も書かなかったのが二人いたよ」

ローズはタイプライターに向かい、昼食に立とうとしているところだった。私は率直にライバルがいるのだと彼女に打ち明けた。

「ダークホースなの」と私は言った。「名前さえわからない」

「あら」とローズは言った。「そうね、その噂は聞いたことがあるわ。誰かから何か聞いたわよ」

誰かというのは、もちろん甥のネッド・ソリンジャー。モンローの使い走りとして働いている若者である。かつては彼女の誇りと希望の存在で、彼女の援助でニューヨーク大学に入り、フットボール部でプレーした。続いて医学部に進み、その最初の年に女の子に振られ、ある女性の遺体の秘部を切り取って彼女に送った。なぜそんなことをしたのかは訊かないでほしい。こうして「運命にも他人の目にも見放され」〔シェイクスピアのソネット29より〕、彼は再び底辺からの人生を始めた。そして、まだ底辺にいるのである。

「どんな話を聞いたの？」と私は訊ねた。

「地震の夜のことだって。その女は野外撮影場（バックロット）の湖に落ちて、モンローが飛び込んで救ったんだそうよ。ほかの人の話では、彼のバルコニーから彼女が飛び降りて、腕を折ったとか」

「彼女って誰なの？」

「そこがまた可笑しいんだけど――」

電話が鳴り、私は彼女がジョー・リーンマンドと長話をしているあいだ、苛々して待たなければならなかった。リーンマンドは電話で彼女がどの程度の脚本家なのか、映画の脚本を書いたことがあるのか見極めようとしているようだった。そして、グリフィスがクローズアップを発明したときにセットにいたという噂が本当かどうか！　彼が話しているあいだ、彼女は静かに唸り、身をよじり、受話器に向かってしかめ面をし、電話を膝の上に置いて声がかすかにしか聞こえないようにした――それから私と小声で会話を続けた。

「この人、何してるのかしらね――約束の合い間の暇をつぶしてるの？……こんな質問、もう十回はしてるわよ……彼に送ったメモにもみんな書いてあるし……」

それから電話に向かって言う。

「これがモンローに伝わっても、私のせいじゃないからね。私はこのまま最後までやりたいんだから」

彼女はまた苦悶の表情で目を閉じた。

「リーンマンドは配役を決め出したの……脇役をね……バディ・イブセンを使おうとしてる……まいったわ、いまは何もすることがないみたい……それからハリー・ダヴェンポートはどうかって——ドナルド・クリスプのことみたいね……大きな俳優名鑑を膝に抱えてて、ページを繰るのが聞こえるわ……今朝は重要人物になった気分なのよ、第二のモンローね。まったくもう、私はランチまでに二つのシーンを書かなきゃいけないのに」

ようやくリーンマンドが話すのをやめたか、邪魔が入ったかしたようだった。食堂からウェイターがローズの昼食と私のコカ・コーラを持ってやって来た——私はその夏、昼食を摂らないようにしていた。ローズはタイプライターで一つのセンテンスを書いてから食事を始めた。彼女がどう書くのかに私は興味を抱いていた。以前、ここにいるときに、彼女と若い脚本家が『サタデー・イブニング・ポスト』誌の短編小説を剽窃したことがあった。キャラクターなどを変え、一つの台詞が前の台詞の答えになるように物語を書いていく。その結果、もちろん人間が実生活でする会話のようなものができ上がった——可笑しかったり、優しかったり、勇気があったり、人間が何かでアピールしようと気張るときの会話である。私はそれをスクリーン上で見たいと思っていたが、どういうわけか見逃してしまった。

私はローズのことを古い安物の玩具のように愛おしいと思った。週に三千ドル稼ぐのに、夫たちはみんな飲んだくれで、彼女を死ぬほど殴ったのだ。しかし、今日の私には密かなたくらみがあった。

「彼女の名前、知らないの？」と私はしつこく訊ねた。

「ああ——」とローズは言った。「——それね。うん、彼はあのあと彼女に連絡しようとしたんだけど、結局名前が間違ってたってケイティ・ドゥーラン〔ミス・ドゥーランの助手がケイティなので、これはおそらくローズの勘違い〕に言ったのよ」

「でも、彼女を見つけたと思うわ」と私は言った。「マーサ・ドッドのこと、知ってる?」

「あの人、役に恵まれてないのよね!」と彼女は芝居がかった同情を込めて叫んだ。

「明日のランチに招待できない?」

「でも、食べるのに困らないくらいの収入はあると思うわよ。あのメキシコの――」

私は慈善活動が動機ではないのだと説明した。ローズは協力すると言い、マーサ・ドッドに電話した。

15（第二節）

私たちは翌日、ベヴ・ブラウン・ダービー〔ビバリー・ウィルシャー・ホテル内のレストラン〕でランチした。この沈滞気味のレストランを料理目当てで贔屓（ひいき）にしているのは、すぐにでもベッドに横たわりたそうな客たち。昼食時には、女たちが食べ終わった直後の五分間に自慢話をするので、ちょっとした活気があるが、私たちはおとなしい三人組であった。私は自分の関心事をすぐに持ち出せばよかったのだろう。マーサ・ドッドは農家育ちの女で、自分に何が起きたか本当の意味ではわかっていなかったし、そのことが外見にも現われていなかった――目のあたりにくたびれた様子が見える程度。いまだに自分の味わった人生が現実であり、いまは長い待ち時間だと思っているのだ。

「一九二八年には美しい屋敷をかまえていたの」と彼女は私たちに言った。「三十エーカーあって、小さなゴルフコースとプールと、それからゴージャスな景色。春のあいだじゅう、私はデイジーに埋もれていたわ」

私は、父に会いに来てくださいと誘うことで締めくくった。「真の動機」が別にあり、それを恥じていることに対する純粋な償いだ。ハリウッドでは誰も動機を隠したりしない――混乱を呼ぶからだ。

動機はみんなご承知だし、この気候に疲れてしまう。下心を持って行動するのは、かえって人目を惹くほど無駄である。

私の煮え切らなさにうんざりして、ローズはスタジオのゲートで私たちと別れた。マーサはだいぶ気分が盛り上がってきた様子で、自分のキャリアについて長広舌（ピッチ）を始めた——七年間も見放されてきたので、声高（ハイ・ピッチ）な演説というよりは、しかたないと認める態度だった。私は父に力強く訴えようと思っていた。ハリウッドの人たちは、一度は自分を儲けさせてくれたマーサのような人たちに対して何もしてやっていない。エキストラの仕事などで食いつなぐという、惨めな状態に落ちるがままにする——彼らをハリウッドから引っ越させるほうがまだ親切だったろう。加えて、父はこの夏、私についてとても鼻高々だった。こんな素晴らしい宝石をどのように育てたか、すぐにしゃべりたがるので、やめさせるのに苦労したものだ。そしてベニントン——ああ、なんて特別な学校——本当に素晴らしい。私は父に、女中や小間使いに生まれついた人たちが普通程度の比率でいて、それが五番街セックス〔ニューヨークにある高級デパートのサックスとかけている〕から入手したもので趣味よく隠されているだけだと請け合った。しかし、父は舞い上がり、ほとんど同窓生のように振る舞っていた。「おまえにはすべてがある」と父は幸せそうに言ったものだ。「すべて」にはフィレンツェで過ごした二年間も含まれていたが、私はそこの学校で唯一の処女であり続けるという厳しい戦いをなんとか勝ち抜いた。もう一つ含まれていたのは、その土地の人間ではないのに、マサチューセッツ州ボストンの社交界でデビューさせてもらったこと。私は紛れもなく、古きよき商人たちの特権階級における花だった。

というわけで、私には父がマーサ・ドッドのために何かしてくれるだろうとわかっていたし、父のオフィスに入ったとき、ほかの者たちのためにも何かしてやろうと夢見ていた。カウボーイのジョニー・スワンソンやイヴリン・ブレントを始めとする、捨てられた花たちである。父はチャーミングで思いやりのある男だ——思いがけずニューヨークで見かけてしまったときは別だが——そして、彼が私の父であるということには、何か心に触れるものがあった。結局のところ、私の父なのだ——私のためなら何でもしてくれるはずだ。

外のオフィスにはローズマリー・シュミールしかおらず、彼女はバーディ・ピーターズの電話に出ていた。ローズマリーは私に座るよう手を振ったが、私はいろいろな計画で頭がいっぱいであり、気兼ねしないでねとマーサに言うと、ローズマリーの机の下のボタンをカチッと押した。そして、開いたドアに向かって歩いていった。

「お父様は会議中」とローズマリーが私に声をかけた。「会議中ではないけど、入っては——」

このときには私は敷居をまたぎ、小さな控えの間も通り抜け、もう一つのドアをくぐっていた。すると、上着を脱いでシャツ姿の父がいた。汗をたくさんかいていて、窓を開けようとしている。暑い日ではあったが、私はそこまで暑いとは感じておらず、父が病気なのではないかと思った。

「いや、大丈夫だ」と父は言った。「用はなんだい？」

そこで話をした。オフィスを行ったり来たり歩きながら、マーサ・ドッドのような人たちに関する私の考えのすべてを。どのように彼らを使い、彼らに正規の雇用を保障するか。父は私の言うことを興奮して聞いている様子で、ずっと頷き同意してくれていた。父をここまで親密に感じたのは久しぶりで、私は近寄って頬にキスをした。父は震えており、シャツはぐっしょり濡れていた。

「パパ、具合が悪いんじゃない？」と私は言った。「じゃなきゃ、心配事があるの？」

「いや、そんなことはない」

「じゃあ、どうしたの？」

「ああ、モンローのことさ」と父は言った。「あのヴァイン・ストリート〔ハリウッド中心部の通り〕のキリスト様め！　いちいち癪に障る！」

「何があったの？」私はずっと冷たい口調になって訊ねた。

「ああ、あいつはクソ神父だかラビ〔ユダヤ教の宗教的指導者〕だかみたいな顔をして、あれをやるだのこれはやらんだのと言うんだ。いまおまえには話せないよ——私は半狂乱だ。さあ、もう行きなさい」

「パパがこんな状態じゃ無理よ」

「行きなさいと言ってるんだ！」私は鼻をクンクンさせたが、父は酒を決して飲まない人だ。

「髪にブラシをかけてね」と私は言った。「マーサ・ドッドに会ってほしいのよ」

「ここでか！　追い払えなくなるじゃないか」

「じゃあ、外のオフィスでもいいわ。まず顔を洗って、シャツを着替えてちょうだい」

お手上げだという大げさな身振りをして、父は隣接する小さなバスルームに入った。オフィスのなかは何時間も閉め切っていたかのように暑い。だから父は気分が悪くなったのだろうと考えて、私は窓を二つ開けた。

「行きなさい」と父はバスルームの閉じたドアの向こうから言った。「すぐに出るから」

「優しくしてあげてね」と私は言った。「お慈悲じゃないのよ」

まるでマーサが自己弁護するかのように、低く長い呻き声が部屋のどこかから聞こえてきた。私はびっくりした——それから、もう一度声が聞こえてきて、私は動けなくなった。父のいるバスルームからではなく、外からでもない。私の真向かいの壁にあるクロゼットからだ。どうしてあんなに勇敢になれたのかはわからないが、私はそこに走っていった。そしてドアを開けると、父の秘書であるバーディ・ピーターズが真っ裸で転げ出てきた――映画で死体が転げ出てくるのと同じように。彼女とともに、息苦しい淀（よど）んだ空気ももわっと漂ってくる。彼女は片手に服を握ったまま、横向きにドサッと倒れ、汗まみれで床に横たわった――そのときちょうど父がバスルームから出てきた。私は父が後ろに立っているのを感じ、振り向かなくても、父がどんな顔をしているかわかった。前にも不意を突いたことがあったからだ。

「服を着せて」と私は言いながら、自分でソファのカバーを彼女に掛けた。「服を着せてよ！」

オフィスを出た。そのときの私の形相を見て、ローズマリー・シュミールがゾッとしたような表情で反応した。私は二度と彼女に会わなかったし、バーディ・ピーターズにも会わなかった。マーサは私と一緒に外に出て、「どうしたの？」と訊ねたが、私が返事をしないでいると、こう言った。「あなたは精いっぱいやったわ。たぶん時期が悪いのよ。ねえ、こうしましょう。とても素敵なイギリス人の女の子がいるから、その子に会いに連れていってあげる。このあいだの晩、私たちのテーブルにモンローと踊った女の子がいたんだけど、見たかしら？」

ということで、家族の汚水に少しだけ身を浸した代償に、私は求めていたものを得たのだった。

我々の訪問についてはあまり覚えていない。彼女が家にいなかったというのが一つの理由だ。網扉には鍵がかかっておらず、マーサはなかに入ると、明るい声で「キャスリーン」と親しげに呼びかけた。しかし目の前の部屋はがらんとし、ホテルのようによそよそしかった。花があちこちに飾られていたが、贈られたものではなさそうだ。マーサはテーブルの上にメモも見つけた。それには「服はそのままにして。仕事を探しに行きます。明日、取りに来ます」と書いてあった。

マーサはそれを二度読んだが、モンローに宛てたものではなさそうだった。私たちは五分待った。人家というのは、住人が立ち去ったあとはとても静かだ。彼らが飛び跳ねているのを期待するからではなく、注目に値するものしか目に入らないからである。とても静か、そして堅苦しいくらいに感じられる――一匹の蠅がその留守を守り、人間にはまったく注意を払わない。隅のカーテンが風に揺れている。

「どんな仕事かしらね」とマーサは言った。「このあいだの日曜日、あの子はモンローとどこかに行ったのよ」

しかし、私はもはや興味を失っていた。こういう場にいることが耐えがたい――プロデューサーの血が自分にもめぐっている、と思って私は恐ろしくなった。にわかに狼狽し、マーサを引っ張って穏やかな日光の下に出た。こんなことは無駄だ――ひたすら暗くてひどい気分。私は自分の体がいつでも自慢だった――この体がすることは何でも絵になるというふうに、体を幾何学模様として考えるようにしていた。教会やオフィスや神殿も含め、人々が抱き合わなかった場所などほとんどないだろう――しかし、平日の昼日中、私のことを裸にして壁の穴に押し込めた者などいないのだ。

エピソード16（第一節）

「あなたはドラッグストアにいるとします」とモンローは言った。「――医者に処方箋を書いてもらって――」

「薬剤師（ケミスト）のことですね？」とボクスリーが訊ねた。

「薬剤師（ケミスト）のところにいるとします」とモンローが譲った。「あなたは家族の誰かのための処方薬をもらおうとしている。その人はとても気分が悪く――」

「――重い病気？」とボクスリーが訊ねた。

「重い病気です。そのとき、何かが窓越しにあなたの注意を捉えたとします。あなたの気を逸らし、惹きつけるものなら、何でも映画の題材になるでしょう」

「窓の外で殺人があったということかな」

「その調子です」とモンローは微笑んで言った。「蜘蛛が窓で巣を作っているのかもしれない」

「もちろん――わかります」

「いや、わかっていません、ミスター・ボクスリー。あなたは後者を自分の媒体の素材と考え、我々の素材として見ていない。蜘蛛を自分向きの素材として大事にし、殺人は我々に押しつけようとしている」

「私はここを去ったほうがよさそうだ」とボクスリーは言った。「役に立たないよ。三週間ここにいるが、何も成し遂げていない。いろいろ提案するんだが、誰もそれを書きとめない」

「あなたにはとどまってほしいんです。あなたのなかには映画を嫌っている部分がある。こういうふうに物語を語ることを嫌う部分——」

「無理難題だ」とボクスリーは爆発した。「ここでは能力を発揮できな——」

彼はここで自分を抑えた。モンローはいわば舵取りで、激しい風が吹き続けている最中に、わざわざ時間を取ってくれている。それはボクスリーにもわかっていた。風に合わせて帆の向きを変えつつ、外洋をジグザグに進む船——その帆綱がキーキー鳴り続けるなかで、二人は会話しているのだ。そうでなければ、大きな採石場にいるように思えることもあった。新しく切った大理石にさえ、古いペディメントの網目模様が残っている——半分消された過去の銘刻が。

「ゼロから始められないものかと思っているんだ」とボクスリーは言った。「この大量生産というのがどうも」

「それが条件なんですよ」とモンローは言った。「面倒な条件は何にでもつきものです。ルーベンスの人生を再現してみましょう。パット・ブレイディとか私とかゲーリー・クーパーとかマーカスといった、金持ちのマヌケの肖像画を描いてくれという依頼が来るとする——あなたはイエス・キリストを描きたいのに！　条件があるんだと感じませんか？　我々の条件は大衆のお好みの物語を取り上げて飾り立て、彼らに戻すことです。それ以上のことはすべて甘味料だ。だから我々に甘味料を与えてくれませんかね、ミスター・ボクスリー？」

ボクスリーは今夜、ワイリー・ホワイトとトロカデロ〔サンセット大通りにあった高級ナイトクラブ〕に行こうかと考えていた。二人でモンローの悪口をまくし立ててもいい。しかし、このところチャーンウッド卿のリンカーン伝を読んでいたので、モンローがリンカーンのような指導者だということもわかっていた。たくさんの戦線に目を配り、長い戦争を戦っているのだ。モンローはここ十年、ほとんど一人の手で映画の急激な発展を支えてきた――「A級映画」の内容が舞台のそれよりも幅広くて豊かになる地点にまで。ミスター・リンカーンが軍事には素人でありながら立場上将軍でもあったのと同じように、モンローも芸術家なのである。

「ラ・ボーウィッツのオフィスに一緒に来てください」とモンローは言った。「あっちでも甘味料が必要なはずだ」

ラ・ボーウィッツのオフィスでは、二人の脚本家と速記担当の秘書、それに製作責任者が、煙草の煙のなか、張り詰めた表情で座っていた。モンローは三時間前に彼らを残して立ち去ったのだが、そのときと行き詰まった状態は変わっていない。一人ひとり顔を見ていっても、何も見出（みいだ）せなかった。ラ・ボーウィッツは自分の負けを恭（うやうや）しく認める口調でしゃべり始めた。

「とにかくキャラクターが多すぎるんですよ、モンロー」

モンローは軽く鼻を鳴らして笑った。

「それがこの映画の主要なテーマだからね」

彼はポケットから小銭をいくつか取り出し、天井からぶら下がるライトを見上げた。そして五十セントを放り投げると、硬貨はライトの鉢型の笠にチャリンと着地した。彼は手のなかの硬貨を見て、二十五セント貨を一つ選び出した。

ラ・ボーウィッツは憐れな表情で見つめていた。これがモンローの気に入ったアイデアであることはわかっているが、時間切れは近づいている。このとき、みんなラ・ボーウィッツに背を向けていた。彼は突如として机の下でおとなしくしていた手を振り上げた——とても高く挙げたので、手が手首から離れて飛んでいったかのようだった——それから落ちてきた手を受け止める仕草をした。それで彼は気分がよくなり、落ち着きを取り戻した。

脚本家の一人も硬貨を取り出し、やがてルールが定まった。「硬貨を投げて、チェーンに当たらないように通す。ライトの笠に落ちた金は賞金としてプールする」

彼らは三十分ほどこのゲームをした——ボクスリーと秘書を除く全員が。ボクスリーは脇に座って脚本を読みふけり、秘書は記録を取った。彼女は四人の男たちが無駄にしている時間をコストとして計算し、千六百ドルという数字を出した。最後にラ・ボーウィッツが五ドル五十セント勝ち、用務員が脚立をもってやって来て、笠から金を取り出した。

ボクスリーが突然話し出した。

「こいつは詰め物(スタフィング)だけの七面鳥料理だ」と彼は言った。

「何だって！」

「映画じゃない」

彼らは驚いてボクスリーを見つめた。モンローは笑みを嚙み殺していた。

「さあ、本物の映画人が誕生したぞ！」とラ・ボーウィッツが叫んだ。

「美しい会話はたくさんある」とボクスリーは大胆にも言った。「でも、場面が描かれていないんだ。

結局のところ、これは小説になるわけではない。それに長すぎる。私が感じていることを正確には言えないが、どこかがおかしい。感動を呼ばないいんだよ」

彼は三週間ほど託されていたものを彼らに返していたのだ。モンローは脇を向き、目の隅で彼らの動きを追いかけていた。

「キャラクターを減らす必要はない」とボクスリーは言った。「もっと必要なんだ。私の見るところ、それがテーマなんだから」

「それがテーマだ」と脚本家たちが言った。

「ああ――それがテーマだ」とラ・ボーウィッツが言った。

関心を惹いたことによって、ボクスリーの舌はますます滑らかになった。

「キャラクター一人ひとりが、他人の立場から自分を見ることにしよう」と彼は言った。「警官が泥棒を逮捕しようとするんだが、泥棒が自分の顔をしていることに気づく。そういうふうに見せるんだ。タイトルを〝私の身にもなってください〟としたっていいくらいだよ」

突然、彼らはまた働き出した――スイングジャズのバンドのメンバーが順番にソロを引き継ぐように、新しいテーマを順に引き継ぎ、どんどん盛り上がった。明日になれば、また投げ出すのかもしれないが、このときは生気を取り戻したのだ。これを引き出したのはボクスリーであり、硬貨投げのゲームだった。モンローは相応しい雰囲気をまた作り出したのだ――彼らを操る立場に身を置くことなく、むしろショーの準備をしている少年のように感じ、振る舞い、ときにはそういう表情さえ見せることによって。

立ち去るとき、彼はボクスリーの肩にそっと触った。あえて栄誉を称えるために――脚本家たちが団結してボクスリーに反抗し、短時間のうちに意気を挫(くじ)くようなことは許しがたかったからである。

エピソード16（第二節）

ベア医師が奥のオフィスで待っていた。黒人の男が一緒で、大きなスーツケースのようなものを抱えている。ポータブルの心電計だ。モンローはこれを嘘発見器と呼んでいた。上半身裸になり、その週の検査が始まる。

「ご気分はいかがでした？」

「ええ――いつもと同じですね」とモンローは言った。

「お忙しかったですか？　ちゃんと眠れてます？」

「いや――五時間くらいかな。早めにベッドに入っても眠れないんです」

「睡眠薬をお飲みなさい」

「あの黄色いのを飲むと二日酔いみたいになるんです」

「じゃあ、赤いのを二錠にしなさい」

「あれは悪夢を見る」

「じゃあ、一錠ずつ――黄色を先にして」

「わかりました――試してみます。先生はお変わりないですか？」

「まあ――私は気をつけてますよ、モンロー。無理はしてません」

「嘘を言っちゃいけない――ときどき徹夜してるじゃないですか」

「そういうときは昼じゅう寝てますから」

十分ほどしてベアは言った。

「大丈夫そうですね。血圧は五ポイント上がりました」

「よかった」とモンローは言った。「よかったんですよね？」

「いいんです。心電図は今夜現像しましょう。いつになったら私のところで静養するんです？」

「ああ、そのうち」とモンローは軽く言った。「六週間ほどするとだいぶ楽になりますので」

ベアは、三年の付き合いで育まれた純粋な好意をもって彼を見つめた。

「一九三三年には、しばらく休んでよくなったじゃないですか」と彼は言った。「三週間ほどでもね」

「またそうしますよ」

いや、しないな、とベアは思った。数年前はミナの助けを借りて、短い休みを数回取らせることができた。最近はそれとなくいろいろな人と話をし、モンローが誰を親友と考えているのか探ろうとした。彼を仕事から引き離し、しばらく休ませることができるのは誰か。それをしてもまず間違いなく無駄であろう。もはや彼の寿命はわずかばかり。六カ月以内にはっきりとするはずだ。心電図を現像したところで何になるだろう？　モンローのような男を説得するのは無理だ――仕事を休み、六カ月ほど横になって、空を眺めていろなんて。それくらいなら死を選ぶだろう。そんなことはないと口では言っても、普段の行動から見えてくるのは、完璧に疲労困憊（こんぱい）するまで働こうとする激しい思いである。彼は以前にもそこまで自分を追いつめたことがあった。疲労は毒であると同時に麻薬だ。明らかにモンローは疲れて眩暈がするまで働くことに対して、稀に見るほどの、ほとんど肉体的な喜びを見出していたのである。それは生命力の倒錯——医師はそれを以前にも見たことがあったが、防ごうという試みはもはやほとんどしなくなっていた。一人かそこらの人間を癒したことはあった——それは人を殺して殻を保存するという、空しい勝利だったのだ。

「現状を維持してください」と彼は言った。

二人は互いに見交わした。モンローはわかっているのか？　おそらく。しかし、死がいつ来るかはわかっていない——どれだけすぐかはわかっていない。

「現状維持できるなら、それ以上は求めません」とモンローは言った。

黒人は機械をしまい終えた。

「来週も同じ時間で？」

「いいですよ、ビル」とモンローは言った。「さようなら」

ドアが閉まると、モンローはインターコムのスイッチを入れた。ミス・ドゥーランの声がすぐに聞こえてきた。

「ミス・キャスリーン・ムーアという人をご存じですか？」

「どういうこと？」彼はびっくりして訊ねた。

「ミス・キャスリーン・ムーアという人から電話です。電話をくれと言われたからかけているそうです」

「いや、まいったな！」と彼は叫んだ。怒り交じりの喜びが全身に広がった。五日も経っている——

こんなのはないだろう。

「いま電話に出ているの？」

「はい」

「わかった、つないで」

すぐにあの声が間近から聞こえてきた。

「結婚したの？」と彼は無愛想な低い声で訊ねた。

「いえ、まだよ」

記憶によって彼女の顔と体の輪郭を思い描く——腰を下ろすと、彼女が机のほうに身を屈めてきて、目の位置を彼と水平に保っているように思われた。

「何を考えているんだい？」と彼は同じ無愛想な声で訊ねた。こういうふうにしゃべるのは難しい。

「手紙を見つけたの？」と彼女は訊ねた。

「ああ。あの晩に出てきた」

「あなたに話したいのはそのことよ」

ようやく取るべき態度がはっきりした——彼は怒っていた。

「何を話すっていうんだい？」と彼は詰問した。

「もう一通手紙を書こうとしたんだけど、うまくいかなくて」

「それもわかってるよ」

少し間があいた。

「ねえ、元気を出して！」意外なことに、彼女はそう言った。「あなたじゃないみたいよ。あのスターでしょ？　とても素敵なミスター・スターでしょ？」

「少し怒ってるんだ」と彼はほとんど尊大な口調で言った。「こんなことをして何の意味があるのかわからない。少なくとも、君のことはいい思い出だったのに」

「これがあなたただなんて信じられない」と彼女は言った。「次にあなたは幸運を祈るって私に言うんでしょうね」。彼女は突然笑った。「本当にそう言おうと思ってた？　何を言おうか計画したりすると、ひどいことになっちゃうのよね――」

「君からまた連絡があるとは思っていなかったんだ」と彼は威厳を見せて言ったが、役に立たなかった。彼女はもう一度笑った。子供の笑いにも似た女の笑い――キャッという、一音節の歓喜の叫び。「あなたが私をどんな気持ちにさせるかわかる？」と彼女は訊ねた。「毛虫が媒介する疫病が流行ったロンドンで、ある日、毛がモジャモジャの熱いものが口に落ちてきたみたい」

「申し訳ない」

「ねえ、目を覚まして」と彼女は懇願した。「あなたに会いたいの。電話じゃ説明できないわ。私にとっても楽しくないのよ。わかって」

「いまとても忙しいんだ。今夜、非公開の試写会がグレンデールである」

「それって招待？」

「イギリス人作家のジョージ・ボクスリーが僕と一緒に行く」。こんなことを言うとは自分でも驚きだった。「君も来るかい？」

「話ができるかしら？」

彼女はしばらく考えた。「そのあとで私のところに来ない？」と彼女は提案した。「ドライブできるわ」

ミス・ドゥーランがインターコムで撮影監督を割り込ませようとしていた――割り込みが許されるのは彼らだけである。モンローはボタンを押し、機械に向かって「待って」と苛立たしげに言った。

「十一時くらい？」とキャスリーンは自信に溢れた声で言った。

彼には「ドライブ」というアイデアがとても愚かに思えた。彼女を拒む言葉を思いついたなら、それを口にしていただろう。しかし、毛虫になりたくはなかった。突如として、彼には取るべき態度が何もなくなり、あるのはその日が――少なくとも――終わったという感覚だけだった。あとは夜だ――始まりがあり、中間があり、終わりがある。

モンローが網扉を叩くと、なかから彼女の応える声が聞こえてきた。彼は玄関よりも低くなったところで立って待っていた。下からは芝刈り機のブーンという音が聞こえてくる――深夜に芝を刈る男がいるのだ。月がとても明るかったので、モンローは三十メートルほど離れた男の姿をはっきりと見ることができた。芝刈りを中断し、ハンドルにもたれて休んでから、また押して庭を横切る。真夏の落ち着かなさが屋外に漂っていた――無分別な愛と衝動的な犯罪を秘めた八月初め。これ以上夏から期待できるものがあまりないので、人は必死に現在を生きようとする――あるいは、現在がないのなら、それを作り上げようとする。

ようやく彼女は現われた。すっかり雰囲気が変わり、喜びに満ちた様子だ。スーツにスカートという服装で、車まで歩いていくあいだ、そのスカートをしょっちゅう引っ張り上げていた。勇ましく陽気な仕草――「気を引き締めろ、ベイビー、さあ行くぞ、北極でも南極でも」といった刺激的で無鉄砲な態度を取っている。モンローは運転手つきのリムジンで来ていたので、二人は四方を壁に囲まれ、闇のなかで新たなカーブに入ると一緒に揺さぶられた――この親密感は、すぐにぎこちなさをすっかり払いのけた。このときの小さな旅は、彼の生涯で最高の思い出の一つとなった。いずれ死ぬことがわかっているにしても、今夜はそうではない――間違いなく、そんな機会の一つだった。

彼女は自分の話をした。彼の横に座る姿はクールで、ちかちか輝き、興奮して語り続けている。彼は一緒に遠い場所へと連れていかれ、彼女の知人に会って、よく知るようになった。物語は最初のうち曖昧だった。〝あの男〟というのが、彼女が愛し、一緒に暮らした男。〝あのアメリカ人〟というのは、彼女が流砂に沈んでいきそうになっているとき、救ってくれた男だった。

「それは誰なの――アメリカ人って？」

あら、名前？　それに何の意味があるの？　モンローみたいに重要人物じゃないし、金持ちでもない。ロンドンに住んでいたけど、これからこちらで一緒に暮らすことになる。私はいい奥さんになるわ、本当の人間になる。彼はいま離婚しようとしている――彼女のためだけではない――でも、なかなか協議が進まないの。

「でも、最初の男は？」とモンローは訊ねた。「どうしてそういう関係になったの？」

ああ、そっちは最初のうち幸せだったわ。十六歳から二十一歳まで、重要なのは食べることだった。継母（ままはは）が私を宮中に拝謁させたとき、空腹でふらふらしないようにと、一シリングで食べ物を買ったの。一人六ペンスずつなのに、私が食べているあいだ継母は見ているだけだった。数カ月後、継母が死んだ。私は一シリングのために身を売るくらいしかできなかったけど、体が弱かったので、路上に立つこともできなかった。ロンドンは厳しい町なのよ――そう、すごく。

誰かいなかったの?

アイルランドに友達がいて、バターを送ってくれた。スープ接待所〔貧窮者のための無料食堂〕もあった。叔父を訪ねたこともあったけど、私のお腹がいっぱいになったら、言い寄ってきた。私はそれを退け、奥さんに言わないという約束で、五十ポンドせしめたわ。

「仕事はできなかったの?」とモンローは訊ねた。

「働いたわ。車のセールス。一台売ったのよ」

「でも、正規の仕事はできなかった?」

「それは大変なの——ここと違うのよ。私のような人たちが雇用を奪っていると思われていてね。ホテルで客室係のメードになろうとしたら、女に殴られたことがあった」

「でも、宮中に拝謁を許されたんだよね?」

「それは継母がやったことなの——うまいチャンスを摑んだのよ。私は何者でもなかった。父は一九二二年、ブラック&タンズ〔アイルランドの反乱鎮圧にイギリス政府が派遣した警備隊〕に殺されたわ。私はまだ子供だった。父は『最後の祝福』という本を書いているの。読んだことあるかしら?」

「本は読まないんだ」

「映画を作るために買ってほしいわ。ちょっとしたいい本なのよ。いまでも印税が入るの——年に十シリング」

それから彼女は〝あの男〟に会い、二人で世界じゅうを旅した。モンローが映画の舞台としたあらゆる場所に行ったことがあり、彼が聞いたこともない町々に暮らした。それから〝あの男〟は生気を失い、飲酒に耽ったり、メードと寝たり、彼女を友人たちにあてがおうともした。その友人たちには、彼を見捨てるなと言われた。彼女が彼を救ったのだから、このままずっと長く、最後まで添い遂げるべきだ、それが義務なのだ、と。彼女にものすごいプレッシャーをかけてきたのだ。でも、彼女は〝あのアメリカ人〟に会い、ついに逃げたのだった。

「もっと前に逃げるべきだったよ」

「まあ、それは難しかったのよ」。彼女はためらってから、思い切って言った。「だって、王様から逃げたわけだから」

彼の道徳心はどこか崩れた――彼女のほうが上回ったのだ。混乱した考えが彼の頭のなかを飛び交った――そのうちの一つは、すべての王族は病んでいるという古くて気弱な信条だった。

「イギリス王じゃないわよ」と彼女は言った。「私の王様は、自分でもよく言ってたけど、失業中だった。ロンドンにはたくさん王様がいるのよ」。彼女は笑った――そしてほとんど挑むようにつけ加えた。「とても魅力的な人だったわ、酒を飲んで暴れるようになるまではね」

「どこの王だったの？」

彼女は国名を打ち明けた――そしてモンローは古いニュース映画からその顔を思い描いた。

「とても学のある人だったわ」と彼女は言った。「どんな教科でも教えられた。でも、それほど王様って感じでもなかった。あなたほどにはね。あなたほどの人はいないわ」

今度はモンローが笑った。

「彼らは保証書つきの一級品だよ」と彼は言った。

「私の言ってることわかるでしょう。あの人たちはみんな、時代遅れになったって感じていた。だから、すごく頑張って、時代についていこうとしていたのよ。いつでも時代についていくよう要請されていたし。たとえば、一人はサンディカリスト〔急進的な労働組合運動の活動家〕になったわ。テニスのトーナメントに関する新聞記事の切り抜きを持ち歩いている人もいた。自分が準決勝に出たって記事。何度も見せられたわよ」

二人はグリフィス・パークを抜け、バーバンクの暗いスタジオ群を通り過ぎた。空港からパサデナへ向かう道路沿いには、キャバレーのネオンサインが輝いている。彼は頭のなかで彼女を求めていたが、夜はもう遅く、ドライブだけでも素晴らしい喜びだった。二人は手を握り、一度は彼女がモンローの腕に身を寄せて言った。「ああ、あなたって素晴らしい。あなたと一緒にいたい」。しかし、彼女の心は分裂していた――日曜日の午後は彼のための時間だったが、今夜はそうではない。彼女は自分自身のことに夢中で、自身の冒険を話すことに刺激を受け、興奮している。彼はこう訝(いぶか)らずにいられなかった。自分は彼女が〝あのアメリカ人〟のためにとっておいた話を聞かされているのだろうか。

「どのくらい前から〝あのアメリカ人〟のことを知っているの？」と彼は訊ねた。

「そうね、五、六カ月前かしら。前はよく会ったわ。私たちは互いにわかり合っている。〝この先、こいつは絶対確実だ〟なんて彼は言ったわ」

「じゃあ、どうして僕に電話したの？」

彼女はためらった。

「もう一度会いたかったの。それにね――彼は今日着くことになってたんだけど、昨晩電報が来て、来週になったって言うのよ。だから友達と話したかったの――だって、あなたは私の友達だから」

彼は彼女をものすごく欲しくなったが、心の一部分は冷淡で、こう言い続けていた。彼女は僕が自分を愛しているかどうか、僕が自分と結婚したいかどうか見極めたいのだ。それから〝あのアメリカ人〟を捨てるかどうか考えるつもりなのだ。僕が本気にならない限り考えるつもりはないのだ。

「君は〝あのアメリカ人〟を愛しているのかい？」と彼は訊ねた。

「ええ、もちろん。完璧に予定が立ててあるの。彼は私の人生と理性を救ってくれた。私のために地球を半周してくるのよ。そうしてって私が頼んだの」

「でも、彼を愛しているのかい？」

「ええ、もちろん、愛しているわ」

この「ええ、もちろん」が本心を明かしていた。彼女は〝あのアメリカ人〟を愛していない。自分の気持ちを訴えかければ、彼女はわかってくれる。彼は彼女の体に腕を回し、ゆっくりと唇にキスをした。そして長いこと抱きしめていた。とても温かかった。

「今夜は駄目」と彼女は囁いた。

「わかったよ」

二人は「自殺橋」と呼ばれるパサデナの橋を渡った。高いワイヤのフェンスが新たに設置されていた。

「この橋のこと、知ってるわ」と彼女は言った。「でも、馬鹿みたい。イギリス人は欲しいものが手に入らなかったからって自殺しないわ」

ホテルの正面玄関前でUターンし、帰途についた。月の出ていない暗い夜だった。欲望の波が引き、二人ともしばらく口をきかなかった。彼女が王たちのことを話したので、奇妙な連想だが、彼の心に故郷の繁華街のイメージが浮かんだ――真珠のように白く輝く、ペンシルベニア州エリーのメインストリート。彼が十五歳のときだ。窓にロブスターの水槽が置かれたレストランがあった。緑の海藻、貝殻の穴を照らす明るいライト。赤いカーテンの向こうには、人々とバイオリン音楽のひどく奇妙で陰気な謎が隠れているようだった。これは彼がニューヨークに出る直前のこと。この女が、ショーウインドウで氷に浸された新鮮な魚やロブスターを思い出させたのだ。彼女は美しい人形〔一九一一年の流行歌、「オー、ビューティフル・ドール」への言及〕。ミナは決して美しい人形ではなかった。

二人は見つめ合い、彼女の目はこう訊ねていた。「私は〝あのアメリカ人〟と結婚すべきかしら?」彼は答えなかった。しばらくしてからこう言った。

「週末にどこかへ行こう」

彼女は考え込んだ。

「明日のことを言っているの?」

「残念ながらそうだね」

「じゃあ、明日になったら答えるわ」

「今夜答えてくれ。明日だと――」

「――車に書き置きが残ってるから?」彼女は笑った。「いいえ、車に書き置きはないわ。あなたはもうほとんどすべてを知っているし」

「ほとんどすべてね」

「そう――ほとんど。細かいことが少し残っているけど」

それが何か知らないわけにはいかない。彼女は明日それを彼に話すと言う。彼は疑いを抱く――というか、疑いたい――そこに戯れの恋の迷路があったのかどうか――彼女がひたすら、長いこと〝あの男〟、つまり王に執着することになったのは、何らかの固着観念のせいなのか。三年間、彼女はかなりおかしな立場にいた――片足を宮殿に置き、もう片方を背景に置いていた。「たくさん笑わないとやっていけなかったの」と彼女は言った。「たくさん笑うようになったわ」

「彼は君と結婚したってよかったじゃないか――ミセス・シンプソン〔イギリスのエドワード八世が王位を捨てて結婚した女性〕みたいに」とモンローは反論して言った。

「だって、彼は結婚していたの。それに、ロマンチストじゃないのよ」と、ここで彼女は自分を抑えた。

「僕はロマンチスト?」

「そうね」と彼女はしかたなさそうに言った。まるで切り札を差し出すかのように。「あなたの一部分はそうだわ。あなたは三人か四人が合わさった人だけど、それぞれが表に出ているの。アメリカ人はみんなそうよ」

「あまりすんなりとアメリカ人を信じないほうがいいよ」と彼は微笑みながら言った。「アメリカ人は表に出ているかもしれないけど、すぐに変わってしまうんだ」

彼女は心配そうな顔をした。

「そうなの?」

「すぐに、いちどきにね」と彼は言った。「そして、何事も彼らを元には戻せない」

「怖がらせないでよ。アメリカ人にはいつも安心感を抱いていたんだから」

彼女が突如として孤独そうな顔を見せたので、彼は彼女の手を握った。

「明日、どこに行こうか?」と彼は言った。「山に行くのはどうかな。明日はやらなきゃいけないことがたくさんあるんだけど、何もやらない。四時に出発すれば、午後には目的地に着くよ」

「わからないわ。ちょっと頭が混乱している感じ。新しい人生を求めてカリフォルニアに来た女ではなくなってしまったみたいなの」

彼はそのときに告げてもよかったのだ――「これが新しい人生だよ」と。そうだとわかっていたから。いま彼女を手放すわけにはいかないとわかっていたから。しかし何か別のものが、ロマンチストとしてではなく大人として、ひと晩寝て考えろと忠告した。そして、明日彼女に告げるのだ。彼女はモンローを見つめ続け、その目は彼の額から顎へ、また額へと移った。それからもう一度、頭をゆっくりと揺らすような動作で、上から下まで見つめた。

……これがチャンスだ、モンロー。いま摑んだほうがいい。この娘はおまえのものだ。彼女によって救われ、彼女について思い悩むことで生気を取り返せる。おまえが面倒を見れば彼女はそれに応え、おまえもそれで強くなる。でも、彼女を自分のものにするならいまだ――彼女に告げ、奪い去れ。二人とも知らないことだが、この夜陰のずっと向こうで、〝あのアメリカ人〟は計画を変更した。この瞬間、彼の乗る列車はアルバカーキを高速で通過している。時刻表どおりだ。機関士も時間を守っている。朝になれば、彼はここに着く。

……運転手はキャスリーンの家の方向に丘をのぼっていった。闇のなかでも暖かく感じられる。彼女のそばにいると、そこはどこでもモンローにとって魔法のかかった場所になっていく――このリムジンも、海岸に建築中の家も、不規則に広がった町を一緒に走破した距離自体も。のぼっていく丘も一種の輝きと持続音を発していた。彼の魂はその音に反響し、喜びとともに鋭さを増している。

さようならを言うとき、彼はまた感じた。彼女を手放すなんてあり得ない、ほんの数時間でも。二人のあいだには十歳の違いしかないが、彼は老人が若い娘に抱く恋情にも似た狂気を感じていた。心の底から必死に時間を求める気持ち——心臓の鼓動とともに時を刻む時計の音。それに駆り立てられ、彼は自己の人生の論理に逆らって、いま彼女を通り越して家のなかに入っていきそうになる——そして、言いそうになる。「これは永遠のものだ」

キャスリーンは待っていた。彼女自身、決心がつかない——春に溶けるのを待つピンク色と銀色の霜のように。彼女はヨーロッパ人だ。権力の前で謙虚ではあるが、これ以上は許さないという激しい自尊心もある。王子たちが思慮深く行動しているといった幻想など抱いていないのだ。

「明日、山に行こう」とモンローは言った。彼のバランスの取れた判断に何千もの人々が依存しているのに——人は、二十年間生きるよすがとしてきた性質を突然鈍らせることがあるのだ。

翌日、土曜日の午前、彼はとても忙しかった。二時に食堂から戻ると、机に電報の山があった——北極で会社の船が行方不明、あるスターがスキャンダルに見舞われる、脚本家が百万ドルの訴訟を起こした、海の向こうではユダヤ人が惨めな死を迎えている。最後の電報が彼をじっと見上げていた。

キョウノショウゴ、ケッコンシマシタ。サヨウナラ。そして、「ウェスタンユニオン電報会社で返事を出しましょう」というステッカーがついていた。

エピソード17

私はそのことについてまったく知らなかった。レイク・ルイーズ〔カナダ・アルバータ州の保養地〕に行き、戻ってきてから、スタジオには近づかなかったのだ。八月の半ばには東部に帰ってもおかしくなかったと思う――もしモンローがあの日、自宅にいる私に電話をかけてこなかったら。

「手配してもらいたいことがあるんだ、セシリア――共産党の党員に会いたい」

「どの人がいいの?」私は少しびっくりして言った。

「誰でもいい」

「会社にたくさんいるんじゃないの?」

「オーガナイザーがいいんだよ――ニューヨーク出身の」

前年の夏、私は政治的なことに夢中だったのだ――ハリー・ブリッジズ〔当時の西海岸の労働運動指導者〕との面会だって手配できたかもしれない。しかし、大学に戻ってからボーイフレンドが交通事故で死に、それ以来こうしたことから遠ざかるようになった。ただ、このあたりに『ニュー・マッシズ』〔共産党系の雑誌〕関係の人がいるという噂は聞いていた。

「彼に免責特権を与えてくれる？」と私は冗談で訊ねた。

「もちろんさ」とモンローは真面目に答えた。「その人を傷つけたりしないさ。話ができる人を連れてきてくれ――本なんかも持ってくるようにって」

その話し方はアイアム宗教カルト〔一九三〇年代初頭に設立された神智学的宗教運動〕のメンバーに会いたがっているかのようだった。

「ブロンドがいい？　ブルーネット？」

「いや、男にしてくれ」と彼は急いで言った。

モンローの声を聞いていたら元気が出てきた――父の部屋にノックなしで入って以来、薄めた唾のプールを泳ぐような嫌な気分になっていたのだ。モンローはそのすべてを変えた――私がそれを見る角度を変え、空気までも変えた。彼は寒い夜にドアの外に出した火鉢のようだった。

「君のお父さんが知る必要はないと思う」と彼は言った。「その男がブルガリアのミュージシャンか何かだっていうふりはできないかな〔漫画などで共産主義者は変わった服を着ているように描かれるため〕？」

「あら、彼らはもう変わった服を着たりしないわよ」と私は言った。

手配するのは意外と大変だった――脚本家組合（ギルド）とモンローとの交渉は一年以上続いており、行き詰まりつつあったのだ。彼らはたぶん籠絡されるのを恐れていたのだろう。モンローの提案は何なのかと私は彼らに訊ねられた。その後、モンローは自宅のフィルムライブラリーでロシア革命の映画を上映し、この会合に備えていると私に言った。この件に関係があるかもしれないと思ったようで、『カリガリ博士』〔一九二〇年に製作された革新的なドイツのサイレント映画〕とサルヴァドール・ダリの『アンダルシアの犬』〔ダリとルイス・ブニュエルによる一九二九年の映画で、シュルレアリスムの傑作とされる〕も上映した。一九二〇年代のロシア映画に衝撃を受け、ワイリー・ホワイトの勧めに従って、脚本部に『共産党宣言』を二ページでまとめさせたこともあった。

しかし、彼はこの主題に関して心を閉ざしていた。本の恩恵にあずからず、自分で筋道を立ててきた合理主義者であり、千年ものユダヤ教的伝統からようやく抜け出し、十八世紀末にたどり着いたところだった。この民主主義の理想が溶けて消えるのを看過できなかったのだ――成金にありがちな、想像上の過去に対する情熱的な忠誠心を抱いていたのである。

会合は私が「加工皮革室」と呼ぶ部屋で行なわれた――数年前、スローンズ〔ニューヨークにある家具などを扱うデパート〕のインテリアデザイナーに内装工事をしてもらった六室の一つで、この呼び名が頭にこびりついてしまったのだ。ここは最もインテリアデザイナーらしい部屋である――夜明けの色をイメージしたアンゴラのカーペットは、想像しうる限り繊細な灰色――その上を歩くのも気が引けるほどだ。銀の鏡板と革製のテーブル、クリーム色の絵と壊れやすい小物などは、簡単に汚れてしまいそうで、室内で大きく息を吸うのもはばかられる。とはいえ、窓が開いていて、カーテンが風に揺れて愚痴っぽく囁いているときに、ドア口から室内を覗くのは素晴らしい。かつて日曜日以外は閉ざされていた古いアメリカ的客間の直系の子孫だが、まさにこういう機会に使われるべき部屋だった。ここで何が起きるにせよ、それによってこの部屋は独特の性格を帯び、我々の家の一部となる――そう私は望んでいた。

モンローが最初に着いた。顔が青白く、緊張して不安そうだ――ただし、声はいつもどおり静かで、思慮深さに満ちている。彼が人と会うときには、独特の勇ましさが表われる――相手にまっすぐに向かっていき、その途中にある邪魔物はどけて、相手のことをすべて最初から知ろうとする――まるでそうせずにいられないかのように。私はある理由で彼にキスをし、「加工皮革室」へと案内した。

「いつ大学に戻るんだい？」と彼は訊ねた。

彼がこの魅力的な話題を持ち出すのは何度めだろう。

「私の背がもうちょっと低いほうがよかったかしら？」と私は訊ねた。「踵の低い靴を履いて、髪をべったり撫でつけてもいいわ」

「今夜、一緒に食事をしよう」と彼は提案した。「まわりは僕が君の父親だと思うだろうが、気にはならない」

「私、年寄りの男性が好きよ」と私は彼に請け合った。「その人が杖をついているのでなければ、普通の男女交際と同じじって感じがする」

「そういう交際をたくさんしたのかい？」

「まあね」

「人はしょっちゅう恋をしたり冷めたりしてるよね」

「ファニー・ブライス〔当時活躍していたコメディエンヌで、映画化もされたミュージカル『ファニー・ガール』は彼女の半自伝的な物語〕によれば、三年ごとだって。ちょうど新聞で読んだんだけど」

「どうしてそんなことができるんだろうな」と彼は言った。「それが真実なのはわかってる。そういう人たちを目にするからね。でも、いつでもこれが本当の愛だって確信して、それから突然、自信がなくなる。そして、次の恋でまた確信するんだ」

「あなた、映画の作りすぎだわ」

「二度目のとき、三度目のとき、四度目のときも、同じくらい確信しているのかな」と彼はしつこく続けた。

「そのたびに確信の度合いは高まるのよ」と私は言った。「最後のときが一番自信たっぷりね」

彼はその言葉について考え、納得したようだった。

「そうかもしれない。最後のときが一番だな」

私は彼の言い方が気に入らなかったが、突然あることに気づいた。表面は取り繕っていたが、彼は惨めな思いをしていたのだ。

「恋なんてすごく厄介なものだ」と彼は言った。「あんなもの終わったほうがいいんだよ」

「ちょっと待って！　とんでもない人が映画を作っているようよ」

共産党員のブリマーの到着が告げられた。彼を出迎えようとして、薄地の小型絨毯（じゅうたん）の上を滑りながらドアまでいくと、ほとんど彼に抱きとめられる形になった。

なかなかハンサムな男である、このブリマーというのは――少しスペンサー・トレーシーに似ていたが、もっと力強い顔をしていて、より豊かな表情がそこに刻み込まれていた。彼とモンローが微笑み合い、握手をして身がまえたとき、私はこれ以上用心深い男たちを見たことがないと思った。すぐに互いをものすごく意識したのだ――二人とも、私に対しては申し分なく礼儀正しく、私のほうを向いて話すときは語尾を柔らかくした。

「君たちはいったい何をやろうとしているんだ？」とモンローは訊ねた。「うちの若い連中を掻き乱してくれたね」

「それで彼らは目を覚ますのではないですか」とブリマーは言った。

「最初は五、六人のロシア人にスタジオの視察を許したんだ」とモンローは言った。「模範的なスタジオとしてね。そうしたら、君はこのスタジオが模範的である所以（ゆえん）の連帯を壊そうとしている」

「連帯？」とブリマーはオウム返しした。「会社精神として知られているもののことですか？」

「いや、それじゃない」とモンローは苛立たしそうに言った。「君たちは僕を標的にしてるようだな。先週、ある脚本家が僕のオフィスに入ってきた――酔っ払って――ここ数年、かろうじて精神科病院に入らずに済んでいるようなやつだが、それが僕に向かって仕事について講釈するんだ」

　ブリマーは微笑んだ。

「あなたは仕事について講釈を受けるような人に見えませんがね、ミスター・スター」

　二人はお茶を飲むことにする。私が戻って来たとき、モンローはワーナー兄弟（ブラザーズ）〔映画会社のワーナーブラザーズはハリー、アルバート、サミュエル、ジャックの四兄弟が設立した〕の話をしていて、ブリマーは一緒に笑っていた。

「また別の話がある」とモンローは言った。「ロシア人ダンサーのバランチン〔ロシア生まれの舞踊家、振付師で、ミュージカル映画『ゴールドウィン・フォリーズ』でダンスの指導をした〕がワーナーとリッツ兄弟（ブラザーズ）〔一九三〇年代から四〇年代に喜劇トリオとして活躍したアル、ジム、ハリーの三兄弟〕を混同してさ、自分が指導しているのがどっちで、自分の雇い主がどっちかわからなくなった。それで、こんなことを言いふらしたのさ。〝あのワーナー兄弟（ブラザーズ）にダンスを仕込むなんて無理だ〟」

　穏やかな午後のように見えた。ブリマーは彼に、どうしてプロデューサーたちは反ナチ連合〔ハリウッドで一九三六年に組織された団体〕を支援しないのかと訊ねた。

「君らのような人たちのせいさ」とモンローは言った。「君らはああやって脚本家たちを取り込もうとする。長い目で見れば、それは時間の無駄だよ。脚本家たちは子供だ――普通のときでさえ、彼らは仕事に集中することができない」

「彼らはこの業界の農民たちです」とブリマーは嬉しそうに言った。「穀物を育てているのに、饗宴にはあずかれない。彼らがプロデューサーたちに抱く感情は、農民たちが都会人に対して抱く怒りのようなものです」

私はモンローの女について考えていた――二人の関係はすっかり終わったのだろうか、と。その後、私はキャスリーンからすべてを聞くことになる。雨のなか、ゴールドウィン・テラスと呼ばれるみすぼらしい道で、立ち話をしたときのことだった。彼女がモンローに電報を送ったのは、一週間ほど前の話なのだろうと私は考えた。送らないわけにいかなかったのだ。男が思いがけず列車を降りてきて、彼女を戸籍役場に連れて行った。これこそ彼女が求めているものだと、寸分の疑いも抱かず。まだ朝の八時で、キャスリーンは茫然としており、頭のなかではどうやってモンローに電報を送ろうかとばかり考えていた。論理的にはここで立ち止まり、こう言うこともできる。「話すのを忘れていたけど、私、男の人に会ったの」。しかし、この進路があまりにもしっかりと――あれだけの自信をもって、そして格闘と安堵の末に――据えられていたので、突如として別の進路に交差する形でそれが現われたとき、彼女は引き返せない列車に乗っているのだとわかった。男は彼女が電報を書くのを見つめていた。机の向こうからまっすぐ見ていたのだが、彼女は文字が反対向きなので読めないことを願っていた……

私の心が部屋に戻ったとき、二人は可哀想な脚本家たちを否定したところだった――ブリマーは彼らが「不安定だ」と認めることさえした。

「彼らには権威を与えられるだけの資質がない」とモンローは言った。「意志の代わりとなるものはないんだ。意志がまったくなくても、あるようなふりをしなくてはならないときがある」

「私にもそういう経験がありますね」

「〝こうでなければならない――ほかはあり得ない〟と言わねばならない――たとえ確信がなくてもね。僕にはそういうことが週に十数回起きる。何に関しても、本当の理由なんてまったくないような状況。それでも、理由があるふりをする」

「リーダーはすべてそう感じてきたはずです」とブリマーは言った。「労働者のリーダーもだし、もちろん軍のリーダーも」

「そこで、この組合（ギルド）に関して一つの態度を取らなければならなくなった。組合（ギルド）が求めているのは権力のようなんだが、僕が脚本家たちに与えるのは金銭だけだ」

「あなたはその何人かに、とても少ししか金銭を与えていません。週に三十ドルです」

「誰が三十ドルしかもらっていない？」とモンローは驚いて訊ねた。

「商品にすぎず、簡単に取り換えのきく人たちです」

「うちのスタジオにはいないはずだ」

「いえ、いますよ」とブリマーは言った。「あなたの短編映画部門にいる二人は、週に三十ドルしかもらっていません」

「誰？」

「ランサムという男と――オブライエンという男」

モンローと私は一緒に微笑んだ。

「彼らは脚本家じゃない」とモンローは言った。「セシリアの父親の親戚だよ」

「ほかのスタジオにも数人います」とブリマーは言った。

モンローはティースプーンを取り出し、小さな瓶から薬を一匙（ひとさじ）飲んだ。

「フィンクって何のこと？」と彼は唐突に訊ねた。

「フィンク？　スト破りのことです。あるいは、カンパニーテク〔会社に雇われた探偵や警備員〕」

「そうだと思った」とモンローは言った。「部下に千五百ドルの脚本家がいるんだが、そいつは食堂を通るとき、いつでも仲間の脚本家が座っている椅子の背後に忍び寄って、〝フィンク！〟って言うんだよ。やつらがあんなに怯えなければ、冗談として面白いんだが」

　ブリマーは笑った。

「そいつは見てみたいですね」と彼は言った。

「あちらで僕と一日を過ごしたいと思わないかい？」とモンローは提案した。

　ブリマーは純粋に面白がって笑った。

「いいえ、ミスター・スター。でも、そうしたらあなたの働きぶりに感動するでしょうね。あなたは西部全体で最も勤勉で、効率的に働く人だという評判を聞いています。あなたの仕事を見られたら光栄ですが、それは我慢すべきでしょう」

　モンローは私のほうを向いた。

「君の友達、気に入ったよ」と彼は言った。「クレージーな男だが、いいやつだ」。彼はブリマーをじっと見つめた。「西部で生まれたのかな？」

「ええ、そうです。数代前から」

「君みたいなのがたくさんいる？」

「父はバプティストの牧師でした」

「僕が言ってるのは共産主義者かってことさ。フォードの工場を吹き飛ばそうとした、あのユダヤ人の大物に会いたいな。何ていう名前だったか――」

「フランケンティーン〔当時の全米自動車労働組合の幹部〕ですか？」

「それだ。君たちのなかにも信じているのがいるんだろう」

「たくさんいますよ」とブリマーは素っ気なく言った。

「君は違うね」とモンローは言った。

当惑したような表情がブリマーの顔をよぎった。

「信じてます」と彼は言った。

「まさか」とモンローは言った。「かつては信じていただろうが」

ブリマーは肩をすくめた。

「たぶんあなたにも同じことが言えるはずです」と彼は言った。「あなたも心の底では、私が正しいとわかっているはずですよ、ミスター・スター」

「いや」とモンローは言った。「みんなたわごとだと思う」

「――心では〝彼が正しい〟と思っている。でも、あなたは自分が死ぬまではこの体制が続くと思っているんです」

「君は、本当に政府を転覆しようとは思っていない」

「ええ、ミスター・スター。でも、あなた方が転覆すると思っています」

彼らは挑発し合っていたのだ――このように相手を小突くように刺激することを、男たちはときどきする。女たちもするのだが、それは遠慮なしの共同戦線だ。男たちがする場合、次にどうなるかわからないので、見ていてつらい。私にとって、部屋の雰囲気がよくなっていないのは確かだったので、私は二人をフランス窓から我が家の庭に連れ出すことにした。カリフォルニアらしい鮮黄色の庭園だ。真夏だったが、スプリンクラーが音を立てて水を噴き出し、芝生は春のように輝いていた。私はそれを見つめるブリマーの眼差しに溜め息のようなものを感じた――こういう人がよく浮かべる表情。彼は外に出て大きく広がった――私が思っていたよりも数インチ背が高く、肩幅も広くなった。眼鏡を外すときにはスーパーマンを少し思い出させた。女性を女性として意識していない男にしては、最大限魅力的な男だと思った。私たちは総当たりで卓球の試合をし、彼はラケットをうまく扱った。父が歌いながら家に入っていく声が聞こえた。例の忌々しい「リトル・マン、ユーヴ・ハッド・ア・ビジー・デイ」だ。そして、娘と口をきかなくなっていたことを急に思い出したかのように、歌うのをやめた。六時半――私の車は正面玄関前に置かれている。私はトロカデロに夕食に行こうと二人を誘った。

ブリマーの表情は、かつてオネイ神父がニューヨークで浮かべたものに似ていた――襟カラーを後ろに回して聖職者であることを隠し、私と父と三人でロシア・バレエを観に行ったときのこと。自分がここにいてはいけないという表情だ。トロカデロで特ダネを待っていたカメラマンのバーニーが私たちのテーブルに現われたとき、ブリマーは罠にはめられたという顔をした――モンローはバーニーを追い払い、私はその写真がもらえたらよかったのにと思った。

それから驚いたことに、モンローが続けざまにカクテルを三杯飲んだ。

「わかったわ、あなた、恋に破れたのね」と私は言った。

「どうしてそう思うんだい、セシリア？」

「カクテルよ」

「あっ、僕は飲まないんだよ、セシリア。消化不良になる――酔っ払ったことがないんだ」

私はお代わりの数を数えた。「――二杯――三杯」

「気づかなかったよ。味わえないんだ。どこかおかしいと思ってた」

どんよりして愚かしげな目の表情が表われた――それから消えた。

「酒を飲むのは一週間ぶりですよ」とブリマーが言った。「海軍時代にさんざん飲みました」

モンローの目に表情が戻った――私にぼんやりとウィンクし、それから言う。

「この扇動屋のクソ野郎は海軍の軍人様だったたってよ」

ブリマーはこれをどう受け取ったらいいのかわからない様子だった。とはいえ、今夜のエピソードの一部として認めることにし、かすかに笑みを浮かべた。私は、モンローも笑っているのに気づいた。偉大なアメリカの伝統に無事収まるものだとわかり、私はホッとした。そして会話を受け持とうとしたが、モンローが突如として元気を取り戻した。

「僕によく起こる経験を話そう」と彼はとても簡潔に、はっきりとブリマーに言った。「ハリウッドでも最高の監督で――僕が絶対に干渉しない男だが――ある種の癖を持った男がいる。すべての映画に同性愛の男とか、その手のものを滑り込ませるんだ。物議をかもしそうなものをね。それを透かし模様のように深く埋め込んでおくので、僕には取り出せない。彼がそれをやると、いつでもカトリックの風紀委員会が乗り出してきて、誠実な映画から大事なものが犠牲にされるんだ」

「組織の典型的な問題ですね」とブリマーは同意した。

「典型的ね」とモンローは言った。「そして、終わることのない戦いさ。ところが、この監督が僕にこう言うようになった。もう大丈夫です、自分は監督組合（ギルド）に入りました。あなたは貧者を抑圧できませんって。君はこういう形で僕の厄介事を増やしてくれているんだ」

「それは我々から少し遠い問題です」とブリマーは微笑みながら言った。「監督たちとの連携が進むとは思えないので」

「かつて監督たちは僕の仲間だった」とモンローは誇らしげに言った。

これはエドワード八世〔一九〇一～一〇年の英国王〕が自分はヨーロッパで最高の社交界とつき合ってきたと自慢するようなものだった。

「しかし、連中のなかには僕を決して許さなかった者たちがいる」と彼は続けた。「――映画がトーキーになったとき、芝居の演出家を連れてきたからだ。それで彼らは必死になり、自分の仕事を学び直すことができたんだが、本当の意味では僕を許していない。そのとき新しい脚本家をごっそり引き抜き、素晴らしい連中だと思っていたんだが、やがてみんなアカになってしまった」

ゲーリー・クーパーが入ってきて、隅に座った。そのまわりに男たちの一団が座り、彼が息を吸うのと一緒に息をしている――まさにゲーリー・クーパーを糧にして生きている様子で、微動だにしない。部屋の反対側でキョロキョロしている女がいたが、それはキャロル・ロンバード〔一九三〇年代から四〇年代にコメディ映画で活躍した女優〕だとわかった――私はブリマーが少なくとも俳優を何人か見られてよかったと思った。

モンローはウィスキーソーダを注文し、すぐに飲み干して次を注文した。スープを少しするだけで、何も食べようとしない。そして、みんなが怠け者だとか、自分には金があるのでそんなことはどうでもいいとか、ひどいことを言い続けた――父と友人たちが一緒になると、いつでもしゃべっているような内容だ。相応しい相手以外にこういうことを話すのがどれだけ醜いものか、モンローは気づいたのだと思う――それ以前は、こういう会話がどう耳に響くのか聞いたことがなかったのだろう。ともかく彼は口をつぐみ、ブラックコーヒーを飲み干した。私は彼を愛していたし、それは彼が何を言っても変わらなかったが、ブリマーがこの印象を抱いて帰るのかと思うと癪に障った。ブリマーには、モンローをテクノロジーの職人として見てほしかった。しかし、ここでのモンローは邪悪な監視者を演じるばかり——自分で自分の姿をスクリーン上で見たら、クズと呼ぶのではないかと思うほどの徹底ぶりだった。

「僕は製作側の男だ」と彼は以前の態度を改めるかのように言った。「脚本家は好きだよ——彼らのことは理解しているつもりだ。仕事をしている限り、一人として追い出すつもりはない」

「我々としてもあなたがそれをすることは望みません」とブリマーは嬉しそうに言った。「あなた方の会社を我々はいまの状態で引き継ぎたいのです」

モンローは深刻な顔で頷いた。

「僕のパートナーたちでいっぱいの部屋に君を連れていきたいものだ。彼らには、フィッツ〔当時のロサンゼルス郡の地方検事で、ハリウッドスタジオから報酬を得ていたと言われている〕を使って君たちを町から追い出したい理由がそれこそたくさんある」

「あなたが守ってくださっていることに感謝します」とブリマーはいくらか皮肉を込めて言った。「率直に言うと、我々はあなたを厄介な相手だと思っています、ミスター・スター。それはまさに、あなたが父親的な雇い主であり、その影響力が非常に強いからです」

モンローは半分しか聞いていなかった。

「脚本家たちについてだが」と彼は言った。「僕が彼らよりも頭脳があるなんて思ったことはない。しかし、彼らの頭脳は僕のものだとずっと考えてきた——というのも、彼らの扱い方を知っているからね。ローマ人みたいなものさ——聞いたところでは、彼らは何一つ発明しなかったが、発明品の扱い方を知っていた。わかるかい？　それが正しいとは言わない。だが、僕はずっとそういうふうに感じてきた——少年時代から」

これがブリマーの関心を惹いた――この一時間で、彼の関心を惹いたのはこれが初めてだった。

「あなたはご自分をよくご存じだ、ミスター・スター」と彼は言った。

ブリマーは帰りたかったのだと思う。モンローがどんな男か知りたかったのだが、もうわかったからいいと思っていたのだ。私は状況が変わることをまだ望んでいて、軽率にも一緒に家までドライブしてほしいと彼に頼んだ。しかし、モンローがバーで立ち止まり、もう一杯酒を注文したとき、これは失敗だったと気づいた。

穏やかで、無害で、動きのない夜だった。土曜日なので車がたくさん出ている。モンローは座席の後ろに手を回して私の髪に触った。突然、私はこれが十年前ならよかったのにと思った。私は九歳だ。ブリマーは十八歳くらいで、どこか中西部の大学で勉学に励んでいたのだろう。そしてモンローは二十五歳、世界を引き継いだところで、自信と喜びに溢れていた。私たちは何の疑問も抱かず、そんなモンローを尊敬の眼差しで見つめたことだろう。いまの私たちは大人の争いの真っただ中にいて、そこに平和的な解決があるとは思えず、疲労と酒とでややこしいことになっている。

私たちは我が家の車寄せに入り、また庭のほうへと回った。

「私はもう行かないと」とブリマーは言った。「会わなきゃいけない人たちがいるんです」

「いや、いてくれ」とモンローは言った。「自分が言いたいことを話していなかった。卓球をして、もう一杯飲み、それから決闘しよう」

ブリマーはためらった。モンローは投光照明を点け、卓球のラケットを手に取って、ウィスキーを飲もうと家に入っていった――私は彼に逆らうことなどできなかった。

私が戻ると、二人は卓球をしているのではなく、モンローがひと箱分の新しいボールを次々にブリマーに向かって打ち、それをブリマーが払いのけるようにしていた。私を見てモンローはそれをやめ、ウィスキーの瓶を手にすると、照明の当たらない椅子に引っ込んだ。その目つきは暗く、危険そうな威厳をたたえている。顔は青白い——透き通っているくらいで、疲労という毒とアルコールが体のなかで混じるのが見えるような気がした。

「土曜の夜、リラックスする時間だ」と彼は言った。

「あなた、リラックスしてないわ」と私は言った。

彼は分裂した精神状態に向かおうとする本能との負け戦を戦っていた。

「俺はブリマーを叩きのめす」と彼はしばらくしてから宣言した。「この件を個人的に処理する」

「誰かにお金を払ってやらせればいいでしょう?」とブリマーは訊ねた。

私は彼に黙るよう仕草で示した。

「俺は汚れ仕事を自分でやるんだ」とモンローは言った。「おまえを叩きのめし、列車に乗せる」

彼は立ち上がり、前に進んだ。私は彼の体に腕を回して押さえつけた。

「お願いだからやめて!」と私は言った。「すごく失礼だわ」

「こいつは君に影響を与えている」と彼は暗い声で言った。「君のような若者たちみんなに。自分が何をしているかもわかっちゃないんだ」

「お願いだから帰って」と私はブリマーに言った。

背広が滑りやすい布でできていたので、モンローは突然私の手をすり抜け、ブリマーに向かっていった。ブリマーは前を向いたままテーブルを回って後退した。彼の顔には奇妙な表情が浮かんでいて、私はあとになってその顔がこう言っていたかのように感じた。「こいつがすべてなのか? この弱々しい半病人がすべてを支えているのか？」

そのときモンローが近寄って、両手を上げた。ブリマーは一瞬、左腕で彼を押しとどめたように見えた。それから私は目を逸らした――とても直視できなかった。

視線を戻すと、モンローの姿が消えていた。テーブルよりも低い位置にいて、それをブリマーが見下ろしていた。

「帰ってください」と私はブリマーに言った。

「わかった」。私がテーブルを回って彼のところに行ったときも、彼は立ったままモンローを見下ろしていた。「前から千万ドル稼ぐやつを殴ってみたかったが、こんなものだとは思っていなかった」

モンローはぴくりともせずに横たわっていた。

「お願いだから帰って」と私は言った。

「申し訳ない。何か手伝えること――」

「ありません。帰って。事情はわかっているから」

ブリマーはもう一度見つめた。自分が一瞬のうちに作り出したモンローの眠りの深さに少し恐れを抱いている様子だった。それから速足で芝生を歩いて立ち去り、私はひざまずいてモンローを揺さぶった。彼はブルッと震えて目を覚まし、跳ねるように立ち上がった。

「あいつはどこだ？」と彼は叫んだ。

「誰のこと？」と私は何もわからないふりをして訊ねた。

「〝あのアメリカ人〟だよ。いったいどうして君はあいつと結婚したんだ？　この馬鹿野郎」

「モンロー、彼はいなくなったわ。私は誰とも結婚していない」

私は彼を押さえつけるように椅子に座らせた。

「彼が立ち去ったのは三十分前よ」と私は嘘をついた。

卓球のボールが星座のように芝生のあちこちに散らばっていた。私はスプリンクラーのスイッチを入れ、濡れたハンカチを持って戻ったが、傷跡は見当たらなかった――モンローは頭の側面を殴られたに違いない。木の陰に行って、そこで嘔吐し、土を蹴ってかぶせる音が聞こえた。そのあと彼は元気を取り戻した様子だったが、マウスウォッシュが欲しいと言い張り、家に入ろうとしなかった。私はウィスキーの瓶を家に持って入り、マウスウォッシュを持ってきてやった。酔っ払おうという彼の試みは惨めな結末を迎えた。私は大学の新入生たちと出歩き、酔っ払いは見てきたが、その愚かしさと、酒を飲んで楽しもうという精神がないという点において、モンローのしたことは間違いなく並外れていた。彼にはありとあらゆる悪いことが起きたが、それもここまでだった。

私たちは家に入った。コックの話では、父とミスター・マーカスとフリーシャッカーがベランダにいるということなので、私たちは「加工皮革室」で待つことにした。離れた場所に座ったのだが、だんだんとずり落ちてきた感じで、私は毛皮の絨毯に、モンローはそのわきの足載せ台に座った。

「僕はあいつを殴ったのかな?」と彼は訊ねた。

「ええ、そうよ」と私は言った。「かなりひどく」

「信じられない」。しばらくして彼はつけ足した。「傷つけるつもりはなかったんだ。ただ、追い払いたかった。あいつは怖くなって、それで僕を殴ったんだろう」

起きたことを彼がそう解釈するのなら、私はそれでかまわなかった。

「そのことで彼を恨んでる？」

「いや」と彼は言った。「僕は酔っ払っていたからね」。さらにあたりを見回して言う。「ここに来たのは初めてだな――誰がこの部屋のデザインをしたんだ――スタジオの誰かかい？」

「ニューヨークの人よ」

「ともかく、君をここから連れ出さなきゃな」。彼はかつての陽気そうな話し方で言った。「ダグ・フェアバンクスの牧場に行って、ひと晩泊まるってのはどうだい？　来てくれって言われてるんだ――君も一緒だったら喜ぶよ」

こうして二週間、彼と私は出歩くことになった。私たちが結婚したとルーエラ〔本書八頁の註にあるルーエラ・パーソンズのこと〕が書き立てるまでには、一週間しかかからなかった。

ハリウッド短編集

クレージー・サンデー

I

日曜日だった――日というより、ほかの二つの日に挟まれた隙間のようなもの。セットやシークエンス、マイクを振り回すクレーンの下での長い待ち時間、郡を突っ切って一日に車で百マイルも行き来する旅、会議室で新奇なアイデアを競い合う戦い、絶え間ない妥協、たくさんの個性が生き残るためにぶつかり合う衝撃と緊張などは、誰にとっても背後に退いた。こうして日曜日になり、個々の生活がまた新たに始まる。前日の午後には退屈のあまりどんよりしていた目が燃え上がり、輝いている。時間が経つうちに、彼らはおもちゃ屋の「人形の精（パッペンフィー）」〔十九世紀後半から二十世紀初頭に活躍した作曲家、ヨーゼフ・バイヤー作曲のバレエで、おもちゃ屋の人形たちが閉店後に踊る物語〕のようにゆっくりと目覚める――隅では真剣な会話が繰り広げられ、恋人たちは愛撫を交わしに廊下に消える。そして、「急いで、まだ間に合う。でも、お願いだから急いで。ありがたい余暇の四十時間が終わってしまわないうちに」という気持ちに駆られる。

ジョエル・コールズはコンテを書いていた。二十八歳で、まだハリウッドにつぶされていない男。六カ月前にここに移って以来、価値があると見なされている仕事を割り当てられ、情熱をこめてシーンやシークエンスを生み出してきた。自分のことを謙遜して売文家と呼んでいたが、本当はそのように考えてはいない。母親は成功した女優で、ジョエルはロンドンとニューヨークを行き来して子供時代を過ごし、現実と非現実を区別しようと格闘していた——あるいは、少なくとも一歩先んじて推測するように心がけていた。ハンサムで、雌牛のように愛らしい茶色の目の持ち主。この目が、一九一三年には、母親の顔からブロードウェイの観衆を見つめていたのである。

その招待状が来たとき、彼は自分の前途が明るいと確信できた。普通、日曜日には出かけず、酒も飲まず、家に持ち帰った仕事をする。最近与えられたのはユージン・オニールの芝居で、とても重要な女優が演じることになっていた。ここまで彼がした仕事はすべてマイルズ・カルマンを喜ばせてきたし、カルマンはスタジオでただ一人、製作責任者の下で働かず、出資者たちに対してだけ責任を負っている監督だ。ジョエルのキャリアにおいてすべてが順調に運んでいる。(「ミスター・カルマンの秘書の者です。日曜の四時から六時の茶会に来ていただけませんか? ミスター・カルマンはビバリーヒルズにお住まいで、住所は——」)

ジョエルは嬉しくなった。これは最上流階級のパーティだろう。見込みのある若者として認められたという称賛のしるしだ。マリオン・デイヴィス〔一九二〇年代から三〇年代にかけて活躍した女優で、新聞王ハーストの愛人としても知られている〕の取り巻き、尊大な俗物たち、でかい札束を持った連中、もしかしたらディートリッヒやガルボや侯爵夫人〔ケンブリッジ版は、イギリスの劇作家でハリウッドでも仕事をしたノエル・カワードに『侯爵夫人』という作品があるので、カワードのことを指しているのではないかと推測している〕も現われるかもしれない。カルマンの邸宅には、そこらでは見られない人々が集まるはずだ。

「酒は一口も飲まないぞ」と彼は自分に言い聞かせた。カルマンは飲んだくれにはうんざりだと公言している。そして、映画業界が飲んだくれなしでは成り立たないことを嘆かわしく思っている。

　脚本家たちが飲みすぎるというのは、ジョエルも同感だ――彼も深酒をしがちだが、今日の午後は飲まないつもりである。カクテルが回ってきて、彼が控えめながらきっぱりと「ノーサンキュー」と答えるとき、声の届く範囲にマイルズがいてくれないものかと考えている。

　マイルズ・カルマンの邸宅は、大きな感動を呼ぶシーンのために建てられたセットのようだった――遠景の静寂のなかに観衆が隠れているかのごとく、耳を澄ませている雰囲気がある。しかし、この午後は人々で溢れかえっていた――呼ばれたというより、駆り集められた客たちという風情。ジョエルはこの群衆のなかにスタジオから呼ばれた脚本家が自分のほか二人だけだと気づき、プライドがくすぐられた。爵位を持つイギリス人と、彼にとっては少し驚きだったが、ナット・キーオーである。酔っ払いに関するカルマンの苛立たしげなコメントを引き出した張本人だ。

　ステラ・カルマンは（もちろん、ステラ・ウォーカーだ）、ジョエルに話しかけたあと、ほかの客たちに移ろうとしなかった。その場から離れず、何らかのお世辞を要求するような美しい表情で彼を見つめている。ジョエルは母から受け継いだアドリブの才を素早く使った。

「やあ、十六歳にしか見えないね！　乳母車はどこ？」

　彼女は見るからに嬉しそうにし、彼のそばにとどまった。ジョエルはもう少し何か言わなければならないと感じた――大胆ながらも気楽なこと。最初にニューヨークで会ったとき、彼女は端役を得ることに汲々とする駆け出しだったのだ。その瞬間、トレーが現われ、ステラはカクテルのグラスを彼に手渡した。

「みんなが恐れているんだよ。そうでしょう?」と彼はグラスをぼんやりと見ながら言った。「みんな、ほかの人がへまをしないかとうかがっている。あるいは、一緒にいると有利になりそうな人とくっつこうとする。もちろん、君の家ではそうではないよ」と彼は急いでごまかした。「ハリウッド全般のことを言っているんだ」

ステラは同意した。そして、ジョエルがまるで重要人物であるかのように、数人の人に紹介した。マイルズが部屋の反対側にいることを確認して、彼はカクテルを飲んだ。

「じゃあ、赤ちゃんがいるんだね?」と彼は言った。「それは気をつけないといけない時期だ。最初の子供を産んだあと、美人はとても不安定になる。自分の魅力を確かめずにいられなくなるからね。新しい男に無制限の愛情を注いでもらい、自分が何も失っていないことを証明せずにいられなくなるんだ」

「私、誰からも無制限の愛情を注がれたことなんてないわ」とステラはかなり怒ったように言った。

「みんな君の夫を恐れているからさ」

「それが原因だと思う?」彼女は額に皺をよせ、そのことについて深く考えた。そのとき邪魔が入り、ジョエルがちょうど話題を変えたいと思っていたタイミングで、会話は終わった。

彼女に関心を向けられたことで彼は自信をつけた。安全なグループに加わるのは性に合わない——部屋じゅうに見受けられる知り合いのところにそっと歩いていき、彼らの庇護下に入るのは。彼は窓際に行き、ゆっくりと沈んでいく太陽の下で色を失った太平洋を見やった。ここは心地いい——アメリカのリビエラとでも言えるだろう、楽しむ時間があればの話だが。部屋にはハンサムで洒落(しゃれ)た服を着た男たちが集まっていて、愛らしい女たちがいて、それから——まあ、愛らしい女たちがいれば充分だ。すべてを手に入れることはできないのだから。

彼はステラのボーイッシュで生き生きした顔が客たちのあいだを動き回るのを見た。いつでも片方の目蓋が疲れたように目にかかっている。彼女と一緒に座り、彼女が有名女優ではなく若い娘にすぎないかのように、長いこと話をしたいと思った。そして、自分に向けたのと同じくらいの関心を誰かに向けるだろうかと、彼女を目で追った。カクテルをもう一杯取る——自信をつけるためではなく、彼女によって大きな自信を与えられたから。それからカルマン監督の母親の隣りに座った。

「息子さんは伝説になりましたね、ミセス・カルマン——預言者というか、運命を操る人というか。個人的には、僕は彼とぶつかっているんですが、それは少数者です。あなたは息子さんをどうお思いですか？　感心している？　彼がここまで来たことに驚いていますか？」

「いいえ、驚いていません」と彼女は平然と言った。「私たちはいつでもマイルズに大きな期待をかけていました。

「いや、それは珍しいですね」とジョエルは言った。「母親というのはすべてナポレオンの母親みたいなのかと思っていましたよ。僕の母親は、僕が娯楽産業に関わることをまったく望んでいませんでした。ウェストポイントの陸軍士官学校に行って、安全な人生を送ってほしいと思っていたんです」

「私たちはマイルズに全幅の信頼を寄せていましたわ」……

彼はいつしかダイニングルームの作りつけのバーにいて、ナット・キーオーと話していた。気さくだが大酒飲みで、しかも高給取り。

「——この一年で十万ドル稼ぎ、ギャンブルで四万ドルすったよ。だからマネージャーを雇ったんだ」

「エージェントのことだね」とジョエルが口をはさんだ。

「いや、それは別にいる。マネージャーだよ。僕は妻にすべてを渡し、マネージャーと妻とが共同で管理して、僕に金を寄越すんだ。僕は彼に年間五千ドル払い、それによって自分の金を渡してもらう」

「君のエージェントのことだろ」

「違う、マネージャーだって。僕だけじゃないんだぜ――多くの無責任な連中が彼を雇っている」

「君が無責任なら、どうしてマネージャーを雇うくらい責任感があるんだい？」

「僕はギャンブルに関して無責任なのさ。いいかい――」

歌手が歌い始めた。ジョエルとナットはそれを聞こうと、ほかの者たちと一緒にその方向に向かった。

II

ぼんやりと届いてくる歌声を聞きながら、ジョエルは幸せな気分になり、そこに集まった人々すべてに対して親しみを感じた。勇敢で勤勉な人々だ――無知とだらしのない生活とで上をいくブルジョワジーよりも、彼らのほうが優れている。この十年、娯楽だけを求めてきた国において、最高に卓越した地位にまでのぼりつめた人々。自分は彼らが好きだ――愛している。好意的な感情の大波が体じゅうをめぐった。

歌手が歌い終え、ホステスに別れの挨拶をする客たちの流れができたとき、ジョエルは一つ思いついた。自分が作った「磨き上げる」をみんなに見せてやろう。これは彼の唯一の隠し芸。いくつかのパーティで好評だったのだから、ステラ・ウォーカーも喜んでくれるだろう。その予感に取り憑かれ、自己顕示欲の赤血球がどくどくと流れているのを感じつつ、彼はステラを捜した。

「もちろん」と彼女は叫んだ。「ぜひやって！　何か必要なものはある？」

「誰かに秘書の役をやってもらいたい。その秘書相手に僕が口述するんだ」

「私がやるわ」

この話が広がると、玄関でコートを身にまとい、帰ろうとしていた客たちも戻ってきた。ジョエルは面識のない多くの者たちの目と向かい合った。先ほど芸をした男が有名なラジオのエンターテイナーであることに気づき、かすかに悪い予感を抱く。それから誰かが「シッ！」と言い、彼はステラと二人で、人々に取り囲まれる形になった――客たちはインディアンの並び方を思わせる不吉な半円形を組んで立っている。ステラが期待に満ちた笑顔で彼を見上げ、彼は始めた。

これは独立系のプロデューサー、ミスター・デイヴ・シルヴァースタインの教養の狭さを笑う寸劇だった。自分が買った物語をどう映画にするか、大枠を説明する手紙をシルヴァースタインが口述しているという設定だ。

「――離婚、若いジェネレーター〔generatorsは「発電機」のことだが、generationの言い間違えだろう〕と外人部隊の物語」と言う自分の声が聞こえてきた。ミスター・シルヴァースタインの声の抑揚を真似ている。「しかし、我々はこれを磨き上げねばならない、いいか？」

疑念が激しい痛みとなって全身に走った。穏やかな人工の光に照らされた周囲の顔は熱を帯び、好奇心に満ちているが、どこにも微笑みの影さえない。真正面には〝銀幕の偉大なる恋人〟〔ケンブリッジ版の註釈によれば、一九二〇年代のアメリカ映画界で〝偉大なる恋人〟と呼ばれたのは二枚目俳優のルドルフ・ヴァレンチノであり、彼の死後、その座に就いたのがジョン・ギルバートであるという〕がいて、ジャガイモの芽くらいの鋭さしかない目で彼をねめつけている。ステラ・ウォーカーだけが、揺らぐことなく輝かしい微笑みを浮かべて彼を見上げている。

「あいつをアドルフ・マンジュー〔一九二〇年代から五〇年代まで活躍した俳優〕のタイプにするなら、マイケル・アーレン〔アルメニア系イギリス人の作家で、一九二〇年代に活躍し、作品はいくつか映画化されている〕のような作家のものにホノルルの雰囲気をつけ加えよう」

前方ではまだ笑いのさざ波も立たなかったが、後方からはガサガサという物音が聞こえた。左側、つまり玄関に向けて人の移動が始まったのである。

「――で、彼にセックスアピルを感じるわと彼女が言うと、彼は燃え尽きて〔おそらくbursts out「突然叫ぶ」の言い間違え〕、こう言う。〝おい、やりたいようにやっちまえ〟――」

ある時点で、ナット・キーオーがくすりと笑う声が聞こえ、期待するような顔つきの者たちもあちこちに見受けられた。しかし、寸劇を終えたとき、彼は嫌悪感でいっぱいになっていた。自分は映画界の重要なサークルに向かって馬鹿を晒してしまったのだ。そのサークルの好意に自分のキャリアはかかっているというのに。

一瞬、彼は気まずい沈黙の真っただ中にいた――その沈黙は、出口に向かう人の流れによって破られた。人々の交わす会話の底に嘲りが感じられる。それから――すべては十秒ほどのあいだに起きたのだが――〝偉大なる恋人〟が針の穴のように硬く空虚な目をして、「ブー！　ブー！」と叫んだ。群衆の気持ちとして彼が感じ取ったものを口にしたのだ。それはアマチュアに対するプロの、アウトサイダーに対するコミュニティの怒り、そして一族からの拒否を表わしていた。

ステラ・ウォーカーだけがまだ彼のそばにいて、感謝の言葉を口にしていた。彼が比類なき成功を収めたかのように、そしてこの芸を気に入らなかった者がいるとは、彼女には思いもよらないかのように。ナット・キーオーの手を借りてコートを着たとき、彼は自己嫌悪の大きな波に呑み込まれていた。そして、自分が情けない人間だという感情を抱いているときはそれを曝け出さず、感じなくなるまで待つという、自己のルールに必死にしがみついていた。

「失敗だった」と彼はステラに軽い口調で言った。「まあ、しようがない。ちゃんとわかる人たちがいるときにはけっこう受けるんだよ。協力してくれてありがとう」

微笑みは彼女の顔から去らなかった――彼はかなり酔っ払った状態で頭を下げ、ナットが彼をドアのほうへと引っ張っていった……

朝食が来て目を覚ましたとき、彼にとって世界は崩れ落ち、破滅していた。昨日はいつもの自分であり、映画産業における一点の炎だったのに、今日は巨大な不利を負わされ、あの顔の群れに――個々の軽蔑と集合的な嘲笑に――相対している気分だった。それ以上に悪いのは、マイルズ・カルマンにとって、自分が品性に欠けた酔っ払いの一人になってしまったことだ。こんな男を使わなければならなかったのか、とカルマンが後悔する男に。ステラ・ウォーカーにとっては、主催者としての礼儀を保つために一緒に恥をかかされたわけだが――彼女がどう考えているかは推測するのも恐ろしかった。消化液が出なくなり、彼はポーチドエッグを電話のテーブルの上に戻すと、手紙を書き始めた。

親愛なるマイルズ

僕の心底からの自己嫌悪をお察しいただけると幸いです。ちょっとした自己顕示欲があったことは認めましょう。でも、午後六時、まだ明るいのに！　まったく情けない！　奥様にもどうかお詫びの気持ちをお伝えください。

敬具
ジョエル・コールズ

ジョエルはスタジオのオフィスから外に出るときも、犯罪者のようにこそこそと歩いて煙草店に逃げ込んだ。彼の態度があまりに怪しかったので、スタジオの警官から入構証を見せろと言われたほどだ。昼食を外で食べようと決心したところで、陽気で自信満々のナット・キーオーが追いついてきた。

「永遠に引きこもるって、何を言ってるんだ？　あのスリーピース野郎がブーイングしたことなんて問題にならん」

「いいか、聞けよ」とキーオーはジョエルをスタジオのレストランに引っ張っていきながら続けた。「グローマンズでやつの映画の先行上映があったときの話だ。やつが観客に向かってお辞儀をしているときに、ジョー・スクワイアーズがやつの尻を蹴ったんだよ。あの大根役者はジョーに、あとで連絡するからなって言った。でも、次の日の八時にジョーがやつに電話をして、〝君から連絡があるのかと思っていたんだけど〟と言ったら、やつは電話をガチャンと切ったんだ」

この馬鹿げた話を聞いてジョエルは元気づき、隣りのテーブルのグループを見て、陰鬱な慰めを見出した。サーカスの映画に出演している悲しげで愛らしいシャム双生児、下品な小人たち、誇り高そうな巨人といった一団だ。しかし、その向こうにいる黄色く顔を塗った可愛い女たち――その憂鬱そうな目はみなマスカラでいやに目立っており、夜会服は日の光の下でけばけばしい――を見たとき、彼はカルマンの家にいた一団がいることに気づき、縮みあがった。

「二度とごめんだ」と彼は声に出して叫んだ。「ハリウッドで社交の場に出るのはあれが最後だ」

次の日の朝、オフィスに入ると電報が待っていた。

私たちのパーティにいらしてくださった方々のなかで、あなたはいちばん感じのいいお客様でした。次の日曜日、ぜひ私の妹であるジューンの夕食会にいらしてください。

ステラ・ウォーカー・カルマン

しばらくのあいだ体が熱くなり、血が血管を勢いよく流れた。信じられずに、彼は電報をもう一度読んだ。

「いや、こんな素敵な言葉を聞いたのは生まれて初めてだ！」

III

また狂った日曜日(クレージー・サンデー)だ。ジョエルは十一時まで眠り、それから先週のニュースに追いつこうと新聞を読んだ。昼は自分の部屋で、鱒(ます)とアボカドのサラダに一パイントのカリフォルニアワインという食事をした。お茶会のために着替えるとき、ピンチェックのスーツに青いシャツ、濃いオレンジ色のネクタイを選んだ。目の下には疲労による隈(くま)がある。中古の車に乗って、リビエラ地区のアパートに向かった。ステラの妹に向かって自己紹介しているとき、マイルズとステラが乗馬服で到着――二人はビバリーヒルズの奥の未舗装道路を馬で走っているあいだじゅう、激しい喧嘩をしていたのだ。

マイルズ・カルマンは長身で神経質な男だった。必死にユーモアを発揮しようとするが、その目はジヨエルが見たこともないほど不幸そうだ。奇妙な形をした頭から黒人っぽい足まで、全身が芸術家であり、その足でしっかりと立っている——安っぽい映画を作ったことはなかったが、ときどき実験的な失敗作を作り、その贅沢に対する重い代償を支払っていた。話し相手として楽しい男だったが、一緒にいるとじきに、彼が健康な人間でないことを悟らずにいられなくなる。

彼らが入ってきた瞬間から、ジョエルの一日は彼らの一日と一緒になり、引き離せなくなった。彼が二人の周囲にいるグループに加わると、ステラは苛立たしげに舌打ちをして、そこから離れた——それからマイルズ・カルマンはたまたま隣りにいた男にこう話しかけた。

「エヴァ・ゲーベルのことはお手柔らかにな。家じゃあ、そのことで大変な騒ぎなんだ」。マイルズはジョエルのほうを向いた。「昨日、オフィスで会えなくてすまなかった。午後は精神分析医のところにいたんだよ」

「精神分析を受けているんですか?」

「ここ数カ月な。最初は閉所恐怖症のために行ったんだが、いまは人生全体を整理しようとしている。一年かかると言われているが」

「あなたの人生に何も問題はないですよ」とジョエルは請け合った。

「そうか? まあ、ステラは問題ありと思っているようだ。誰でもいいから訊いてみろ——みんなその問題を話してくれるよ」と彼は苦々しげに言った。

マイルズの椅子の肘掛けに一人の女が座った。ステラが暖炉のそばに悲しげに立っているので、ジョエルはそちらのほうに歩いていった。

「電報、どうもありがとう」と彼は言った。「すごく心に沁みたよ。君みたいにきれいな人があんなに愛想がいいなんて想像できない」

　彼女はいままで見てきたよりもさらに少し美しくなっていた。彼の目に惜しみない称賛の気持ちが表われていたからだろう、彼女は打ち明け話をする気になった――明らかに感情的な爆発の寸前にまで達していたので、そうなるまでに大した時間はかからなかった。

「――それでマイルズはこの関係を二年間も続けていたのに、私は何も知らなかったの。だって、彼女は私の親友の一人だし、しょっちゅう家に来ていたのよ。ついにみんなが私に言いつけに来て、マイルズも認めざるを得なくなったの」

　彼女は怒りに燃えてジョエルの椅子の肘掛けに腰を下ろした。彼女の乗馬用ズボンは椅子と同じ色だった。髪は赤みがかった金色の部分と淡い金色の部分とが混ざり合っている。ということは、今日は髪を染めているはずがないし、化粧もしていない。それくらい美しい女なのだ――

　真実を知ったショックにいまだ身を震わせ、ステラは新しい女がマイルズにつきまとっている光景を耐えがたく感じたようだった。そこでジョエルを導いて寝室に行き、大きなベッドの両側に座って、話を続けた。客たちはトイレに行く途中で寝室を覗き込み、気の利いた台詞(せりふ)を吐くのだが、ステラは注意を払わずに胸の内をぶちまけた。しばらくしてマイルズがドア口から顔を出して言った。「僕でも理解できていないことを、ジョエルに半時間で説明しようとしたって無理だよ。精神分析医が言うには、理解できるまでに一年はかかるそうだ」

　彼女はマイルズがそこにいないかのように話し続けた。自分はマイルズを愛している、と彼女は言った――かなり難しい状況もあったが、自分は彼に対して貞操を守り続けた。

「精神分析医がマイルズに、あなたにはマザーコンプレックスがあるって言ったの。最初の結婚で、彼はマザコンを妻に移し替えた。それから、彼のセックスは私に向かった。でも、私たちが結婚したら、同じことの繰り返しになった——彼のマザコンは私に移し替えられ、彼の性欲（リビドー）のすべては別の女に向かったの」

あながちでたらめではないとわかってはいたが、それでもジョエルにはでたらめのように響いた。エヴァ・ゲーベルのことなら知っている。彼女こそ母親タイプ、ステラより年上で、おそらく賢い。それに対してステラはピカピカの子供だ。

マイルズが今度はジョエルにせかせかとこう提案した。ステラは話したいことがいっぱいあるのだから、一緒に家に来たらどうだろう。こうして三人はビバリーヒルズの邸宅まで一緒にドライブした。高い天井の下にいると、状況の厳粛さと悲劇性が増すように感じられた。明るいが薄気味悪い夜だった——すべての窓の外は暗くてとても澄んでいる。ステラは顔を薔薇色がかった金色に染め、怒ったり泣いたりしながら部屋じゅうを歩き回った。ジョエルは映画女優の悲しみというのがいま一つ信じられなかった。彼女らには、ほかに気を取られていることがあるはずだ——その薔薇色がかった金色の美しい肢体は脚本家や監督によって生命をいっぱいに吹き込まれ、仕事が終わったあとは集まって囁（ささや）き声で語り合ったり、当てこすりを言ってクスクス笑い合ったりする。そして、たくさんの終わった恋の冒険譚が彼女らのあいだを行き交う。

ときどき彼は聞いているふりをしながら、彼女はなんと見事に着飾ったことかと考えた——すべすべした乗馬用ズボンに両脚がぴったり収まり、ハイネック気味でイタリア的な色のセーターを着て、茶色いシャモア革の短めのコートを羽織っている。彼女がイギリス人レディの模造品なのか、イギリス人レディが彼女の模造品なのか、彼は決められないでいた。彼女は最もリアルなものと最も見え透いた形態模写とのあいだの、どこか中間に漂っているのだ。

「マイルズは私のことですごく嫉妬して、私がすることすべてを問いただすの」と彼女は軽蔑するように叫んだ。「ニューヨークにいるとき、エディ・ベイカーと一緒に劇場に行きましたって手紙に書いたのね。そうしたらマイルズはものすごく嫉妬して、一日に十回も電話してきたの」

「僕は荒れてたんだ」と言ってマイルズは鼻を激しく鳴らした。ストレスを感じたときの彼の癖だ。

「分析医は一週間、何の結果も出せなかった」

ステラは絶望したように首を振った。「三週間、私にホテルでじっとしていろって言うわけ？」

「僕は何も言っていない。嫉妬深いことは認めるよ。そうならないように心がけている。ドクター・ブリッジベインと一緒に取り組んだんだが、効果はなかった。君がジョエルの椅子の肘掛けに座っているのを見たとき、僕は嫉妬したよ」

「そうなの？」とステラは急に立ち上がって言った。「そうなのね！　あなたの椅子の肘掛けには誰かいなかったかしら？　この二時間、あなたは私に話しかけた？」

「君は寝室でジョエルに心配事を話していたじゃないか」

「あの女が」――彼女はエヴァ・ゲーベルという名前を口にしないことで、女の実在感が弱まると信じているようだった――「ここによく来ていたって考えると――」

「わかったよ――わかった」とマイルズはうんざりしたように言った。「僕はすべてを認めたし、これに関しては君と同じくらい辛く感じている」。彼はジョエルのほうを向き、映画の話をし始めた。その間、ステラはズボンのポケットに手を突っ込み、そわそわと奥の壁際を行ったり来たりしていた。

「マイルズはひどい目にあわされたの」。自分の個人的な問題についてはまったく話していなかったかのように、彼女は突如として会話に戻ってきた。「ねえ、ベルツァー爺さんがあなたの映画を変えようとした話をしてあげなさいよ」

　彼女はマイルズを守るかのように見下ろし、目は彼のために憤慨して輝いていた。ジョエルはそれを見て、自分が彼女を愛してしまったことに気づいた。興奮で息が詰まりそうになり、別れの挨拶をしようと立ち上がった。

　月曜日になり、一週間はまた日常のリズムを取り戻した。日曜日の理論的な議論、ゴシップやスキャンダルとは好対照である。脚本の細部をどう修正するか果てしなく話し合う――「このくだらないディゾルブ〔ある場面から次の場面へと映像が重なりながら転換すること〕をやめて、彼女の声をサウンドトラックに残し、ベルの角度からタクシーをミディアムショットで映すことにしよう。じゃなきゃ、単純にカメラを遠ざけて駅全体を映し、しばらくそこにとどめてから、パン撮りでタクシーの列にカメラを向ける」。月曜の午後になると、人々に娯楽を提供する仕事をしている者も娯楽を提供される資格があるのだということを、ジョエルは再びすっかり忘れている。夜、彼はマイルズの家に電話をかけ、マイルズと話をしたいと言ったが、電話に出てきたのはステラだった。

「状況はよくなった?」

「特に変わりないわ。あなたは次の土曜日の夜、何をする予定?」

「何も」

「ペリーの家での夕食会と観劇会があるんだけど、マイルズは行けないの――サウスベンドに飛んで、ノートルダム大学対カリフォルニア大学の試合を観るのよ。彼の代わりに一緒に行ってくれないかしら」

しばらく黙り込んでからジョエルは言った。「いや——もちろん。会議があったら夕食会には行けないけど、観劇会にはぜひ」

「じゃあ、二人で行くって答えるわね」

ジョエルはオフィスを歩き回った。カルマン夫妻の緊迫した関係を考えると、マイルズはこのことを喜ぶだろうか？　それとも、ステラはマイルズに知らせないつもりなのか？　それは問題外だ——マイルズがこの件に触れなくても、自分から話そう。しかし、このあとジョエルは一時間かそれ以上、仕事に戻ることができなかった。

水曜日、煙草の煙が惑星群や星雲となって漂う会議室で、四時間にも及ぶ口論があった。三人の男と一人の女がカーペット上を入れ替わり立ち替わり歩き、提案したり非難したり、強い口調で、あるいは説得するように、あるいは自信に満ちて、あるいは必死の形相で語った。終わってから、ジョエルはマイルズと話すためにとどまった。

男は疲れていた——疲労感による高揚はなく、単に人生に疲れていた。目蓋は垂れ下がり、口のまわりの青い影に鬚（ひげ）が目立つようになっている。

「ノートルダムの試合に飛行機で行くんですってね」

マイルズはジョエルの背後に目をやり、首を振った。

「そいつは諦めたんだ」

「どうして？」

「君のせいだよ」。それでも彼はジョエルを見ようとしなかった。

「どういうことですか、マイルズ？」

「だから、君のせいで諦めたんだ」。彼は自分自身に向けたような気のない笑い声をあげた。「ステラが腹いせに何をするか、わかったもんじゃない——ペリーの家に連れてってくれって、君に頼んだんだろう？　それじゃあ、試合は楽しめない」

スタジオでは機敏に、そして自信満々に働く素晴らしい本能が、私生活においてはこんなにも弱々しく、何もできずに打ちひしがれているなんて。

「いいですか、マイルズ」とジョエルは顔をしかめて言った。「僕はどんな形であれ、ステラを口説こうとしたことなどありません。あなたが本当に僕のせいで旅をキャンセルするのなら、彼女と一緒にペリーの家には行きませんよ。会うこともしません。僕のことは絶対に信用してもらっていい」

マイルズはようやくジョエルに目を向け、用心深く見つめた。

「たぶんな」。マイルズは肩をすくめた。「でも、ほかの男が行くかもしれない。試合は楽しめないよ」

「ステラをあまり信用していないようですね。彼女はずっとあなたへの貞操を守ったと言っていましたよ」

「そうかもしれない」。数分間のうちに、マイルズの口のまわりの筋肉はさらに垂れ下がってきた。「しかし、あのようなことのあとで、彼女に何を求められる？　裏切らないでくれなんて——」。彼はここでいったん言葉を切り、厳しい顔になって続けた。「君に一つ言っておこう。正しいかどうかはともかく、僕が何をしたにしても、彼女の浮気の証拠が見つかれば僕は離婚する。プライドが傷つくのは我慢できない——それが限界点だ」

ジョエルは彼の口調に当惑しながら言った。

「エヴァ・ゲーベルの件について、ステラの怒りは収まってないんですか?」

「収まってない」とマイルズは悲観的な表情で言い、鼻を鳴らした。「僕もこの件を乗り越えられてないよ」

「終わったんだと思ってましたけど」

「二度とエヴァには会わないように努めている。でも、こういうことは、簡単に清算できるものではない――タクシーで昨晩キスした女とは違うんだ! 精神分析医が言うには――」

「わかってます」とジョエルは遮った。「ステラが話してくれました」。こいつは気が滅入る。「まあ、僕に関して言えば、あなたが試合に行くのならステラとは会いません。それから、ステラはどの男に関しても、良心に疚しいことはしていないと断言できます」

「そうかもしれない」とマイルズは物憂げに繰り返した。「どちらにせよ、僕はこちらにとどまり、ステラをパーティに連れていくよ。そうだ」と彼は唐突に言った。「君も一緒に来てくれ。僕を思いやってくれる人が必要なんだよ、話し相手として。そこが面倒なところなんだ――僕はステラにあらゆることで影響を与えた。特別に影響を与えたので、僕が気にいる男はみんな彼女も気に入るんだ――そいつがとても難しい」

「そうでしょうね」とジョエルは同意した。

IV

ジョエルは夕食会に行けなかった。シルクハット姿の自分が失業者の目にどう映るかを意識しつつ、ハリウッド劇場の前でほかの者たちを待ち、夜の人々の群れを眺めていた——特定の輝かしい映画スターたちをおぼろげに真似た者たち、ポロコートを着て足を引きずる男たち、キリストの使徒のような杖を持ち、足を踏みならして踊り狂う顎鬚の男、大学生風の服を着たフィリピン人の二人組。こうした者たちは、共和国のこの片隅が七つの海に向かって開かれているのだということを思い出させる。浮かれて叫ぶ若者たちの長い行列は、大学の友愛会の通過儀礼だとわかった。並んでいる人々の列が二つに分かれ、二台のしゃれたリムジンを通すと、リムジンは縁石のところに停まった。

彼女が来た。千もの薄い青色の氷片でできた氷水のようなドレスを着て、喉からは氷柱(つらら)がぶら下がっている。彼は前に進み出た。

「私のドレス、気に入った?」

「マイルズはどこ?」

「結局、試合を観に行ったのよ。昨日の朝、発ったの——少なくとも、私はそう思う——」。彼女は話を中断した。「サウスベンドから電報が来たの。これから帰るんだって。忘れてた——あなた、この人たちをみんなご存じ?」

八人は一団となって劇場に入っていく。

マイルズは結局試合を観に行った。となると、自分はここに来てよかったのだろうかとジョエルは考えた。しかし芝居のあいだは、明るく澄んだ髪を持つステラの横顔が間近にあって、もうマイルズのことは考えなかった。一度だけ彼女のほうを向いて見つめ、彼女も見つめ返した——微笑んで、彼が目を合わせていたいだけ目を合わせてくれた。幕間にはロビーに二人で出て、煙草を吸った。そのとき彼女が囁いた。

「みんな、ジャック・ジョンソン〔二十世紀初頭に活躍したボクサーで黒人初の世界ヘビー級チャンピオン〕のナイトクラブのオープニングに行くの――私は行きたくないんだけど、あなたは？」

「行かなきゃいけないの？」

「いいと思うわ」。彼女はためらった。「あなたと話をしたいの。私の家に来てもらってもいいんだけど――ただ、あのことが確かなら――」

　また彼女はためらい、ジョエルは訊ねた。

「何が確かなら？」

「あのこと――もう、私、混乱してるわ。でも、マイルズが試合を観に行ったって、どうやって確かめられる？」

「彼がエヴァ・ゲーベルと一緒だと思っているの？」

「ううん、そこまでは思ってない――でも、彼はここにいて、私のすることすべてを見ているかもしれないじゃない。マイルズって、ときどきおかしなことをするでしょう。一度なんか、長い顎鬚の男とお茶を飲みたいと言って、配役の斡旋業者に頼み、一人派遣してもらったの。そして、午後のあいだじゅう一緒にお茶を飲んだのよ」

「それは別だよ。彼はサウスベンドから君に電報を送った――試合に行ったことは間違いない」

　芝居のあと、二人が出口でおやすみなさいと言うと、ほかの者たちは面白がるような顔で挨拶を返した。それから二人は金色に輝く派手な大通りを歩き始め、ステラのまわりに集まる群衆をすり抜けていった。

「だって、電報の手配はできるのよ」とステラは言った。「簡単にね」

そのとおりだ。そして、ステラが不安を抱くのもしかたないのだろうと考えると、ジョエルは腹が立ってきた。もしマイルズが自分たちにカメラを向けていたのなら、自分は彼に対して何の義理もない。彼は声に出して言った。

「そいつは馬鹿げている」

店のウィンドーにはすでにクリスマスツリーが飾られ、大通りの上の満月は小道具にしか見えない――街角ごとにある閨房の雰囲気の巨大なランプに負けず劣らず舞台装置めいている。ビバリーヒルズの暗い木々のなかへと入っていく――日中は燃えるように輝くユーカリの木々だが、いまジョエルには自分の顔の下で輝く彼女の白い顔と、弧を描く彼女の肩しか見えない。彼女は突然身を引き、彼を見上げた。

「あなたの目はお母様のと同じね」と彼女は言った。「私、以前スクラップブックを持っていて、お母様の写真でいっぱいだったの」

「君の目はほかの誰の目ともまったく違う、君だけの目だよ」と彼は答えた。

彼女の家に入るとき、ジョエルは何となく庭をじっくりと見つめずにいられなかった。まるで藪のなかにマイルズが隠れているのではないかというように。玄関のテーブルの上に電報が置かれていて、彼女はそれを声に出して読んだ。

シカゴ発
アスヨルモドル。キミノコトヲオモイツツ。アイシテル。
マイルズ

「わかる?」と彼女は言い、電報をテーブルに投げて戻した。「こんなの簡単に偽装できるのよ」。彼女は執事に飲み物とサンドイッチを頼み、上階に走っていった。ジョエルは誰もいない応接間に入った。ぶらぶらと歩いて、ピアノのところに行く。二週間前の日曜日、恥を晒した場所だ。

「では、うまく仕上げよう」と彼は声に出して言った。「離婚、若いジェネレーターと外人部隊の物語」

彼の思考は別の電報へとジャンプした。

「私たちのパーティにいらしてくださった方々のなかで、あなたはいちばん感じのいいお客様で——」

一つの考えが頭に浮かんだ。ステラの電報が純粋に礼儀を示すためのものだとすれば、マイルズが出させたという可能性が高い。というのも、彼を招待したのはマイルズなのだ。おそらくマイルズはこう言ったのだろう。

「彼に電報を送りなさい——惨めな思いをしているはずだ——馬鹿を晒したと思っていることだろう」

これは彼の次の言葉とぴったり符合する——「僕はステラにあらゆることで影響を与えた。特別に影響を与えたので、僕が気にいる男はみんな彼女も気に入るんだ」。女は思いやりを感じるときにこういうことをする——責任感からこういうことをするのは男だけだ。

ステラが部屋に戻ってきたとき、彼は彼女の両手を握った。

「僕は遺恨試合の駒になったみたいな、奇妙な感じがするよ。君がマイルズと戦っている試合のね」

と彼は言った。

「どうかご自由にお酒をお飲みになって」

「そして不思議なのは、僕がそれでも君を愛してしまったことだ」

電話が鳴り、彼女は彼の手を振りほどいて電話に出た。

「またマイルズから電報だわ」と彼女は言った。「カンザスシティで飛行機から送ったみたい――というか、そういうことになってる」

「僕によろしくって書いてあるんじゃないかな」

「いいえ、私を愛してるってことだけ。そのとおりだと思うわ。彼ってすごく弱いの」

「僕の隣りに座ってくれ」とジョエルは彼女に頼んだ。

まだ夜は早かった。そして半時間経ったあとも、まだ午前零時の数分前だった。このときジョエルは冷えた暖炉のほうへと歩いていき、ぶっきらぼうにこう言った。

「じゃあ、君は僕にまったく興味がないってことなんだね?」

「そうじゃないわ。あなたにはとても惹(ひ)かれるし、それはあなたもご存じのはずよ。問題は、私が本当にマイルズを愛しているってことのようなの」

「そのようだね」

「それに今夜は、すべてのことに不安を感じるわ」

彼は怒ってはいなかった――関係のもつれを回避したことで、少しホッとしているくらいだった。それでも彼女を見つめ、その体の温かさと柔らかさが青くて冷たいドレスを溶かしているように感じているとき、彼女のことを今後もずっと悔やみ続けるだろうと彼にはわかった。

「行かなくちゃ」と彼は言った。「タクシーに電話するよ」

「そんなの駄目――まだ運転手の勤務時間だから」

彼女が自分を引き留めようとしないことに彼はたじろいだ。彼女もそれに気づき、彼に軽くキスをして言った。「あなたはいい人よ、ジョエル」。それから唐突に、三つのことが起こった。彼はひと口で酒を飲み干した。電話のベルが家じゅうに響き渡った。そして、玄関の時計がトランペットのような音で鳴った。

九――十――十一――十二――

V

また日曜日になった。ジョエルはふと気づいた。その夜は週の仕事がまだ経かたびらのように体にまとわりついているのに、劇場に行ったのだった。そして、一日が終わる前に急いで片づけるべき仕事に取りかかるかのように、ステラに求愛した。しかし、いまは日曜日――楽しくて怠惰な次の二十四時間の展望が目の前に開けている――一分一分は穏やかに遠回りをして臨むべきものであり、一刻一刻は数えきれないほどの可能性の萌芽を孕(はら)んでいる。不可能なものは何もない――すべてがまさに始まろうとしている。彼はもう一杯酒を注いだ。

ステラは鋭い呻(うめ)き声を発し、電話のかたわらで前向きにぶざまに崩れ落ちた。ジョエルはステラを支えて運び、ソファに寝かせた。ハンカチをソーダ水で濡らし、それで彼女の顔を叩く。電話の受話器がまだ音を立てていたので、彼はそれを耳に充てた。

「――飛行機がカンザスシティのこちら側に墜落。マイルズ・カルマンの遺体が確認され――」

彼は受話器を置いた。

「静かに横になっていて」と彼は言い、そのあと何も言えずにいると、ステラが目を開けた。

「ねえ、何があったの?」と彼女は囁いた。「こちらから電話をして。ねえ、何があったの」

「僕がすぐに電話をするよ。君のお医者さんの名前は?」

「マイルズが死んだって言ったの?」

「静かに横になって――まだ使用人は起きている?」

「抱きしめて――私、怖い」

彼は彼女の体に腕を回した。

「君のお医者さんの名前を知りたい」と彼は厳粛な声で言った。「間違いかもしれないけど、ともかく誰かにここにいてほしい」

「名前はドクター――ねえ、マイルズは死んだの?」

ジョエルは二階に駆け上がり、扱いなれない薬棚のなかを探して、アンモニアを見つけ出した。下に戻ると、ステラは泣き叫んでいた。

「彼は死んでない――私にはわかる。これも企みの一部なのよ。私を苦しめようとしているの。彼が生きてるってわかる。生きているのが感じられる」

「君の親しい友人に連絡したいんだ、ステラ。今晩、ずっと一人でここにいるわけにはいかない」

「いいえ、駄目よ」とステラは叫んだ。「誰にも会えない。あなたがここに泊まって。私、友達が一人もいないの」。立ち上がった彼女の顔を涙が流れ落ちた。「そう、友達はマイルズだけよ。彼は死んでないわ――死ぬわけない。すぐにあちらに行って、確かめる。汽車を手配して。あなたも一緒に来なきゃ駄目」

「それは無理だよ。今日は何もできることはない。僕が電話をかけられる女の友人の名前を教えてくれないかな。ロイス？　ジョーン？　カーメル？　誰かいない？」

ステラはぼんやりと彼を見つめた。

「エヴァ・ゲーベルが私の親友だったわ」

ジョエルはマイルズのことを思った。二日前のオフィスで見た、あの悲しげで必死な顔。死という恐ろしい沈黙のなかで、彼に関するすべてが明らかになった。アメリカ生まれの監督たちのなかで、興味深い気質と芸術的良心の両方を兼ね備えた唯一の者。映画産業に巻き込まれ、快活さも健康的なシニシズムもなく、避難所もなかったために、神経をずたずたにされた――残されたのは、憐れで危なっかしい逃げ道だけ。

玄関口のほうから音がした――突然、ドアが開き、廊下を歩いてくる足音がした。

「マイルズ！」とステラは叫んだ。「あなたね、マイルズ？　ああ、マイルズよ」

電報配達の少年がドア口に現われた。

「ベルが見つからなかったんです。なかで話している声が聞こえたもので」

電報は、電話で伝えられたものとまったく同じ内容だった。その電報をステラがたちの悪い嘘だというように繰り返し読んでいるあいだ、ジョエルは電話をした。まだ時間が早かったので、家に戻っている人を見つけるのに時間がかかった。ようやく数人の友人を見つけたところで、彼はステラに強い酒を飲ませた。

「ここにいてね、ジョエル」と彼女は半分眠っているかのように囁いた。「行かないでね。マイルズはあなたを気に入っていて――あなたのことを――」。彼女は激しく身震いした。「ああ、神様、私がどれだけ一人ぼっちかわからないわよね」。目を閉じる。「私を抱きしめて。マイルズはこんなスーツを持っていたわ」。突然まっすぐに立ち上がった。「彼がどんなふうに感じたか考えてみて。ほとんどどんなものにも怯えてしまう人なのよ」

彼女はぼうっとしたまま首を振った。突然、ジョエルの顔を摑み、自分の顔に近づけた。

「行かないでね。私のことが好きでしょう――愛している、でしょう？　誰のことも呼ばないで。明日でも間に合うわ。今夜はここで私と一緒にいて」

彼は彼女を見つめた。最初は信じられずに、それから真相がわかって衝撃を受けた。ステラは暗闇を手探りし、マイルズが勘ぐっていた三角関係を維持することによって、彼を生かし続けようとしているのだ――まるでマイルズの不安を掻き立てる可能性が残っている限り、彼の精神が死ぬことはないというかのように。それは彼が死んだということを認めまいとする、取り乱し、苦しみつつの足掻きであった。

ジョエルは決然と電話のところに行き、医師に電話をした。

「やめて、ねえ、誰も呼ばないで！」とステラが叫んだ。「ここに戻って、私を抱きしめてちょうだい」

「ドクター・ベイルズはいらっしゃいますか？」

「ジョエル」とステラは叫んだ。「あなたには頼れると思ったのに。マイルズはあなたのことが好きだったわ。あなたに嫉妬していたの――ジョエル、戻ってきて」

ああ、それでは――もしジョエルがマイルズを裏切れば、彼女はマイルズを生かしておけるのだ――なぜなら、本当に死んでしまったのなら、彼を裏切ることもできないのだから。

「――ものすごいショックを受けられたのです。すぐに来ていただけますか？　看護師の手配もお願いします」

「ジョエル！」

ドアのベルと電話が次々に鳴り始め、車も玄関の前に停まるようになった。

「あなたは行かないわよね」とステラは懇願した。「ここにいてくれるでしょう？」

「いや」と彼は言った。「でも、戻ってくる、僕が必要なら」

彼は玄関前の踏み段に立った。屋敷は生気を帯びてざわめき、脈動している――墓の上に降りつつあり、死者を守る葉のように。彼は喉の奥で少しすすり泣き始めた。

「彼は触れるものすべてに何らかの魔法をかけたのだ」と彼は考えた。「あの小さな妖精のような娘に生命を与え、傑作に仕上げることさえした」

それから――

「彼はこの忌々しい荒野に何と大きな空洞をあけるのだろう――もうあいている！」

それから、ある苦々しさとともに思う。「そうさ、僕は戻ってくる――戻ってくる！」

監督のお気に入り

朝の冷気のなか、ヴェンチュラ大通りを車で走りながら、男と少年はときどきおしゃべりをした。少年、ジョージ・ベイカーは、陸軍士官学校の質素なグレーの制服を着ている。

「ご親切にありがとうございます、ミスター・ジェローム」

「とんでもない。ちょうど通りかかってよかった。毎朝、スタジオに行く途中で君の学校を通るからね」

「大した学校ですよ！」とジョージは力を込めて言い放った。「僕はただ、去年習った訓練をチビたちに教えているだけです。ともかく、僕はどんな戦争にも行きません――サハラとかモロッコとか、アフガニスタンの駐屯地とかなら別ですけど」

頭のなかで難しい配役を考えていたジェイムズ・ジェロームは、「フム！」とだけ答えた。それから、まずい反応だったと感じ、こう付け足した。

「でも、数学を学んでるって言ったじゃないか――フランス語も」

「フランス語が何の役に立つの？」

「何の役に――そうだな、僕にとって、戦中戦後に学んだフランス語は、何にも代えがたいよ」

これは、ジェロームにしては長いスピーチであり、これ以上長いスピーチは当面しないだろうと自分でも思った。

「まさにそれですよ」とジョージは熱心に言った。「あなたが若かったときには戦争があった。でも、いまは映画です。映画業界で仕事を始めたいんだけど、ドリーは心が狭いんですよ」。彼は急いで付け加えた。「あなたがドリーを好きなのはわかっています。みんな彼女を好きですよね。それに、自分が彼女の甥でラッキーだということもわかります。でも――」。彼はまた考え込んだ。「でも、僕はもう十六歳だし、映画に出ていたら、ミッキー・ルーニーとかデッドエンド・キッズみたいになれると思うんです――フレディ・バーソロミューにだって〔いずれも一九三〇年代に人気があった子役スター〕」

「映画に出演したいってこと?」

ジョージは控えめに笑った。

「こんな耳の形じゃ駄目ですよね。でも、ほかのアングルもたくさんあります。あなたは映画監督だから、わかるでしょう。ドリーがきっかけを作ってくれるかもしれない」

鈴の音のように澄み切った山々の景色を横目に、彼らはくねくねと西に進み、混雑したスタジオシティの街路に入っていった。

「ドリーは親切にしてくれましたよ」とジョージは認めた。「でも、そりゃあ、彼女は成功者じゃないですか。何でも手にしています――あの低地(バレー)で最高の家、アカデミー賞、それから本人がそう呼ばれたければ、伯爵夫人であることも。どうして舞台に立ちたいのか、僕には想像もつきません。ただ、それなら僕は彼女がまだこちらにいるうちに始めたいんですよ。それに対して細かいことを言わなくてもいいじゃないですか」

「君の叔母さんに細かいなんてところはないよ――小柄な人だけどね」とジム・ジェロームは大真面目な顔で言った。「あの人はグランド・クリヤントだ」

「何ですって？」

「フランス語を習ったんじゃなかったかな？」

「それはまだ習ってません」

「調べてみなさい」とジェロームはあっさり言った。スタジオに着く前の一時間、静かに過ごす習慣だったのだ――たとえドリー・ボードンの甥と一緒でも、そこは変えられない。二人はハリウッドに入り、サンセット大通りを渡った。

「それ、どう発音するんですか？」とジョージは訊ねた。

「グランド・クリヤント」とジェロームは繰り返した。「正確に訳すのは難しいけど、君の叔母さんは有名になる前からそうだったと思うよ」

ジョージはこのフランス語を声に出して繰り返した。

「グランド・クリヤントと呼べる人は多くない」とジェロームは言った。「フランスでもこの言葉は誤用されている。だけど、そう呼ばれるのは大したことだ」

車はカフエンガ大通りを走り、ジョージの学校が近づいてきた。その言葉をもう一度囁く少年の声が聞こえてきたとき、ジェロームは腕時計に目をやり、車を停めた。

「お互い、数分の余裕があるね」と彼は言った。「だから、あの言葉のことで悩まないように、例を挙げよう。お店でつけをたくさんため込み、まとめて払う。そうすると、君は〝グランド・クリヤント〟になる。でも、商業的なものを超えた意味があるんだ。数年前だけど、フランスのカンヌにあるサマーカジノで、僕はほかの何人かと一緒にテーブルについていた。そうしたら、テーブルにつきたいと思っている人たちがたくさんいることに気づき、そのなかにアーヴィング・バーリン〔「ホワイト・クリスマス」などで知られるポピュラー音楽の作曲家〕と奥さんがいたんだ。会ったことあるよね？」

「ええ、もちろん、会ったことはあります」とジョージは言った。

「じゃあ、わかると思うけど、彼は目立つタイプの男ではない。だからまったく注意を引いていなくて、そこでちょっと待っててくださいとか言われてたんだ」

「どうして自分が何者かを言わなかったんですか？」とジョージは訊ねた。

「アーヴィング・バーリンはそういう人じゃない。ともかく、僕はウェイターを呼んだんだが、ウェイターは名前を聞いてもわからなかった。だから何もしてもらえず、あとから来た人たちがテーブルについていった。そうしたら突然、我々のテーブルにいたロシア人が通りがかりのボーイ長の腕を摑んで、〝おい！〟と言った――そして指さして――〝おい！　あの人をすぐに席に着かせろ。あの人はグランド・クリヤントだ――わかるか？――グランド・クリヤント！〟」

「彼は席に着いたの？」とジョージは訊ねた。

車はまた動き出した。ジェロームは運転をしながら脚を伸ばし、それから頷いた。

「僕だったら強引になかに入るな」とジョージは言った。「そして席に着いてしまう」

「そういう手もある。でも、たぶんアーヴィング・バーリンのようにするほうがいいんだよ――それから君のドリー叔母さんのように。さあ、学校だ」

「本当にありがとうございました、ミスター・ジェローム――そのフランス語を調べてみます」

その夜、叔母のテーブルで隣りに座った若手のトップ女優にその言葉を試してみた。夕食のあいだじゅう、彼女はほとんど反対側の俳優とばかり話していたのだが、ジョージはようやく口をはさむことができた。

「僕の叔母は」と彼は言った。「典型的な〝グランド・クリヤント〟です」

「私、フランス語はしゃべれないの」とフィリスは言った。「スペイン語を選んだから」

「僕はフランス語を選びました」

「私はスペイン語よ」

会話はしばらくそこで停滞した。フィリス・バーンズは二十一歳で、ドリーより四歳若い――そしてジョージの神経系には、スクリーン上で最もセクシーな女性だと感じられた。

「どういう意味なの？」と彼女は訊ねた。

「叔母がすべてを持っているからというわけではないんです」と彼は言った。「アカデミー賞も、この家も、ランクレール伯爵夫人であることも……」

「それってすごいと思うわ」と言ってフィリスは笑った。「本当に、私もそうなりたい。あなたの叔母さんのことをすごく尊敬しているの、知り合いのどんな人よりも」

二時間後、照明によって気まぐれに色を変える大きなプールで、ジョージは素晴らしい幸運を摑んだ。ドリー叔母さんが彼を脇に呼び、こう言ったのだ。

「あなた、運転免許持ってたわよね？」

「もちろん」

「それはよかったわ。手を貸してもらいたいの。パーティがお開きになったら、フィリス・バーンズを車で送ってくれないかしら?」

「うん、いいよ、ドリー」

「スピードを出さないでね。あなたが車を飛ばしても、彼女はちっとも感心しないわ。それに私、あの子のことが大好きなの」

突如として、彼女のまわりに男が群がってきた——夫であるエナン・ドゥ・ランクレール伯爵と、ほかにも彼女のことを密やかに、かつどうしようもないほど愛する男たち。そして、頬を紅潮させて外に向かおうとしたとき、ジョージは照明の一つに微妙に照らし出された彼女を見て、ハッと立ち止まった。ショックを受けたと言ってもいい。小さい頃から知っている優しくて親切なドリー叔母さんとしてではなく、ほとんど初めて、炎のような女として彼女のことを捉えたのだ——夜の闇のなかでも生き生きとしていて、恐れ知らずで、グサッとくるほど鋭い——何に関して笑おうが、何に関して嘆こうが、何を愛そうが軽蔑しようが、それを瞬く間に周囲に広めてしまう。彼女が絶世の美女ではないのになぜこの世界で認められているのか、彼はこのとき理解したのである。

「私、まだ何にもサインしていないのよ」と彼女は説明していた。「——東海岸でも西海岸でも。でも、こちらではまだ先が不透明なの。彼らが『分別と多感』を映画化し、私が主役だってわかっていたら、やるんだけど。ニューヨークでは、少なくとも自分がどの芝居に出るかはわかっている——そして、それが楽しいだろうってこともね」


そのあと、車でフィリスを送っているときに、ジョージはドリーについて語り始めた——ところが、フィリスは先手を取り、驚いたことにディナーのときの話題に話を戻した。

「あの〝クリヤント〟ってどういうこと?」

奇跡だ——彼女の手が彼の肩に触れた。それとも、気の早い夜露が落ちてきたのか。

「家に着いたら、送ってくれたお礼に特別な飲み物を作ってあげるわ」

「まだお酒と言えるものは飲まないんですけど」

「あなた、私の質問に答えていないわ」。フィリスはまだ手を彼の肩に置いていた。「ドリーはいまの自分に満足していないの？　あれだけのものを得たのに？」

それからあれが起きた——よくある四秒間の地震。あとになって、「この局の半径二十マイル以内で起きました」と報道されるものだ。ダッシュボードに置かれていたものが震動した。こちらに向かってくる車がぐらつき、蛇行して、ジョージの車の後部フェンダーに軽くぶつかった。そして何もなかったかのように、夜の闇のなかに走り去った。二人は無事だったものの、動揺していた。

ジョージが車を停め、フィリスに怪我がないかどうか二人で確かめた。そのときになってようやく、ジョージは息を呑んだ。「地震だったんだ！」

「地震だったようね」とフィリスは落ち着いた声で言った。「車はまだ動く？」

「ええ、もちろん」。それから彼はしわがれた声で繰り返した。「地震だったんだ——でも、道路に踏みとどまった」

「その話はやめましょう」とフィリスは遮った。「私、明日は八時にスタジオに入らないといけないから、眠りたいわ。何の話をしていたんだっけ？」

「地震が——」彼は自分を抑え、車を発進させた。それから、ドリーについて何を話したのか思い出そうとした。「ドリーは彼らが『分別と多感』をやるのかどうか心配してるんです。やらないんだったら、あの屋敷を閉めて、芝居の契約を結ぶ——」

「それについて話せばよかったわ」とフィリスは言った。「たぶん、彼らはやらないのよ――やるとしても、ベティ・デイヴィスが契約を握っているし」

地震での動揺から自尊心を取り戻し、ジョージはその日に取り憑かれていた話題に戻った。

「叔母は〝グランド・クリヤント〟でしょうね」と彼は言った。「たとえ芝居をやることになっても」

「まあ、その役柄についてはわからないわ」とフィリスは言った。「でも、舞台に立つのは賢い選択じゃない。私に代わってそう伝えてくれるかしら」

ジョージはドリーの話をするのに飽きてきた。ほんの十分前は驚くほど楽しい会話をしていたのに。二人はすでにフィリスの家の通りに入っていた。

「その飲み物をいただこうかな」と彼は言い、軽く言い訳めいた笑い声をあげた。「ビールは二、三度飲んだことがあるし、あんな地震もあったし――まあ、明日の朝は八時半に学校に行かないといけないけど」

彼女の家の前で車を停めたとき、彼女は満面の笑みを浮かべていた――が、首を振った。

「地震に水を差されたって感じね」と彼女は穏やかに言った。「いますぐ大きな枕をかぶって眠りたいわ」

ジョージは数ブロック運転し、街角に車を停めた。二人の謎めいた男たちがドラム缶のようなサーチライトの光を空に向かって放ち、意味もなく弧の形に動かしていた。「すべてを持っている」のはドリーではない――フィリスだ。ドリーはすでに完成品で、私生活も整っている。フィリスは対照的に、すべてをこれから摑むことができる――全世界を。色の変化するドリーのプールが象徴する世界ではなく、あのドラム缶のようなサーチライトの光や、カクテルバーの赤や白のネオンサインがぼんやりと照らしている世界。ジョージは、ドリーのプールの色が変わる仕組みを知っていた——それが昼間に設置されるのを見ていたのだ。しかし、世界の仕組みは知らなかったし、フィリスも同じ幸福な無垢の状態で暮らしていると感じていた。

秋が過ぎると、いろいろと変化が起きた。ジョージは学校にとどまったが、今回は寮生となり、ニューヨークにいるドリーをクリスマスとイースターに訪ねた。その次の夏、彼女は西海岸に戻り、一カ月の休暇のあいだだけ屋敷を開けた。しかし、東部でもう一シーズン過ごすことになっていたので、ジョージも彼女と一緒に戻り、イェール大学に進むための個別指導の学校に行くことになった。

映画の『分別と多感』は結局製作されたが、マリアン役を演じたのはベティ・デイヴィスではなくフィリスだった。その年、ジョージは一度だけフィリスに会った。ある日曜日、ジム・ジェロームの牧場で過ごしているときのことだ。ジムはときどき週末にジョージを招待していたのだが、そのときはジョージのやりたいことを何でもしてあげるよと言った。そこでジョージはフィリスを訪ねたいと言ったのだ。

「〝ユヌ・グランド・クリヤント〟について僕に話してくれたの、覚えてます？」

「フィリスについて言ったんだっけ？」

「いえ、ドリーについてです」

その日のフィリスはまったく面白くなかった。男たちに取り込まれ、呑み込まれていたのだ。ジョージは東部に移って以来、ほかの女性たちとつき合うようになり、ちょっとした名士になっていた。フィリスと知り合いだし、彼の正直な記憶のなかでは、かなりいちゃついたこともあるからだ。

次の六月、試験が終わったあと、ジョージはエナンとヨーロッパに行くことになり、定期船に乗る彼らをドリーが見送りに来た。彼女も舞台が終わってからあとを追うことになっていた——大西洋横断の飛行機で。

「僕ももうしばらく待って、叔母さんと一緒に行こうか」とジョージは申し出た。

「あなたはまだ十八歳でしょう——波乱万丈の長い人生が待ってるんだから」

「叔母さんだってまだ二十七じゃないか」

「あなたは一緒に旅をする若い人たちと仲良くしてなさい」

エナンはファーストクラスで行き、ジョージは一般客室(ツーリストクラス)で旅することになった。ツーリストクラスに渡るタラップには、ブリンマーやスミスといった女子大の学生たちがたくさんいたので、ドリーがジョージに警告した。

「あの娘(こ)たちとひと晩じゅうビールを飲んだりしちゃ駄目よ。誘いがあんまり激しかったら、こっそりファーストクラスに行きなさい。エナンがあなたを落ち着かせてくれるはずだから」

エナンはとても落ち着いていて、ドリーとの別れに落ち込んでもいた。

「僕がツーリストクラスのほうに行くよ」と彼は悲しそうに言った。「あのきれいな女の子たちに会いたい」

「あなた、悪役になるわよ」とドリーは彼に警告した。「映画のイヴァン・レベデフ〔『歴史は夜作られる』などに出演したロシア出身の俳優〕みたいにね」

エナンとジョージは、蒸気船が海峡を進んでいくあいだ、上の甲板と下の甲板のあいだで話をした。

「下のスラム街にいる君に大きな軽蔑を感じるな」とエナンは言った。「君と話しているところを誰にも見られたくない」

「こちらは乗客リストの最上位ですよ。アライグマの毛皮（クーンスキン）ならぬ大君の毛皮（タイクーンスキン）をまとう者たちと言われています。毛皮と言えば、ミンクのコートを着た太めの女性を狙うんですか？」

「いや――僕の特別室にドリーが現われるんじゃないかって、まだ期待してるんだ。実のところ、飛行機で大西洋横断をしないでくれって、ドリーに電報を送ったよ」

「叔母さんはやりたいようにやりますよ」

「今晩、上に来て、僕と一緒に食事してくれないかな？　君が身だしなみを整えてからだけど」

ジョージと波長が合う女の子は船に一人しかおらず、その子はほかの男に捕まってしまった――そのためジョージは、毎晩エナンが上での夕食に招いてくれないかと期待したが、最初の夜以降は昼食にしか招いてくれなかった。エナンは日に日に涙もろくなり、ふさぎ込むようになった。

「僕は毎晩六時に客室に引っ込むんだ」と彼は言った。「そして、ベッドで食事をする。ドリーに電報を送ってるんだけど、返事をくれるのは彼女の広報担当みたいなんだ」

サウサンプトンに到着する前日、ジョージの気に入った女の子は彼女にご執心の男と喧嘩をし――対立したのは彼女の爪の長さに関してか、ミュンヘン協定〔一九三八年九月、ズデーテンをナチスドイツに割譲することなどを認めたドイツ・イギリス・フランス・イタリア四国間の協定〕に関してか、その両方に関してだ――ジョージは再びツーリストクラスの社交界に足を踏み入れた。

こういう場合に相応（ふさわ）しく、彼は少し皮肉な調子を加えて話し始めた。

「君とプリンストン大生はよろしくやってたじゃないか」と彼は言った。「でも、僕のところに戻ってきたんだね」

「こういうことなのよ」とマーサは説明した。「私、あなたは叔母さんがドリー・ボードンだし、ハリウッドに住んでるからって、自惚(うぬぼ)れていると思ってたの――」

「君たち二人はどこに消えていたの？」と彼は遮って言った。「なかなかすごい演技だったよ、消えているあいだはね」

「大したことじゃないわ」とマーサはきっぱりと言った。「あなたがそういう態度を取り続けるなら――」

　過ぎたことを追及するのはやめて、ジョージはすぐに報われた。

「それだったら、実際に見せてあげるわ」と彼女は言った。「私たちが前にやっていたことをするの――彼が私を無学だって批判するまでの話だけど。嫌になっちゃう！　プリンストンに行ったっていうのがすごいことみたいに！　私のお父さんだって行ったわ！」

　ジョージは彼女のあとをついて行った。かなり興奮して、「プライベート」と書いてある鉄のドアから入り、廊下を歩いていく。別のドアに出ると、そこには「ファーストクラスのお客様以外お断わり」と書いてあった。

　彼はがっかりした。

「これだけ？　ファーストクラスのエリアになら入ったことあるよ」

「待って！」

　マーサが慎重にドアを開け、二人は救命ボートを迂回して、下の甲板を見下ろせるところに出た。フェンスで囲まれたエリアが見える。

　見るべきものは何もない――さらに高い甲板から海を眺める船員の顔がぴかっと光ったり、ミンクのコートの女がデッキチェアに座っているくらい。彼は密航者が見つかったのだろうかと、救命ボートを覗き込むことさえした。

「私、あとで役に立つものを見つけたのよ」とマーサは独り言を言うかのように呟(つぶや)いた。「あの人たちがどうやっているか——私がこういうことをするようになったら、そのテクニックは習得済みだわ」

「何の?」

「デッキチェアを見てよ、馬鹿ね」

ジョージがじっと見つめると、ミンクのコートを着た大きな暗い人影から、長く記憶に焼きついていた顔がだんだんと現われてきた。そして、それがフィリス・バーンズだとわかった瞬間、その隣りに座っているエナンの姿も見えた。

「見てなさいよ、あの女の演技を」とマーサは囁いた。「声は聞こえなくても、映画を見ている気分になれるわ」

ジョージはここまで船酔いをしていなかったが、いまは見つかったらどうしようという恐れで、かろうじて吐き気を抑え込んだ。そのときエナンが椅子から彼女の足下へと移動し、彼女の手を取った。続いてフィリスが前に体を傾け、まさにジョージが覚えているのと同じように、優しくエナンの腕に触れた。彼女の目には言葉にできない思いやりが宿っていた。

どこかから食事を知らせるラッパの音が響いてきた——ジョージはマーサの腕を摑み、来た方向へと彼女を引っ張っていった。

「でも、あの人たち、こういうことが好きなのよ!」とマーサは抗議した。「彼女は大衆の目に晒されて生きてるんだから。私、すぐにでもウィンチェル〔新聞のコラムニスト、ウォルター・ウィンチェルのこと〕に電報を打ちたいわ」

ジョージに聞こえたのは「電報」という言葉だけだった。三十分で彼は解読不能な暗号文を書き上げた。

エナンハツーリストクラスニコズ、クルヒツヨウナカッタカラ、フンベツトタカンノタメニ。スグニコチラニキテ。

ジョージ
（受取人払い）

ドリーがこれを解読できなかったか、単に大型旅客機を待ったかしたため、ジョージはドリーのパリ到着に合わせようと、落ち着かない気分でベルギーを自転車で駆け抜けることになった。ドリーは彼の手紙で前もって警告を受けていたに違いないが、そんな様子は見せず、エナンとジョージと一緒にル・ブールジュの空港からパリに入った。猫が勢いよく袋から飛び出した〔「秘密が漏れた」という意味〕のは次の日の朝で、午後には巨大な猫に成長した。ジョージはそのとき夫婦の部屋を訪れたのだが、その前に、一つのホテルから別のホテルへと糸のようにつながる群衆のあいだを縫って進まなければならなかった。二人の大女優がこのあたりにいるという噂が飛び交ったためである。

「入ってちょうだい、ジョージ」とドリーが呼びかけた。「フィリスのことは知ってるわよね――ちょうどエクスレバンに発つところなの。彼女、運がいいわ――裁判になったら、エナンと私のどちらかは住居を定めないといけない。どっちがどっちを訴えるか次第なんだけど。エナンには私を訴えなさいよって言ってるの――私にプードル犬扱いされたってね」

彼女は無鉄砲な気分になっていた。声の届く範囲に秘書たちがいたためである——外には広報係もいたし、ときどき速足で入ってくるウェイターたちもいた。フィリスは「私を巻き込まないで」という態度を取り、とても落ち着いていた。ジョージは暗い気分になり、当惑し、悲しくなった。

「私、ごねようかしら、ジョージ？」とドリーは彼に訊ねた。「それとも、性格俳優みたいに演じようか——私の優しい性格にはそれがぴったりなんだけど。それとも、野蛮に演じる？　ジム・ジェロームかフランク・カプラなら教えてくれるわね。あなたはうまく判断できる？　大学に入るまでは教えてくれないのかしら？」

「率直に言って——」とフィリスが立ち上がりながら言った。「率直に言って、あなたにとって驚きなのと同じくらい、私にとっても驚きなのよ。エナンが船に乗ってるなんて知らなかったし、彼も私が乗ってるって知らなかったんだから」

少なくともジョージは無礼な態度の取り方を個別指導の学校で学んでいた。蔑むような声をあげると、立ち上がったエナンに対して面と向き合った。

「僕を怒らせないほうがいいですよ！」ジョージは怒りで少し震えていた。「あなたはこれまでいつも僕に親切だったけど、僕の二倍の歳だし、あなたを八つ裂きにしたくはないからね」

ドリーは彼を座らせた。フィリスは部屋から出ていき、彼女の断固とした声が廊下に反響して聞こえてきた。「いまはやめて！　いまはやめて！」

「君と僕とでどこかに旅に出るのはどうだろう」とエナンは悲しそうに言った。

ドリーは首を振った。

「そういう解決策は知ってるわ。こうしたケースをこっそりと打ち明けられたことがあるの。二人で旅に出たら、問題も抱えていくことになる。そうしたら沈黙が下りる——何も言う言葉がない。沈黙——その沈黙の背後にあるものを探ろうとする——それから、昔の二人の関係を真似ようとする——さらに沈黙——心に大きな皺が寄る」

「本当にすまないとしか言いようがない」とエナンは言った。

「そんなこと言わないで。私はジョージの自転車の旅に同行するわ。ジョージが認めてくれれば、だけど。あなたは新しい女とポンタデューに行き、家族に紹介しなさい。私は生きてるわ、エナン——まあ、あまり楽しんでないのは確かだけど。あなたがしばらく前から死んでいたことに、私は気づいてなかったのよ」

あとになってドリーはジョージに言った。エナンが母性本能に訴えようとしなかったのはありがたかったわ、と。彼女は激しい苦痛のすべてを飛行機上で、とても経済的にやり過ごしたのだ。聖女でいることにさえ、ある程度の組織構成力が必要であり、ドリーは親しい者たちにとってとても聖女に近かった——ときどき癇癪（かんしゃく）を起こすことも含めて。

しかし、そのあとの二カ月間、ジョージはドリーの目が輝くのをまったく見られなかった——朝には銀色がかった青い輝きをたたえていたものだが。そしてホテルで彼女の部屋の近くにいるようなとき、夜眠れずに横になっていると、しばしば彼女がすすり泣きながら歩き回っている音が聞こえてきた。

それでも朝食時には、彼女はいつでも〝グランド・クリヤント〟だった。ジョージにもいま、その意味が正確にわかるようになったのである。

九月になり、ドリーとその秘書と侍女、そしてジョージは、ビバリーヒルズのホテルのバンガローに移った——このバンガローは花が至るところに飾られていたが、こうした花は届くとすぐに病院に寄付された。彼らは再び映画界の薄暮のようなプライバシーを身にまとい、詮索好きの嫉妬深い世界に対して身を守ろうとした。内部の世界には電話が置かれ、エージェント、プロデューサー、そして友人たちがいた。

「やあ、ドリー！　あなたが戻ってきてみんな喜んでいるよ」

ドリーはいろいろな可能性を語り、いくつかのオファーを断わり、また別のオファーを進めようとしたりと、忙しく動き回った。そして、舞台に戻ることを考えた——あるいは、考えるふりをした。

彼女はみなに事情を説明した。ハリウッドの人々は彼女を映画にまた出演させることで、自分に箔をつけようとした。同じ効果を発揮できる女優はほかにほとんどいないのだ。

「じゃあ、パーティをしないといけないわ」と彼女はジョージに言った。

「でも、もうやったじゃない。叔母さんが訪れるというだけでパーティが始まるんだ」

ジョージは大人になりつつあった——あと一週間でイェール大学に入る。しかし彼はお世辞ではなく、本気でそう言っていた。

「とても大きいパーティか小さいパーティね」と彼女は考え込んだ。「——そうじゃないと、人の感情を傷つけてしまうから。いまはそんなことをしていい時期じゃないわ、キャリアが始まったばかりのところで」

「叔母さんを手に入れようと必死になっている人たちのことを心配すべきだよ」

彼女はためらった——それから二ページにわたるリストを持って来た。

「これが必死になっている人たちよ」と彼女は言った。「よく見てね、すべてのオファーにどこか問題があるの――条件とか、思わぬ落とし穴があったりとか。性格俳優の役柄を見て。魅惑的な年配女性って、私はまだ三十にもなっていないのに。金銭の問題でもないのよ――ひどい役柄にも大金が払われるときがあるし、いい役でもギャラが悪いときもあるし。ともかく屋敷を開けるわ」

翌日、ドリーは側近の者たちや清掃人を連れて行き、屋敷の必要な部分だけの準備をした。

「蠟燭がそこらじゅうにあるね」。パーティ当日の午後、ジョージは叫んだ。「蠟燭にひと財産費やしたって感じ」

「素敵でしょう！　以前は人からもらっても、ありがたく思わなかったけど」

「すごいよ。僕は庭に行って、プールの照明がちゃんと点くかどうか試してみるね――昔を懐かしんで」

「点かないわよ」とドリーは陽気に言った。「電気が来てないの――洪水で地下室が浸水したから」

「直してもらいなよ」

「駄目なのよ――お金がないの。そう、破産してるのよ。銀行は間違いなくそうだと言っている。この屋敷は完全に抵当に入っているし、私は売ろうとしているの」

ジョージは埃っぽい椅子に座った。

「でも、どうしてそうなったの？」

「そうね――まず、キャストにツアーに出ることを約束したら、それがまずいことになったの。そのあとで会計係がカナダに逃げたのよ。ジョージ、あと二時間で客たちが来るわ。蠟燭をプールのまわりに置いてくれない？」

「誰もプールの蠟燭を送ってくれなかったんだね。前にお金を貸した人たちに、返してくれって請求したらどう？」

「何ですって？　私のような魅力的な女性が！　それに、あの人たちはいまもっと貧乏になっているわ。しかも、エナンが会計を握っているんだけど、絶対に記録しないのよ。そんなに青い顔をしていると、この雑巾で顔を拭いちゃうわよ。あなたの授業料は一年分払ってある――」

「僕が大学に行くと思う？」

ジョージの見たことのない男が大広間に現われ、彼らのほうに向かってきた。

「灯りが点いていなかったもので、ミス・ボードン。こちらにいらっしゃるとは夢にも思いませんでした。私はリッジウェイ不動産の者で――」

彼はひどく当惑した表情を浮かべて口ごもった。彼が顧客を連れてきているのは一目瞭然だ――彼の真後ろに顧客が立っているのだから。

「あら」とドリーが言い、フィリスを見つめて微笑んだ――それから、ソファに腰を下ろして笑った。

「あなたが客なのね。私の家を買いたいってこと？」

「率直に言って、あなたが売りたがっていると聞いたものだから」とフィリスが言った。

ドリーの返事は笑い声の内に消えたが、ジョージはこう聞こえたように思った。「あなたに私の質札をすべて送れば、時間の節約になるわね」

「何がそんなに可笑しいの？」とフィリスは訊ねた。

「あなたの――ご家族も引っ越してくるの？　ごめんなさい、私には関係ないことね」。ドリーはリッジウェイ不動産のほうを向いた。「伯爵夫人に家をお見せして――蠟燭はここよ。電灯はいま使えないの」

「どういう家かはわかってるわ」とフィリスが言った。「ただ、全体的な印象を得たかったの」

「すべて家と一緒に売るわよ」とドリーは言い、我慢できずにこうつけ加えた。「――ご存じのように。ジョージを除いてね。ジョージは手元に残したいの」

「私、抵当権を持っているの」とフィリスはぼんやりと言った。

ジョージは彼女のズボンの尻を摑み、この部屋から押し出したいという衝動を抱いた。

「ちょっと、フィリス！」とドリーは穏やかにたしなめた。「おわかりでしょうけど、それは悪役の台詞よ。乗馬用の鞭と黒い口髭（くちひげ）がなくちゃ、そんなことは言えないわ。組合（ギルド）の許可も必要だし。あなたがここでしゃべるべき台詞は〝こんな話、聞く必要ないわ〟よ」

「じゃあ、こんな話、聞く必要ないわ」とフィリスは言った。

彼女が立ち去ってから、ドリーは言った。「悪役をやらないかって話がきてるの」

「なんで、四年前は」とジョージは話し始めた。「フィリスが――」

「黙りなさい、ジョージ。ここはハリウッドで、みんなその規則に従って仕事をしているの。今夜、ここには第一級殺人を犯した人たちがやって来るわ」

彼らが来る頃には、彼女は魅力的な女に戻っていた。彼女の魅力で客たちもみな親切で魅力的になり、ジョージにはどの人が殺人者なのかもわからなかった。ただ、トイレに入ったとき、客たちの囁き声が聞こえ、彼女の苦境はすべて見通されていることがわかった――表面上はまったく波が立っていないのだが。カメラマンのハイミー・フィンクでさえ部屋を歩き回り、チラチラと白く光るカメラを向けたり、その代わりに笑みを浮かべながら通り過ぎたりし、これから上昇する人と落ちていく人とを区別していた。

彼はポーチでカメラをドリーに向けた。彼女とは古くからの友達で、あらゆる角度から彼女を撮影した。隣りに座っている男から判断すると、彼女がスターダムに戻るのは時間の問題のようだった。

「ジム・ジェロームさんのことは撮らないの?」とドリーは彼に訊ねた。「今日、ハリウッドに戻ってこられたのよ――イギリスから。あちらのほうがいい映画を作ってるんですって。すごい感動的なシーンの最中に、お茶で時間を費やさないようにって説得したそうよ」

ジョージは二人が一緒にいるのを見て、大きな安堵感を抱いた――今夜はすべてうまくいっている。しかしパーティが終わり、蠟燭が溶けた獣脂にすぎなくなったとき、迷っているような表情がドリーの顔に浮かんでいるのを察知した――彼女の顔にそういう表情を見るのは初めてだった。ホテルのバンガローに戻る車のなかで、彼女は何が起きたかを話した。

「彼、私に映画から引退して結婚してほしいって言うのよ。そう決めつけてるの。二兎を追う者はといった、古い考え方よ。どうなのかしら――」

「何が?」

「そうなのよ。彼は私がもう終わりだって思ってるの。それが問題の一部よ」

「彼のことを愛せそう?」

ドリーはジョージを見つめた――そして笑った。

「愛せるか? そうね――」

「彼は前から叔母さんのことを好きだったよ。僕にほとんどそう打ち明けたこともある」

「わかってるわ。でも、これは奇妙な関係になるわね。私は何もすることがない――エナンのときと同じよ」

「じゃあ、やめておきなよ。しばらく様子を見よう。僕はお金を稼ぐ方法をたくさん考えたからね」

「ジョージ、それって怖いわ」と彼女は軽い口調で言った。「次に会うときは、競馬新聞をポケットに入れてるんじゃないの？　じゃなきゃ、石油探しの人たちとハリウッド大通りを歩いているとか？　顔を隠すために帽子を深くかぶってね」

「正直に稼ぐお金だよ」と彼は挑むように言った。

「フレディ・バーソロミューみたいに舞台に上がるのもいいんじゃない？　そうしたら私はあなたのプリシー叔母さん〔ケンブリッジ版の註釈によれば、フィッツジェラルドが初期の段階で脚本に加わっていたマーガレット・ミッチェル原作の『風と共に去りぬ』に登場する人物〕になるわ」

「とにかく、彼と結婚したくないなら、すべきじゃない」

「私は気にしないわ――彼が私を通過するだけでもね。結局、女はみんな男が必要なのよ。でも、彼はすべてのことを決めちゃっているの。ジェイムズ・ジェローム夫人。やだわ！　私が生きてきたのはそうなるためではないし、誰だって、身についた生き方から逃れることはできない。そうでしょう？　今夜、彼に電報を送るから、覚えておいてね。だって、明日になると彼は『ある女の肖像』〔ヘンリー・ジェイムズの有名な小説は*A Portrait of a Lady*だが、こちらは*Portrait of a Woman*となっている〕の主役を見つけに東部に行くから」

ジョージは電報の文章を書き、それを電話で送った。そして三日後、もう一度あの低地（バレー）の屋敷に行き、ドリーが必要だと言う細々（こまごま）としたものを持って帰ろうとした。

フィリスがそこにいた――屋敷の売買契約はすでに成立していたが、彼女はジョージが来たことに異議を唱えなかった。むしろ、もっとたくさん持ち帰るようにと促し、再び彼のささやかな同情心を勝ち得た――あるいは少なくとも、誰にでもいいところはあるという彼の若々しい確信を呼び戻すことができた。連れ立って庭を歩くと、すでに職人たちが電気配線を修理し、プールのまわりの多色電球をテストしていた。

「家にあるものは何でも持ち帰ってね、ドリーが入り用なら」とフィリスは言った。「あの人が私のインスピレーションの源であり、理想だったということを忘れないわ。率直に言って、あの人に起きたことは誰にでも起き得ることだから」

「そうでもないよ」とジョージは反論した。「叔母さんには特別なことが起きるんだ。だって、〝グランド・クリヤント〟だから」

「その言葉の意味、わかってなかったわ」と言ってフィリスは笑った。「でも、ドリーがくよくよしているようなら、〝グランド・クリヤント〟であることが慰めになるといいわね」

「いや、叔母さんは忙しくて、くよくよしている時間はないよ。今朝から『ある女の肖像』の仕事に入ったんだ」

フィリスは彼女の敷地の散歩道で立ち止まった。

「何ですって！ だって、あれはキャサリン・コーネルの役だったのよ、交渉がまとまればね！ だって私、そう言われたんだから――」

「コーネルとも、誰とも交渉しようとしなかったんだ。ドリーがテスト室に入っていくだけでね――僕は映写室であんなにたくさんの人があっという間に泣き出すのを見たことがなかった。一人なんか、部屋にいられなくなったくらいだ――そして、テストは三分だけで終わったんだよ」

フィリスがよろめき、ボードからプールに落ちそうになったので、ジョージはフィリスの腕を摑んだ。そして急いで話題を変えた。

「あなたは――あなたたちはいつ引っ越してくるの？」

「わからないわ」とフィリスが言い、次に声が甲高くなった。「私、こんな場所嫌いよ。ドリーにみんな譲るわ――敬意をこめて差し出すから」

しかし、ジョージにはわかっていた。ドリーはそんなことを望まない。彼女はいま別の地区に住んでいて、人生の大きなクレジット決済の口座（チャージアカウント）を新たに開いたのだ。それは、我々の誰もがそれなりにやっていること――口座を開いて、それから決済する。

最後のキス

I

　トップにいるというのは素晴らしくて純粋な感情だった。すべてが最高へと向かっているという確信が抱ける。照明は美しい女性たちと勇敢な男性たちに当たっている。ピアノは相応しい曲を紡(つむ)ぎ出し、それを歌う若い唇は幸せな心情を表現している。たとえば、ここにいる美しい顔たちもすべて、絶対的に幸せでなければならない。

　それから薄暗くなった会場でルンバが流れているとき、あまり幸せではない顔がジムのテーブルを通りかかった。ジムがそう判断したときにはもう通過していたが、その後の数秒間、彼の網膜に焼きついていた。その顔は彼と同じくらい背の高い女性のもので、どんよりとした茶色い瞳と、中国製の湯飲みのようにデリケートな頰の持ち主だった。

「ほらまた」と主催者の女性が彼の視線をたどって言い、溜(た)め息(いき)をついた。「こうしたことは一瞬のうちに起きてしまうのよね。私は何年も前から気を引こうとしてきたのに」

ジムはこう応えたかった。

——でも、あなたも昔はよかったじゃないですか——夫が三人いたし。僕はどうですか？　三十五歳で、いまだにあらゆる女性を少年時代の失恋相手と照らし合わせようとしている。そしていまだに、すべての女性たちに相違点ではなく、類似点ばかりを見出している。

次に照明が薄暗くなったとき、彼はテーブルのあいだを縫って、エントランスホールへと向かった。あちこちで友人たちが声をかけてきた——もちろん、いつもより声をかけてくる人が多い。というのも、彼がプロデューサーとして契約することになったと、その朝の『ハリウッド・レポーター』紙で告知されたからだ。しかし、ジムはすでに何度か抜擢されてきており、それに慣れていた。この舞踏会は慈善活動が目的で、バーのあたりで壁紙とボブ・ボードリー〔ケンブリッジ版の註釈は、フィッツジェラルドがこの名前をプリンストン大学のホッケー選手のなかから見つけたのであろうと推測しているが、いずれにしても有名人の名前ではない〕の真似をしている男が演技を始めようとしていた。男はサンドイッチマンの格好をして、背中にはこう書かれている。

今夜十時
ハリウッドボウルにて
ソニア・ヘニー〔一二三頁の註釈参照〕が
熱いスープの上で滑ります

近くには、明日彼がその地位を奪うことになるプロデューサーがいた。彼の破滅を企んだエージェントと、そうとも知らずに酒を飲んでいる。エージェントの隣りに例の女がいて、ルンバを踊っていたときと同じように悲しげな顔をしている。

「やあ、ジム」とエージェントが言った。「パメラ・ナイトンだ――君の未来のスターだよ」

彼女はプロらしい熱意を込めてジムのほうを向いた。エージェントの声が実際に彼女に訴えたのは「生き生きとした表情を見せなさい！　こちらは重要人物だよ」ということだった。

「パメラはうちの馬小屋に加わったところなんだ」とエージェントは言った。「名前をブーツに変えてもらいたいと思っている」

「あら、姉さん(トゥーツ)っておっしゃったのかと思ってましたわ」

「トゥーツでもブーツでも、ウーの音だよな。かわいこちゃん(キューティ)が姉さん(トゥーツ)を撃つ(シューツ)。裁判官はフーツ氏。これじゃあ、誰も有罪にできないね。パメラはイギリス人なんだ。本名はシビル・ヒギンズ」

ジムは、下ろされたプロデューサーが自分を見つめる目に、ある無限の感情が込められているように感じた――憎悪でも嫉妬でもなく、奥深い好奇心を伴う驚嘆の思い。それが「なぜだ？　なぜだ？　いったいなぜなんだ？」と問いかけている。敵意以上にこれに動揺して、ジムはイギリス人女性にダンスを申し込み、自分でも驚いた。フロアで彼女と向かい合ったとき、彼は気分が高揚してくるのを感じた。

「ハリウッドはいいところですよ」と彼は相手からの批判に先手を打つかのように言った。「きっと気に入ります。イギリス人の女性はたいてい気に入りますね――期待が大きすぎないから。ありがたいことに、僕は何人ものイギリス人女性と仕事をしてきました」

「あなたは映画監督？」

「すべてやりましたね――広報担当から始まって。ちょうどプロデューサーとしての契約にサインしたところで、明日からその仕事が始まります」

「ここは気に入ってますよ」と彼女はしばらくしてから言った。「いろいろと期待せずにいられない町です。でも、期待どおりにならなくても、いつでも学校で教えることに戻れますわ」

ジムは背中をのけぞらせ、彼女を見つめた――その印象はピンクと銀色の霜といったところ。学校の先生にはまったく見えないし、西部劇の学校教師にもほど遠い。彼は笑ってしまったが、同時にまた気づいた。彼女の唇と両目を結ぶ三角形の内部にはどこか悲しげで当惑したようなところがある、と。

「今日はどなたと一緒に？」と彼は訊ねた。

「ジョー・ベッカーです」と彼女はエージェントの名をあげた。「私と、三人の女の子たちと」

「実はね――僕はこれから三十分ほど外に出ないといけない。人に会うことになっているんです――出まかせじゃない。信じてください。あなたも一緒に来て、夜風にあたりませんか？」

彼女は頷いた。

外に出る途中、主催者の脇を通り過ぎると、彼女は謎めいた視線をパメラに向け、それからジムに対して軽く首を振った。澄んだカリフォルニアの夜の屋外に出て、彼は運転手付きの大きな新車が初めて気に入った――自分で運転するよりもいい。この時間になると、通り過ぎる街路は静まっており、リムジンは闇のなかを音もなく滑っていく。ミス・ナイトンは彼が話しかけるのを待っていた。

「学校では何を教えていたの？」と彼は訊ねた。

「算数です。二足す二は五、みたいなこと」

「そこからハリウッドというのはすごい飛躍だね」

「長い話があるの」

「そんなに長いわけはないな——まだ十八歳くらいでしょう」

「二十歳よ」。それから不安げに訊ねる。「それって歳を取りすぎ？」

「とんでもない！　美しい年齢だ。わかるよ——僕はいま二十一歳で、動脈が固くなってきたところさ」

彼女は彼を真剣な表情で見つめた——彼の年齢を見積もっていたが、それを口に出すことはしなかった。

「その長い話を聞きたいな」と彼は言った。

彼女は溜め息をついた。

「そうね、たくさんの老人が私に恋をしたのよ。すごく歳を取った人たち——私は老人のお気に入りだったの」

「二十二歳の爺さんってこと？」

「みんな六十から七十歳のあいだだったわ。すべて本当よ。だから私は金鉱を探し当てたみたいなもので、彼らからたくさんお金を掻き集め、ニューヨークに来たの。そして初日に21クラブ〔マンハッタンにあるレストランで、セレブの常連客がたくさんいることで有名〕に入ったら、ジョー・ベッカーにスカウトされたのよ」

「じゃあ、映画にはまったく出たことがないんだね？」

「あるわ——今朝、テストを受けたもの」

ジムは微笑んだ。

「老人たちからお金を取ることに関しては、申し訳ないと思わなかったの？」と彼は訊ねた。

「それほどね」と彼女はドライに言った。「彼らも私にあげるのを楽しんでいたのよ。それにね、本当のお金だったわけじゃないの。何かプレゼントしたいって言われたら、私の知り合いの宝石商に行かせるわけ。それであとになって、私がそのプレゼントを宝石商に戻し、五分の四の現金を受け取るのよ」

「おっと、すごいイカサマ師だな！」

「そうよ」と彼女は平然と認めた。「やり方は知り合いに教わったの。手に入れられるものは何でも手に入れるわ」

「彼らは気にしなかったの――老人たちのことだけど――君がその宝石を身につけていなくても？」

「だって、身につけるもの――一度だけ。老人たちは目が悪いか、物覚えが悪いか、どちらかなのよ。でも、私がいま宝石を持っていない理由はそれね」。彼女は少し間を置いた。「ここでは宝石を借りられるんですよね」

　ジムは彼女の顔を再びじっと見て、それから笑った。

「そんな面倒なことはしないでいいだろうな。カリフォルニアにも老人がいっぱいいるから」

　彼らの車は曲がりくねった道を走って住宅街に入った。ある交差点を曲がると、ジムは送話管を持ち上げた。

「ここで停めてくれ」。それから彼はパメラのほうを向いた。「汚れ仕事をしないといけない」。彼は腕時計を見て、車から降り、看板に数人の医師の名前が書かれている建物へと歩いていった。その看板を通り過ぎ、歩調を緩めて歩いていると、やがて一人の男がその建物から現われ、彼のあとを追った。街灯と街灯のあいだの暗闇でジムは男に近づき、封筒を手渡すと、手短に話をした。男は反対の方向に去っていき、ジムは車に戻った。

「老人をすべて始末してくれと頼んでいるんだ」と彼は説明した。「死んでくれたほうがましという場合もあるからね」

「あら、私はフリーじゃないのよ」と彼女は告げた。「婚約してるの」

「そうか」。少ししてから彼は訊ねた。「イギリス人と？」

「ええ――もちろん。私がアメリカ人と――」。彼女は言葉を止めたが、遅すぎた。

「我々はそんなに面白くないかな？」と彼は訊ねた。

「あら、違うわ」。さり気ない言い方がかえってよくなかった。そして彼女が微笑んだとき、アーク灯が車内に光を当て、彼女の美しさを包み込んで白く輝かせたため、いっそう気まずくなった。

「じゃあ、あなたが何かしゃべって」と彼女は言った。「さっきの謎について話してよ」

「お金だよ」と彼はほとんどぼんやりと答えた。「あの小男はギリシャ人の医者で、ある女性が虫垂炎だって言ってるんだ――我々が彼女を映画に使いたいのにね。だから彼を買収した。僕が他人の汚れ仕事をするのはこれが最後だ」

彼女は顔をしかめた。

「その人、本当に虫垂を取る必要があるの？」

彼は肩をすくめた。

「たぶんないだろうな。少なくとも、あのネズミにはわからないだろう。あいつは彼女の義理の兄で、お金が欲しいんだ」

長いこと黙り込んでから、パメラは裁定を下すように言った。

「イギリス人の男はそんなことしないわ」

「する人もいるよ」と彼はきっぱりと言った。「――それから、アメリカ人でもしない人はいる」

「じゃあ、出だしを誤ったんじゃない？」と彼は言ってみた。「ここで働くつもりならね」

「でも、アメリカ人は好きよ――上品な人はね」

彼女の表情から、ジムは自分もこれに含まれると解釈したが、心がなごむどころか、かえって怒りを感じた。

「君は冒険をしているんだよ」と彼は言った。「実のところ、君がどうして僕についてくるのかわからない。帽子の下に羽を隠しているかもしれないじゃないか」〔アメリカの先住民が羽のついた頭飾りをかぶることから〕

「あなた、帽子をかぶってないわ」と彼女は落ち着いて言った。「それにね、ジョー・ベッカーがそうしろって言ったの。私のためになることがあるかもしれないって」

結局のところ彼はプロデューサーなのであり、癇癪を起こしていたら成功は望めないのだ――わざと癇癪を起こすのは別として。

「君のためになることがあると、僕も思うよ」と彼は言ったが、自分の声に不誠実な猫なで声がこっそり忍び込んだのを感じた。

「そう？」と彼女は訊ねた。「私って目立つと思う？　それとも、何千人もいるうちの一人にすぎない？」

「もうすでに目立っているよ」と彼は同じ口調で続けた。「ダンス会場ではすべての視線が君に注がれていたじゃないか」

彼はこの言葉にほんの少しでも真実が含まれているだろうかと考えた。彼女がユニークだと感じているのは自分一人なのではないか？

「君は新しいタイプだよ」と彼は続けた。「君のような顔はアメリカ映画にもっと――もっと上品な雰囲気を与えられる」

これは彼の放った矢だった――しかし仰天したことに、その矢が逸れた。

「あら、そう思う？」と彼女は叫んだ。「私にチャンスをくださるかしら？」

「もちろんさ」。自分の声に含まれている皮肉が伝わらないとは信じがたかった。「ただし、言うまでもなく、今夜以降はものすごい競争になるので――」

「でも、私はあなたとお仕事がしたいわ」と彼女は宣言した。「ジョー・ベッカーにそう話す――」

「ベッカーには何も言わないで」と彼は遮って言った。

「じゃあ、言わないわ。あなたが言うとおりにします」

彼女は期待に満ちた目を大きく見開いていた。彼は動揺し、言葉が自分の口にただ注入されているか、意図せずに滑り出ているような気がした。これだけの無垢と、これだけの貪欲な強引さが、この穏やかなイギリス人の声の背後に共存しているなんて。

「君はぼろぼろにされてしまうかもしれない」と彼は始めた。「大事なのは、もうけ役を得ることで――」。彼はここで中断し、最初から話し始めた。「君はとても強い個性の持ち主だから――」

「ねえ、やめて！」彼は相手の目の端に涙が光っていることに気づいた。「ひと晩寝て考えるから、そうさせて。明日の朝、電話をくださいーーあるいは、私を必要としたときに」

車はダンス会場の前に敷かれた赤いカーペットの端で停まった。ドラム型の照明からこぼれた光を浴びている群衆は、パメラを見て、前方に見苦しく膨らんでいった。サインをもらうためのノートをいまにも差し出そうとしていたが、彼女が誰だかわからず、溜め息をつきながらロープの向こう側に退いていく。

彼はダンス会場に戻ると、彼女とダンスをしながらベッカーのテーブルまで送り届けた。

「ひと言も言わないわ」と彼女は囁いた。クラッチバッグからカードを取り出すと、そこには彼女が滞在しているホテルの名前が鉛筆で記入してある。「ほかからのオファーがあったらすべて断ります」

「そんなことはしないで」と彼はすぐに言った。

「するわよ」。彼女は輝かしい微笑みを彼に向け、一瞬、最初に彼女を見たときの感情がジムのなかに甦（よみがえ）った。彼女の顔には、少なくとも温かくて豊かな思いやりと、若さと苦悩が並び立つような印象があった。この稀（まれ）にしか作られない魅力の泡が最後に素早く切りつけられ、破られるのを恐れて、彼は身がまえた。

「一年くらいしたら――」と彼は始めたが、音楽と彼女の声がそれを上回った。

「あなたからの電話をお待ちするわ。私が会ったなかであなたは――あなたはいちばん上品なアメリカ人よ」

彼女はこの大げさな賛辞に気恥ずかしさを感じたかのように背を向けた。ジムは自分のテーブルに戻り始めた――それから、主催者が彼の座っていない椅子越しに誰かに話しかけているのを見て、進路を変更した。部屋は、そして夜は、賑やかになっていた――音楽と声が混じり合い、不調和で行き当たりばったりの音を出しているような感じだ。部屋じゅうを見渡す彼の目に映ったのは嫉妬と憎悪

――ファンファーレに向かってドラムを叩くエゴの群れだった。彼は自分が思っていたほどには、この戦いを超越していないのだ。

彼はクロークに向かいながら、ウェイターに届けてもらう主催者宛ての手紙の文面を考えていた。「あなたがダンスをしていらしたので、私は――」。それから気づくと、パメラ・ナイトンのテーブルにぶつかりそうになっていた。彼はまた向きを変え、別の進路で出口に向かっていった。

II

映画会社の重役はクリエイティブな知性なしでもやっていけるが、気配りなしではやっていけない。ジム・レオナードはいま気配りに没頭し、ほかのことはすべて無視するほどになっていた。権力を得たことで駆け引きが背景に押しやられ、自由になったはずなのに、その代わりあらゆる人間関係において緊張が高まった――重役たちとも、彼のユニットに割り当てられた監督たち、脚本家たち、俳優たち、技術者たちとも、各部門の主任たちとも、検閲官たちとも、その上に「東部から来た男たち」とも。そのため一人のイギリス人女性を遠ざけておくことなど、問題になるはずもなかった。彼女は電話と、受付を通して彼に送りつける手紙以外、何も武器を持たないのだから。

「スタジオを通りかかったので、あなたのことやドライブのことなど思い出しました。オファーがいくつかありましたが、私はジョー・ベッカーに思いとどまるよう言っています。仕事を始めるときにはお知らせしますね」

若さと希望に溢れた町がこの手紙を通して語りかけてくる――二つの見え透いた嘘を通し、その口調の勇ましい欺瞞を通して。大したことではないわ――難攻不落の壁の向こうにある、金と栄光など。私は通りかかっただけ――ただ通りかかっただけ。

これが二週間後のことだった。その次の週に、ジョー・ベッカーが彼のオフィスに立ち寄った。

「あのイギリス人女性のことだけど。パメラ・ナイトンだ――覚えてる？　あの娘、どんな印象だった？」

「とてもよかったよ」

「どんな理由か知らないけど、あの娘は僕から君に話を持ちかけないでくれと言うんだ」。ジョーは窓の外を見た。「だからあの晩、君たちがあまり打ち解けなかったんじゃないかと思って」

「もちろん、打ち解けたよ」

「あの娘は婚約している。イギリスにいる男だ」

「それも話してくれた」とジムは困惑して言った。「僕は彼女に言い寄ったりしなかったよ、君がそう思っているならだけど」

「いや、心配はいらない――そういうことはわかっているから。ただ、あの娘についてちょっと話しておきたかったんだ」

「ほかに誰も興味を持ってないの？」

「ここに来てまだ一カ月だからね。誰だってスタートを切らなきゃいけない。だから君に言っておきたいのは、彼女が21クラブに入ってきたとき、常連客（バーフライ）たちがまさに落ちたってことなんだ――蠅（フライ）みたいに。言わせてくれ――一分後には、彼女は上流階級の話題の主になっていたんだよ」

「それはさぞすごかったんだろうね」とジムは冷静に言った。

「すごかった。あの日はヘディ・ラマー〔一九三〇～四〇年代に活躍した美人女優〕もいたのにね。いいかい――パムは一人きりだった。イギリスの服を着ていたと思う――目を見張るようなものじゃない――ウサギの毛皮だ。しかし、彼女はその下からダイヤモンドのように輝いていたんだよ」

「そう？」

「強靭な女性たちがビシソワーズのなかに涙を流した。エルザ・マックスウェル〔ゴシップコラムニスト〕は――」

「ジョー、今朝は忙しいんだ」

「彼女のテスト映像を見てくれないか？」

「テストはメーキャップ係のためのものさ」とジムはじれったそうに言った。「僕はいいテストだと言われても信じない。悪いテストも常に疑うようにしている」

「自分なりの考えがあるってことだね」

「そんなところだ。映写室では見当違いな意見がたくさん出るからね」

「オフィスでもそうだよ」

二度目の手紙は一週間後に来た。

「昨日お電話したら、秘書の一人があなたは外出中ですと言い、もう一人は会議中ですと言いました。これが口実なのでしたら、そうおっしゃってください。私は若返っていくわけではありません。二十一歳が間近に迫っています――あなたは老人たちをすべて殺してしまったようですし」

彼女の顔はもうぼやけていた。ずっと昔に見た写真のように、繊細な頬と憑かれたような目しか記憶に残っていない。言い訳の手紙を口述するのは簡単だった――計画が変わり、配役が新しくなり、いろいろと問題があって、無理そうです……

いい気分はしなかったが、少なくともこれで片がつく。その夜、近くのドラッグストアでサンドイッチを食べながら、彼はこの一カ月の仕事を上出来だったと振り返った。気配りを存分に発揮した。彼のユニットはスムーズに機能した。彼の運命を管理する幽霊たちも納得するだろう。

ドラッグストアにはほんの数人しかいなかったが、その一人が雑誌棚のそばにいるパメラ・ナイトだった。『挿絵入りロンドン・ニュース』から顔を上げ、彼を見てビクッとした。

サインしなければならない手紙が机の上にあることを知っていたので、ジムは彼女に気づかないふりができたらと願った。少しだけ横を向き、息を殺して耳を澄ませた。しかし、彼女は彼に気づいたはずなのに、何も起こらなかった。自分のハリウッド的な臆病さに嫌気がさし、彼はもう一度振り返ると、帽子を上げた。

「遅くまで起きているんだね」と彼は言った。

パメラは彼の顔を一瞬、探るように見た。

「私、すぐそこに住んでいるの」と彼女は言った。「引っ越したばかりなんです――今日、あなたに手紙を書いたわ」

「僕もこの近くに住んでるんだ」

彼女は雑誌を棚に戻した。ジムの気配りは消え去った。突然歳を取ったように感じ、苛々して、訊くべきでない質問をしてしまった。

「うまくいってる?」

「ええ、とっても」と彼女は言った。「いまお芝居をやっているの――パサデナのニューフェース劇場でやる本物のお芝居よ。経験を得るためにね」

「そう、それはいい考えだ」

「二週間で初日を迎えるわ。あなたにも来てもらえたらと思っていたの」

彼らは一緒に外に出て、赤いネオンサインの下で立ち止まった。秋の街路の向こう側では、新聞少年たちが夜のフットボールの結果を叫んでいる。

「どちらに行くの？」と彼女は訊ねた。

――君と反対側だよ、と彼は思った。しかし、彼女が自分の行く方角を示したとき、彼は一緒に歩いていた。サンセット大通りにはもう何カ月も足を向けていない。パサデナと聞いて、彼は初めてカリフォルニアに来たときのことを思い出した。十年前の緑色でクールなカリフォルニア。

数軒の小さなバンガローが中庭を取り囲むように建っているところで、パメラは立ち止まった。

「おやすみなさい」と彼女は言った。「私の手助けができなくても、気にしないでね。ジョーが戦争やら何やら、いまの状況を説明してくれたから。あなたが私を助けたいと思ってくれたのはわかっているわ」

彼は厳粛な顔で頷いた――心のなかで自分を軽蔑しつつ。

「あなたは結婚しているの？」と彼女は訊ねた。

「いいや」

「じゃあ、おやすみのキスをして」

彼がためらっていると、彼女は言った。「おやすみのキスをされるのって好きなの。よく眠れるから」

彼は恥ずかしそうに腕を彼女の体に回し、唇に向かって身を屈めた――ちょっとだけ触れた。そして、机の上の手紙のことを必死に考えつつ——もうあれは送れない——彼女を抱きしめていることに喜びを感じていた。

「ね、大したことないでしょ」と彼女は言った。「お友達のキスよ。おやすみなさいってだけ」

街角に戻っていきながら、ジムは声に出して「大変なことになるな」と言った。そして、ベッドに入ったあともしばらく、この不吉な予言を自分に対して繰り返し続けた。

III

パメラの芝居の三日目にジムはパサデナに行き、最後列のチケットを買った。小さな公会堂に入ると、うろついているアッシャーたちのほかは誰もおらず、舞台裏から金槌の音に混じっておしゃべりが聞こえてくるだけだった。彼はこっそりと帰ろうかとも思ったが、五人のグループが到着して、ホッと安心した。そのなかにはジョー・ベッカーの主任助手もいた。ライトが消え、ゴングが打ち鳴らされる。六人の観客を相手に芝居は始まった。

ジムはパメラを見つめた。彼の前では五人のグループが互いにもたれ合い、パメラの場面が終わると囁き合った。彼女の演技はよかったか？　彼はそうだと確信した。しかし、映画界は世界の半分に目を配って才能を求めているのだから、「天才」などという現象はめったに起こらない。そういう可能性があるというだけ——あとは「運」次第。自分は「運」なのだ。おそらく、この女にとっての「運」——自分の内面を惹きつける彼女の力が普遍的だと感じられれば。サイレントの時代と違い、一人の男の気まぐれな欲望がスターを作り出すことはもはやない。しかし、ありきたりの役を演じる女優なら作ることができるし、テストやチャンスも作り出せる。最後の幕が家庭のベネチアンブラインドのように下りると、彼は側面のドアから入っていき、舞台裏にたどり着いた。彼女は彼を待っていた。

「今夜はあなたが来ないようにって願ってたの」と彼女は言った。「今日の私たちは駄目だったわ。でも、初日は満員で、あなたがいないか捜したの」

「君はよかったよ」と彼は恥ずかしそうに言った。

「あら、駄目よ。初日の私を見るべきだったわ」

「充分に見たよ」と彼は言った。「小さな役ならあげられる。明日、スタジオに来てくれないかな?」

彼は相手の表情を見つめた。その目から、そして口元の曲線から、突如として圧倒的な悲しみが現われ出てきた。

「あら」と彼女は言った。「本当にごめんなさい。ジョーがこのあいだ業界の人たちを連れてきて、次の日に私、バーニー・ワイズと契約しちゃったのよ」

「そうなの?」

「あなたが私を使いたがっているのはわかっていたけど、最初はあなたが製作責任者にすぎないってわかっていなかったの。もっと力のある人かと思って——」。彼女はここで口ごもり、急いで取り繕った。「でも、個人的にはあなたのほうが好きよ。バーニー・ワイズよりもずっと上品だもの」

彼は刺すような苦痛と不満を感じた。まあ、いいだろう、自分は上品だ。

「ハリウッドまで車で送ろうか?」と彼は訊ねた。

車は四月のように穏やかな十月の夜を走り抜けていった。橋を渡るとき、その壁のてっぺんがワイヤのフェンスで覆われているのを彼は指さした。彼女は頷いた。

「あれが何かは知ってるわ」と彼女は言った。「でも、なんて愚かなの！　イギリス人は、求めていたものが手に入らないからって自殺しないわ」

「わかってる。そういうときはアメリカに来るんだよね」

彼女は笑い、彼のことを値踏みするように見つめた。まあ、この人とも何か一緒にやれるだろう。彼女は手を彼の手の上に置いた。

「おやすみのキスをしようか？」

パメラは運転席に隔離されている運転手のことをちらりと見た。

「おやすみのキスをして」と彼女は言った。

次の日、彼はパメラ・ナイトンのような若い女優を探しに東部に飛んだ。必死に目を凝らしたので、愛らしい物悲しさをたたえた目や、イギリス人的な明るい声を持った女には、それだけで惹きつけられた。彼女と正確に同じような女を探さなければならないというのは、かなり無茶な課題のようだった。それから、急いでハリウッドに戻ってくるようにという電報が来て、彼はパメラを委ねられたことに気づいた。

「第二のチャンスをやろう、ジム」とジョー・ベッカーが言った。「今度は逃さないでくれ」

「何が問題だったんだい？」

「彼女の役がなかったんだ。あそこはいまひどい状態でね。だから我々は契約を破棄した」

スタジオの社長であるマイク・ハリスがこの件について調査した。どうしてバーニー・ワイズのような抜け目ない映画人が彼女を手放すのか？

「バーニーが言うには、彼女は演技ができないそうだ」と彼はジムに報告した。「また、それ以上にトラブルを引き起こす。僕はシモーヌ〔フランス出身の女優、シモーヌ・シモンのことであろう〕や、オーストリアの女優たちのことを思い出したよ」

「僕は彼女の演技を見たことがあります」とジムは主張した。「それに、彼女のための役もある。まだ彼女を完成させたいとも思いません。ただこのささやかな役に彼女を当てはめ、見てもらいたいんです」

一週間後、ジムはステージⅢの防音ドアを開け、心配そうになかに入っていった。薄闇のなかでドレス姿のエキストラたちが彼のほうを向き、目を大きく見開いた。

「ボブ・グリフィンはどこだ?」

「あのバンガローでミス・ナイトンと一緒にいます」

二人はソファに並んで座り、メーキャップ用のライトの強い光を浴びていた。パメラの顔が頑(かたく)なな抵抗を表わしているのを見て、ジムはトラブルが深刻だとわかった。

「何でもないよ」とボブは元気よく言った。「我々は二匹の子猫のようにうまくやっている。そうだよね、パム?」

「あなた、タマネギの匂いがするわ」とパメラが言った。

グリフィンはもう一度試みた。

「イギリスのやり方とアメリカのやり方がある。我々はその中間点を探しているんだ——それだけさ」

「いいやり方と馬鹿なやり方があるの」とパメラはあっさりと言った。「馬鹿みたいな姿を晒してデビューしたくないわ」

「彼女と二人きりにさせてくれないかな、ボブ？」とジムは言った。

「もちろん。時間はたっぷりある」

　その週、ジムはテストや衣装合わせやリハーサルで忙しく、彼女に会っていなかった。そして、自分がいかに彼女のことを知らないか、彼女も自分のことを知らないか、改めて思い知った。

「ボブが君の癪にさわるようだね」

「あの人、正気の人なら言うはずないことを言わせようとするの」

「わかった――たぶんそうなんだろう」と彼は同意した。「パメラ、君はここで働き始めてから、台詞をとちったことはないかい？」

「それは――誰だってとちることはあるわ」

「いいかい、パメラ――ボブ・グリフィンは君のおよそ十倍の給料をもらっている――それには特別な理由がある。彼がハリウッドでいちばん優秀な監督だからではない――実際、そこまで優秀ではない。それよりも、彼が台詞を決してとちらないからなんだ」

「彼は俳優ではないわ」と彼女は困惑して言った。

「僕が言っているのは、実生活での台詞のことさ。この映画に彼を選んだのは、僕もときどきとちることがあるからなんだ。でも、ボブは絶対にとちらない。彼がこの契約で手にした金は罪深いほどの額だ――彼にその価値はないし、誰一人としてそこまでの価値はない。でも、彼はこれだけ稼いでいる。なぜかというと、スムーズに仕事を進めるのはこの業界では超自然現象並みだし、ボブは〝自分〟を主張しない術(すべ)を学んでいるからなんだ。彼の三倍の才能を持っている者も――プロデューサーであれ俳優であれ監督であれ——これを学べないために沈んでいくんだよ」

「私、お説教されているっていうのはわかるけど」と彼女は不確かそうに言った。「どうもよくわからないわ。女優にはそれぞれに個性ってものがあって——」

彼は頷いた。

「そして我々はその個性にお金を払っている。その女性がほかで稼げる額の五倍。それは、彼女の個性が我々の足をすくいそうなところで、自制できればの話なんだ。パメラ、君は我々みんなの足をすくっているんだよ」

——あなたは私の味方だと思ったのに、と彼女の目は言っていた。

彼はもう数分彼女と話をした。自分が言ったことすべてを心から信じていたが、あの唇に二度キスをしたために、自分に求められているのは支援と保護であることもわかった。この人は私の味方ではない——そういう小さなショックを彼女に与えることにしかならなかったのだ。彼はかなり動揺し、彼女が一人ぼっちであることを気の毒に思いつつ、バンガローのドアまで行って呼びかけた。「ヘイ、ボブ!」

ジムはほかの仕事を片づけてからオフィスに戻った。マイク・ハリスが待っていた。

「あの女優がまたトラブルを起こしている」

「さっき行ってきましたよ」

「ここ五分の話だ」とハリスは叫んだ。「君が立ち去ってからトラブルを起こしたんだよ!　ボブ・グリフィンは今日の撮影を中止した。こちらに向かっている」

ボブが入ってきた。

「どうしてもわからないタイプの人間がいる——どうしてあんなになってしまうのか、チンプンカンプンだ」

一瞬、部屋は静まり返った。マイク・ハリスはこの状況に動転し、ジムが彼女と関係を持っているのではないかと疑った。

「明日の朝まで待ってくれ」とジムは言った。「この裏に何があるのか探るから」

グリフィンはためらったが、ジムの目には個人的に訴えるものがあった——十年の親交に訴えるものだ。

「わかったよ、ジム」と彼は同意した。

二人が立ち去ってから、彼はパメラの番号に電話した。そして、ほとんど予期していたとおりのことが起きたのだが、それでも彼の心は沈み込んだ。男が電話に出たのである。

IV

訓練を受けた看護師を除けば、女優とは無節操な男の餌食に最もなりやすい者たちである。ジムは、女優たちのトラブルや失敗の陰にはしばしば口先のうまい詐欺師がいるということを学んできた。そういう男は干渉したり、深夜にしつこく小言を言ったり、見当外れの忠告をすることで、自分の男らしさを見せつけるのだ。女性の仕事を蔑み、彼女の上司にあたる者たちの動機と知性をひっきりなしに疑問視するのが、彼らのテクニックなのである。

ジムはパメラが引っ越したビバリーヒルズのバンガローホテルに六時過ぎに着いた。中庭には寒々しい噴水があり、十二月の霧に対して意味もなくバシャバシャと水を跳ね上げている。彼の耳には、三台のラジオからメージャー・ボウズ〔当時人気のタレントショーを担当していたラジオ・パーソナリティ〕の大きな声が聞こえてきた。

アパートメントのドアが開いたとき、ジムは目を見張った。男は老人だった——腰が曲がった皺だらけのイギリス人で、冬に赤くなるはずの顔の色が消えかけている。古い化粧着を着てスリッパをはき、いかにも自宅にいるという雰囲気で、ジムにお座りなさいと言った。パメラはもうすぐ来ますから、と。

「ご親戚ですか?」と彼は不審そうに訊ねた。

「いえ、パメラと私はここハリウッドで会ったのです。見知らぬ国の見知らぬ者同士。あなたは映画会社の方ですか? ミスター——、ミスター——」

「レオナードです」とジムは言った。「はい、いまはパメラの上司です」

男の目がみるみるうちに変化した——涙目の瞬きが目立つようになり、老人らしい目蓋が引きつった。口を歪(ゆが)め、唇の両端が下がっている。その激しい憎悪の表情をジムは見つめていた。それからまた年寄りらしい、穏やかな表情に戻った。

「パメラは適切に扱われているでしょうね?」

「映画に出られていた方ですか?」とジムは訊ねた。

「健康を害するまではね。でも、私はまだ配役部門のリストには載っていますよ。この業界のことは何でも知っているし、会社を経営している人たちのことも——」

彼はここで話をやめた。ドアが開き、パメラが入ってきた。

「あら、こんにちは」と彼女は驚いた声で言った。「自己紹介は済んだ? こちらはチョーンシー・

ウォード閣下――ミスター・レオナード」

彼女の輝かしい美しさは、風と天気からひったくってきたかのように、屋外から持ち込まれた。ジムはそれを見て、一瞬、息を呑んだ。

「今日の午後、私の罪が何かについては話してくださったと思うけど」と彼女は挑むような口調で言った。

「スタジオから離れたところで話したかったんだ」

「給料のカットには応じちゃ駄目だぞ」と老人は言った。「そいつはよくある罠だ」

「そうじゃないのよ、ミスター・ウォード」とパメラは言った。「ミスター・レオナードはこれまでお友達だったの。でも、今日、監督が私を馬鹿にしようとしたら、ミスター・レオナードも監督を応援したのよ」

「やつらはみんな結託するんだ」とミスター・ウォードは言った。

「どうだろう――」とジムは始めた。「二人きりで話せないかな?」

「私、ミスター・ウォードを信頼しているわ」とパメラは顔をしかめて言った。「彼はこちらにもう二十五年いるし、ほとんど私のマネージャーみたいなものなの」

どれほど深い孤独からこの関係が生まれたのだろう、とジムは考えた。

「スタジオでまたトラブルがあったって聞いたけど」とジムは言った。

「トラブル！」彼女は目を丸くした。「グリフィンの助手が私のことを罵（ののし）って、それが耳に入ったのよ。だから出てきたの。グリフィンがあなたを通じて謝罪してきたのだとしても、それは受け容れません――私たちの関係はこれ以降、厳密にビジネスだけに限定されます」

「彼は謝罪してきたのではないよ」とジムは居心地悪そうに言った。「最後通牒を送ってきたんだ」

「最後通牒！」と彼女は叫んだ。「私は契約を結んだし、あなたは彼のボスでしょう？」

「ある程度まではね」とジムは言った。「――でも、もちろん、映画を作るというのは共同作業であって――」

「じゃあ、別の監督の下でやらせて」

「自分の権利のために戦いなさい」とミスター・ウォードが言った。「やつらに一目置かせるには、それしかない――」

「あなたは全力を挙げてこの女性(ひと)を叩き潰そうとしていますね」とジムは穏やかな声で言った。

「我々を怖気(おじけ)づかそうったって無理だぞ」とウォードはぴしゃりと言った。「おまえみたいなタイプの男は経験済みだ」

ジムは再びパメラを見た。彼にできることは何一つない。二人が恋をしているのだったら――いまこそ、二人のあいだで恋の火花が散るように仕組むべきときだと思えたら――彼は彼女に対して手を差し伸べたであろう。しかし、もう遅すぎた。闇に包まれた窓の外のハリウッドでは、映画産業の車輪が勢いよく回っている。彼にはそれが感じられるような気がした。スタジオが明日の朝開いたら、パメラをまったく含まない新しい案をマイク・ハリスが持ってくるだろう。ジムにはそれがわかっていた。

もうしばらく彼はためらっていた。自分は人に好かれている男だし、まだ若く、広範囲の人々から認められている。みなの意見に抵抗し、彼女を演劇の教師のところに送ることもできる。彼女がこんな失敗をするのは見るに忍びない。その一方で、彼は心配にもなった。人々がどこかの時点であまりに彼女の言いなりになり、この種の仕事をするには甘やかしすぎたのではないか。

「ハリウッドはあまり上品な場所ではないわ」とパメラは言った。

「ここはジャングルだ」とミスター・ウォードが同意した。「肉食獣がそこらじゅうにうろうろしておる」

ジムは立ち上がった。

「では、この獣は出ていきます」と彼は言った。「パメラ、とても残念だ。君がそのように感じているのなら、イギリスに戻り、結婚するのが賢い選択だと思う」

一瞬、彼女の目に疑念がちらりと兆した。しかし、彼女の自信と若者らしい自惚れがその判断力を上回った――この瞬間こそがチャンスであり、それを永遠に失いつつあるのだということに、彼女は気づいていなかった。

そう、ジムが背を向けて出ていったとき、彼女はチャンスを失ったのである。それがどのように起きたかを彼女が知るのは数週間後のことだった。彼女は数カ月分の給料を受け取った――ジムがそのように手配した――が、二度とあのスタジオに足を踏み入れることはなかった。ほかのスタジオに呼ばれることもなかった。彼女は暗黙のうちにブラックリストに載せられたのである――文字に書かれるものではなく、夕食後のバックギャモンのゲーム中とか、競馬に行く途中とかに話にのぼるもの。影響力のある男たちがあちこちのレストランで彼女のことを興味深げに眺めるのだが、彼女についていろいろと問い合わせると、必ず同じ袋小路に突き当たるのだ。

続く数カ月、彼女は諦めなかった――ベッカーが興味を失ったあとも、しばらくずっと。そして生活に困るようになり、注目されたい人々が行くような場所で見かけなくなった。しかし、六月に彼女が亡くなったのは、悲しみや失意のためではなく、単なるありふれた状況によるものだった。

V

それを聞いたとき、ジムには信じがたいことのように思われた。彼女が肺炎で入院したという話をたまたま聞き、電話をしてみて、亡くなったことを知ったのだ。「シビル・ヒギンズ、女優、イギリス人、享年二十一」

ウォード老人が連絡先として挙げられていたので、ジムは昔の給料で未払いのものがあったという言い訳を使い、葬儀の出費が賄（まかな）えるくらいの金を彼が受け取れるようにした。ウォードが金の出所に気づくのではないかと心配して葬儀には行かず、一週間後に車で墓参りに行った。

日が長くて明るい六月のある日、彼はそこに一時間ほどいた。息ができるだけで幸せといった若者たちが町じゅうに溢れていて、あのイギリス娘がその一人でないというのはどうにも理不尽に思われた。物事をいろいろとこねくり回し、何とか彼女にとってうまいストーリーを作り出そうとしてみる。しかし、もう遅い。あのピンクと銀色の霜は溶けてしまったのだ。彼は声に出してさようならと言い、また来ると約束した。

スタジオに戻ると、映写室を予約し、彼女が映っている映像をリクエストした。彼女のテスト映像や、彼女が出演するはずだった映画の断片である。彼は闇のなか、大きな革張りの椅子に座り、ボタンを押して映写を始めた。

テストでのパメラは、初めて彼女と会ったダンスパーティのときと同じドレスを着ていた。とても幸せそうだったので、彼女が少なくともその程度の幸せは経験したのだとわかり、彼は嬉しくなった。映画からの抜粋は、画面に映っていないボブ・グリフィンの声とともに始まり、小道具の男がテーク番号の板をときどき見せる形で、ぎくしゃくと進んだ。そして最後から二番目のテークになり、ジムはびくっとした。彼女がカメラから顔を背け、こう囁いたのだ。

「こんなふうにやるくらいなら死にたいわ」

ジムは立ち上がり、オフィスに戻った。そして彼女から受け取った三通の手紙を開け、もう一度読んだ。

……スタジオを通りかかったので、あなたのことやドライブのことなど思い出しました。

――スタジオを通りかかったので。春のあいだ、彼女は二度電話をかけてきたし、彼も会いたいと思っていた。しかし、彼には何もできなかったであろうし、そう彼女に告げるのは耐えがたかった。

「僕にはあまり勇気がない」とジムはひとりごちた。このことに取り憑かれてしまうのではないか――あの青春の思い出のように。そんな恐れをいまでも彼の心は抱いていた。彼は惨めな気持ちになりたくなかった。

数日後、彼は編集室で遅くまで働いてから、サンドイッチを食べようと近所のドラッグストアに立ち寄った。暖かい夜で、ソーダのカウンターには若者がたくさんいた。勘定を払っているとき、彼は雑誌棚のそばに人が立ち、雑誌の上側から彼を見つめていることに気づいた。彼は手を止めた――よく見ようとして振り返り、他人の空似に終わってしまうのは嫌だった。しかし、立ち去りたくもなかった。

ページがめくられる音が聞こえ、それから目の隅に雑誌の表紙が映った。『挿絵入りロンドン・ニユース』

恐ろしくはなかった――あまりにも焦って、あまりにも必死に考えていた。もしこれが現実で、彼女をこの世に引き戻せるのなら――あそこから、あの夜から始められるのなら。

「お釣りです、ミスター・レオナード」

「ありがとう」

まだ振り返らずに彼は出入口に向かって歩き始めた。すると雑誌が閉じられて棚に戻される音がし、すぐ近くから誰かの息遣いが聞こえてきた。通りの向こう側では新聞売りの少年が大声で号外を売り歩いている。彼は一瞬ためらってから、いつもと違う方向に向かっていった――彼女の家があるほうだ。すると、ついて来る足音が聞こえた――とてもはっきりと聞こえてきたので、彼女がついて来るのに苦労しているのではないかと心配になり、歩を緩めた。

アパートの庭の前で彼女に腕を回し、その輝くように美しい顔を引き寄せた。

「おやすみのキスをして」と彼女は言った。「おやすみのキスをされるのって好きなの。よく眠れるから」

――じゃあ、眠りなさい、と彼は踵（きびす）を返しながら思った――眠りなさい。僕にはどうすることもできない。どうにかしようと努力はした。君がその美しさとともに現われたとき、それを手放したくはなかった。しかし、どういうわけか手放してしまった。君にはもう何も残されていない――眠る以外は。

体温

冒頭で主人公を〝X〟なり〝H・B〟なりと呼ぶことにして始めるべき物語があるが、これもその一つである。というのも、ここにはたくさんの人々が描き込まれており、少なくとも一人はこれを読んで、主人公は自分であると主張するはずだからだ。そして、最近よく行なわれるごまかし、「実在の人物との類似は意図したものではありません」については——それを試みるのも無駄であろう。

私たちは遠慮せず、問題の男をエメット・モンセンと呼ぶことにしよう。これが彼の実名（あるいは、ほとんど実名）だからである。三カ月前、あなたが写真雑誌やニュース雑誌を見ていたなら、彼が蒸気船フマタキ・ナガーシャ号でオミギス諸島から帰国したという記事を見つけていたはずだ。熱帯地方の潮流やキノコについて注目に値する情報を手に入れて、ロサンゼルスの港に到着したのだった。彼が写真雑誌に載るのは、写真での見栄えがとてもいいからだ——三十一歳で、スリムで黒い髪のハンサムな男。カメラマンが「ミスター・モンセン、もう一度笑っていただけませんか？」と言わずにいられなくなる表情の持ち主である。

しかし、物語を二度始めるという現代の特権を使い、この物語を別の場所から始めることにしよう

――エメット・モンセンが埠頭を離れてから四十八時間後、ロサンゼルスのダウンタウンにある医学研究所で起きた出来事だ。

かなり美しい娘が若い男に話しかけていた。この男の仕事は心臓のカルテである心電図を現像すること――正確な道具という評判をいまだかつて勝ち得たことのない臓器の動きを自動的に記録したグラフのことである。

「エディは今日、電話してこなかったの」と彼女は言った。

「ごめんね、涙を流してて」と彼は答えた。「副鼻腔炎のせいなんだよ。じゃあ、これが今日のグラフね。君の結婚式のアルバムに加えたら?」

「ありがとう――でも、女が一カ月以内に――少なくともクリスマス前に――結婚するんだったら、相手の男は毎朝彼女に電話するはずよね」

「いいかい――彼がワドフォード・ダン・サンズの仕事を失ったら、君とメキシコで結婚式を挙げることもできなくなるんだよ」

研究所の娘は〝ワドフォード・ダン・サンズ〟という名前を最初の心臓のカルテの上に丁寧に書き、短いながら強烈なカリフォルニア独特の罵り語を呟いた。それから〝ワドフォード・ダン・サンズ〟を消して、患者の名前をそこに記入した。

「この心電図だけど」と研究所の男はつけ足した。「いつまでに届けないといけないかと言うと――」

電話が立て続けに鳴り、彼は最後まで言えなかった――が、エディからの電話ではなかった。二人の医者からで、どちらもとても怒っていた。若い娘は慌てて支度をし、数分後には一九三一年モデルの車に座っていた。それに乗って、ロサンゼルス郊外の町に向かったのだ。こういう郊外の町が次々にできることで、ここは世界で最も拡張した都市になったのである。

彼女の最初の目的地はわくわくするような場所だった。若きカーロス・デイヴィスの田舎の屋敷。彼女は明滅するスクリーンの上で彼を見たことはあったが、テクニカラーで見たのは一度だけだった。カーロス・デイヴィスの心臓に問題があるわけではない——まったく逆である。彼女が心電図を届けた相手は、彼の地所にある小さな家を借りている男だった——この家はもともとデイヴィスの母親のために建てられたものである。もしデイヴィスがたまたまスタジオから戻っていたら、彼をちらりと見られたかもしれない。

しかし見られなかった。そして差し当たり——心電図を該当する家の玄関まで届けたあと——彼女は物語から退場する。

そしてこの時点で、映画製作で使う表現を借りれば、カメラは家のなかに入り、私たちもそれについて行く。

家を借りているのはエメット・モンセンであった。このとき彼は安楽椅子に座り、日が燦々とあたる五月の庭を眺めていた。一方、ヘンリー・カーディフ医師はその大きな手で封筒を開け、心電図とそれに添えられたレポートを読んでいた。

「僕はあそこに一年長くいすぎたんです」とエメットは言った。「馬鹿みたいに水を飲みました！一緒に仕事をした男には信念がありましてね——二十年間、水にはまったく触れず、ウィスキーしか飲まなかったんです。ちょっと干上がった感じでしたね——皮膚なんか羊皮紙みたいで——でも、平均的なイギリス人にすぎませんでした」

メイドの暗い影がダイニングルームのドア口にちらりと見えたので、エメットは彼女に呼びかけた。

「マルゲリラ？　この名前で正しかったかな？」

「はい、ミスタ・モンセン」

「マルゲリラ、もしミス・エルサ・ハリデイが電話してきたら、僕は家にいる。でも、それ以外だったら僕は外出中だ。名前を覚えてくれ――ミス・エルサ・ハリデイ」

「わかったです。私、その人のこと映画で見た。フランクと私――」

「わかったよ、マルゲリラ」と彼は丁寧に遮った。

カーディフ医師はカルテを読み終え、その巨体の部分部分をぎくしゃくと持ち上げて、歩き始めた。視線はシャンデリアのあたりをさまよっており、まるで彼の訓練の年月が守護天使となって、そこに隠れているかのようだった。

「それで、どうですか？」とエメットは言った。「たぶん腫瘍かな？　一度キノコを呑み込んだんですよ――海老だと思いましてね。それが付着したんじゃないですかね。いわゆる――女性のように。というか、女性がするとされているように」

「これはレントゲンではありません」とカーディフ医師は優しすぎるほどの声で言った。「心電図です。昨日、あなたに横になってもらい、体にワイヤをつけてもらいましたでしょう？」

「ああ、そうでした」とエメットは言った。「ちょっと窓を開けましょう」

彼は立ち上がろうとしたが、すぐに医師の巨体が目の前に現われ、彼を押し戻した。

「ミスター・モンセン、ここにおとなしく座っていてください。あとで、輸送手段を手配しますから」

医師は部屋の隅に地下鉄の入り口が、あるいは少なくとも小型クレーン車が、隠れていないかと探すかのように、あたりを急いで見渡した。エメットは座ったまま、医師が話すのを待っていた。その魅力的な目は警戒するような表情になり、完全に目覚めた様子だった。

「船で熱が出たのはわかりました——だからカリフォルニアにとどまったんです。でも、カルテが深刻な病状を示しているなら、それを知っておきたいと思います」

カーディフ医師はすべてを話す決意をした。

「あなたの心臓は肥大していて……その……」彼は口ごもった。

「危険なほどですか?」とエメットは訊ねた。

「しかし、致命的というほどではない」とカーディフ医師が答えた。

「ねえ、ドクター」とエメットは言った。「何なんですか? 心臓が止まりそうになっている?」

「いや、違う!」とカーディフは抗弁した。「そういう見方はしませんね。私は余命二時間さえないケースも見ましたけど——」

「はっきり言ってください」とエメットは叫んだ。「すみませんが、ドクター、僕は子供ではない——チフスや赤痢にかかった人たちも見てきました。僕の生存率はどれくらいですか? 十パーセント? 一パーセント? この美しい世界を去らなければならないのはいつ、どのような状況においてですか?」

「それは——いいですか、ミスター・モンセン——かなりの部分、あなた次第です」

「わかりました。あなたがおっしゃること、何でもやりましょう。激しい運動は避けるのでしょうね? ハイボールも駄目。はっきりとするまでは遠出をしないように——」

メイドがドア口に現われた。

「ミスタ・モンセン。エルサ・ハリデイが電話してます。私、骨の髄まで震えそう――」

エメットは医師が彼を椅子から立ち上がらせようとする前に飛び上がり、食器室で電話に出ていた。

「あなたのこと、午前中ずっと考えていたわ、エメット」と電話の向こうの声が言った。「午後、そちらに行くわね。お医者さんは何て言った？」

「どこも悪くないって――ちょっと疲れているから、しばらくのんびりしなさいってさ。エルサ、わかってるかい？　埠頭で会った数分間を除けば、僕たちは二年間会っていないんだよ？」

「二年間は長いわね、エメット」

「そんなふうに言わないでよ」と彼は反論した。「ともかく、できるだけ早く来て」

電話を切ったとき、彼は食器室に一人きりではないことに気づいた。マルゲリラの顔が見え、彼女の肩のところにはまた別の顔があったのだ。彼はその顔を、しばらくぼんやりと、うわの空で見つめていた――雑誌の表紙程度の実体しかないもののように。それは、顔も目も丸い女の子のものだった――結局のところ、さほど驚くことではなかったが、彼女が可愛らしい好奇心を剝き出しにし、魅了され、面白がりながらも驚いた表情で彼を見つめているので、彼はそれに対して何か言い返したくなった。ある種の女の子たちの顔のように、「本当にあなたですの？」と訊ねているのとは違う。むしろ、「こんなナンセンスを楽しんでいるんですか？」と訊ねているような顔。そうでなければ、「このダンスで私たち、パートナーになれるみたい」と言い、さらにこうつけ加えているような顔――「私、生まれてからずっと、このダンスを待っていたのよ」

女の微笑に仄(ほの)めかされたこうした質問、あるいは声明に対して、エメットはじっと見つめることで応答した。

「何かあなたのお力になれることはありませんか?」と彼はようやく訊ねた。

「それは逆ですわ、ミスター・モンセン」。彼女はどことなく息を切らせているような声をしていた。

「何かあなたのお力になれることはありませんか? 私はラスティ秘書派遣会社からここに送られました。ミス・トレイナーといいまして、これがミスター・ラホフからの推薦状です。ミスター・ラホフは音楽家でして、先週、ヨーロッパに行きました――」

彼女は彼に向かって手紙を差し出した――が、エメットは機嫌を損ねていた。

「聞いたことのない人だな」と彼は断言し、それから訂正した。「ああ、聞いたことはある。でも、僕は推薦状を信用しないんだ」

彼は女をじっくりと、ほとんど責めるかのように見つめた。微笑みが彼女の顔に戻ったが、それは彼に同意しているように見えた。そうですよね、推薦状なんてみんな意味がないし、私はずいぶん前からそう思っていました――ようやくそれを公言する人に会えて嬉しいです。

エメットは立ち上がった。

「あの一階の部屋があなたのタイプ室になります。マルゲリラが案内してくれますよ」

彼は頷き、リビングルームに戻った。そこではカーディフ医師が一人で待っているのではなく、糊のきいた白いドレス姿の女性と秘密めいた話し合いをしていた。会話に集中するあまり、二人はエメットが入ってきても話し続けている――会話は囁き声のまま変わることなく、彼が椅子に落ち着いてもしばらく続いていた。

「こちらはミス・ハプグッド、あなたの日中の看護師です」とカーディフ医師がようやく言った。

おどおどした釣り鐘型の女性が値踏みするようにエメットに向かって微笑みかけた。

「あなたのことはすべて説明しておきました――」と医師は続けた。

看護師は書き込みでいっぱいのメモ帳を持ち上げて、そのことを裏づけた。

「――それから、日中何度か私に電話するよう、彼女にはお願いしました。ですから、手厚く看護されていると思って安心してください、ハッハッハ」

看護師も一緒に笑った。エメットは冗談を聞き逃したのだろうかと心配になった。

次に医師は「急いでますので」と言い――これは、何度かバッグを持ち上げ、それを下ろし、最後の最後で処方箋を書き、看護師に急いで聴診器を取りに行かせるといった動作を含んでいたが――ついにその巨体でリビングルームのドアをふさぎ、出ていくことになった。その頃、ストップウォッチを持っていないエメットは、「急いでます」というのが病室独特の言い回しなのだろうと考えていた。

「ミスター・モペット」と看護師は言った。「私たちはまず互いをよく知ることから始めるべきかと思います」

エメットは自分の正しい名前を教えることから始めようとしたが、そのとき彼女が続けて言った。

「一つ、あなたに知っていただきたいのは、私がちょっとぎこちないってことです。私の言っている意味がわかりますか?」

世界じゅうを旅してきているので、エメットは知らない言語で質問されたこともあるし、しばしば身振りで答えることもできた――が、今回は途方に暮れた。「残念です」はどうも的外れに思えるし、それは「可哀想に!」も同じだった。この苦境は、若きカーロス・デイヴィスがドア口に現われたことで回避された。トレイナー嬢を横に従えている。デイヴィスはダコタ州の小さな町の出身で、気取ったところはまったくなかった――ささやかな物真似の才能と、並外れた顔立ちのよさをもって生まれたのは、彼の落ち度ではない。

エメットは立ち上がった。

「ようこそ！」とデイヴィスは言った。「たまたまお医者さんに会いましてね。私にできることはないかどうかお聞きしたかったんですよ」

「それはご親切に――」

「ご安心ください、いつでもお助けに参りますので。私の個人的な電話番号をあなたの……あなたの……」。彼の目は見るからに愛でるようにトレイナー嬢のことを見つめていた。「あなたの秘書さんに残しておきます。電話帳にはありませんが、彼女には伝えました」。彼は間を置いた。「つまり、彼女が電話番号を知っています。では、私は出かけます――放送に出ますので。いやはや！」

彼は憂鬱そうに少し首を揺らし、手を振って別れを示した――エリザベス女王をおぼろげに思い出させる仕草。それから飛び跳ねるように出て行ったが、玄関に着く頃には、走り幅跳びの選手を思わせるほどの跳躍になっていた。

エメットはミス・トレイナーを見つめた。

「あなたの唇が動くのは見えないけど」と彼は言った。「去っていく彼に向けた乙女の祈りが聞こえるようだ」

「あの人を入れないように頑張ったんです」と彼女は冷静に答えた。「でも、力で押し切られてしまいました。いま、私にしてほしいと思うことが特にありますか？」

「ええ、座って。どういう仕事をしてもらうか説明するから」

彼女を見て、彼は七歳の自分を深く傷つけた女の子のことを思い出した。年齢も名前も違うが、本当にあの女の子なのではないか――彼はそう訊ねたいと思い続けていた。

「ある種の科学的な本を書いたんだ。キッチンの包みに数冊入っている。明日出版される予定で、誰も読まないだろう」。彼は唐突に彼女をじっと見つめた。「あなたは潮流がどう生まれるのか不思議に思わない？　つまり、それに関する本を買う？」

「ええと……」。間があく。「……ある状況においては買いますわ」

「世渡りがうまいね？」

「率直に言いますと、サイン入りの本をいただけるのなら、買いません」

「世渡りがうまい」と彼は唸った。「〝駆け引き上手〟とでも言うべきだったかな。ともかく、この本は数百の図書館に設けられた地理のセクションに消えるんだ。その一方で、僕は冒険の本を書いたらどうかとひらめき、たくさんメモを取ってきた――玄関にブリーフケースがあるかどうか見てきてくれないかな？」

「ミスター・モップ――」と看護師が咎める口調で言い始めたが、エメットは遮った。「ちょっと待って、ミス・ハプグッド」。トレイナー嬢がブリーフケースを運んできてから、彼は続けた。「赤いクレヨンでチェックしてあるものをタイプしてほしい。僕が見られるように」

「わかりました」

「あなたはボストンあたりの出身かな？」と彼は訊ねた。

「あら――そうです。訛りが残ってるんでしょうね」

「僕はニューハンプシャー生まれなんだよ」

二人は見つめ合い、安らぎを感じた。どちらも共和国の反対側に思いを馳せていた。おそらくミス・ハプグッドは彼らの表情を誤解したのだろう。断固として会話を遮った。

「ミスター・モペット――私は指示を受けておりまして、どんなものよりも先に治療を開始したいのです」

彼女はドア口に視線を投げかけた。トレイナー嬢は自分が「どんなもの」に当たるのだと気づき、ブリーフケースを持って退いた。

「まず私たちはベッドに行きます」とミス・ハプグッドは言った。

この文章が微妙な意味合いを持つにもかかわらず、彼女のあとについて階段へと向かうエメットの考えていることは、児童向け雑誌に載ってもおかしくないものだった。

「あなたに手を貸そうとはいたしません、ミスター・モップ――私はぎこちない人間ですから――でも、お医者様はゆっくりのぼるようにとおっしゃっていました。こんなふうに欄干の手すりに摑まって」

エメットは階段をのぼるときにあたりを見回しはしなかった。しかし、突然キーッという木の軋る音がし、続いて非難するような笑い声が聞こえた。

「カリフォルニアではこういう安普請の家を建てるんですね」と言って彼女はクスクス笑った。「東部とは違います」

「あなたは東部出身なんですか？」と彼は階段のてっぺんから訊ねた。

「はい、アイダホで生まれ育ちました」〔アイダホはカリフォルニアよりは東だが、アメリカの北西部にあたる〕

彼はベッドの縁に座り、靴の紐を解き始めた。自分が病気なのに、気分が悪くならないことに当惑していた。

「すべての病は唐突に襲ってくるものだ」と彼は声に出して言った。「腺ペストのように」

「私、腺ペストの患者を扱ったことはありません」とミス・ハプグッドが取り澄まして言った。

エメットは顔を上げた。

「扱ったことが――」

彼は靴を脱ぐのを続けようと決心したが、彼女がすでにひざまずき、靴の紐で見事な綾取りの模様を作り出していた。

「ズボンは自分でやるから」と彼は急いで言った。「パジャマはスーツケースに入ってる――まだ中身を出しきっていないもので」

ミス・ハプグッドはしばらく探してから、正装用のドレスシャツとコーデュロイのズボンを手渡した――幸い、エメットはシャツを完全に着てしまう前に、飾りボタンのきらめきに気がついた。

薬を二錠飲んでから、口に体温計をくわえてようやくベッドに入ると、ミス・ハプグッドが鏡から話しかけてきた――彼の櫛を手にして鏡に向かい、自分の見事にこんがらがった髪を梳かそうとしている。

「いろいろと素敵なものをお持ちですね」と彼女は言った。「最近働いたいくつかの家は、唾をかける価値もないものばかりでした。でも、ドクター・カーディフにお願いしたんです。本物のジェントルマンの患者を見つけてくださいって――だって、私はレディですから」

エメットはベッドの上で起き上がり、体温計を口から取り出した。

「いいかな――僕はミス・エルサ・ハリデイが訪ねてくるまで、ベッドに入るつもりはなかったんだよ」

「いま飲んでいただいたのは睡眠薬です、ミスター・モップ」

彼は脚を一息にベッドから下ろした。

「催吐剤をもらえないかな——あるいは、何でもいいから薬を取り除くものを」

「心臓の患者さんに痙攣を起こさせるわけにはいきません」

「じゃあ、しばらく眠るとしよう」とエメットはしかたなく決意した。「ミス・ハリデイが二時間以内に来ることはないだろう」

「そんな姿勢では眠れませんよ」

「僕はいつでも肘をついて眠るんだ」

彼女は無理やり彼を横たわらせた。彼女がこんな素早い動きを見せたのは、知り合ってから初めてだった。

次に目を覚ましたときにはすでに翌朝になっていて、彼は目を開ける前からおぼろげに恐ろしいことだと感じていた。まだ五月で、デイヴィス屋敷の庭はほとんど一晩で一斉に咲いた薔薇で溢れかえっていた。花の群れはうねるように彼のポーチにも届き、甘い香りが窓の網戸を通して入ってくる。しかし彼は、昨晩おとなしく従ってしまったことへの反動を感じていた。

二度ベルを鳴らした——秘書と打ち合わせた合図である。彼女が現われると、彼は枕を抱えるような姿勢でうつ伏せになった——それから彼女が香りに釣られて窓のほうに目を向けると、その視線を追った。「たくさん咲いたようだね？」

「この部屋のなかにも達するほど茂らせたいですわ」とトレイナー嬢が提案した。

「ミス・ハリデイは昨日、来たのかな?」と彼は勢い込んで訊ねた。

「はい、でもエメットさんは睡眠中でした。今朝、あの方から花が届きました」

「どんな種類の?」

「アメリカン・ビューティです」

「ポーチで咲いているのは?」

「タリスマンです――セシル・ブルンネも少し」

「わかった――いま最も大事なのは、ミス・ハリデイが次に来るとき、僕が目を覚ましていることだ。どうやら僕は一気に病人の心理に陥ってしまったらしい。陰謀に巻き込まれたように感じるんだよ、医師と看護師が結託して僕を眠らせてるんじゃないかって」

彼女は網戸の窓を開け、一輪の薔薇をもぎると、彼の脇の枕に向かって投げた。

「信用できるものもありますわよ」と彼女は言い、それから元気よくつけ加えた。「一階に郵便が来ています。郵便を見ることから一日を始める方もいらっしゃいますよね――でも、ミスター・ラホフはいつも計画通りに仕事を済ますのがお好きでした。新聞を読むことよりも先に」

エメットはミスター・ラホフに対するかすかな敵意を察知し、いくつかの可能性を考えた。

「では、彼女が次にいつ来るかを探ってくれないかな。来てほしくてたまらないようには思われたくないけど。仕事に関しては――そうだな、あの医者が何を計画しているのかわかるまで、何にも手をつけたくない。看護師のメモ帳を見せてくれないかな?」

「ミス・ハプグッドを呼びましょう。いま朝食中です」

「いや、駄目だ」と彼は断固として言った。

彼がベッドから立ち上がろうとしたので、トレイナー嬢は彼の要求に屈した。カルテを手に入れたエメットは、数分間じっと読みふけった。そのあと真剣な表情でベッドから降り、片手でガウンに手を伸ばすと、三回ベルを鳴らして看護師を呼んだ。ある種の言葉も口にした――トレイナー嬢が理解できないことを望むしかない言葉だった。

「これを読んでみたまえ！　右側を下にして三時間寝る――それから看護師に頼んで、左側が下になるようにそっと向きを変えてもらう！　こいつは葬儀屋への指示だ！　ただし、カーディフは防腐処理のことを忘れたようだがね！　電話で彼と話をさせてくれ！」

トレイナー嬢がエメットにカルテを渡した瞬間から、患者の顔色は変わった。あとになって、彼女はカルテを摑み、走って逃げることもできたのだと告白した。しかし、そうすると追いかけっこになる可能性がある。それはおそらく二つの悪徳のうちでも悪いほうであろう。

一時間後、彼はリビングルームでカーディフ医師にこう話していた。「カルテを見ました。僕はこんな感じで六カ月も暮らせないですよ」

「そういう声は何度も聞きました」とカーディフ医師は厳しく言い渡した。「何十人もの人が言いましたね。〝こんな××みたいなベッドに私が寝てられると思ってるんなら、あんたは気がふれてる！〟って。ところが数日後、怯えだして、ものすごくおとなしく――」

「一日じゅう天井なんて見てられません――それに、ベッドに入ったまま石鹸水で体を拭いてもらったり、おまるを使ったり、お粥を食べ続けたり――まったく、頭がおかしいですよ！」

「カルテを読みたいとおっしゃるのでしたら、ミスター・モンセン、すべてを読むべきでしたね。看護師が読んで聞かせるという規定があるんです――それに、朝の三十分間は郵便を見たり、小切手にサインしたり、いろいろとできます。個人的に、あなたがここで病気になったのは幸運だと思いますよ、こんな美しい――」

「僕もそう思います」とエメットは遮った。「しかし、それは関係ありません。こんなことはできない――僕は十二歳のときに家出をして、一人でテキサスへ――」

医師は立ち上がった。

「あなたはもう十二歳ではありません。大人です」。彼はエメットのガウンを剝ぎ取った。「いいですか――」。血圧計をエメットの腕に取りつけると、そのタイマーが奥から嘆きの溜め息をついた。カーディフ医師は目盛りを見て、フラップをほどいた。それからミス・ハプグッドが患者の脇に立ち、エメットは腕にチクリとした痛みを感じた。

「ミスター・モンセンを二階に運びます」とカーディフ医師は言った。

「自分で階段をのぼれます……」

ミス・トレイナーは真面目で、ゆっくり考えるタイプの女性だった。顔に特別な喜びの表情が表われることもあったが、直感に従うことはめったになかった。それでも、カーディフ医師がこの件に関して最新の情報に通じているのかどうか疑いを抱き続けており、それを振り払うことができなかった。彼女は翌日、キッチンのドア口で入るのをためらっているとき、このことをいっそう強く感じた。

マルゲリラは休みの日で、なかからはミス・ハプグッドの声が聞こえてきた。話の中身はますます空っぽである。

「ミスター・モンセン、体温が四十度もあるのに料理なんてできませんよ」

「フン族を考えてみたまえ」とエメットはステーキを切り刻みながら的外れな反論をした。「彼らは一日じゅう生肉を馬の鞍代わりに使った――それで肉の繊維を切り裂いたのだ」

「ミスター・モンセン！」

ミス・トレイナーは溜め息をつき――彼はあんなに魅力的な人だったのに――それから報告のためになかに入った。

「ミス・ハリデイの秘書が電話をしてきました。ミス・ハリデイが一時間前にこちらに向かったそうです」

「一階で待たせておいてくれ」と彼は言い、肉挽き器を降ろした。

寝室で彼はミス・ハプグッドに濡れタオルで体を拭いてもらった。それから鮫にくっつくブリモドキのように彼女にくっついて、着るべき服を集めた。

これは彼の人生の重大局面だった。セイロンの映画館でエルサの顔を見て、彼女を置いて旅立った自分は愚かだと悟った――三日前に埠頭で会ったときのエルサの表情から、その思いは確信に変わった。これから彼女に相対しても、ごまかしたり隠したり言い逃れたりするしかない――彼自身、一日後、一時間後の闇のなかに何が待っているか、わかっていないのだから。

「まだ体温を測っていません」とミス・ハプグッドが言った――まるでそれが合図であるかのように、エメットと彼の染み一つない服は一瞬にして汗でぐっしょりになった。

「これに合う服を片っ端から試してくれ」と彼は命令した。「ミス・ハリデイはいつ来てもおかしくない」

ミス・トレイナーがドアをノックし、お客様が下でお待ちですと言った。エメットは彼女に手伝わせてほかの服を集め、バスルームで慎重に服を着替えてから一階に下りた。

エルサ・ハリデイは褐色の髪の女性だった。血色のいい顔の赤みは写真に映え、切れ長の眠たげな目は落ち着きと前途への希望に溢れていた。ヘディ・ラマーを別にすれば、ここ二年間の映画界で最も人気が高まった女優。エメットは彼女にキスをせず、ただ彼女の椅子の脇に立ってその手を取り、顔を見つめた——それから向かい側の椅子に退き、しばらくは彼女のことよりも自分の額や胸の汗が抑えられるだろうかと考えていた。

「お体はいかが？」とエルサは訊ねた。

「だいぶいいよ。そういう話はしないでおこう——すぐに元気に動き回れるから」

「ドクター・カーディフがおっしゃったことと違うわ」

そういわれてエメットの下着は突然濡れ始めた。

「あの阿呆は僕のことを話したのかい？」

「たいして話さなかったわ。静養しなくちゃいけないっていうことだけ」

エメットはこの話題から離れることにした。

「君はこのところ素晴らしい仕事をしているね、エルサ。僕にもそれはわかる——最近の二、三作品は見逃しているけど。字幕を読める観客が数人しかいないような映画館でも君を見た。彼らの目や口は君のと一緒に動いていて、君が彼らの心を摑んだのがわかったよ」

彼女はどこことも知れない遠くを見つめていた。

「それって女優のロマンチックな部分ね」と彼女は言った。「会うこともない人たちに対してどれだけ本当の喜びを与えられるか」

「そうだね」と彼は答えた。

彼女はこういう発言をすべきではない――『ポートサイドの女』と『パーティ・ガール』のストーリーを思い出しつつ、彼はそう考えた。

「君の天賦の才は生気に溢れているということだ」と彼はしばらくしてから言った。「動きのないところに動きを発見した十五世紀の画家のように――」

彼は自分の言っていることが彼女の理解を超えていることに気づき、すぐに撤退した。「君と僕がとても親密だったとき、君の美しさは僕を怖気づかせたものだよ」

エルサは彼の言葉に生気を取り戻し、話題を提供した。「私たちが結婚するのを夢見ていたときね」

彼は頷いた。

「自分は、オペラ歌手と一緒にいるところを見られたがる銀行家たちのようだと感じたものだよ――レコードを買うみたいに彼女らの声を買いたがる連中さ」

「あなたは私の声のためにたくさんのことをしてくれたわ」とエルサは言った。「私はまだ蓄音機とレコードを持っているの。次の映画では歌うかもしれない。それからピカソの版画も――これは本物だってみんなにまだ言うのよ――いまではかなり見る目が上がったけど。どの絵に価値が出るかっていう内部情報も得られるの。あなたが教えてくれたの、覚えているわ。絵はブレスレットよりもいい投資になるって――」

彼女は突然言葉を切った。

「いいかしら、エメット――そんな話のために来たわけではないの――こうした古いことを話すためではないのよ。明日からまた撮影が始まるかもしれないから、会えるうちに会っておきたかったの。

つまり――近況を知らせ合うため？　いろんなことをちゃんと話すためなの――わかる？」

今回はエメットのほうがほとんど聞いていなかった。シャツがびしょ濡れになり、シャツのカラーにその証拠がいつ黒々と現われるかと心配になって、彼は夏用のジャケットのボタンをとめた。それから熱心に耳を傾けた。

「二年は二年だわ、エメット、だから私たちは核心に目を向けたほうがいい。あなたに助けられてきたのはわかっているし、あなたのアドバイスに頼っていたわ。でも、二年は――」

「結婚したの？」と彼は唐突に訊ねた。

「いいえ、違うわ」

エメットは胸をなでおろした。

「それだけが知りたかったんだ。僕は子供じゃない。僕が旅立って以来、君はハリウッドの主役たちの半分と恋をしたことだろう」

「そんなことしてないわ」と彼女はほとんど喧嘩腰で言った。「それって、あなたがどれだけ私のことを知らないかを物語っているわ、本当に。そして、どれだけ人の心が離れてしまうか」

エメットは世界が揺らいでいるのを感じながら答えた。

「それは、誰もいなかったという意味にも取れるし――じゃなきゃ、特別な誰かがいたとも取れる」

「とっても特別な人がね」。ことさら強調したことを恥じるかのように、彼女の声は勢いを失った。

「これをあなたに話すのは辛いわ、あなたが病気で、もしかしたら回復しないかもしれないのに――私が言いたいのは、女にとってものすごく辛い立場だということ。でも、すごく忙しかったの。映画では、私たちは飾りみたいなもの――時間を自由に使えないという点では、お店の店員とかと変わらない――」

「君はその男と結婚するの？」とエメットは遮って言った。

「そうよ」と彼女は決然と言った。「でも、いつになるかはわからない――それに、彼の名前は訊かないでね。あなたが錯乱してしまうかもしれないし、ゴシップ誌の記者に追いかけられたら頭がおかしくなるわ」

「それって、先週のうちに決めたことではないよね？」

「ええ、一年前に決めたわ」と彼女は苛立ちをほとんど隠さずに認めた。「何度かネヴァダに行く計画を立てたの。ここでは四日待たなければならない――」

「彼って堅実な男？　それは訊いていいかな？」

「〝堅実〟は彼のミドルネームよ」とエルサは言った。「私は決してイカサマ師や酔っ払いとは結婚しないから。次の一月、私自身も大きなお金になる仕事をするの」

エメットは立ち上がった――上着の裏地が湿ってくるのはもはや時間の問題だった。

「失礼」と彼は言った。

食器室に入り、流しに寄りかかって自分を落ち着かせてから、彼は秘書室のドアをノックした。

「ミス・ハリデイを追っ払ってくれ！」と彼は言い、そのとき自分の顔をちらりと見た――鏡に映る、青白くて憔悴した、厳しい顔つき。「僕が病気になったと言ってくれ――何の病気でもいい――家から追い出してくれ」

誰からも同情されたくなかったので、彼はトレイナー嬢が机から立ち上がったときの顔が気に入らなかった。

「すぐにやってくれ！」と彼は不必要につけ加えた。

「わかりました、ミスター・モンセン」

彼は秘書室から出て、食器室の流しを、次にスイングドアを、さらにキッチンの椅子の背もたれを手探りで探した。軽蔑の言葉が彼の頭のなかで原始的なリズムとともに響いていた。「うまくいかないことがあると、いつでもウィスキーのグラスに手を伸ばす輩（やから）のことは、決して高く評価しない」

しかし彼は、ブランデーのボトルが置いてあるクロゼットに目を向けた。

初めて酒をがぶ飲みした向こう見ずな若者は、荒っぽい表現主義〔誇張・歪曲によって感情を表現する芸術のこと〕に陥る。イギリス人は山に登る、アイルランド人は喧嘩をする、フランス人はダンスをする、アメリカ人は「大騒ぐ（コモート）〔「大騒ぎ」の意味のcommotionからの連想で、辞書にない言葉commoteを動詞として使っている〕」――といっても、この言葉は辞書に載っていないのだが。

ということで、これがエメットに起きた――彼は「大騒いだ（コモーテイド）」のである。コニャックが熱を帯びた彼の体と接触した瞬間、それは確かなことになった――そして、彼がベッドの端に座り、ミス・ハプグッドがぐっしょり濡れた服を彼から剝ぎ取ろうとしているとき、勢いを増していった。彼は突如として消えた――そして、同じくらい突如としてクロゼットから現われた。そのときはサロン〔マレー半島からインドネシア諸島などで広く着用される腰に巻く衣類〕のような服を着て、頭にはオペラハットをかぶっていた。

「私は人食い人種の王である」と彼は言った。「これからキッチンに降り、マルゲリタを食べるのだ」

「今日はお休みです、ミスター・モンセン」

「では、カーロス・デイヴィスを食べる」

たちまち彼は二階の廊下で電話をかけ、ミスター・デイヴィスの執事に言った。ここにすぐ来るようご主人にお願いしてください、と。

受話器を置いた瞬間、エメットは機敏に飛びのき、ミス・ハプグッドの注射針をかわした。「駄目だ、するでない！」と言いながら彼女に向かって指を振る。「私は体の全機能をフルに使って行動する。すべての筋力が必要なのだ」

この最後の機能を試すために、彼は突如として身を屈め、階段の欄干の桟を一本もぎ取った。

これが簡単にできることを知って、彼は嬉しくなった。また身を屈め、もう一本もぎ取る——それからもう一本。気味の悪い恐怖を抱きつつ、自分の歯をえぐり出していく悪夢のようだった。

同じことを続けているうちに一階にたどり着いた。彼は片手に一本の桟を握りしめ、ミスター・デイヴィスがドアから入ってきたら、殴って気絶させてやろうと考えていた——それからデイヴィスを調理して食べるのだ。

しかし、彼は一つだけ計算ミスをした。キッチンに近づいたとき、ブランデーのボトルのことを思い出し、そこから素早く一杯飲んだのだ。そしてほとんど同時に、キッチンの流しの下にあったジャガイモの袋を踏んづけた——というより、それでひっくり返った。棍棒が脇に転がり、黒いシルクの帽子が頭の上で斜めにずれた。

幸い、彼はそのあと数分の出来事に気づいていなかった——ミス・トレイナーが薄暮の庭に目をやると、カーロス・デイヴィスが間借り人の家に裏口から入ろうと近道していたこと——そして、ミス・トレイナーがキッチンの網戸から外に出て、彼を遮ったこと。

「こんにちは！　チーリオ！　エトセトラ。モンセンが僕に会いたがっていたのでね。患者を見舞おうっていうのは僕がいつも言うことだから」

「あら、ミスター・デイヴィス、ミスター・モンセンがあなたに電話をなさったすぐあと、ニューヨークのお兄様から電話があったんです。ミスター・モンセンはあとであなたに連絡を取りたいとおっしゃってました、明日でもいいですし」

彼女は家のなかから音が聞こえてきませんようにと祈っていたが、ちょうどそのときジャガイモがキッチンの床でゆっくりと弾んでいる音がした。

「そりゃ、もちろん！」とデイヴィスは元気よく言った。「脚本が滞っていてね。脚本家が酔っ払ってるんだ」

彼は口笛を吹いた――それから、ミス・トレイナーを愛でるように見つめた。

「スイミングプールをご覧になりたくないかな？　つまり――」

「喜んで」とミス・トレイナーは言った。そして、なかから唸り声のようなものが聞こえてきたのを、この驚くべきひと言でごまかした。「ミスター・モンセンのブザーです」

当惑の表情がデイヴィスの顔をよぎった――そして消えた。彼女はホッとして溜め息をついた。

「では、チーリオ、それから元気を出して、エトセトラ」と彼は彼女に助言した。

デイヴィスがスポーツ選手の走り方で去っていったあと、彼女はキッチンに戻った。エメット・モンセンはもはや流しの下にはいなかったが、彼がどこにいるかは疑いの余地がなかった。というのも、欄干の桟のもぎられる音と、窓ガラスの割れる音が聞こえてきたからだ。それから――「これが何だかはわかる――抱水クロラールだ――〝ミッキー・フィン〔麻薬や下剤をこっそり混ぜた酒〕だ――匂いでわかる！　自分で飲んでみたらどうだ？」

ミス・ハプグッドは階段につっ立ち、グラスを手に持って、意味なく笑みを浮かべていた。

「一気に！」とエメットは破壊行為の手を休めもせずに勧めた。いまはもぎり取った桟をガラスの割れた窓から庭に放り投げていた。「あのカーディフめが来たら、やつがこれを飲む前に、君には気を失っていてほしい！　男は安らかに死ねぬものなのか！」

日が暮れてきたのでミス・トレイナーは玄関の灯りを点けた——エメット・モンセンは迷惑そうに彼女を見つめた。

「カリフォルニアの笑みを浮かべおって！」

この言葉は、階段のてっぺんの手すりを壊す長引いた音とともに聞こえてきた。

「私はニューイングランドの出身です、ミスター・モンセン」

「どうでもいい！　自分の給料の小切手を書きなさい。それからミス・ハプグッドの小切手も」

ミス・ハプグッドはこの機を捉えて立ち上がった——おそらくフローレンス・ナイチンゲールの亡霊の囁き声が耳に聞こえたのだろう。「ミスター・モンセン——私がこれを飲んだら、おとなしく横になってくれますか？」

期待を込めてクロラールのグラスを持ち上げる。

「もちろん！」とエメットは同意した。

しかし彼女がグラスを唇まで持ち上げると、トレイナー嬢が階段を駆けのぼり、そのグラスを傾けて、中身をこぼした。

「彼を見張る人がいなきゃ駄目よ！」と彼女は抗議した。

陛下の玄関は突如として混雑してきたように思われた——といっても、巨体のカーディフ医師とデイヴィス屋敷の庭師が現われただけだった。庭師は手に手紙を持っている。

「出ていけ、ヒポクラテス医師よ！」とエメットは叫んだ。

彼は木の棒を両腕いっぱいに抱えたまま、階段を後ろ向きに数段のぼり、桟のなくなった欄干に寄りかかって体を支えた。

「次の港に着いたらおまえを追放してやろう。彼に小切手を書いてやりなさい、ミス・ハプグッド。おまえは任を解かれた。私は自分で自分の面倒を見る。小切手を書け！　出ていけ！」

カーディフ医師が階段に足をかけると、エメットは手の上で棒をゆらゆらさせ、嬉しそうな唸り声をあげた。「眼鏡にまともにぶつけるぞ。カーブは投げない——速球で一発。おまえの目に保険が掛かっているといいのだが！」

医師がためらっていると、エメットは棒を二階の廊下のライトに向かって投げ、ライトの端が少し欠けた。

そのとき七十歳の庭師の男がゆっくりと階段をのぼり始めた。エメットに向かって封筒を差し出している。エメットは大きな棒切れをギュッと握りしめたが、恐れを知らぬ老人の顔を見て、自分の父親を思い出した。

「ミスター・デイヴィスからです」と庭師は無表情で言った。そして封筒を欄干の隙間から入れ、階段を下り始めた。

世界はエメットのまわりで円形パノラマのように回り始めた——それから突然、彼は玄関に誰も人がいないと気づいた。家は静まり返っている。彼のなかで最後の気力が甦り、棒で体を支えるようにしながら階段を下りた——そして耳を傾けた。遠くでドアが閉まる音が聞こえた——それからエンジンがかかる音。前に身を屈め、階段に手をつけるようにして、彼はまた階段をのぼっていった。

階段のてっぺんで彼の指は封筒に触れた。彼は床に仰向けになり、封筒を破って開いた。

親愛なるミスター・モンセン
　あなたの状態については存じ上げませんでした。ただ、桟が窓から飛び出してくるのが見え、その一本が私に当たりました。明日の九時までに立ち退きをお願いしなければなりません。

敬具
カーロス・デイヴィス

　エメットは起き上がり、ちょうど桟がなくなった欄干から脚が突き出る形になった。家はいま完全に静まり返っている——試しに最後の棒切れを階段から落とすと、音が反響して聞こえてきたくらいだ。しばらくしてから彼は寝ることにしようとひとりごちた。家には誰もいない。彼は勝ったのだ。

　エメットが目を覚ましたとき、玄関しか灯りが点いていないようだった。暗い家のどこか遠くで音がしたという、夢のような記憶があるだけ。そのまま黙って横たわっていた。窓から見える丸い月から、深夜だということがわかる——零時から二時のあいだだろう。

　またかすかな音がした。その音の高さに怪しいものを感じ、エメットは慎重に起き上がった。爪先立ちで寝室に入り、ガウンを羽織ってから、また爪先立ちで階段を下りる。

　暗いリビングルームのドア口でまた耳を澄ました。それからキッチンと秘書室の外でも耳を澄ますと、もう一度音が聞こえた——背後のどこかから聞こえてくるような音。彼は忍び足でリビングルームのドア口に戻った——

突然、隅から声が聞こえた。

「ミス・トレイナーです、ミスター・モンセン。灯りのスイッチはあなたの手のすぐ横ですよ」

眩しい光に目をしばたたかせながらも、彼にはその姿が見えてきた。彼女も目を覚ましたばかりのように、大きな肘掛椅子で丸くなっている。

「生活保護者の施設に泊まるわけにもいかないので」と彼女は言った。「だからここに残りました」

「誰かいる音がする」とエメットは言った。「シッ！」

彼は灯りを消した。しばらくして彼女が囁いた。「ちょっと前、私が家を見て回りました」

エメットは納得しなかった――自分の神経がまだ参っているという可能性もあるし、足音かもしれない軋る音が断続的に聞こえているという可能性もある。

「あの医師や看護師じゃないよね？　率直に言ってくれ」

「あの二人は帰りました、ミスター・モンセン」。彼女は少しためらってから続けた。「大工さんがいたんです――新しい手すり用の桟と窓枠を持って、また六時半に戻ってきます。桟は全部見つけました」

エメットはこのことについて考えた。

「ミスター・デイヴィスは桟の一つが当たったと書いていた」と彼は言った。「だから立ち退けって」

「でも、彼に刺さったわけではないですよ。みんな庭にありましたから」

「夜のこんな時間にどうやって大工さんを連れてきたの？」

「父なんです」と彼女は言った。「昔、船大工をしていたもので」

また彼は「シッ！」と言い、二人は耳を澄ました――が、彼女は否定するように首を振った。その笑顔は悲しげで、まるで音がしたことに同意したいけれども良心が許さないと言っているかのようだった。

「この家には幽霊がいる」と彼は突如として決めつけた。「外に出てみる。畑で作物の育つ匂いが感じられたら――」

廊下に出たときにミス・トレイナーが言った。「私も一緒に行ってよろしいですか?」

「僕に命令したりしないよね?」そう言ってから恥ずかしくなって、彼は声音を変えた。「ああ、いいとも」

二人は土の道を歩き始め、カーロス・デイヴィスの地所を出た。下り坂の道だった。野原には刈り取ったばかりの干し草の山がところどころにある。やがて、特に疲れているわけでもないのに、彼はその山の一つに大の字に寝そべった。

「君は隣りの山に寝そべるといいよ」とエメットは提案した。「君の評判はまだ傷ついていない――その点で、僕に勝っているからね」

やがて彼女は三メートルほど離れたところからカサカサという音とともに話しかけてきた。「これって、私が前からやりたかったことだわ」

「僕もだ――どういう技を使う? 干し草を体にかけるのかい? それとも、そのなかに入り込むの?」彼は口ごもった。「ミス・ハプグッドが現われるなんて思わないよね?」

何の返事もない。彼は下弦の月を見つめ、それから眠たげに呟いた。「いい匂いだ。君はボストンの夢を見ているのかな?」

「いいえ――すっかり目が覚めています」

「僕は一分ごとに正気に戻っていく感じだ」

「あなたはそんなに変じゃなかったですよ」

エメットはチクチクする草を耳から払いながら憤然と起き上がった。

「僕は退去しろと言われたんだよね？」

「私たちはこの干し草から退去しないといけませんわ」とトレイナー嬢は言った。「露で濡れていますもの」

「君が一緒に来たがったんじゃなかったっけ」

「でも、家に一人ぼっちじゃ、あの泥棒も怖がると思うわ」

彼は溜め息をついた。

「僕は客をもてなすのが得意だったのにな」

道はのぼり坂になり、彼がときどき休むために二人は数分ごとに止まった。

「このことを泥棒に説明するのは難しいだろうな」と彼は家のすぐ近くに来たときに言った。「互いに体についた草を払ったほうがいいかもしれない」

玄関で二人は振り返って月を見上げ、ところどころ銀色に光る眼下の野原を見つめた――それからキッチンに入り、彼女が灯りを点けた。彼女の微笑み以上に輝いているものは、屋内にも屋外にもないように思われた。

これが大地と野原なのね、とその微笑みは語っていた。まさに宣伝されているとおりだけど、あなたがいなければその素晴らしさはわからなかったわ。不幸なことに、彼女は以前よりもここを去りがたい場所にしてしまった。

　私たちはカメラのアングルをカーロス・デイヴィスに向けよう。夢の寝室で起き上がったところだ。朝になっていたが、彼はまだ昨晩の出来事のために動転している。そして、ちょうど運動を始めたところでフィリピン人が入ってくる。

「ミスター・モンセンのめんどう見てるお医者さん、電話で話したがってます」

　電話がプラグに差し込まれ、カーロス・デイヴィスは腹に載せていた百科事典を取り除けた。彼とカーディフ医師はしばらく言葉を交わし、エメット・モンセンがどのような行動をしたか、双方が知る事実が確認された。

　それから医師は内緒話をするときの低い声になった。

「こんなことは考えませんでしたか、ミスター・デイヴィス？　この冠状動脈血栓には別の要因があるんじゃないかって？」

「あれをそう呼ぶんですか？　欄干の桟で頭を殴ることを？」

「我々にわかっているのは、ブランデーのボトルが一本しかなかったこと――」とカーディフ医師はゆっくり続けた。「――そして、彼はその半分も飲んでいないということ。別の言い方で申し上げると、医師が単なる患者の気まぐれによって担当から離れるときには――」

「気まぐれ！」とデイヴィスは抗弁した。「あれが気まぐれだというのか！」

「――医師としては、すべての事実を知りたいのです――次の医師に引き継げるように」

　次にカーディフ医師が単刀直入な問いを投げかけたとき、カーロス・デイヴィスは完全に途方に暮れていた。「モンセンについて何をご存じですか、ミスター・デイヴィス？」

「何も――ただ、ちょっと有名な人だってことだけ――」

「彼のプライベートな生活についてです。アルコールよりも小さな場所に隠せるブツがありますよね。それを疑ったことはありませんか？」

朝のこんな時間に考える問題として、これはカーロス・デイヴィスには難しすぎた。

「それって短剣とか――ダイナマイトとか？」と彼は言ってみてから、つけ加えた。「今日の午後、こちらに話しにいらっしゃいませんか？」

彼は少し高揚した状態で着替え、朝食の最中に、これからやることを決めた。庭師たちを集め、あの間借り人が出ていったかどうかを確認しよう。九時を過ぎていた――彼が指定した時間だ。しかし、彼は何よりもスキャンダルを避けたかった。そこで外にいるファンたちにはかまわず、キッチンのドアから一人で間借り人の家に入った。

家は静まり返っていた。彼は秘書室を覗き込み、それからリビングルームのドア口で急に立ち止まった。ソファで手足を広げて寝ているのは――明らかに生きてはいるが、穏やかな眠りに就いているのは――ミス・トレイナーだ。彼は一瞬目を凝らし、顔をしかめ、吐息を漏らし、それから彼女を起こして住所を聞きたいという誘惑を少しだけ感じた。しかし男らしく自分を制して踵を返し、階段を上がっていった。

主寝室でエメット・モンセンを見つけた。やはり平和な夢を見ている様子である。少し困惑して彼は来た道を引き返し、そのとき突然、窓から飛んできた桟のことを思い出した――そして、欄干を見て立ちすくんだ。桟がすべて元に戻っている。彼は軽く跳ねるように階段をのぼったり下りたりし、かすかに吐き気を覚えながら、ほかのいくつかのものにも視線を投げかけた。そして急いでキッチンへと引き下がった。

ここで彼は落ち着きを取り戻した——確かに半分空いたボトルがクロゼットの棚に剝き出しに置かれている——そしてホッとするとともに、カーディフ医師との会話の一部が甦ってきた——今回は意味を成して。「……アルコールよりも小さな場所に隠せるブツがありますよね」

カーロス・デイヴィスは駆け足で外に出て、ガレージの前で清らかなカリフォルニアの空気を胸いっぱいに吸い込んだ。

いやはや！　そういうことなのだ——麻薬だ！　エメット・モンセンの裏の素顔は麻薬中毒者なのだ！　この主題は彼の頭のなかでフー・マンチュー〔イギリスの作家が創造した架空の中国人で、世界征服をもくろむ悪人。小説や映画などで繰り返し描かれた〕とごっちゃになったが、それがすべてを説明しているように思われた——このような悪魔的な狡猾さの持ち主は麻薬中毒者くらいだろう。欄干の桟をもぎり取り、それを朝までに非の打ち所なく元に戻すなんて。

それにソファで寝ている女——カーロス・デイヴィスは唸った——彼女はほんの数日前、このモンセンに会うまでは、上品な人生を送ってきたに違いない。彼が熱帯地方で仕入れたテクニックを使い、彼女を騙(だま)してアヘンを初めて吸わせたのだ……

彼は家に向かって庭師の親方とともに歩いていった。口が達者ではなかったので、カーディフ医師の言葉をそのまま使うことにした。

「アルコールよりも小さな場所に隠せるブツがあるんだ」と彼は暗い表情で言った。

庭師はすぐに事情を察し、驚いたように振り返った。

「なんてこった！　アヘン中毒ですか！」

「アメリカの女性ともあろうものが！」という謎の言葉をデイヴィスはつけ加えた。

庭師はその二つを結びつけはしなかった――が、彼の心は別のものに飛びついた。「ミスター・デイヴィス、前にお話ししておくべきでした――たぶんご存じでしょうが、あの古い馬小屋のあたりに――」

デイヴィスはほとんど聞いていなかった――いまは電話とカーディフ医師のことばかり考えていた。

「――あのあたりに生えている草は麻なんです。切り取って、燃やさないといかん――新聞によれば、Gメンはあれを切り取ってるらしい。というのも、中学生にあれを売りつけるやつらがいるんですよ。一度、そういう輩を追っ払ったことがある――」

デイヴィスは立ち止まった。

「何の話をしてるんだ?」

「マリファナですよ、ミスター・デイヴィス。大麻はあの草から作られ、それが中学生たちの頭を狂わせるんです。あなたの地所に生えているなんて知られたら――」

カーロス・デイヴィスは立ちつくしたまま、長い嘆きの叫び声をあげた。

トレイナー嬢は正午頃に目を覚ました。部屋に何人かの人がいて、自分を見つめているという気がした。立ち上がり、しても無駄なことながらせざるを得ず、髪を何度か撫(な)でつけた。

部屋に入ってきていたのは、カーディフ医師と、彼より若い二人の逞しい男たちだった。民間人の服は着ていても、権力の犬であることは隠しようもない。背後に立っているセレブの人影はカーロス・デイヴィスである。

カーディフ医師は厳格な表情でおはようございますと言い、二人の若者との会話を続けた。

「郡の病院があなた方に指示を与えたのですね。私は単にミスター・デイヴィスの要請でこちらに来たのです。こうした者たちの巧妙さはご存じでしょう――それに、ブツがいかに小さくなるかも」

若者たちは頷き、片方がこう言った。「わかっています、ドクター。これまでにたくさんの麻薬を見つけていますから。マットレスの下とか排水管のなか、本のなか――」

「耳たぶの陰」ともう一人の若者がつけ足した。「そんなところに隠すのもいます」

「欄干の桟を調べるのがいいでしょう」とカーディフ医師は提案した。「モンセンはブツを手に入れようとしたのかもしれない」。彼はしばらく考えた。「折れた桟があるといいのですが」

カーロス・デイヴィスが自信なさげに口をはさんだ。

「荒っぽいことはしてほしくありません。モンセンの耳たぶの陰を調べるのは、彼をここから追い出してからにしてください」

別の聞きなれない声がドア口から聞こえてきた。

「僕の耳がどうしたって?」

髭を剃ろうとして疲れ切ったエメットは、よろよろと椅子までたどり着き、説明を求めて医師のほうを見た。しかし医師からも、ほかのどの顔からも説明は得られず、最後にトレイナー嬢の眼差しに気づいて目を合わせた――彼女は真面目な顔でウィンクした。同時に、ウィンクの背後に警告の意味が隠れていると彼は感じた。

ほかのシグナルも空中に漂っていた。二人の若者は謎めいた目配せをし合い、一人が部屋を出ていった。もう一人は椅子をエメットの近くに引き寄せ、腰を下ろした。

「私はペティグルーと申します、ミスター・モンセン」

「こんにちは」とエメットは言った。「お座りになって、デイヴィス――お疲れでしょう。一時間ほど前、あなたのことを窓から見ていました――馬小屋の裏の草を刈っていましたよね。それはもうすごい勢いで！」

突然、若い俳優の額に汗が噴き出した。

「ミスター・モンセン」とペティグルーがエメットの膝を叩きながら言った。「ご病気だったことは聞いています。そして、病気の人が正しい薬を摂るとは限りません。そうですよね、ドクター？」カーディフ医師は励ますように頷いた。「私は郡警察の監督官代理です――それに看護師の資格もあります――」

このときドアのベルが鳴った。部屋にいる者たちはみなエメットの座っている椅子をじっと見つめていたので、トレイナー嬢が玄関に出ていった。

ドア口にはかなり美しい娘が立っていた。包みを腕の下に抱え、興奮している様子である。

「ここの方ですか？」と彼女は訊ねた。

「私はミスター・モンセンの秘書です」

新来者はホッとした様子だった。

「あなたも働いている女性なら、わかっていただけると思います。私はヨハネス研究所から来ました――実は、急いでお届けしなければならなかったために、混乱が生じまして……そして、間違った心電図をここに届けてしまったのです。間違った心臓のカルテを」

ミス・トレイナーは頷いた――家のなかで起きていることに気を奪われていて、この娘には半分しか注意を払っていなかった。

「深刻な問題になりかけました」と言って娘は震えた。「ミスター・モンセンのカルテを受け取った患者さんは昨日ポロの試合に出場して馬から落ち――」

彼女は息を切らせていたが、このときになると、トレイナー嬢にも事情がわかってきた――そしてすぐにあとを引き継いだ。

「ミスター・モンセンの正しいカルテがそこにあるのですね?」

「そうです」

「では、私がお引き受けします――ご心配はいりません。カーディフ医師はもう患者の担当ではないのです」

娘が急いで立ち去ってから、ミス・トレイナーは封筒を開いた。心電図を見ても何もわからなかった――が、彼女は厚かましくもそれについているレポートを読み、それからリビングルームに戻った。

状況は先ほどよりもどこか張り詰めていた。第二の若者が家の捜索から戻り、座っているエメットを見下ろしていた。数種類の色のカプセルを五、六錠手のひらに載せ、ゆらゆら揺らしている。

「それはドクター・カーディフがくれた薬です」とエメットは言ったが、新たな邪魔が入ったので話を中断した――今回はドア口からのくたびれた声だった。

「やあ、チャーリー」

ペティグルーは顔を上げ、そこに立っている第三の若者が知り合いであることに気づいた。

「やあ、ジム!」と彼は叫んだ。「ここで何をしているんだ?」

「〝待機〟ってやつさ」と彼は言い、ミス・トレイナーを非難するように指し示した。「あの女性が昨晩僕を呼び出したんだ――でも、僕のことは忘れてしまったみたいでね。車で寝ていたんだよ」

ミス・トレイナーが説明した。

「この人も看護師なんです」と彼女は言った。「ミスター・モンセンが自分を傷つけるんじゃないかって心配で、昨晩来てもらったんですよ」

「人に見つからないようにしろって言うんだ」とジムと呼ばれる看護師は不平を言った。「部屋から部屋へとこそこそ隠れなきゃいけなかった――そうしたら、二人で散歩に出ちゃったんだ！　僕は七時まで眠れなかったよ！」

ブツ（ジャンク）を見つけたのか？　とペティグルーは勢い込んで訊ねた。

「ポンコツ（ジャンク）？　そこで眠ったんだよ、一九三二年製の――」

「それ、私の車よ」とミス・トレイナーが抗弁した。

彼女がにっこりと笑って進み出ると、エメットだけがその意図に気づき、修正された心電図をカーディフ医師に手渡した。

どうしようもない藪医者ね、とその微笑みは言っているようだった。前からそう思っていたけど、やっぱりそうだったわ。


一週間後、ドアのあたりにはまだ薔薇が咲いていた――庭にはパーネットとチェロキーとセシル・ブルンネ、ポーチをのぼってくるのは多彩な花を咲かせているタリスマンとブラックボーイ。こうした花々は、通常は薔薇にあるとは見なされていない不思議な薬効を持っているようだった。というのも、エメットはキニーネを半箱飲むこともせずに、マラリアから回復したのである。

それどころか、彼は口述した（ディクテイト）――この言葉は独裁者（ディクテイター）との連想で粗暴に響くようになったから、このように言い換えよう。長い時間、言葉がまったく必要にならないことがあった——二人は心でわかりあったのだ。そして今年の薔薇はもうすぐ終わりを迎えるが、こちらのほうはおそらく永遠に続きそうなのである。

ハリウッドからの手紙

スコッティ・フィッツジェラルド宛
一九三七年七月（ハリウッドに向かう道中）

最愛のパイ〔sweetie pieという、親愛の気持ちを込めた呼びかけからで、フィッツジェラルドは、一九二一年生まれの娘スコッティのことをよくこう呼んでいる〕

しばらく手紙は書けないかもしれない。小切手帳を取り出せる状態になったら、忘れずに小切手を送るけどね。

いまは気分がどこか高揚している。三度目のハリウッド挑戦だ。過去二回は失敗に終わったが、一回は僕の落ち度によるものではない。最初のはちょうど十年前だった。僕は、シリアスな作家としても人気の点からも――原稿料に関する限りだが――その数年前から最高のアメリカ作家と一般に認められていた。人生で初めてだったが、六カ月ほど遊んで暮らし、自惚（うぬぼ）れていると言っていいくらい自信に満ちていた。ハリウッドは僕たちのことで大騒ぎをし、三十歳の男にとって、女性たちはみんな美しく映った。自分はまったく努力しなくても、言葉を魔術師のように操れると正直に信じていた――厳しくて彩り豊かな散文のスタイルを作り出すのに、あれだけ必死に頑張ったことを考えれば、おかしな妄想だ。

全体的な結果――楽しい時間+仕事はなし。自分の書いたものが映画にならなければ、ほんの少しの報酬しか得られない――そして、映画にはならなかった。

二度目に行ったのは五年前だった。生活はかなり厳しい状態だったものの、君のお母さんはモントゴメリー〔妻ゼルダの実家がある、アラバマ州の都市〕で回復しつつあるようだったし、表面上はすべて静かだった。それなのに僕は心のうちで苛々（いらいら）し、適量を超えて酒を飲むようになった。自信を持って仕事に取り組むどころか、あまりに謙虚すぎた。デ・サーノという名前の嫌なやつともめ事を起こし（彼はあとで自殺したが）、主導権が奪われるのを許してしまった。僕が映画を書いたのに、書くそばからそいつが修正した。サルバーグ〔ハリウッドの伝説的映画製作者で、『ラスト・タイクーン』のモンロー・スターのモデルである、アーヴィング・サルバーグのこと〕に訴えようとしたが、それは「悪趣味」だからやめろという誤った警告を受けた。結果は――使いものにならない脚本。僕はお金を手にして立ち去った――週給をもらえる契約だったからだ――が、幻滅と嫌悪感を抱き、二度と戻らないと誓った。みんなは僕の落ち度ではないと言い、とどまるように言ってくれたのだけれど。でも、契約が切れたとき、君のお母さんの様子を見に東部に戻りたかったのだ。これはあとになって「約束を破った」と見なされ、僕は非難された。

（この手紙を書き始めてから、列車はエルパソを出た――だからこういう文字になる――ロッキー山脈的な文字〔rockyに「ぐらつく、不安定な」という意味もあることから〕だね）

僕はこうした二度の経験を生かしたい――如才なく振る舞うが、ハンドルは最初からしっかり握っていなければならない――ボスたちのなかでキーとなる人間を見つける――共作者たちのなかで誰がいちばん従順かも――それから残りの者たちと必死に闘い、事実上であれ実質的にであれ、自分だけが映画を取り仕切るようにする。そうしなければ、最高の仕事はできない。チャンスが与えられれば、二年以内にこの契約を倍にできるだろう。君はトラブルに巻き込まれずにいることで、お父さんの助けとなる――君の重要な数年にとっても大きな違いが生じるはずだ。自分を大切にしなさい――精神的に（活力のあるうちに勉強すること）、身体的に（眉毛を抜かないこと）、道徳的に（嘘をつかねばならないところまで行かないようにすること）。そうすれば、君にはピーチズ〔スコッティの友人、ピーチズ・フィニーのこと〕以上の自由を与えてあげるよ。

お父さんより

テッド・パラモア宛

一九三七年十月二十四日

親愛なるテッド〔フィッツジェラルドが『三人の仲間』の脚本を共同で執筆した脚本家〕

金曜日にこの話をしたかったのだけど、時間がありませんでした。それに、口論になるのが嫌だったので、結局手紙を書くことにしました。どちらにしても、このことについてはいま話し合わなければなりません。

最初に言っておきましょう。僕は「戦争」を強調する君の最初の切り口には反対でしたが、君の現行の切り口にはおおかた賛成です。我々が取り組んできた短い時間のなかで、君はかなり整理してくれたと思います。また、我々がときどき博識ぶっているとか気取っているとかいった非難をぶつけ合うにしても、一緒に仕事していけるということもわかっています。

しかしその一方、我々の共作の条件について、僕は君にまったく同意しません。我々はまずいスタートを切りましたし、君は何か誤解していると思います。それは、本当の状況に基づくというより、先週金曜の僕の精神と肉体の状態に基づいた誤解です。僕の脚本はだいたいにおいて受け入れられています。僕の手からそれを取り上げるかどうかという話はまったくありませんでした——シェリフ〔『三人の仲間』の登場人物〕の場合と同様に。あったのは、僕が一緒に働いてほしいと思うのは誰で、どれくらいの期間かという問いです。それが問いのすべてなのです。僕が一時的に平静を失ったからといって、大きく変わるものではありません。

君はどの時点で、作業のすべてを掌中に収めようと決心したのですか？　あの日のせいなのか、それとも僕の脚本を読んで、ジョー〔『三人の仲間』のプロデューサー、ジョゼフ・マンキーウィッツのこと〕や彼のオフィスの人々よりもそれを気に入らなかったからか——どちらの時点なのか僕にはわかりません。でも、君がそう決心したことは、土曜日には明らかでしたし、僕はいま頭がすっかり明晰かつ慎重になった状態で、君にこう言わせてもらいます。僕は脚本全体の責任を自分一人で負いたい、と。

一つの例を挙げましょう。次のようなことは――ブルアーがパットの部屋にいる娼婦たちについてのシーンを加えるかどうか、ボビーのアパートにいるシーンを加えるかどうか、ファーディナンド・グラウの会話の一部を加えるかどうか、あるいは、車の呼び名がハインリッヒかルードヴィッヒか――これらはジョーよりも先に君と話し合うべきことではない。僕はいくらでも君に譲るけど、こうした問題の場合、それが本に書いてあったとか、僕がそれを使うことにした（あるいは、しなかった）ということをジョーが知っていたとすれば、それは僕の趣味をジョーが受け入れたということなのです。これらすべての取り扱い方、素材の選び方がたくさんあるのは当たり前ですが、僕は僕なりに調査をし、僕の趣味に従って選択をしました。ジョーが君に警告したのは、フィッツジェラルド・レベルの脚本の質を落とすなということ。それは単に、いいシーンをいじくるなというだけでなく、脚本全体の質に彼が満足しているということなのです（コスターの扱いについては別ですが）。この質はいくつかの方法で得られたと感じています。たとえば、パットがブルアーの部屋にいるシーンは、観客がパットの世界を思いがけず垣間見るという価値があります。言うなれば、主要人物たちの周囲から垂れ下がった尻尾のようなもの。そのシーンの重みを減らすことはしますが、それ以上の努力を求められるのはおかしいし、耐えられません。それに、すでにジョーの心に疑問が生じているのでなければ、ジョーの前でそれを非難するのは君の役割を超えています。娼婦の件についても、君が僕の能力をいま過小評価しているのはわかりますが、会議室でこんな問題を取り上げるのは、君の役割を逸脱しているとここでも感じざるを得ません。

次から次へと、君は「ジョーのところへ持っていく」問題を作り出します。二カ月間のうちに僕がジョーを煩わせたものよりもたくさんの、そして些細な問題ばかりです。僕がジョーのところへ持っていきたいのは、僕たちがあと三週間で脚本を終えられるという確約と——君は一週間まるまるかけて本をよく理解したはずだから——僕たちが主要な点について同意しているという保証だけです。

僕はオープニングに満足していません。飛行機がシーンの冒頭で爆破されるか最後で爆破されるかについて、ジョーが気にかけていたとは信じられないし、あれをそれほど気に入っていたとも思えません——でも、それを除けば、僕たちは大筋からシークエンスに関してさえも、同意していると思います。

でも、テッド、君は昨日穏やかにこう言いましたね。自分が全体を書き直し、親切にも僕の最良のシーンは残してくれる、と。そのとき僕は、これは決着をつけなければならないとわかりました。映画の製作が一月になろうと五月になろうと、脚本を三週間から四週間で終わらせられない理由はまったくありません——我々がシーンを分担し、協議してそれを統合し、技術的な修正を施せば。君が完全な書き換えを求められてこの仕事に就いたというのなら、どうやら僕は耳が聞こえなくなっているようだ。僕は自分の担当分の弱いシーンを考え直して書き換えたいし、君の助けが欲しいけど、何時間も費やし、才能をすり減らして、君と議論するつもりはない。たとえば、ドレスアップのシーンを飾るのにレンツの最高の台詞を選んだか、次善の台詞を選んだかといった議論。重要な台詞に関しては議論の余地があるので、ここでは触れません。ただ、君がまたあの本をシェークスピアのもののように一語一語さらい出しているあいだ、じっと座って待っているなんて——いいですか、僕はだてに四冊中四冊のベストセラーと、百五十もの最高値の短編小説を生み出してきたわけではない。こうした作品は美的センスも判断力もない、癇癪(かんしゃく)持ちの子供の心から出てきたものではないのです。

この手紙は辛辣だけど、話し合いだともっと過熱し、論理性は失われたかもしれません。君の仕事は僕を助けることで、僕の邪魔をすることではない。我々がジョーに会う前に、二人で一緒にやっていけるかどうか、君の考えを教えてください。

この手紙は議論を避けるための議論であり、絶対に新たな議論につながってはいけません。君と同様、僕も仕事をしたいのです。

スコット

スコッティ・フィッツジェラルド宛

一九三七年十一月四日

最愛のパイ
お父さんがひどい文通相手であることは認めるけど、「目くそ鼻くそを笑う」にならないようにしてほしい――君はお母さんに週一回、定期的に手紙を書いているかな？ 前にも念を押したように、これは特別に重要なことなんだ。たとえ肉屋のボブやらパン屋のビルやらが、我々から毎週のつけを受け取れないとしてもね。
例の映画に関するニュース。配役は暫定的に決まった。しばらくジョーン・クロフォードが鼻の差でリードしていたけど、これは男の映画だと考えて降りてしまい、ロレッタ・ヤングは都合がつかず、いまのところマーガレット・サラヴァンで落ち着いている。彼女はジョーン・クロフォードよりもずっとこの役柄に合うはずだ。いまの脚本では、トレーシーとテイラー〔スペンサー・トレーシーとロバート・テイラーのこと。トレーシーは『三人の仲間』に出演しなかった〕をフランチョット・トーンが補強することになっていて、十二月のうちにおそらくカメラが回り始めるだろう。古い友人のテッド・パラモアが加わって、映画の構成の大部分を一緒に受け持つことになる。僕がまだ構成について半アマチュアだからだけど、いつまでも半アマチュアでいるつもりはない。

　クリスマスの計画は、僕が撮影中の書き直しのためにここに引きとめられるかどうかにかかっている。それはないだろうと思うし、これが僕にとってできるだけ完璧にしたいと思う初めての映画でなかったら、そんな事態が起こることは許さない。だって、僕はいつだって三週間前に通知すれば休暇を取れるんだから。でも、稀にあるケースとして、それもあり得るのだと言っておこう。ともかく——十中八九、こうなると思うけど——僕が東部に行くとしよう。そうしたら僕は君とお母さんと少しボルティモアで過ごし、もう少し長くアッシュヴィルで過ごしたい〔フィッツジェラルドは一九三二年からしばらくメリーランド州ボルティモアで暮らし、結核の療養のためにノースカロライナ州アッシュヴィルにいたこともある〕。お母さんをモントゴメリーにも連れていけるけど、その可能性は低いので、お母さんには言わないほうがいい。それと、ニューヨークで数日過ごしたいんだけど、そうなったら君も一緒に行きたいよね。

　君は何かしたいっていう計画はあるかな？　ボルティモアでもう一度パーティをしたい？　このあいだのような午後のお茶会ってことだけど。これは慣習のようなものになり、君のボルティモアの友人たちが毎年集まることになるかもしれないね。何をやりたいと考えているか、すぐに手紙を書いてください——もちろん、休暇中のどこかでお母さんに会いにも行くけど。

　運悪く、アンドルー〔フィッツジェラルドがボルティモアで暮らしていた家の大家の息子で、後に彼の伝記作家となるアンドルー・ターンブルのこと〕のために手配したハーヴァードとの試合のチケットは、手違いでここに送られてしまった。申し訳ない。彼はきっとがっかりしただろう――ただし、プリンストンがここ数年で最悪の敗北を喫する姿を観なくてすんだわけだけど。

僕の社交生活は完全にゆっくりペースだ。たくさんのパーティの出席を断わったので、もはやあまり招待されないという、楽な位置づけに落ち着いた。先週はグラディス・スワースアウトの家でジョン・マコーミックなど、音楽関係の人たちと食事をした〔スワースアウトとマコーミックはオペラ歌手〕。シーラ・グレアム〔映画関係のコラムニストで、ハリウッド時代のフィッツジェラルドの愛人だった女性。二人の出会いは一九三七年七月〕と一緒にフットボールの試合にいくつか行き、僕の若い頃の憧れだったジネヴラ・キング（ミッチェル）に出くわした。二十一年ぶりだ。いまでも魅力的な女性で、昔もっと会えなかったのが残念でならない。

君の大学の年報に広告を出すのはいくらくらいかかるの？　教えてください。

僕はいま〝アラーの園〟に小さな一室を借りているけど、家については何もしていない。いまのところ、お母さんをこちらに呼び寄せるのは難しそうだからね。

君の最初の報告を首を長くして待っています。クリスマスにはぜひそちらに行きたい。もしそれが［手紙破損］

チアリーダーになれたことなど、おめでとう。側転はできるの？

ジョゼフ・マンキーウィッツ宛

一九三八年一月二十日

親愛なるジョー

最後の部分を読み、多くのよき作家たちが過去に感じてきたに違いない感情を抱いています。僕があなたに線画を渡し、あなたは単純にチョークの箱を取り出して、色を塗りたくった。パットはいまやブルックリン出身のセンチメンタルな女の子です。ここ数年間ずっと、僕は自分がいい作家だと勘違いしていたようだ。

動きのほとんどが失われてしまいました——意外で面白かったアクションのテンポが落ち、誰一人として狼狽することのない雰囲気になりました——そして観客は直接パットの死に向き合うことになり、ちょっとだけ身悶（みもだ）えして、プログラムの別の映画を待つことになるのです。

幻滅したというのはかなりオブラートに包んだ表現です。十九年間——二年間は病気で休みましたが——僕はベストセラーの娯楽作品を書いてきましたし、僕の書く会話は最高のものだとされてきました。ところが、この脚本からわかるのは、あなたが突如としてこれをよくない会話だと決めつけ、自分が数時間の休みを取ればもっといいものが書けると思い込んだということです。

あなたがいま手にしているのは失敗作だと思います——『花嫁は紅衣装』〔ドロシー・アーズナー監督、ジョーン・クロフォード、フランチョット・トーン主演の一九三七年の映画〕のように完璧にナイーブですが、弁解の余地がないのは、今回あなたはそれなりの作品を手にしていたのに、それを勝手に、そして不注意に切り刻んだということです。マニキュア師とバルコニーのシーンをカットして、その空いたところに、百十六ページでパットが言う歯の浮くような台詞——『トゥルー・ロマンス』誌からの借り物——を入れるなんて、僕はあなたと同じ言語をしゃべっているとは思えなくなりました。

神とか「クールな唇」とか――それが何であれ――それから稲妻とか、ぶざまな言葉遊び。観客は「おい、勝手に死ねよ」って感じることでしょう。もしテッドがあのシーンを書いたのなら、あなたは笑って窓から投げ捨てるでしょうね。

あなたは最良のシーンを読みすぎて、単にそれに飽きているのです。そしてよき忠告者を退け、先ほど言ったようにチョーク箱を持った子供の喜びを味わっています。あなたはいい脚本家だし、あるいはそうだったけど、これは仕上げる前に自分で恥ずかしくなる仕事です。僕が書いた台詞や場面で残っているものが、ささやかな生命の息遣いを感じさせても、映画を救うことにはなりません。

例を示しましょう。三千番はパットとコスターのピアノのシーンをカットし、代わりにガレージでハンマーを振るうシーンになっています。パットがガレージをうろつく娘に！　そして台詞の書き直し――僕は腹が立ちました。

六十二ページのレンツとボビーのシーンは僕のシーンと同じカテゴリーにも入りません。単調で重苦しい。四十四ページのコスターは、僕が長いこと避けようとしてきたクソ真面目な人間のように面白くない。

百十六ページのシーンは何を意味するのですか？　男の子たちが緊張から解き放たれ、歓声をあげている声しか聞こえません。

そして七十二ページのパット――「本と音楽、これを彼女は彼に教えることになる」。まいったな、ジョー、自分が何をしたか見てみなさい。あれはパットじゃない――ポモナ大学〔カリフォルニア州クレアモントにある大学〕の卒業生だ。じゃなきゃ、ミセス・ファローの部署にいる眼鏡をかけた女性たち。本と音楽！　考えてください！　パットはレディだ――教養あるヨーロッパ人――魅力的な女性です。それに対してボビーは兵隊ごっこをしている。パットはフラワーガーデンに関して本当に趣味のいいことをしゃべる。彼らはスタテンアイランドでのハネムーンで「リング・アラウンド・ア・ロージー」〔歌いながら輪になって回り、合図でしゃがむ遊戯〕をやるようなことだけは絶対にしない。単純に、彼らは納得できるキャラクターではありません。そして、最悪の台詞をいくつか削ったところで、あなたが破壊したものを回復することはできない。首尾一貫していないんだ。パットをどういうキャラクターにするか、とっくの昔に同意したと思っていたのですが！

七十四ページで我々はまたミスター・シェリフに会います。そして彼らは最高に可愛くて楽しいことをしゃべり、女の子みたいに大笑いし合います。

九十三ページで神が復讐心とともに脚本に入ってくるのですが、こうした台詞について僕がどう思っているかを細かく語ったら、一冊の本になるでしょう。みんなが気に入った最後の数ページは、百十六ページから先で軋み（きし）が出始めます。そして読み終わったとき、僕の目には涙が浮かんでいました――でも、パットではなく、マーガレット・サラヴァンを憐れむ涙です。

僕が望んでいるのは、あなたが少しでも時間を取って、明晰に考えてくれることだけです。二つの脚本を誰か知的で公平な人に読んでもらってください。あなたがこの企画を改善したのだと人々に納得させようとするより、正直に考えることがいまはずっと価値があるはずです。僕は数カ月の仕事と思索が一週間であっさりと否定されてしまったのを見て、本当に惨めな思いをしています。どうか大きな度量を持って、この手紙で書いたことをそのまま受け止めてください――会話を元の質まで回復させてくださいという必死のお願いです――花のカート、ピアノの移動、バルコニー、マニキュア師の娘などを戻してください――自然で新しいタッチのものをすべて。ねえ、ジョー、プロデューサーはミスをすることなどないというのですか？　僕はいい作家です――正直に。あなたはフェアに振る舞ってくれるものだと思っていました。いまならジョーン・クロフォードがこの役をやるかもしれませんね――『花嫁は紅衣装』と同じくらい感傷的でふらついていますから。でも、本当の感情は消えてしまいました。

ハロルド・オーバー宛

一九三八年二月九日

親愛なるハロルド〔フィッツジェラルドのデビュー当時からのエージェントで、よき友人かつ助言者〕

到着した日、一月三十一日の月曜日に給料が出て、その二百ドルは月曜から水曜までの半週分でした。四百ドルは次の一週間分で、それは今日、二月九日までです。僕たちが同意していたように、税金に備えた二百ドルを貯蓄するよう、週明けにあなたに六百ドルを送ります。

スコッティと彼女の出費に関するあなたの手紙を二通受け取りました。スコッティの出費については来週、僕が対処します。あるいは、あなたから僕の総合口座にまとめて請求してくれてもかまいません。

『夜はやさし』の戯曲化については問題ありませんが、いくつか修正点を提案して原稿を送り返します。僕には素晴らしいと感じられました。小説の内容がこんなにたくさん盛り込まれていることに驚いています。ただ一つ恐れているのは、おそらく小説が盛り込まれすぎていること。そのために、会話のいくつかはバーナード・ショーの戯曲なみの分量になっています。

アン〔ハロルド・オーバーの妻〕には詳しい手紙を書いています。もちろん、ハートフォードに行くためにアンが負った出費に関しては、すべて僕のほうで清算します。少なくとも、スコッティが「完璧に素晴らしかった」と表現したパーティは僕が払いますので。

コラムニストのシドニー・スコルスキーが今週、こう言いました。「『三人の仲間』の脚本はF・スコット・フィッツジェラルドとE・E・パラモア・ジュニアによって執筆され、噂によれば、メトロ・ゴールドウィン・メイヤー社がこれまで扱ってきたなかでも最高の脚本の一つである」。でも、たくさんの賛辞をもらったものの、本当のところは脚本から核心（ハート）が抜かれており、偉大な映画にはなりようがありません。僕が大きな間違いをしていなければ、ですが。トレーシーが入院しなければならず、フランチョット・トーンが彼の役を演じるというのが、最後の打撃です。僕は暴徒のシーンの撮影を見ていたのですが、素晴らしいシーンのはずなのに、何の方向性もなくなってしまった。ドイツ領事が文句をつけてきたからです〔ナチスを思わせるグループの暴力沙汰が、ドイツ領事館の抗議によって書き直されたことを指す〕。

僕は怒濤の数週間の真っただ中にいて、ここでミスター・ストロンバーグ〔MGMのプロデューサー、ハント・ストロンバーグのこと〕との面会を待っています。アポイントメントが取れるかどうかと一日に二度電話するだけで、給料が払われているなんて変な感じですが、彼と仕事ができるのはラッキーだと誰もが言います。仕事をするとなれば彼はすぐに要点を摑みますし、スタジオで――たとえハリウッド全体でなくても――最高のプロデューサーだからです。

次はジョーン・クロフォードの映画に携わる予

定で、いまのところオリジナルの脚本を書かなければならないようです〔フィッツジェラルドは『不貞』という映画の脚本の最初の部分を書いたが、製作されなかった〕――何らかの戯曲か小説を基にするかもしれませんが。彼女は役を当てはめるのに最も苦労するスターなので、標準の長さの芝居か小説で、本当に彼女に合ったものはいまありません。ともかく、それがイースターまでの僕の仕事です――そのあともしばらく続くかもしれませんが。

もっとたくさん書くことはあるのですが、今回はこれくらいにしておきます。

こちらに戻る旅は大変なことになりました。飛行機が強風に逆らってメンフィスにたどり着くまで、南部じゅうを飛び回ったのです。それから着陸しようとして、三時間ほどメンフィスとナッシュヴィルのあいだを行ったり来たりしました。そのあとは追い風を受け、ロサンゼルスに月曜の朝に着いたときは、四時間遅れただけでした。

我々が話し合ったことはすべて忘れていませんし、お金や仕事などに関するあなたの意見には従うようにします。

敬具

スコット

スコッティ・フィッツジェラルド宛

一九三八年七月七日

最愛のスコッティ

　これから先、手紙を長い年月書き続けるわけでもないと思うので、この手紙は二回読んでほしい——厳しい内容だと思うかもしれないけど。いまはこれを拒絶しても、あとになって、その一部が真実として甦ってくるかもしれない。僕が君に語りかけるとき、君は僕を年上の人として、「権威」として捉え、僕が自分の青春時代を語ると、僕の言うことは君にとって現実味のないものになる——というのも、若者は自分の父親の青春など信じられないのだから。でも、そのほんの一部をここに書いておけば、あとで理解できるものになるのではないか。

　僕は君の年齢だった頃、大きな夢をもって生きていた。夢は成長し、僕はそれをどのように語り、人々に耳を傾けさせるかを学んだ。それからある日、君のお母さんと結婚しようと決意したときに、夢は分裂した。彼女が甘やかされた娘で、僕にとって益のない結婚だとわかっていたのに。結婚してすぐに僕は後悔したが、その当時は辛抱して最良の結果を出そうとし、別の形でお母さんを愛するようになった。君が生まれ、長いこと僕たちはその生活からたくさんの幸せを生み出してきた。しかし、僕は分裂した男だった——お母さんは自分のために過度に働くことを僕に求め、僕の夢のために働くことは求めなかった。仕事が尊厳であり、唯一の尊厳であることにお母さんが気づくのは遅すぎた。自分で働いて埋め合わせをしようとしたけど、手遅れだったのでお母さんは壊れてしまい、永遠に壊れたままなのだ。

　僕にとっても、ダメージを埋め合わせるには遅すぎた。僕は自分の持っているもののほとんどを——精神的にも物質的にも——お母さんに費やしてしまった。それでも五年ほど格闘し続け、ついに健康を損ねた。そして、僕の関心事は酒と忘却だけとなった。

　僕の失敗はお母さんと結婚したことにあった。僕たちは別の世界の住人だった――お母さんは南部の屋敷に住む親切で単純な男とだったら幸せになれたかもしれない。お母さんは大きな舞台に立つだけの力はなかった――ときどきあるようなふりをしたし、見事な偽装だったけど、その力はなかったのだ。頑なになるべきときに柔弱だったし、譲るべきときに頑なだった。自分のエネルギーをどう使ったらいいかわからなかった――その欠点を君に伝えたのだ。

　長いこと僕はお母さんのお母さんを嫌っていた。よき習慣という点で何も娘に教えなかったからだ――教えたのは「要領のよさ」と自惚れだけ。僕は怠け者に育てられた女性を二度と見たくないと思っていた。そして僕の人生における主だった願望の一つは、君をその種の人間にしないことだった。自分自身と他人に破滅をもたらすような人だ。君が十四歳くらいで不穏な兆候を見せ始めたとき、僕は君が社会的に早熟すぎたのだと考えて自分を慰め、厳格な学校に送って修復しようとした。しかし、ときどきこう思う。怠け者というのは特殊な階級に属する人々で、その人たちにどれだけお願いしたところで、何一つとして計画的にことは運ばない。彼らが人間の家族に何らかの貢献をするとしたら、それは同じテーブルに座ったとき、一つの椅子に温もりを与えることだけなのだ。

　僕が改善に取り組んだ日々は終わった。君がそういう調子なら、君を変えようとは思わない。でも、家族の内側であれ外側であれ、怠け者によって心を掻き乱されたくはない。自分のエネルギーと儲けは、同じ言語をしゃべる人のために使いたい。

　君が同じ言語をしゃべらないのではないかと心配になってきている。君は気づいていないけど、僕がここでやっているのは、かつてずっと素晴らしいことを成し遂げて疲れてしまった男の最後の努力なのだ。だから、重荷でしかない人を抱えるだけのエネルギーも、はっきり言えばお金も、僕には充分にない。そういうことを自分はやっているのだと感じるとき、僕は心のなかで憤り、やるせない気持ちになる。ロザリンド〔ゼルダの次姉〕やお母さんのような人たちは、病気で役に立たなくなったため、人に抱えてもらわなければならない。でも、君が二年間、何も役に立つ仕事をせずに過ごしたというのは別の話だ。身体も精神も発展させることなく、応じることのできない招待状をもらうために、数えきれないほどの退屈な手紙を退屈な人々に書き続けたのだとすれば。そういう手紙は君が眠っているあいだでさえも続いていき、君の人生はすべて、そうした郵便を長く待っているだけのことになる。口を閉じることのできないゴシップ好きの老女のように。

　君くらいの年齢になると、この子は将来が楽しみだと思われなければ、大人にとって興味深い存在ではなくなってしまう。小さな子供の精神が魅力的なのは、古い物事を新しい目で見ているからだが、十二歳くらいにこれは変わる。思春期の子が提供すること、できること、しゃべることのなかで、大人がもっと上手にできないものなど何もない。ボルティモアでの君との暮らし――（君はハロルドに僕が厳しくなったり放任主義になったりしたと言ったようだが、君が言いたかったのは僕が結核になるくらい、あるいは引きこもって書いてばかりいるくらい無分別で、君以外とはほとんど付き合いがなかったということかと思う）――それは、僕には家庭的すぎる義務だった。お母さんの病気のために、僕に課せられたものだ。でも、君がダンススクールで僕に噛みつくまでは君のボーイフレンドや電話を我慢していたし、そのあとも積極的にではないが我慢してきた。君には思いやりに欠く部分が現われてきていて、それがまずミセス・オーウェンズ〔フィッツジェラルドのボルティモア時代の秘書で、一時的にスコッティを預かっていた〕の不興を買い、それからブリンマー

〔スコッティが短期間通っていた、ボルティモアにある大学入学準備の名門女学校〕の先生たちの不興を買った。それを感じた人たちは君ととても近く、毎日会うような大人たちだった。君は外面的な社交性という技を身につけていながら、そういう人たちのなかに誰一人として親友を作らなかった。この人たちはみな、僕が君を愛するように君を愛していたが、みんな懸念を抱いていたし、それは真剣なものだった。君のなかの何かが責任を引き受けようとしないこと、役割を果たそうとしないこと――一時間以上は――などを感じてきたのだ。

昨年は、君が僕に対してフェアでないという情報が続けざまに入ってきた。さかのぼれば、十二月くらいから始まっている。もっとはっきり言えば、君がずるをしているというものだ。クラスの成績に関して嘘を言ったこと、クリスマス休暇にオーバー家で子供たちの家庭教師をしなかったこと、イースターにゴルフかテニスでお母さんに手を貸そうとしなかったこと。それから、病院で君に「お小言を」言った人たちを冷たく撥ねつけたこと。こうした人たちは君が学究肌ではまったくなく、子供っぽい夢の世界に生きていることをわかっていた――田舎の学校のダンスパーティで誰と踊ろうか思案する程度の。最後に破綻を来したけど、僕に判断できる限りでは、それは君を怖がらせる効果しかなかった。というのも、何らかの目的か理由がないのなら、僕が君を東部の学校に通わせておくはずがないと、君もわかっていたからだ。

君に魅力や人懐っこさがなければ、このような打撃が大いにこたえたかもしれない。しかし、僕のフィル叔父さんと同様、君はいつでも仲間を見つけ、彼らを通して自分が重要人物であると再確認する。君がやってきたことはゼロに等しいのにね。フィルはその人生の最後の日まで幸福な男だった。でも、彼はいつでもふらふらしていて、自分と妹のお金から二十五万ドルを使い果たし、残された奥さんは貧しい暮らしをせねばならず、息子は君も知っているような状態になった。彼には魅力があった――大きな魅力が。僕が成長してからは僕のことが好きではなかったのだけど、それは僕の前で彼が魅力を失ってしまい、僕が彼の太った尻を蹴ったからだ。ミセス・ペリー・スミスが比喩的に同じことを君にしたときも、君の魅力は発揮されていなかったに違いない。

こうしたことすべては、僕が十日前に経験した絶望の長い準備期間だった。僕がボルティモアに関してどう感じているかを君が知っていたとか、知らなかったとかいったこと。君が男の子と会って、付き添いもなく彼と一緒に夜のドライブをし、ニューヨークに戻るのを僕が承諾すると思ったこと。そして、僕がそれを許したはずだと君が本当に思ったこと――まあ、ハロルドにこれを言うといいよ、彼は僕より騙されやすいからね。

〝アラーの園〟の事務員があの電報を持ってきて、それで起こされたのだけど、僕はシモンズをフィニーと間違えて、フィニー家に電話してしまった――彼らはいなかった。その結果は、君が自分で作り出した状況に陥ったということに尽きる――君がウォーカーとの件について本当に後悔する気持ちが少しでもあったのなら、僕の願いを一週間くらいは尊重してくれたはずだ。

要約すると――キャンプで見事な飛び込みをして以来、君が僕を喜ばそうとして、あるいは誇りに思わせようとしてやったことは、ほとんどみんな取るに足らない（そして、いまの君の体はなまってしまっている）。一九二五年に流行した「元気のいい上流階級の娘」としての君のキャリアには、僕は興味がない。そういうのはまったく望まないし、リッツ兄弟（ブラザーズ）と食事をするのと同じくらい退屈だ。君が「それなりのことを成し遂げる」と感じられないとき、君と一緒にいるのは憂鬱になる。話が些末なことばかりで、馬鹿馬鹿しい時間の浪費に思えてしまうからだ。その一方で、君のなかにときどき生命や目的の兆（きざ）しが見られるようなとき、君以上に一緒にいて楽しい人はいない。君が肚（はら）のなかに何かを持っていることは間違いないからだ——本当に人生を味わおうとするところ——君自身の本当の夢——そして僕が考えているのは、手遅れになる前に、それを何かしっかりしたものと結びつけること。お母さんの場合は、ようやく何かを学ぼうとしたときにはもう遅すぎた。子供時代、君がフランス語をしゃべったときは、そのちょっとした奇妙な知識が魅力的だった——いまの君の会話は、この二年間をミズーリ州の田舎の高校で過ごしたかのように平凡だ——『ライフ』誌で見たもの、『セクシー・ロマンス』誌で読んだものばかり。

九月に東部に行き、君の船を出迎える〔このときスコッティはヨーロッパ旅行中で、フィッツジェラルドはパリのホテル宛にこの手紙を書いている〕——でも、この手紙は君の約束ばかりの手紙にはもう興味がないという宣言だ。お父さんは自分で見るものにしか興味がない。君のことはいつでも愛しているけど、僕と同じように考えたり働いたりする人にしか関心はそそられないし、それはこの歳になってもう変わりそうもない。君がどうなるか——どうなりたいか——は、まだこれからだ。

お父さんより

追伸：日記をつけているのなら、十フランのガイドブックに書いてあるような味気のないものにならないように。お父さんは日付や場所には興味がない——ニューオーリンズの戦いにだって——君がそういうものに対してユニークな反応をしているのでなければね。自然なものでない限り、書くときにウィットを利かそうとしてはいけない——ただ誠実に、ありのままを書くように。

追追伸：この手紙は二回読んでくれるかな——お父さんも二回書いたので。

デヴィッド・O・セルズニック宛

一九三九年一月十日

『風と共に去りぬ』について〔フィッツジェラルドはこの時期『風と共に去りぬ』の脚本に携わっていた。セルズニックは同作や『レベッカ』などのプロデューサー〕

冒頭についてひと言。始まってすぐ、古い南部のロマンスの雰囲気を漂わせるために、よくあるトレーラーの映像から拝借することを提案します。本のページがめくられていく下で、想像しうる限り最も美しい南北戦争前の風景をいくつか合成し、二、三分映し出す。そしてそれに重ねて、スティーヴン・フォスターの歌がただちに鳴りだすのです。続いて馬に乗る若者たち、歌う黒人たち、バーベキューのロングショット、タラとトウェルブオークのショット、馬車と庭と幸福と陽気さが描き出されます。

そうでなければ、フープスカートをはいた女優と知らない若者二人の映像から始めてもいい。こういう合成映像で大きな期待が満たされると同時にそそられるでしょう。そして満たされない恋の物語に入っていけます。裏切る農場監督たち、重労働をする黒人たち、喧嘩をする娘たちといった、ストーリーに不可欠なものは、美を背景として起きることにすぎません。映画の物語が起こるのは、この目撃され記憶された景色をバックにしてであり、冒頭について私が抜けていると思うのは幸福感なのです。

スコッティ・フィッツジェラルド宛

一九三九年一月

最愛のパイ〔このときスコッティはヴァッサー大学の一年生〕

休みの日！　昨夜は『風と共に去りぬ』に徹夜で必死に取り組んだが、明日もまた頑張らないといけない。あの本を読んだ――というのは、本当に読み込んだということだ――いい小説ではあるが、ものすごく独創的だとは言えない。実のところ、『二人の女の物語』〔イギリスの小説家、アーノルド・ベネットの一九〇七年出版の小説〕と『虚栄の市』〔イギリスの小説家、ウィリアム・サッカレーの一八四七～四八年出版の小説〕、それに南北戦争について書かれたすべてのものに大きく依拠している。新しいキャラクターもいないし、新しいテクニックも新しい観察もない――文学を作り出す要素が何もない――特に人間の感情に対する新しい洞察がない。しかし、その一方、面白いし、驚くほど率直で、首尾一貫し、最初から最後まで見事に書けている。この小説を蔑む気持ちは感じなかったが、これを人間精神の至高の偉業だと考える人には憐れみを感じた。これくらいにしておこう――あと二週間くらいこれに関わると思う――あるいは二カ月。キュリー夫人の扱いについてはみんなと意見が違ってしまい、彼らは別のやり方でやろうとしている〔フィッツジェラルドは映画『キュリー夫人』の脚本執筆を割り当てられたが、ほかの人々と意見が合わずに降りている〕。

君の風邪の話を聞いて、僕は陰気なことをいろいろと考えてしまった。僕と同じように、君は小さい頃、風邪をひきやすかった。肺炎に近い、胸の奥深くの風邪だ。僕がヘビースモーカーになったのは大学二年のときだが、それからたった一年で結核になってしまい、実に長いことその影響に苦しむことになった。何らかの方法で君がそこから脱却できるといいと思う――そんなことになって、六月に健康を崩していたら、夏のあいだは戸外でのんびり過ごすんだろうね。これだけやることや学ぶことがあるのに、それは残念だ。僕は君を社交界デビューのドレス姿で埋葬したくはない。

お父さんの計画はまだはっきりしない。検閲の厄介事がいろいろとあったので、映画にはもううんざりだ。もう一度、いい形でクレジットに名前が出たら、ここから離れたい（『ザ・ウィメン』〔ジョージ・キューカー監督、ノーマ・シアラー、ジョーン・クロフォード主演の一九三九年の映画〕には名前が出ない）——だけど、いつになるかはわからない。『帝政論』〔『神曲』の詩人ダンテによる政府論〕はまだ読んでいない。コーネリア・スキナー〔フィッツジェラルドと同時代のアメリカの作家で女優〕のものはいくつか読んだが、薄っぺらいし面白くないと感じた。君が『ドリアン・グレイ』〔オスカー・ワイルドによる一八九〇年出版の長編小説『ドリアン・グレイの肖像』のこと〕の芝居に取りかかったのなら、成功を願うけど、その教授が君のやっていることをちゃんとわかる人だといいと思う。他人の言葉の並べ替えを文学的創作と取らないかもしれないし、そうなると君は厳しい状況に陥るね。水泳は取っているの？

愛をこめて
お父さんより

追伸：もちろん、「シナラ」〔十九世紀後半のイギリスの詩人、アーネスト・ダウソンの作品〕などの本は後回しにしてもかまわない——実に面倒な本だし、毎日図書館に行かないといけないしね。大学の勉強が何より優先だ——でも、お父さんはこう思わずにいられない。時間がそんなに限られているのなら、どうして君は芝居をやろうなどと思いついたのだろう。いまはもちろん完全に問題外だ——昨年の経験から教訓を得ていなければおかしい。

スコッティ・フィッツジェラルド宛

一九三九年冬

最愛のスコッティーナ

君は最初に小切手を見ただろうけど、あれは商取引を表わしているわけではない。疲れすぎていて議論できないが、君の数字は間違っている。でも、すべてを秘書に照合させるよ。小切手のなかにプレゼントの分があるんじゃないかと思う。

僕が映画界を去ろうとしているという印象を抱いたのなら申し訳ない——映画界には変わらず関わっている——いまは短編小説を終わらせ、パラマウントのために二週間の書き直し作業をしている。でも、確信するようになったけど、この業界の皇帝にはしてもらえそうもない——十カ月前に考えていたようには。それでいいんだよ、ベイビー——人生経験によって僕は謙虚になったから——皇帝であろうとなかろうと、僕たちは生き残る。アシスタント皇帝でもいいかって思い始めているくらいだ！

真面目な話、僕は映画の世界に入ったり出たりして、寿命の残りを過ごしていくと思うけど、それはあまり魂を満足させてくれることではない。子供向けの物語を語る仕事であり、ある程度までしか興味をそそられないからだ。映画は人間のコミュニケーションのためのメディアとして最高のものだけど、検閲の制度が始まり、警告を発するようになったのは残念でならない。その結果、こういうことになっている。ただし——僕は二度と、こういう契約にサインするつもりはない。一年半のあいだ子供の物語しか語れない仕事に自分を縛るなんて！

ともかく、マデリーン・キャロル〔イギリス出身の女優で、一九三九年の『カフェ・ソサエティ』のほか、三五年の『三十九夜』などに出演している〕の新しい映画に関わっている（『カフェ・ソサエティ』は観に行くといい——ものすごくいい映画だと思う。今回のと同じプロデューサー、監督、俳優の組み合わせだ)。といっても、映画界の暮らしは単調で、これを超越したいと望むばかりだ。

〔後半省略:フィッツジェラルドはこのあと、娘に読書や生活について指示を与えている〕

愛をこめて
お父さんより

ケネス・リッタウアー宛

一九三九年九月二十九日

親愛なるケネス〔雑誌『コリアーズ』の編集者で、フィッツジェラルドは彼に対して『ラスト・タイクーン』となる小説の連載を提案している〕

これは二つの理由で難しいことになります。第一に、僕の小説はその内容が知られると、この世界のジョージ・カウフマンたちによってたちまち破廉恥にも剽窃されてしまうという事実があるからです〔カウフマンは当時の売れっ子劇作家だが、フィッツジェラルドは彼にアイデアを盗まれたと考えていた〕。第二に、執筆中に作品の内容を要約したり、それについて話してしまうと、自分にとってそのアイデアの魅力が減じてしまうのではないかという、激しい恐怖をいつも抱いて生きているからです。でも、こういう制限はあるものの、小説の構想を書いてみます。

この小説は五万語くらいの長さになります。言葉を削る余地を残すために、六万語くらいは書かないといけないので、僕は四カ月の仕事だろうと考えていました——執筆に三カ月、修正に一カ月。構想自体は——僕の良心と、六十ページもの概略やメモという証拠によれば——すでにでき上っています。だから、健康状態もよくなったので、僕としてはここでの売文家的な仕事をするより、はるかに小説のほうに取りかかりたいという気持ちです。

＊＊＊

　物語は一九三五年の四カ月か五カ月のあいだに起こります。語り手はセシリア——ハリウッドのブラドーグ〔後にブレイディに変更された〕という名のプロデューサーの娘です。セシリアは可愛らしい現代娘で、品行方正でも不良でもなく、ものすごく人間的に描かれます。父親もまた重要なキャラクターです。抜け目のない非ユダヤ人で、最低レベルの悪党。独力で出世した男です。彼はセシリアをプリンセスに育て、東部の大学に送り、彼女をかなり俗物にしてしまいますが、物語が進むにつれ、彼女の性格はそこから離れて成長します。つまり、彼女は二十歳のときに起きた出来事を語るのですが、それについて語る彼女は二十五歳なっていて、言うまでもなく、多くの出来事を違う目で見ています。

　セシリアを語り手にしたのは、こうした人が僕の物語にどう反応するか、僕が正確にわかっていると考えるからです。映画によって作られたけれど、そこに染まってはいない女。彼女はおそらく『国民の創生』の試写会の日に生まれ、五歳の誕生日のパーティにはルドルフ・ヴァレンチノが訪れました。だから彼女は知的でシニカルですが、同時にハリウッドの人々に対して——大物であれ小物であれ——思いやりがあり、親切です。

　彼女は二人の主要登場人物に読者の関心を向けます——ミルトン・スター〔後にモンロー・スターに変更〕（彼はアーヴィング・サルバーグで、これが僕の重要な秘密です）と、彼が愛するタリア〔後にキャスリーン・ムーアに変更〕という娘です。サルバーグは僕をいつも魅了しました。特異な魅力を持ち、並外れてハンサムで、大きな成功を収め、その偉大な冒険は悲劇的な結末を迎えました。彼のまわりに僕が築き上げる出来事は架空ですが、そのすべてが起こったとしてもおかしくないものです。そして、この男の性格を僕は奥までじっくり観察しましたから、彼の反応は実生活でも間違いなくそうだと思われるものでしょう。僕はそう確信しています。あまりに似ているので、読者は彼が誰であるか気づくかもしれません——と同時に、物語のどの出来事も実際には真実でないと気づくはずです。たとえば僕の物語では、彼は独身か男やもめであり、ノーマ〔サルバーグの妻であった女優のノーマ・シアラーのこと〕に関する複雑な事情は完全に除外しています。

本の最初で、僕はニューヨークから西海岸への飛行機の旅という設定で、僕が抱いているスターという男の印象をすべてぶちまけたいと考えています——もちろん、セシリアの目を通して。彼女は長いこと、やりきれないほど彼を愛してきました。そして、愛情のこもった敬意以上のものを決して勝ち取れないのです。それでさえ、彼女の父のことを彼が嫌っているために曇りがあります（ここは、サルバーグとルイス・B・メイヤー〔メトロ・ゴールドウィン・メイヤー社の首脳〕との熾烈な反目と重なります）。スターは働きすぎで死ぬほど疲れており、ほとんど消えそうな輝きしか発しない光でスタジオを仕切っています。健康が衰えているという警告は受けていましたが、何も恐れない男なので、その警告を無視しています。人生ですべてを手にしており、手に入れていないのは、自分を捨ててでもほかの人に尽くすという特権のみ。このことを彼は中規模の地震（一九三五年のような）の夜に気づきます。物語が始まって、数日後のことです。

その日は、スターにとってとても忙しい日でした——水道の本管が破れ、スタジオの建物以外の部分に数フィートの水が溜まってしまいます。それが彼のなかの何かを解き放つのです。スタジオの外周部に呼ばれ、発電所の復旧を指揮することになったとき（というのも、サルバーグ同様、彼はすべてに目を配っているので）、彼は二人の女性が農家の屋根のセットに取り残されているのに気づき、救出に向かいます。

タリア・テイラーは二十六歳の未亡人で、現時点では、僕のヒロインのなかで最も魅力的で思いやりのある人にしなければいけないと考えています。魅力的というのは新しい形においてです。というのも、ブレンダ・フレイザー〔大恐慌期に派手な社交界デビューパーティを開いたことで有名になった女性〕などの場合に注目されるような女性の高慢さに関しては、それを嫌う大衆と僕も密かに同意見だからです。大衆は単純に、あらゆるチャンスに恵まれた人々に対して深く同情したりしません。そして僕はこの娘に、サッカレーの『バラと指輪』のロザルバと同様、「ちょっとばかりの不幸」を授けるつもりです。一緒にいる女性と彼女の二人は（彼女はその人の付き添いを務めているのですが）、その女性の好奇心のために、こっそりとスタジオに来ました。そして災害が起こり、そこで立ち往生していたのです。

こうしてスターとタリアの恋が始まります。一瞬のうちに燃え上がった恋、力強くて並外れていて肉体的な――それを君が出版できるように書きます〔雑誌のほうが単行本よりも性描写に関する規制が厳しいため〕。と同時に、それが本の形でどうなるかを示すために、一部コピーを送ります。本のほうがトーンが強くなるでしょう。

この恋が本の骨子です――といっても、お忘れなく、セシリアの目にどう映ったかを通してそれを扱います。つまり、物語を語る段階のセシリアを知的で観察力のある女性にすることで、コンラッドがしたのと同じように、ほかのキャラクターたちの行動をセシリアに想像させるのです。こうして、一人称の語りのように見えながら、キャラクターたちに起きたことすべてを神のごとく知っている設定にしたいのです。

この恋を扱う章のあいだで二つの出来事が大きく現われてきます。一つはセシリアの父、ブラドーグが、スターを会社から追い出そうとする明確なストーリーです。ブラドーグはスターを実際に殺させることまで考えます。彼が最悪の独占論者であるのに対し、スターは——成り上がり者であるために保守的になるのは避けられませんが——父親的な経営者です。二十三歳という若さで成功し、若いときの理想主義がまだ無傷で残っています。その上、彼は労働者です。比喩的に言えば、コートを脱いで現場に飛び込みます。それに対してブラドーグは、自分の銀行口座を潤すものとしてしか、映画に興味がありません。

二番目の出来事はセシリア自身のもので、スターに恋い焦がれるあまり、彼の前に身を投げ出します。彼が関心を示さないために、その反動で彼女は愛していない男に身を任せてしまう。このエピソードは連載に絶対必要というわけではありませんが、ぼやかして書くのでもいいですが、すべて削るのが一番でしょう。

本筋に戻ります。スターはタリアとの結婚に踏み切れません。単純に、彼の人生には結婚の入り込む余地がない。彼女が自分にとって必要な存在になったことをわかっていないのです。かつて彼の名前は何人かの有名な女優や社交界の花形と結びつけられてきましたが、タリアは貧乏で不幸な女性であり、外形には中産階級的な面がつきまといます。それは、スターが人生に求める華麗さと相容れないのです。彼女はこのことに気づき、一時的に彼のもとを離れます。彼女と入籍する意思が彼にないからというのではなく、そのことに傷ついたから——自分が捨て去ったと思っていた虚栄心の残滓のためなのです。

スターはいよいよ会社の経営権を維持するための戦いに追い込まれます。ところが、株主たちと会うためのニューヨーク出張中に突然健康を損ね、ニューヨークでほとんど死にそうになります。ハリウッドに戻ると、ブラドーグが彼の不在に乗じ、彼には想像を絶するような陰謀を進めていたことを知ります。彼はまた仕事に飛び込み、物事を元に戻そうとします。

こうして彼はタリアがどれだけ必要であるかに気づき、二人の関係は修復されます。一日か二日、二人は夢のように幸せです。そして結婚することにするのですが、スターはもう一度東部に行かなければなりません。会社の経営をめぐる争いで摑みかけていた勝利を確実なものにするためです。

ここで、この小説の質を高め、ユニークなものとすべく、最後のエピソードが起きます。一九三三年の飛行機事故を覚えていますか？　輸送機が南西部の山腹に墜落し、上院議員が死んだものです〔マシュー・J・ブルッコリの註釈は、ミズーリ州で起きた一九三五年の飛行機墜落事故のことであろうと推測している。ブロンソン・M・カッティング上院議員を含む乗客が死んだが、地元の人々による略奪はなかった〕。それが僕の印象に残っているのは、地元の人たちが遺体から略奪したためでした。これがハリウッドからスターを乗せた飛行機に起こるのです。日曜日のピクニックに来ていた三人の子供が、墜落した飛行機の第一発見者になるのですが、彼らの視点からこれが語られます。事故で死んだ人たちのなかには、スターのほかにも二人、すでに登場した人物がいます（この短い要約では、脇役についてまで詳しく述べられませんでした）。遺体を見つけた三人の子供は男の子二人に女の子一人で、少年の一人がスターの持ち物を漁（あさ）ります。もう一人が落ちぶれた元プロデューサーの遺体を、少女が映画女優の持ち物を漁ります。子供たちが見つけた持ち物が、彼らの窃盗行為に対する態度を象徴的に決定するのです。映画女優の持ち物は少女を自己中心的な所有欲へと向かわせます。プロデューサーとして失敗した男の持ち物は少年の一人を動揺させ、彼は優柔不断な態度になります。一方、スターのブリーフケースを見つけた少年は、一週間後、地方判事のもとを訪れて告白し、三人を救うのです。

物語はもう一度ハリウッドに戻り、フィナーレとなります。物語のあいだ、タリアは一度もスタジオ内に入りませんでした。スターの死後、彼が作り出した大きなスタジオの前に立ち、彼女はこれからも決して入らないだろうと気づきます。彼女にわかるのは彼が自分を愛してくれていたこと、そして彼が偉大な男であり、自らの信じるもののために死んだのだということだけなのです。

　こういう小説です――プロパガンダ的な要素はかけらもありません。実を言えば、サルバーグの意見は多くの点で、僕のものとはまったく異なっていましたが、それについて詳しく述べることもしません。だいぶ前から彼を主人公に選んでいた理由は（もう三年前から構想していましたが）、僕が知る桁外れなスケールを持つ者たちのなかでも、彼は五本の指に入るからです。これはたまたま、アメリカのユダヤ人たちの士気がどこか高まらない時期とも一致しますが、僕にとっては偶然の一致にすぎません。人種的な点に触れる気はまったくないのです。ジーグフェルド〔ブロードウェイのプロデューサーでジーグフェルド・フォーリーズというレビューで知られる、フローレンツ・ジーグフェルドのこと〕が叙事詩的な存在にまでなるのだとしたら、サルバーグはどうなるのでしょう？　彼はジーグフェルドが持っていなかったものを、文字どおりすべて持っているのですから。

　この小説に関して心配していることは何もありません。不確かなことも何一つありません。『夜はやさし』と違い、これは退廃に関する本ではない――悲劇的な結末を迎えますが、気を滅入らせるものでも、陰気なものでもない。一つの本が別の本と「似て」いるということがあるとすれば、これは僕のどの本よりも『グレート・ギャツビー』に「似て」います。でも、僕はこれを完全に違う本にしたい――新しい小説となり、新しい感情を掻き立て、ある種の現象を見る新しい見方さえ提示するものに。この小説を五年前の一時期に設定したのは、ある程度の距離を保つためでした。しかし、ヨーロッパがいま音を立てて崩れている状態とあっては、それが最善であるように思われます。これは贅沢でロマンチックな過去への逃避――その過去は我々の生きているうちには二度と戻ってこないかもしれません。間違いなく、僕がぜひ読みたい小説です。書きましょうか？

＊＊＊

すでに申し上げたように、僕は映画業界で短期の仕事を続けるよりも、最低の報酬でこの小説を書きたい。映画界の報酬は大きいのですが満足感は得られず、格闘したあとでいつも、所得税に利益を吸い取られます。

僕が心の平静を保って執筆するのに必要な最低の額は一万五千ドルです。前金として三千ドルいただき、あとは三千ドルずつ十一月一日、十二月一日、一月一日、二月一日、これが連載最終回の分となります。このために僕はほかのどんな仕事も――特に映画の仕事は――絶対にしませんし、原稿の修正はどんなことでもすると約束します(ただし、そちらが勝手に修正するのはお断わりです)。それに、十一月一日から原稿を送り始めることも約束します。その日までに一万五千語をお送りするということです。

もしこの前金が君の経済状態に合わないのでしたら、ケネス、現在のスケジュールでこの仕事をするのは金銭的に不可能です。四カ月間病に伏していたので僕は無一文だし、君の電報が来るまでは、ここの仕事で何カ月か糊口をしのぐつもりでいました。それを終えないことには、小説を始められない、と。もう一度、電報をいただけるとすごく助かります。僕は当然ながら気を引き締めていて［このあとは抜け落ちた形でプリンストン大学に保存されている］

スコッティ・フィッツジェラルド宛

一九三九年十月三十一日

スコッティーナ

（これは僕が発明したニックネームではなく、何年も前にジェラルド・マーフィ（アメリカの上流階級出身者で、リビエラのフランス側に別荘を持ち、フィッツジェラルドと家族ぐるみのつき合いがあった人物）がリビエラで作り出したものだってわかっているかな？）いいかい！ お父さんはもしかしたら偉大な作品になるものを書き始めた。四カ月から六カ月はこれに打ち込む。一セントの利益にもならないかもしれないけど、生活費は出るだろう。『不貞』の最初の部分を書いて以来、初めて愛情をこめて取り組む仕事だ（――半分書き終わったのに、検閲に止められてしまった原稿を覚えてる？　二年前のイースターのとき、ノーフォークで君に見せたけど。君はそれをボルティモア・ノーフォーク・ライナーの船室で読んだ）。

　ともかく、僕は生き返った――あの十月を乗り切ったことで何かが起きた――あれだけの緊張と切迫した状況、屈辱と格闘があったのだから。僕は酒を飲んでいない。偉大な男ではないが、ときどき自分の非個人的で客観的な才能と、それを少しずつ犠牲にしてきたとはいえ、本質的な価値を維持してきたことは、叙事詩的な壮大さを持つのではないかと思っている。ともかく、仕事が終わったあと、この手の妄想で自分を慰めているんだ。

　この本は、君が僕を大人として知っているすべての期間にまたがるのだが、君がこれを読んだら、僕がいかに深く君の世界を知っているかわかるだろう――広くではないよ、僕は重い病気だったので、出歩くことはできなかったからね。僕が長生きできたら、君の側の言い分も聞けるだろうけど、君が芸術家としての限界に気づく本能は、おそらく最高のものだと思う。いろいろな芸術を行き来して試し、僕がしたように、自分の適所を見つけるのもいいだろう——でも、これまでのところ君が「天才」であるとは思わない。

だから何だ？　この年月はすごく貴重なのだ。もうしばらく君の成長を見守らせてくれ。どんな授業を取っている？　リストアップして。要求に応じてほしい。そうしないと、僕は神経を最高に張りつめさせなければいけなくなる——長距離でも君の教師が髪を何色に染めているかを当てたり、ボロや骨や髪の束から一九三八年三月の殺人を再現できたりするようになる。でも、お父さんに概略は知らせてくれ。

a　オーバー夫妻は僕について何て言っている？　悲しすぎる？

b　僕が君を親不孝者だってミセス・オーウェンズに言った話については？

c　どんな芝居に携わっている？

d　ダンスパーティと試合は？　少なくとも、お父さんの青春時代を甦らせて！

e　パパとしての質問——気のふれた天才の子供といった話は別として——君は何をしている？　どのように？

f　どんな家具がいい？　まだエッチングが欲しい？

g　ロザリンドは何を書いた？

h　ここでテストを受けたい？

i　マーフィ夫妻を訪ね、彼らを幸せにしてやろうと考えたことはない？　ホノーリア〔マーフィ夫妻の娘の名前で、フィッツジェラルドは短編「バビロン再訪」でこの名を使っている〕をけなすためではなく。

君がマルローを読んだのは嬉しい。運転免許は取った？　メアリー・アールはいい人かな？　コネティカットで会ったとき、勇敢で愛らしく、いたずらっ子のような人だという印象をすぐに抱いた。それから＊＊＊〔編者によって伏字にされている〕はどう？　妊娠中絶権支持と安静療法とのあいだを揺れ動くという、避けがたくてやるせない移行を繰り返していたけど、少しはペースダウンしたのだろうか？　最後の質問には答えないで。この名前は僕にとって催吐剤のようなものだからね。

シーラ・グレアム宛
一九三九年十二月二日

親愛なるシーラ

君の前で凶暴になり、君とジーン・ステッファン〔シーラ・グレアムの友人〕を傷つけてしまいました。ひどいことをした。

でも、いろんなことも言ってしまった――ひどいことを。ある程度は取り消しできることでしょう。あれは僕の心のほんの一部分から出てくるものです、君にもわかってもらいたい――僕の意識のなかの何も表わしていないし、潜在意識のなかにあるとしてもほんのわずかです。イギリスとアメリカの違いに関して僕たちはよく喧嘩したけど、それと同程度の重要性と意味しかない。

僕たちの関係がこれから実を結ぶとは思えません。君が僕のことをもはや尊敬や愛情をもって考えられないとすれば、それで僕は嬉しい。人間は互いにいい影響を与えるか、与えないかしかなく、僕は明らかに君にとってひどい男です。僕の持つすべてを賭けて愛したけど、どこかがひどく間違っていました。その理由をどこか遠くに探す必要はない――僕が理由なんだから。どんな人間関係にも適していないのです。ただ、僕は君を愛した――君は僕にすべてをもたらしてくれた。それはとても素晴らしく、情け深く、そしてあなただから。

死にたいよ、シーラ、それも自分なりのやり方で。僕にはかつて娘がいて、それから可哀想なゼルダがいました。この二年間は君の面影が至るところにありました。もうすぐ来る最期のときまで、君を心にとどめていたい。君は最高の女性です。一人でも立派にやっていける人です。結核で神経症の男にはもったいないくらい。その男にできるのは嫉妬して、意地悪を言い、ひねくれるだけなんだから。僕は最期を迎えるとき君とともにいるけど、そのとき君はここにいない。それほど遠い話ではないでしょう。僕のものをもっとたくさん君に残せたらいいのにと思います。ただ、小説の第一章と草案を残しましょう。僕は無一文だけど、それはある程度の価値が出るはずです。ヘイワード〔ハリウッドのエージェント、リーランド・ヘイワードのこと〕に訊いてください。全面的に、無条件に愛している。

手書きの手紙を送るつもりだったんだけど、それでは読めないだろうと思って。

スコット

シーラ・グレアム宛

一九三九年十二月初旬

このあいだの火曜日、ついに正気を取り戻したとき、これ〔シーラ・グレアムの著書『愛しき背信者』によれば、手帳のこと〕を見つけました。君のもののようです。

ここはいまとても静かです。今日の午後、君の部屋に入って、君のベッドにしばらく横たわりました。君のものが何か残っていないかと思って。鉛筆が数本と使えなくなった電気敷き毛布、窓からの秋の風景がありました——もう二度と同じではないけれど。それから僕は君の顔の表情をたくさん書きとめたけど、その一つは読むに堪えません。僕を信じ、僕が世界の何よりも愛した少女の表情——その人に僕は喜びを与えたかったのに、悲しみを与えてしまった。僕がその場その場で勝手なことを言っているだけだと、何らかの形で君に伝わるとよかったんだけど――スコッティを含め、誰かが君の悪口を僕に言っているだなんて。これはみんな熱と酒と鎮静剤のせいなのです――アル中患者と接する看護師が必ず耳にするようなこと。

君が僕と縁を切ったことを嬉しく思います。幸せになってほしい。そして最後のひどい印象が褪(あ)せていき、そのうちこういうふうに言ってくれるといいと思う。「彼もそれほどひどくはなかったわ」

さようなら、シーロ〔フィッツジェラルドが彼女を呼んだ愛称〕。これ以上君を煩わさないから。

スコット

マックスウェル・パーキンズ宛

一九四〇年五月二十日

親愛なるマックス〔フィッツジェラルドを世に出した、スクリブナーズ社の名編集者〕

君にはちゃんとした手紙を書かなければならなかったのに、数カ月怠(おこた)っていました。最初に、上記が僕に最も連絡のつきやすい宛先です――と言っても、いま小さなアパートを物色中ですが。八週間かかる映画の仕事の最終週に差しかかっており、これで二千三百ドル入ります。そこからは君や政府に借りを返す余裕はないのですが、ちょっとした収入です。というのも、これは僕の「バビロン再訪」を映画化するもので、ここから新しい展開が生まれるかもしれません〔このときの企画は実現しなかった〕。僕は売文家としてうまくやれそうもない――これはほかのすべてと同様、ある種の熟練した技が必要なのです――

ラジオがちょうどサンカンタン〔フランス北部の都市〕の陥落を報じました！　なんてことだ！　戦争が新しい段階に入ったというのに、アンドレ・シャンソン〔『懲役船』などの著書のあるフランス作家〕が評判だって話を君にしたところで、何になるでしょう？　彼の本はいまや過ぎ去りし静かな時代の気の抜けた冗談のようにしか見えません。

僕の小説が再版されてほしい。いまから一年かそこらすると、スコッティが友達にお父さんは作家だと言っても、一冊も入手不可能だという妙なことになってしまいます。もちろん、君の責任ではありません。君は（そしてもう一人、ジェラルド・マーフィは）ここ五年のあいだ辛い時期があっても、いつでも友人でいてくれました。友人とは何かというのは面白いですね――アーネストが「キリマンジャロの雪」で僕をからかったこと〔アーネスト・ヘミングウェイがフィッツジェラルドの金持ちへの憧れを揶揄したことを指す〕、憐れなジョン・ビショップ〔フィッツジェラルドのプリンストン大学時代からの友人〕の『ヴァージニア・クオータリー』の記事（十年のあいだ文学界で名を成そうとしてきた末の、素敵な復帰だけど）、突然ハロルドが最悪のタイミングで僕を見捨てたことなどは、友人と呼ぶに相応（ふさわ）しくない行為です。かつて僕は友情を信じていました。自分は人々を幸せにできる（常にではなくても）と信じていたし、それが何よりも楽しかった。いまではそれでさえ天国に憧れるヴォードヴィリアンの安っぽい夢のように思えます。大がかりなミンストレルショーのなかで、永遠にボーンズ〔骨製のカスタネット〕を鳴らし続けているような。

プロの作家として、自分から次の手を打たねばならないのはわかっています。『ギャツビー』を廉価本にすることで、人目につくようにしておけないでしょうか――それともこの本は人気がないのでしょうか。まだチャンスはあるのではないですか？　人気のあるシリーズの一つとして再版し、僕ではなく誰かあの本を称賛している人に序文を書いてもらう――僕から誰かに頼めるかもしれません――とすれば、学生や教授たち、英語の散文を愛する人たち――どんな人たちでも――のあいだでお気に入りの本にならないでしょうか。しかし、これだけのものを与えておきながら、完全に、そして不当にも消えていくなんて。いま出版されているアメリカの小説のなかで、かすかにでも僕の痕跡を持たないものはほとんどありません――ささやかながら僕は独創的だったのです。君と意見が一致しかなったことはあまりないし、些細なことばかりでしたが、そのうちの一つを覚えています。それは、「ライラックが最後に――」〔ウォルト・ホイットマンがリンカーンの死を悼んで作った詩〕を愛する者にとって、トム・ウルフ〔『天使よ故郷を見よ』などで知られる作家、トマス・ウルフのこと〕はそれほど独創的には感じられないと僕が言ったときのことでした。それ以降、彼に関する考えは変わりました。「死者のみが」と「アーサー、ガーフィールドなど」は好きで〔どちらも『死より朝へ』に収められた短編で、前者は「死者のみがブルックリンを知る」、後者は「今は亡き四人」のこと〕、最高のレベルにあると思います。心理的ロベスピエールとも言える批評家たちがアメリカ文学のなかを闊歩し、「コンクリートのキリスト」〔ピエトロ・ディナートの一九三九年の作品〕のようなメロドラマをトップにまつり上げるとしたら、トムや僕やそのほかの連中はどこに置かれるのでしょう? 子供たちはかつてメンケン〔二十世紀前半に活躍したアメリカの文芸批評家、編集者〕を読んでいたようにスタインベックを読んでいるし! 僕は信頼を失っていません。僕の新しい本は売れるでしょうし、二度と僕は『夜はやさし』のときのような多数の間違いは犯しません。

時間があるときに近況を知らせてください。アーネストはどこにいて、何をしているのですか? エリザベス・レモン〔ヴァージニアの社交界の花形として有名になった女性で、パーキンズの友人〕については? あの可愛らしくていたいけな、そして生贄になった処女。気が滅入るような事実がだんだんとわかってきたのですが、彼女は家族の虚栄心の犠牲者なのですね。ああいう人たちは大嫌いだ――濃い口髭を生やしたドクター夫人、息の荒いヴァージニアの主婦で、自分を貴族だと思っている姉、財産を相続するボルティモアの証券業者。その吹き溜まりの雪の真ん中にいるのがエリザベスなのです。耐えられないほど悲しい。皆さんへの、それもすべての世代の皆さんへの愛をこめて。

スコット

ゼルダ・フィッツジェラルド宛

一九四〇年七月二十九日

最愛のゼルダ

テンプルの件とはこういうことです〔フィッツジェラルドの短編「バビロン再訪」の映画化が進められており、ホノーリア役の候補が当時の子役スター、シャーリー・テンプルであった〕。シャーリー・テンプルは子供として訴える力を持つには歳を取りすぎているということ。そのため最近の映画では、彼女に何から何までやらせようとしていました——歌って、踊って、手品をして、などなど——それでも大衆を惹きつけられませんでした。実のところ、最後の映画はあまりにセンチメンタルで、吐き気を催すほどでした。

そこで「独立系」のプロデューサー、カウアンは——いまはコロンビア所属で、じきにパラマウントに移るのですが——彼女にロマンチックなドラマをやらせようと思いつき、その目的のために僕の「バビロン再訪」を九百ドルで買ったのです。もっと大きな額を要求すべきでしたが、あの短編は発表してから十年経つのに、大した反響を呼び起こしていませんでした。そこでミスター・カウアンは、僕が病気であり、おそらく窮乏しているだろうと知って、見事なほど貪欲に僕を歩合制の脚本書きとして働かせたのです。急いで脚本を書くことで週に計数百ドルになる仕事を僕に与えています——あるいは、与えました。その仕事を僕はやり、そのあと床に伏して、元気を取り戻したというわけ。いま彼は僕に別の映画をやってくれないかと言い、僕はそのことで感謝すべきと思われています。というのも、長いこと映画の仕事をしていなかったので、単純に僕には書く力がないというのが、あのろくでなしの結論なのです。もし君が、僕の交渉相手たちと五分間でも同席し、話すことができたら、言葉はなくてもわかってくれるでしょう。あの人たちを相手に最低限の礼儀を保つのがどれだけ難しいか。

ともかく、健康面を除けば、これはいいことだったと思います。彼がミセス・テンプルとパラマウントに脚本を売れば、もう少しお金が入るでしょう——僕を締め出す手段をやつが考え出さなければね。

といった話です。時計は届いたかな？　一度もその話が出ないので。

愛をこめて

ジェラルド&セアラ・マーフィ宛

一九四〇年夏

大事な友人へ――セアラも含めて

その後、僕にとって何の意味もない人たち大勢に手紙を書きました――君に手紙を書くのはいい知らせのときに取ってあるので。プライドの問題に関わるのだと思います――私的にも公的にも侘しかった去年の九月、ほとんどすべてが一気にバラバラになり、そのあとは長くて辛いのぼり坂です。

要約すると――ひどい過ち、突然の逆境、表面上の回復、肺の病気に完全に蝕まれてきたことなどですが、君に話す必要はありません。こうとだけ言っておきましょう。三十七度七分の高熱が続いた時期が数カ月あり、三十七度五分になり、それから上がったり下がったりを繰り返して、三十七度三分で安定。毎日の午後、ベッドで書くことができました――それから二カ月半と短い一週間はインフルエンザだったかもしれません――何でもなかったですが。それに伴って金銭面のことと、それがスコッティとゼルダに及ぼす影響についての心理的抑鬱状態がありました。絶望的な状況で君とセアラが助けてくれた日はたくさんあります(そして、覚えておいてください、スクリブナーズのような会社からのビジネス上の借金を除けば、君から借りたのが生まれて初めての借金だったのです)。それは、僕が早々に追い越され忘れられた世界で起きた、唯一の喜ばしい人間の行動に思えました。僕が与えたり貸したりした数千ドルは――まあ、一度は返してもらおうとしましたが、あとは気にしないことにしました。世の中には与える者と取る者がいるようで、それは変わらないのです。ということで、君のことは常に気にかけていました――といっても、心配事がたくさんあったので、常にという以上だったわけではありませんが。

生きている者たちの国に戻り、僕はかなりきちんと生活しています。この場所に対する大きな夢は打ち砕かれましたが、それについての小説を半分までと、風刺的な小品をたくさん書き、発売中の『エスクァイア』誌に出ています〔『パット・ホビー物語』のこと〕。病気のあいだギャラの高い仕事をたくさん断わらなければならなかったので、一時期は誰も僕に簡単な仕事さえも頼もうとしませんでした――それから一カ月前、あるプロデューサーが僕の作品を脚色しないかと言ってきました。報酬はわずかですが（二千ドル）、映画の売り上げをシェアするという話です。作品というのは「バビロン再訪」――だいぶ前に『ポスト』に載せた、悪くない短編で、子供のヒロインの名前がホノーリア！　この名前を変えるつもりはありません。

いい感じです。預言者《プロフェット》（この単語を綴《つづ》るのに二度間違えましたが）であることはやめましたが、もし体が熱に対して抵抗を（医師は尋常ではない抵抗と呼んでいますが）続けるなら、一カ月かそこらで負債はなくなるのではないかと思います。スコッティをヴァッサー大学に置いておけたのも助かった（娘は二度ニューウェストンを訪問しましたが、あなた方は不在だったそうです）。彼女にはほかの場所はありません。あと四年、勉強を続けると思います。

ゼルダは今週の火曜日から家に戻っています――モントゴメリーの母親のところ。憐れな悲しい生活です――昔の流儀で聖書を読み、口をきっと結び、行儀よく、彼女にはもはや理解できない世界を歩いています――古いものの断片をいじくりまわしています。千年後の人が我々の文明をバロック様式の軒蛇腹、トロイの柱の小立像、飛行機の翼、すべてフォロロマーノから出土したペトラルカのページから再構築しようとするみたいに。彼女の精神の一部はすっかり洗われてきれいになり、僕がかつて知っていた人ではなくなりました（これは、すべて手紙からの印象と、一年以上前の観察からです——僕は春以来、東部に行っていません)。

ということで、僕に関する君の知識は最新になったはずだし、じきにまた更新されるでしょう。非難に対抗するために言うなら、君の手紙には君たちのことがまったく書いてありませんでしたよ。ポーリーン〔ヘミングウェイの二人目の妻で、この時期に離婚した〕のことは残念です。今日、君に手紙を書いていたら、たくさんのことが甦ってきて、いまにも泣いてしまいそうだ。

愛をこめて
スコット

ジェラルド・マーフィ宛

一九四〇年九月十四日

親愛なるジェラルド

我々の年代の者たちは誰でも、強調されているものに対して疑いを抱くのだと思います——だから、気にしないで。でも、僕は去年の四月から七月まで床に伏していて、昼も夜も看護師に付き添われていました。ともかく、レターヘッドからわかるように、いまのぼくは仕事のできる健康状態です〔フィッツジェラルドはこの手紙を二十世紀フォックスの便箋で書いている〕。

ここに長いこといて、人は新しい態度を身につけるのだということがわかりました。たとえば、ここは緩くて軟弱な場所です——喜びでさえ、プロヴァンスのような鋭さや興奮に欠けている——引きこもることが実質的に安全の条件なのです。ほかの人を動転させることは罪であり、「進歩」

として知られていることの多くは、だいたいにおいて、ほかの人たちを密かに叩いたりつついたりすることで成し遂げられます。これは不健康な物事の状態です。俳優熱にかかった若い娘たちを別にすれば、人々は後ろ向きの理由でここに来ます――ゴールドラッシュに群がる人たちは本質的に後ろ向きです――そして、若い娘たちはすぐに悪循環に落ち込みます。グループはどんなに小さくても面白いものはありません。しばらく経てば、腐敗か無関心がそこらじゅうにはびこります。ヒーローは大々的に腐敗しているか飛び抜けて無関心な者――それは、僕から見れば、甘やかされた作家たちのことです。ヘクト〔劇作家から転身し、『嵐が丘』などの脚本を書いたベン・ヘクトのこと〕、ナナリー・ジョンソン〔ジャーナリスト、作家から転身し、『怒りの葡萄』などの脚本を書いた人物〕、ドッティ〔『ニューヨーカー』誌などで詩人、短編作家として活躍してから、ハリウッドで脚本を書いていたドロシー・パーカーのこと〕、ダッシュ・ハメット〔『マルタの鷹』などの作家、ダシール・ハメットのこと〕などなど。ドッティは熱心な信者になり、朝夕の祈りを毎日きちんと読んでいるのですが、無関心であることに変わりありません。マルローが『希望』で列挙したどのカテゴリーにも入らないタイプの共産主義者です――でも、彼女を何よりもがっかりさせるのは成功でしょうね。

　僕は小説を順調に書き進めています。残り少ない僕の読者をまごつかせたり、どこか苛立たせたりするものかもしれません。でも、『ギャツビー』と同じくらい僕自身からは距離を置いています――ともかく意図の点では。新しいハルマゲドンは、すべてを取るに足らないものにするどころか、僕に人生への欲求を再び与えています。これは疑いなく未熟な逆行ですが、それでも真実です。あらゆる陰気な大義もそれには影響を及ぼしません――僕は動的な衝動の甦りを感じているのです――どれだけ方向が間違っていようとも。

　ゼルダはうとうとしている感じ――手紙はちゃんと筋が通っていますけど――一年はモントゴメリーから離れたくないと言います。スコッティはヴァッサーでの学生生活を続けています――少女時代以降の彼女と比べると、だいぶ愛想がよくなりました。一年会っていませんが、長い手紙を書いてくれるようになり、小さいとき以来、これほど身近に感じていることはありません。

　いつか君とセアラと数日一緒に過ごしたいと思います。アーネストとアーチー〔アーネスト・ヘミングウェイと詩人のアーチー・マクリーシュのこと。ヘミングウェイはこの時期に離婚して再婚、マクリーシュは議会図書館長だった〕、そして彼らの行動に関しては、遠くから雷鳴が聞こえてきますが、君に関しては、僕が知りたいことの十分の一も知りません。

愛をこめて

スコット

ゼルダ・フィッツジェラルド宛

一九四〇年十月十一日

最愛のゼルダ

　ここではまた熱波があり、昨年の同じ時期を思い出しています。暑くてもとても乾燥していて、モントゴメリーとはまったく違い、すごく予想外です。人々は爆撃を受けたかのように、ひどい不快感を抱いています。

　ジェラルドから昨日手紙が来ました。過去の雰囲気が全体的に感じられるばかりで、特に新しい知らせはありません。いまの彼にとっては、もちろん、リビエラが何より最高の時間だったのです。セアラは野菜や庭など、すべての成長するもの、生きているものに興味を抱いています。

　僕はいつでも小説の執筆に戻りたいと考えています。今回は完成させるためで、二カ月の仕事です。月日は実に速く過ぎていき、『夜はやさし』でさえ六年前のことになってしまいました。『グレート・ギャツビー』と『夜はやさし』を隔てた九年で、僕の評判は修復不可能なほど傷ついてしまったようです。そのあいだに新しい世代が大人になったためで、彼らにとって僕は『ポスト』紙の短編作家でしかない。この時代に僕がどんな発言をしても、あまり興味を持ってもらえないのです。これが僕の最後の小説になるかもしれませんが、いまやり遂げなければなりません。五十歳を過ぎたら難しいからです。感情的に記憶していられない——子供時代のことは別だと思いますが、僕にはもう少し言うべきことが残っています。

体調はよくなりました。長くかかる仕事ですし、どんなときでも余計なエネルギーを二倍は費やさなければなりません。発熱と咳が数週間続きましたが、体の組織とは驚くべきもので、心臓がレースを走り切るまでは、何があっても動き続けるのです。今年はクリスマスの時期に東部に行きたいと思います。これからの三カ月でどうなるかはわかりませんが、最近の二つの仕事のどちらかでクレジットに名前が載れば、一年前のようなひどい状況には二度と戻らないでしょう。あの頃、僕は破滅した男というレッテルをハリウッドによって貼られてしまったように感じていました——そんなレッテルに値するようなことは何もしていないのに。

愛をこめて

ゼルダ・フィッツジェラルド宛

一九四〇年十月二十三日

最愛のゼルダ

長距離を隔てて君にお金のことで忠告するのも馬鹿らしいけど、キャロル先生〔ゼルダの主治医〕の問題には我々両方が関わっていると君は感じているようですね。でも、それは僕に任せ、君は自分のお金を大事にしてほしい。彼らには先週、少額だが支払いをしました。僕は二十世紀フォックスでの数週間で貯めたお金を配分し、十二月十五日まで続くようにしたのです。そうしておけば、その頃までに全体を完成させるという見込みで、小説の執筆を続けられます。当然ながら、何も一気に実現はしないでしょう（可能性は非常に低いですが、連載ができるなら別です）。そして、すぐに映画か『エスクァイア』でいくらか稼ぐように努めますが、とても質素なクリスマスになるかもしれません。だから、百五十ドルはそのときに備えて取っておくようにと忠告しているのです。

僕は小説に深くのめり込んでいます。そのなかで生きているし、それがとても幸せです。これは『ギャツビー』のようにまとまった構成の本です。物語の動きに合った形での詩的な散文もありますが、『夜はやさし』のような考察や余興的な部分はありません。すべてがドラマチックな展開に貢献しなければならないのです。

僕が以前持っていた短編小説の才能が消えてしまったのは妙なことです。部分的には時代が変わり、編集者たちが変わったからなのですが、一方で君と僕とのことにもつながっているのだと思います――ハッピーエンドのことです。もちろん、三つに一つの短編小説はハッピーエンド以外の終わり方をするのですが、本質的に僕は若者の恋の物語で注目されてきました。想像力をこんなに遠い過去にまで、こんなにしばしば投影できたとは、僕は強力な想像力の持ち主だったに違いありません。

今日は二千語書きました。すべていい感じです。

愛をこめて
スコット

ゼルダ・フィッツジェラルド宛

一九四〇年十一月二日

最愛のゼルダ

ハーヴァードとプリンストンの試合をラジオで聞いていて、僕が四半世紀前に生きていた過去と、スコッティが生きている現在のことを考えました。スコッティからは音沙汰ないけど、今日はケンブリッジにいるのだろうと思います。

小説は歯を抜くくらい辛いのですが、それはいまがキャラクターを立てるための初期段階だからです。人々のことを感じ取るときに、僕は以前よりもずっと集中できなくなっていて、そのためにさらに辛い。何百ものバラバラの印象や出来事をつなぎ合わせ、確固とした人格を作り出さなければならないのですから。でも、あとになればもっとスムーズに進むでしょう。そちらはすべて順調であることを願っています。

愛をこめて
スコット

ゼルダ・フィッツジェラルド宛

一九四〇年十一月二十三日

最愛のゼルダ

同封したのはスコッティの小品です——僕の薦めでガートルード・スタインの『メランクサ』を読んだところなので、その影響が知覚できると君なら言うかもしれませんね。

奇妙なのは、これが『ニューヨーカー』の東部版には載ったのに、西部版に載っていないこと。スコッティが教えてくれた雑誌を隅から隅まで見て、視力を失ってしまったのかと、しばらく不安になりました。

『コリアーズ』の編集者が僕に書いてくれと言ってくれています（いまこちらに来ています）。でも、僕は小説を完成させようとしているところなので、約束できるのはそれをお見せすることだけだと返事しています。小説は、少なくとも、ほかにはないものになるでしょう。僕はウランを掘るように自分のなかからそれを掘り出していますーー何トンものアイデアを捨てて一オンス分掘り出す感じ。フローベール風の小説ですが、「思想」はなく、ただ人々が単独で、あるいは集団で動き回るーーその場の雰囲気が本物となるように願っています。

僕が書いた作品のなかで最も似ているのは『ギャツビー』ですね。君が元気で、かなり幸せであることを嬉しく思います。

愛をこめて

追伸：次の手紙でスコッティの短編を送り返してくださいーー複写してもらうことは無理のようなので。娘自慢の父親として作家や編集者たちに見せたくなるでしょうから。

ゼルダ・フィッツジェラルド宛

一九四〇年十二月六日

最愛のゼルダ

小説は進んでいるのに、このちょっとした病気〔フィッツジェラルドはこの直前に心臓発作に襲われた〕が進行を遅らせており、それに苛立ちを感じています。それ以外、ニュースはありません。前にも心臓の病はありましたが、器質性疾患ではありませんでした。これは大きな発作ではなく、徐々に来たもののようですーー幸いなことに心電図が間に合って、それを示してくれました。僕はアパートの三階から一階に移らなければならないかもしれませんが、仕事などはちゃんとできます。疲れすぎないようにすれば。

スコッティはクリスマスの日に南部に着くと言っています。君が彼女と一緒に過ごすのは羨(うらや)ましいし、その日は君たちのことを思うようにしましょう。いまは何より小説です――夢中になってのめり込むようになりました。二月までには完成させたいと願っています。

愛をこめて

ゼルダ・フィッツジェラルド宛

一九四〇年十二月十三日

最愛のゼルダ

時計を売るのが愚かしいという理由はこれです。前にも書いたと思うけど、一年以上前にとても苦しくなったとき、どうしても二百ドル必要になって、時計を二カ月ほど質入れすることを考えました。ところが驚いたことに、示された金額は二十ドル。もちろん、それを受け入れるなんて考えもしませんでした。時計の値段は六百ドルすると思います。価値が下がってしまった理由は、宝石類の趣味の純粋に気まぐれな変化のためです。趣味の変化は実際には人工的で、宝石商たちによって作られます。僕たちが一九二七年に売ったビュイックと同じですね――二百ドルで売ったのに、アメリカに三一年に戻り、同じ年式の車でもっと使用されてきたものを買ったら、四百ドルでした。君がもう時計を使わないのなら、スコッティには素晴らしいプレゼントになると思います。彼女は価値のあるものを何一つ持っていないし、それをとても大事にするでしょう。その上、ものをなくしたりはしません。君がそうしたいなら、貸してあげることにすれば、彼女はそれを見せびらかして楽しむと思います。

　小説は四分の三ほど終わったところで、一月十二日までは短編を書いたりスタジオに戻ったりすることなく、何とかやっていけると思います。いまの健康状態では、どちらにしてもスタジオには戻れません。だいたいの時間はベッドで過ごし、一年半前に作った木製の机で書いています。心電図は心臓が自らを修復しつつあることを示していますが、その進行はゆっくりで、数カ月かかります。心臓が自らを修復できる器官の一つだなんて意外ですね。

　先日、キャサリン・タイから手紙をもらいました。過去からの声です。バロン・G・ゴリアー広告会社で仲間だったハリー・ミッチェルからも。マックス・パーキンズからも来ましたが、彼は僕の小説をとても読みたいと言っています。それから最後にバニー・ウィルソン〔フィッツジェラルドの大学時代からの友人で著名な文芸評論家のエドマンド・ウィルソンのこと〕からも。いまはメアリー・マッカーシー〔『グループ』などで有名な作家〕という名の女性と結婚し、『ニューリパブリック』誌の編集長をしています。一歳の赤ん坊がいて、ニューケイナンに住んでいます。

　来週早々、クリスマスに間に合うようにまた書きますね。

愛をこめて
スコット

追伸：マックスからの手紙を同封します。本当のことを言うと二通あったのだけど、来たばかりのほうが見つからないので。これを読めば、出版の世界や僕らの古い友人たちについての最新事情（オークラン）がわかるでしょう。

ゼルダ・フィッツジェラルド宛

一九四〇年十二月十九日

最愛のゼルダ

今年のプレゼントはささやかなものにしないといけないけど、スコッティへのプレゼントを君たち双方への贈り物と考え、君にはそれで我慢してもらおうと思います。

スコッティが少なくとも大学の今学年を無事に終えてほしいと切に願っています。だから、大変な思いで大学に通わせたなんて強調しないでください。僕が母と父に最も感謝しているのは、プリンストン大学の四年間で、それを次の世代に引き継げないとしたら恥ずかしい。スコッティが大学をやめるなんて問題外です。そう彼女にも言ってください。

君たちがクリスマスに素晴らしい時間を過ごし

ますように。君のお母さんとマージョリー、マイナー、ノニー、リヴィ・ハート、それから君が会う人誰にでも、愛の気持ちを伝えてください。

愛をこめて
スコット

編訳者解説

F・スコット・フィッツジェラルドは一九三七年七月、脚本家として映画製作に関わるためにハリウッドに向かった。仕事のためにハリウッドに行くのは三度目のことだった。

このあたりの事情は彼がハリウッドに向かう道中、娘スコッティに宛てた手紙にも詳しい（本書三四二頁）。フィッツジェラルドが最初にハリウッドで仕事をしたのは一九二七年。『グレート・ギャツビー』出版の二年後で、作家としては絶頂期と言ってもいい時期だった。オリジナルの脚本（フラッパーを題材とした『リップスティック』という映画）を書く契約でハリウッドに二カ月ほど滞在したのだが、人気作家ということでちやほやされ、パーティに明け暮れた末、完成させた脚本は採用されないという結果に終わった。

二度目は一九三一年、妻のゼルダが精神を病み、彼自身も酒に溺れて長編の執筆が進まず、作家としての評価が下がっていた時期だった。ジーン・ハーロー主演の『赤毛の女』の脚本を書くという契約でハリウッドに赴（おもむ）いたのだが、このときは共同脚本家とうまくいかず、やはり思ったような成果が出せなかった。しかし、ハリウッドの伝説的映画製作者、アーヴィング・サルバーグとの交際と、サルバーグ家でのパーティのエピソードが、短編「クレージー・サンデー」という形で結実した（詳しくは短編の解説に譲る）。サルバーグは『ラスト・タイクーン』のモンロー・スターのモデルにもなった人物であり、その意味でも、重要な収穫を得たハリウッド滞在だったと言えそうだ。

そして三度目が、「クレージー・サンデー」を除く本書のすべての著作を生むことになった、一九三七年夏からの滞在である。長い年月苦しんだ末に完成させた長編『夜はやさし』（一九三四）は商業的には失敗に終わり、結核でしばらく療養生活を送っていたこともあって、どん底とも言っていい時期だった。妻のゼルダは入退院を繰り返していたし、娘スコッティは当時名門の寄宿舎学校にいて、どちらにも金がかかる。そこで脚本家として稼ぐためにハリウッドに向かったのだ。このときは週給千ドルという好条件でMGMに迎えられており、彼も映画という新しいジャンルで可能性を広げようという強い意欲を持っていた。その熱い思いはスコッティに宛てた一九三七年七月の手紙からも伝わってくる。

ハリウッドでフィッツジェラルドは、しばらく〝アラーの園〟というホテルに滞在し、レマルク原作の『三人の仲間』の脚本に取り組んだ。共同執筆の脚本家と対立し、さらにプロデューサーのマンキーウィッツとも揉めたことは手紙からもうかがえるが、これは彼の名前がクレジットされた唯一の作品となる。また、ハリウッドに着いてすぐ、コラムニストのシーラ・グレアムと出会い、愛し合うようになる。イギリスの貧困家庭に生まれたが、美貌を生かしてロンドン社交界に入り、国王にも拝謁したことがあるという彼女の経歴は、フィッツジェラルドを魅了し、『ラスト・タイクーン』のヒロイン像に生かされることになった。彼女はフィッツジェラルドが死ぬまでそのそばを離れなかった。

本書に訳出した手紙は、こうした彼のハリウッドでの生活ぶりや、当時の心情が伝わってくるものから選んだ。これを年代順に読むことで、一九三七年夏から四〇年の突然の死まで、彼がどのように生きたかが見えてくるはずだ。

最初の頃の手紙からは、フィッツジェラルドが積極的に映画製作に関わり、さまざまな提案をしていたことがわかる。『風と共に去りぬ』に関するコメントなど、完成した映画と比べるとなかなか興味深い。一方で、スコッティに読むべき本を勧め、感想を求めたり、取るべき授業について意見したり、生活の乱れについて小言を言ったり、愛情はあるが口うるさい父親像も浮かび上がる。やがて映画の仕事はだんだんと減っていき、それに比して酒量が増え、心臓発作を起こすなど、健康が衰えていく。シーラを口汚く罵り、あとで心から悔やんで謝罪の手紙を書いているときもある。こういう面だけを取り上げ、フィッツジェラルドのハリウッド時代を不幸な時期と決めつける評伝などもよく見受けられる。

しかし、一方でハリウッドはフィッツジェラルドにさまざまなものを与えた。まずは金銭面の安心だ。定収入が得られるようになって、たまっていた借金を返済し、金の問題に煩わされず執筆に集中できるようになった。MGMとの契約が切れてからは、フリーランスで働かざるを得なくなったが、一方でハリウッドを素材とした小説の執筆に熱中した。そう、ハリウッドは彼に小説のインスピレーションも与えたのだ。

雑誌『コリアーズ』の編集者、ケネス・リッタウアーへの一九三九年九月二十九日付の手紙（本書三六六頁）で、フィッツジェラルドは『ラスト・タイクーン』となる小説の連載を提案している。彼がどのようにこの小説を構想していったかを示す、非常に貴重な資料だ。アーヴィング・サルバーグの人物像をもとに主人公を造形し、サルバーグとMGMのメイヤーとの反目を物語に組み込むつもりだったことがわかる。フィッツジェラルドとしては小説の執筆だけに打ち込めるよう、連載によって定収入を得たかったのだが、『コリアーズ』誌はそれを拒絶。フィッツジェラルドは別の雑誌に別の連作短篇を発表することになる。

それが、一九四〇年一月から『エスクァイア』誌に連載されたパット・ホビー物である。四十九歳のパット・ホビーはかつて売れっ子脚本家として羽振りのいい生活をしていたが、いまではすっかり落ちぶれ、スタジオにも自由に出入りできなくなっている。それでもハリウッドにしがみつき、なけなしの金で生活しつつ、何とか仕事を得ようと足掻く。ハリウッドという土地の風土、そこに集まる人々の生態を描く風俗小説として、または主人公の滑稽な姿を描くユーモア小説として、楽しめる作品群だ。これらの短編は彼の死後、『パット・ホビー物語』としてまとめられ、現在日本では井伊順彦、今村楯夫他訳で読むことができる（風濤社）。

ほかにも、本書に収めた「監督のお気に入り」、「最後のキス」、「体温」の三作など、フィッツジェラルドはハリウッドを舞台にした短編の執筆を試みている。これらは生前出版されなかったが、並行して一九三九年秋から長編『ラスト・タイクーン』を書き始め、短編で扱った素材を（ときには文章までもそのまま）長編のほうに投入している。この久々の長編に対して彼がいかに情熱を傾けていたかも、手紙を通して伝わってくるだろう。なにしろあのフィッツジェラルドが酒を断って取り組んでいたのだ。一九四〇年十二月六日にゼルダに宛てた手紙には、「いまは何より小説です――夢中になってのめり込むようになりました。二月までには完成させたいと願っています」とある。しかし、約二週間後の十二月二十一日、心臓発作のためシーラのアパートで急死。神がもう数カ月、彼に寿命を与えてくれたらと思わずにいられない。

本書は、このように手紙から彼のハリウッドでの生活をたどりつつ、その生活から生まれ出た作品を味わえるように構成されている。個々の作品については、以下の「作品解説」で詳しく解説したい。フィッツジェラルドの手紙については、以下の三冊の本から選び、註釈や解説を参考にした。また、永岡定夫・坪井清彦編訳『フィッツジェラルドの手紙』（荒地出版社）の訳と解説も参照させていただいた。

Bruccoli, Matthew J., ed. *F. Scott Fitzgerald: A Life in Letters*. New York: Scribner's, 1994.

Bryer, Jackson R., and Cathy W. Barks, eds. *Dear Scott, Dearest Zelda: The Love Letters of F. Scott and Zelda Fitzgerald*. 2002, Reprint, New York: Scribner's, 2019.

Turnbull, Andrew, ed. *The Letters of F. Scott Fitzgerald*. New York: Dell, 1963.

作品解説

『ラスト・タイクーン』*The Last Tycoon*

一九二七年にハリウッドでフィッツジェラルドは初めてアーヴィング・サルバーグと出会った。そのときのことをフィッツジェラルドはメモに書き残しているのだが、それによれば、サルバーグは「山のなかに鉄道を通さないといけないとしたらどうするか」というたとえ話をしたのだという。鉄道会社のトップだったら、甲乙つけがたい選択肢が多数あるようなとき、ともかくどれかを選んで進めなければならない。トップに立つというのはそういうことだ……。このエピソードは、『ラスト・タイクーン』の第一章にそのまま使われることになる。サルバーグがいかに忘れがたい印象を作家に残したかがよくわかる。

アーヴィング・サルバーグは一八九九年、ニューヨークのブルックリンで生まれた。両親はドイツ系のユダヤ人である。家は貧しく、病弱だったこともあって高等教育は受けていない。しかし十代で映画産業に身を投じると、めきめき頭角を現わし、二十代半ばにはＭＧＭ社の副社長になっていた。彼をここまで出世させたのは、細かい部分への注意力、物語のセンス、完全主義の仕事ぶりによると言われている。彼がプロデュースした代表的な作品には『ビッグ・パレード』（一九二五）、『ベン・ハー』（一九二六）、『肉体と悪魔』（一九二七）、『アンナ・クリスティ』（一九三〇）、『グランド・ホテル』（一九三二）などがある。

フィッツジェラルドはアーヴィング・サルバーグに深い興味を抱き、彼をもとにモンロー・スターを作り出した。『ラスト・タイクーン』の読者を何より惹きつけるのが、このモンローの人物像ではないか。冷徹な経営者であり、利益に対する鋭い勘を持ちながら、一方では採算を度外視して芸術としての映画を追求するロマンチスト。そして亡き妻のことが忘れられず、彼女の面影を持つ女性、キャスリーン・ムーアと恋に落ちる（先述したように、シーラ・グレアムがキャスリーンのモデルだ）。二人が惹かれていき、愛し合う部分の描写の美しさ！『グレート・ギャツビー』を書いたときの瑞々しい感性がいまだ衰えず、フィッツジェラルドのなかに残っていたという感がある。第一章の最後にある「若いときに強い翼をはばたいて、とても高く飛んだ」（三五頁）という青年像も、ギャツビーに通じる。

事実、フィッツジェラルド自身、手紙で『ラスト・タイクーン』のことを、自分のどの本よりも『グレート・ギャツビー』に似ていると言っている。それは、一つには主人公像がリアリストとロマンチストの両面を持つという点で共通するからだろう。モンローのモデルとなったサルバーグは一九三六年に三十七歳の若さで死去したが、モンローにも早い死を与えることで、『ギャツビー』同様の悲劇性が高まるはずだった。

もう一つの共通点としては、一人称の語り手を使った点が挙げられる。ニック・キャラウェイという語り手を通してギャツビーを描いたのと同様、ここでもセシリア・ブレイディという語り手の目を通すことで、独特の味が添えられている。プロデューサーの娘で、モンローに恋をしている女子大生という設定により、ユーモアやロマンチックな感覚が高まるとともに、『パット・ホビー物語』にも通じるハリウッドの内幕物のような面白さも加わっているのだ。ただし……セシリアにはわかるはずもないことまで細かく描かれているといった不自然な面もあり、それが未完成の部分でどう解消されていくはずだったのか、それとも解消されないのか、そんな興味も掻き立てる。

この小説を最初に出版したスクリブナーズ社の一九四一年版では、編者であるエドマンド・ウィルソンがフィッツジェラルドのメモなどからその後の物語を推測し、要約している。それによれば、モンロー・スターとセシリアの父であるブレイディの対立が激化し、そこに組合との交渉が絡む形で展開していく予定だったようだ。ロマンスのほうは、モンローがセシリアとつき合う一方で、人妻となったキャスリーンとの恋も再燃する。キャスリーンの結婚相手が撮影所で働く技師で、組合の活動家でもあるため、ブレイディはそれを利用してモンローを追い込もうとする。そして物語は、『コリアーズ』の編集者への手紙にもあるように、飛行機事故によるモンローの死で幕を閉じる。そうなると、単なるロマンスではなく、広く映画産業を、そしてアメリカを描くような、壮大な物語になったのかもしれない。

この一九四一年版は、プリンストン大学時代からの畏友にして、二十世紀のアメリカを代表する文芸評論家、エドマンド・ウィルソンが手書き原稿とタイプ原稿、さらにメモ書きなどを入手し、そこから取捨選択する形で、小説としての体裁を整えたものだ。『ラスト・タイクーン』（*The Last Tycoon*）というタイトルは、原稿に残されたいくつかのタイトルの候補から選ばれた。しかし、言うまでもなく、このタイトルが本当に作者自身の望んだものかどうか、さらに言うなら、ウィルソンのまとめた形での小説がどこまで作者の意図に近いかは、わかりようがない。

ウィルソン版が出版されてから五十年以上を経て、このフィッツジェラルドの最後の小説には新しいバージョンが生まれた。本書はそちらをおもな底本としているため、その事情をここで述べておきたい。

ウィルソン版は、彼の手がかなり加わったもので、そのため小説としての完成度が元の原稿よりずっと高いのは事実である。しかし、ウィルソンが独断で判断を下し、書き直しているところもあるので、フィッツジェラルド自身の意図とは異なるのではないかという批判もあった。また、そのわりには誤植や誤記が多いとも指摘されてきた。ちなみに、これまでの日本語訳はすべてこの版からの翻訳である。

それに対し、よりオリジナル原稿に近いものを目指したのが、フィッツジェラルド研究の第一人者、マシュー・ブルッコリによるケンブリッジ版である。この *The Love of the Last Tycoon: A Western.* edited by Matthew J. Bruccoli（New York: Cambridge University Press, 1993）は、作者の意図に忠実であることを目標に、誤植や誤記もかなり訂正され、正確度という点では大きく勝っている。たとえば、ウィルソン版は同名の実在の人物がいるという理由で、ローズ・メローニーをジェーン・メローニーに、マークワンドをタールトンに変えたが、一カ所だけローズの名が残ってしまったため、意味不明なところがあった。こうした名前は、ケンブリッジ版ではすべて元に戻されている。ウィルソンが勝手にReinmund（ラインムンド）に変えたRienmund（リーンマンド）という登場人物の名前も、元に戻っている。

しかし、ケンブリッジ版は未完成の原稿に忠実なため、どうしても完成度が低く感じられる部分もある。好例はセクションの分け方だ。ウィルソン版は第一章、第二章、と進んでいくのに対し、ケンブリッジ版は第一章で始まりながら、その次のセクションはエピソード4＆5となり、あとは順番に進んでいくものの、エピソード14と15は抜けている。作者がまだ整理できていないものを、そのまま見せられている印象にはなる。

さらに、作者の意図が本当はどうであったのか、確かめようがないという問題がある。ケンブリッジ版がタイトルを『ラスト・タイクーンの愛――あるウェスタン』としたのは、そうなっている原稿もあるという理由だが、そちらを選ばなければいけない根拠は特に見当たらない。また、作者の誤記と思われるものがそのままになっていて、明らかに文法的におかしい文章になっていたり、意味がよく通らない箇所がある。そういう箇所については、原稿を最初に見たシーラ・グレアムが修正している場合もあり、ウィルソンはそれも見た上で判断し、意味が通る文にしている。それをケンブリッジ版は、元に戻してしまったのだ。こうした両バージョンの違いと問題点については、内田勉先生の二編の論文が細かく解説してくれており、大変参考になった。

以上のような事情を踏まえ、本書の翻訳はケンブリッジ版を底本にしながらも、ウィルソン版も参照し、場合によってはウィルソン版の解釈を選ぶという方針を取った。ケンブリッジ版は出版後五十年の研究史を経て編集されたものであり、当然ながら優れている部分がたくさん見受けられる。しかもウィルソン版はすでに訳されているのだから、新しい版で翻訳し、これまでにない『ラスト・タイクーン』にしたい。とはいえ、意味のよくわからない英文に戻ってしまった部分を、そのまま日本語に直すのもおかしいだろう。そのように考え、ウィルソンの解釈を正しいと信じて訳したところも多くある。

一例を挙げよう。エピソード12の最初の段落、「華美なものを味わう心」という一節があるが、これは元の原稿では his apprehension of splendor であり、訳すとすれば「華美なものへの不安」である。しかし、これでは意味が通らないと考えたウィルソンは、apprehension は appreciation の間違いであろうと推測し、そのように直した。それをケンブリッジ版は元に戻したわけだが、私もそれでは意味が通らないように思う。そこで、この部分はウィルソン版に従うことにした。タイトルも敢えて変えず、日本でもよく知られている『ラスト・タイクーン』とした。

なお、ウィルソン版からの翻訳である大貫三郎訳『ラスト・タイクーン』（角川文庫）、乾信一郎訳『ラスト・タイクーン』（早川文庫）も参考にさせていただいた。

「クレージー・サンデー」"Crazy Sunday"

先述したように、一九三一年にハリウッドに滞在したときのアーヴィング・サルバーグとの交際から生まれた一編で、ここに登場する映画監督のマイルズ・カルマンが、サルバーグをモデルとするキャラクターだ。

「アメリカ生まれの監督たちのなかで、興味深い気質と芸術的良心の両方を兼ね備えた唯一の者」

（本書二四六頁）として描かれるカルマン。映画産業のなかで神経をすり減らし、エキセントリックな行動を取るようになっているが、それでも女優で妻のステラは彼のことを激しく愛する。そして、この二人の関係が、彼女に思慕の念を抱く脚本家のジョエルの目から描かれる。カルマンに用意された悲劇的な最期は、サルバーグの早すぎる死を予見したようでもあるし、また『ラスト・タイクーン』のモンロー・スターに用意していたものとも重なる。ハリウッドに殉じたとも言えそうな、魅力的な人物像である。

もちろん、冒頭のカルマン家でのパーティなど、ハリウッドの内幕物としても楽しめる作品になっている。フィッツジェラルドはサルバーグとその妻で女優のノーマ・シアラーが催したパーティの席上で酔っ払い、滑稽な歌を披露して、ブーイングを浴びたことがあったという。この物語はその経験に基づいていて、ジョエルはいわば自己を戯画化したキャラクター。そこから生じる物悲しいユーモアもフィッツジェラルドらしい。

この作品はフィッツジェラルドがハリウッドから戻ったあと、一九三二年に執筆され、『アメリカン・マーキュリー』誌の一九三二年十月号に掲載された。翻訳の底本には、Matthew J. Bruccoli ed. *The Short Stories of F. Scott Fitzgerald* (New York: Scribner's, 1989) を使用した。また、寺門泰彦訳「狂った日曜日」（『崩壊』荒地出版社所収）、佐伯泰樹訳「狂った日曜日」（『フィッツジェラルド短篇集』岩波文庫所収）、村上春樹訳「クレイジー・サンデー」（『ある作家の夕刻』中央公論新社所収）を参照した。

「監督のお気に入り」"Discard"

ハリウッドでの名声がいかに不安定なものか、映画業界でいかに容赦ない戦いが繰り広げられているか。地位を確立した大物女優と、若手の新進女優のせめぎ合いを描く作品である。地位を奪われかけながらも、したたかに返り咲く女優の姿に、胸のすく思いがするのではないか。傑作とは言いがたいが、軽妙でユーモラスな語り口や、ちょっとした小道具——「素晴らしい顧客」を意味する〝グランド・クリヤント〟というフランス語、照明で色の変わるプールなど——はさすがフィッツジェラルドである。

"Director's Special" のタイトルで一九三九年七月に執筆されたが、いくつかの雑誌に掲載を断わられ、作者の生前は日の目を見なかった。死後、"Discard" のタイトルで『ハーパーズ・バザール』一九四八年九月号に掲載された。翻訳の底本には、James L. W. West III ed. *Last Kiss* (New York: Cambridge University Press) を使用した。

「最後のキス」"Last Kiss"

トップに立つ者の感慨を見事に表現した冒頭から、そのトップに立った男の揺らぐ気持ちを描いていくなかなかの逸品。ここでもハリウッドという厳しい世界のありようが鮮やかに描き出される。主人公の心を揺るがせるのは、イギリス出身の駆け出しの美人女優、パメラ。彼女のモデルがシーラ・グレアムであり、それが『ラスト・タイクーン』のキャスリーン・ムーア像に発展したことは言うまでもない。文章も一部、『ラスト・タイクーン』に使用されている。

一九三九年の夏に執筆されたが、いくつかの雑誌に断わられ、作者の死後、『コリアーズ』誌の一九四九年四月十六日号に掲載された。翻訳の底本には、James L. W. West III ed. *Last Kiss* (New York: Cambridge University Press) を使用した。

「体温」“Temperature”

こちらは映画業界の内幕が描かれるというより、「ハリウッドで繰り広げられるラブコメ」と言うべきか。ファンから追いかけられるほどの人気俳優の地所をおもな舞台に、「カメラは家のなかに入り……」といったシナリオ的な言葉が使われ、ハッピーエンドの喜劇映画を見ているような面白みがある。随所にフィッツジェラルドらしいユーモアが散りばめられているのも魅力だが、ドタバタ感が強すぎることも否めないところだろう。ストーリー上、心電図が大きな役割を演じるが、これはフィッツジェラルド自身が心臓を病み、医師の診察を受けていたことから。麻薬がストーリーに絡むのは、彼の作品では珍しい。

一九三九年に“The Women in the House”というタイトルで執筆されたが、それはここに訳したものよりもずっと長かった。ハロルド・オーバーのアドバイスに従って三分の二ほどに削ったものの、それでも『サタデーイブニング・ポスト』誌には長すぎると拒絶され、生前は日の目を見ずに終わる。長くアーカイブに埋もれていたものが発見されて、二〇一五年に『ストランド』誌に掲載された。長いほうのバージョン“The Women in the House”は、彼の未発表の短編を集めたAnne Margaret Daniel ed. *I'd Die for You*（New York: Scribner's, 2017）に収録されている。翻訳の底本には『ストランド』誌に掲載されたものを使用した。

ハリウッドでフィッツジェラルドはどのように生き、何を考えていたのか？　ハリウッドという土地は彼の創造性にどう影響を及ぼしたのか？　天才作家とハリウッドの絡み合い、そこでの生活と創作との有機的関係を、多くの読者に味わっていただけたらと思う。
翻訳と解説執筆のために参照したおもな本と論文は以下のとおり。

Brown, David D. *Paradise Lost: A Life of F. Scott Fitzgerald*. Cambridge, MA: Belknap Press, 2017.
Dardis, Thomas A. *Some Time in the Sun*. New York: Scribner's, 1976.（トム・ダーディス『ときにはハリウッドの陽を浴びて』岩本憲児・宮本峻訳、サンリオ、一九八二年）
Graham, Sheilah, and Frank Gerold. *Beloved Infidel*. New York: Holt, Rinechart & Winston, 1958.（シーラ・グレアム『愛しき背信者』瀧口直太郎訳、新潮社、一九七三年）
Turnbull, Andrew. *Scott Fitzgerald*. New York: Scribner's, 1962.（アンドルー・ターンブル『完訳フィッツジェラルド伝』永岡定夫・坪井清彦訳、こびあん書房、一九八八年）
内田勉「Cambridge版 *The Love of the Last Tycoon: A Western* 再考」『電気通信大学紀要』八巻一号（一九九五年）
内田勉「ケンブリッジ版『ラスト・タイクーンの愛——あるウェスタン』について」（渡辺利雄編『読み直すアメリカ文学』研究社出版、一九九六年所収）
斎藤英治「フィッツジェラルドによる『三人の戦友』の脚色について」『明治大学教養論集』通巻三七八号（二〇〇四年）

翻訳に当たっては、学習院大学の内田勉先生に今回もいろいろと教えを受けた。特に『ラスト・タイクーン』のウィルソン版からケンブリッジ版への変化について、内田先生から教わったことは本当に大きい。英語の細かい表現などについては、日本映画の字幕製作者であるイアン・マクドゥーガル氏にいろいろと質問させていただき、貴重な助言をいただいた。お二人にはこの場を借りてお礼を申し上げる。

最後になったが、作品社の青木誠也氏には、『美しく呪われた人たち』に引き続き、企画段階から原稿のチェックまで大変お世話になった。記して感謝の意を表したい。

二〇二〇年六月二十八日

上岡伸雄

【著者・編訳者略歴】

F・スコット・フィッツジェラルド (Francis Scott Fitzgerald)

1896年生まれ。ヘミングウェイ、フォークナーらと並び、20世紀前半のアメリカ文学を代表する作家。1920年、24歳のときに『楽園のこちら側』でデビュー。若者の風俗を生々しく描いたこの小説がベストセラーとなって、若い世代の代弁者的存在となる。同年、ゼルダ・セイヤーと結婚。1922年、長編第二作『美しく呪われた人たち』を刊行。1925年には20世紀文学を代表する傑作『グレート・ギャツビー』を発表した。しかし、その後は派手な生活を維持するために短編小説を乱発し、才能を擦り減らしていく。1934年、10年近くをかけた長編『夜はやさし』を発表。こちらをフィッツジェラルドの最高傑作と評価する者も多いが、売り上げは伸びず、1930年代後半からはハリウッドでシナリオを書いて糊口をしのぐ。1940年、心臓発作で死去。享年44。翌年、遺作となった未完の長編小説『ラスト・タイクーン』(本書) が刊行された。

上岡伸雄 (かみおか・のぶお)

1958年生まれ。アメリカ文学者、学習院大学教授。訳書に、アンドリュー・ショーン・グリア『レス』、ヴィエト・タン・ウェン『シンパサイザー』(以上早川書房)、F・スコット・フィッツジェラルド『美しく呪われた人たち』(作品社)、ジョージ・ソーンダーズ『リンカーンとさまよえる霊魂たち』(河出書房新社)、シャーウッド・アンダーソン『ワインズバーグ、オハイオ』(新潮文庫) などがある。著書、編書も多数。

ラスト・タイクーン

2020年10月25日初版第1刷印刷
2020年10月30日初版第1刷発行

著　者　F・スコット・フィッツジェラルド
編訳者　上岡伸雄

発行者　和田肇
発行所　株式会社作品社
〒102-0072東京都千代田区飯田橋2-7-4
TEL.03-3262-9753　FAX.03-3262-9757
http://www.sakuhinsha.com
振替口座00160-3-27183

編集担当　青木誠也
本文組版　前田奈々
装　幀　水崎真奈美（BOTANICA）
印刷・製本　シナノ印刷株式会社

ISBN978-4-86182-827-0 C0097

【作品社の本】

ヴェネツィアの出版人

ハビエル・アスペイティア著　八重樫克彦、八重樫由貴子訳

“最初の出版人”の全貌を描く、ビブリオフィリア必読の長篇小説！
グーテンベルクによる活版印刷発明後のルネサンス期、イタリック体を創出し、持ち運び可能な小型の書籍を開発し、初めて書籍にノンブルを付与した改革者。さらに自ら選定したギリシャ文学の古典を刊行して印刷文化を牽引した出版人、アルド・マヌツィオの生涯。ISBN978-4-86182-700-6

悪しき愛の書

フェルナンド・イワサキ著　八重樫克彦、八重樫由貴子訳

9歳での初恋から23歳での命がけの恋まで――彼の人生を通り過ぎて行った、10人の乙女たち。バルガス・リョサが高く評価する“ペルーの鬼才”による、振られ男の悲喜劇。ダンテ、セルバンテス、スタンダール、プルースト、ボルヘス、トルストイ、パステルナーク、ナボコフなどの名作を巧みに取り込んだ、日系小説家によるユーモア満載の傑作長篇！　ISBN978-4-86182-632-0

誕生日

カルロス・フエンテス著　八重樫克彦、八重樫由貴子訳

過去でありながら、未来でもある混沌の現在＝螺旋状の時間。家であり、町であり、一つの世界である場所＝流転する空間。自分自身であり、同時に他の誰もである存在＝互換しうる私。目眩（めくる）めく迷宮の小説！『アウラ』をも凌駕する、メキシコの文豪による神妙の傑作。

ISBN978-4-86182-403-6

逆さの十字架

マルコス・アギニス著　八重樫克彦、八重樫由貴子訳

アルゼンチン軍事独裁政権下で警察権力の暴虐と教会の硬直化を激しく批判して発禁処分、しかしスペインでラテンアメリカ出身作家として初めてプラネータ賞を受賞。欧州・南米を震撼させた、アルゼンチン現代文学の巨人マルコス・アギニスのデビュー作にして最大のベストセラー、待望の邦訳！　ISBN978-4-86182-332-9

天啓を受けた者ども

マルコス・アギニス著　八重樫克彦、八重樫由貴子訳

合衆国南部のキリスト教原理主義組織と、中南米一円にはびこる麻薬ビジネスの陰謀。アメリカ政府と手を結んだ、南米軍事政権の恐怖。アルゼンチン現代文学の巨人マルコス・アギニスの圧倒的大長篇。野谷文昭氏激賞！　ISBN978-4-86182-272-8

マラーノの武勲

マルコス・アギニス著　八重樫克彦、八重樫由貴子訳

「感動を呼び起こす自由への賛歌」――マリオ・バルガス＝リョサ絶賛！　16～17世紀、南米大陸におけるあまりにも苛烈なキリスト教会の異端審問と、命を賭してそれに抗したあるユダヤ教徒の生涯を、壮大無比のスケールで描き出す。アルゼンチン現代文学の巨匠アギニスの大長篇、本邦初訳！　ISBN978-4-86182-233-9

【作品社の本】

アルジェリア、シャラ通りの小さな書店

カウテル・アディミ　平田紀之訳

1936年、アルジェ。21歳の若さで書店《真の富》を開業し、自らの名を冠した出版社を起こしてアルベール・カミュを世に送り出した男、エドモン・シャルロ。第二次大戦とアルジェリア独立戦争のうねりに翻弄された、実在の出版人の実り豊かな人生と苦難の経営を叙情豊かに描き出す、傑作長編小説。ゴンクール賞、ルノドー賞候補、〈高校生（リセエンヌ）のルノドー賞〉受賞！

ISBN978-4-86182-784-6

モーガン夫人の秘密　**リディアン・ブルック著　下隆全訳**

1946年、破壊された街、ハンブルク。男と女の、少年と少女の、そして失われた家族の、真実の愛への物語。リドリー・スコット製作総指揮、キーラ・ナイトレイ主演、映画原作小説！

ISBN978-4-86182-686-3

分解する　**リディア・デイヴィス著　岸本佐知子訳**

リディア・デイヴィスの記念すべき処女作品集！　「アメリカ文学の静かな巨人」のユニークな小説世界はここから始まった。

ISBN978-4-86182-582-8

サミュエル・ジョンソンが怒っている

リディア・デイヴィス著　岸本佐知子訳

これぞリディア・デイヴィスの真骨頂！
強靭な知性と鋭敏な感覚が生み出す、摩訶不思議な56の短編。

ISBN978-4-86182-548-4

オランダの文豪が見た大正の日本

ルイ・クペールス著　國森由美子訳

長崎から神戸、京都、箱根、東京、そして日光へ。東洋文化への深い理解と、美しきもの、弱きものへの慈しみの眼差しを湛えた、ときに厳しくも温かい、五か月間の日本紀行。

ISBN978-4-86182-769-3

ランペドゥーザ全小説　**附・スタンダール論**

ジュゼッペ・トマージ・ディ・ランペドゥーザ著　脇功、武谷なおみ訳

戦後イタリア文学にセンセーションを巻きおこしたシチリアの貴族作家、初の集大成！
ストレーガ賞受賞長編『山猫』、傑作短編「セイレーン」、回想録「幼年時代の想い出」等に加え、著者が敬愛するスタンダールへのオマージュを収録。

ISBN978-4-86182-487-6

【作品社の本】

美しく呪われた人たち

F・スコット・フィッツジェラルド　上岡伸雄訳

デビュー作『楽園のこちら側』と永遠の名作『グレート・ギャツビー』の間に書かれた長編第二作。刹那的に生きる「失われた世代」の若者たちを絢爛たる文体で描き、栄光のさなかにありながら自らの転落を予期したかのような恐るべき傑作、本邦初訳！

摩天楼が林立し始め、繁栄を誇るニューヨーク。その華やかな文化と、上流階級の暮らし。それがフィッツジェラルド独特の絢爛たる文体で描かれる。そしてアンソニー、グロリア、リチャードらの生き方に、信じられるものを失い、刹那的に生きる「失われた世代」の心情が見て取れる。

「どうしてこの作品がこれまで訳されてこなかったのだろう？」

訳しながら、私はずっとそう思っていた。こんなに魅力的な作品なのになぜ、と。

この素晴らしい作品を読む喜びが多くの日本の読者にも伝わりますように。

（「訳者あとがき」より）


ISBN978-4-86182-737-2